HEYNE
BÜCHER

Das Buch

Kenia ist der Schauplatz dieses autobiographischen Romans. Der jüdische Rechtsanwalt Walter Redlich aus Leobschütz rettet sich 1938 nach Ostafrika und kann noch im letzten Augenblick seine Frau Jettel und seine fünfjährige Tochter Regina nachholen.

Walter ist entschlossen, ein neues Leben in dem Land zu beginnen, das ihn und diesen kleinen Teil der Familie vor dem Schlimmsten bewahrte. Doch insgeheim leidet er an seiner Liebe zu Deutschland – dem Land, das ihn nicht mehr haben wollte –, und die Eingewöhnung in diese gänzlich andere Welt fällt ihm wie auch Jettel schwer. Was den Eltern nicht gelingt, glückt ihrer Tochter Regina: Rasch verfällt sie dem Zauber Afrikas, der überwältigenden Natur, den Menschen mit ihren Riten und Überlieferungen, die ihr zu Freunden werden. Und der Faszination der Tiere, ihren einzigen Spielgefährten. Auf der einsamen Farm Ol' Joro Orok wird Owour, der Hausboy, zum Freund und zur Stütze der Familie.

Walter meldet sich zur britischen Army, und Regina besucht ein englisches Internat, sehnsuchtsvoll die Ferien erwartend, die sie mit den Eltern in einem kleinen Zimmer im ehemaligen Nobelhotel Hove Court verbringt. Das Hotel ist zum Fluchtpunkt europäischer Emigranten geworden, einem eigenen Kosmos unterschiedlicher Existenzen, die ihre feudalen Erinnerungen gegen die trostlose Gegenwart setzen.

1946 erfüllt sich dann Reginas sehnlichster Wunsch, als Bruder Max geboren wird. Jetzt aber will Walter endgültig zurück nach Deutschland, während Regina längst ihre wahre Heimat gefunden hat …

Die Autorin

Stefanie Zweig wanderte 1938 mit ihren Eltern nach Kenia in Ostafrika aus und verlebte ihre Kindheit auf einer Farm. 1947 kehrte die Familie nach Deutschland zurück. Die Autorin, heute freie Journalistin, schrieb sieben Jugendbücher. *Eine Mundvoll Erde* kam auf die Auswahlliste des Deutschen Jugendbuchpreises und wurde 1995 von der Royal Dutch Geographical Society mit dem gläsernen Globus als bestes Jugendbuch prämiert. 1993 erhielt sie die Verdienstmedaille des Verdienstordens der Bundesrepublik Deutschland.

STEFANIE ZWEIG

NIRGENDWO IN AFRIKA

Roman

WILHELM HEYNE VERLAG
MÜNCHEN

HEYNE GROSSDRUCK
Nr. 21/42

Dieser Titel ist auch in kleinerer Schrift
in der Allgemeinen Reihe Nr. 01/10261 lieferbar.

Umwelthinweis:
Das Buch wurde auf chlor- und
säurefreiem Papier gedruckt.

4. Auflage

Wilhelm Heyne Verlag GmbH & Co. KG, München
Printed in Denmark 2001
Umschlagillustration: Archiv für Kunst und Geschichte, Berlin
Umschlaggestaltung: Atelier Ingrid Schütz, München,
unter Verwendung des Original-Umschlags von Wolfgang Heinzel
Satz: Pinkuin Satz- und Datentechnik, Berlin
Druck und Bindung: Nørhaven A/S, Viborg

ISBN 3-453-13241-6

Im Andenken an meinen Vater

1

Rongai, den 4. Februar 1938

Meine liebe Jettel!

Hol Dir erst mal ein Taschentuch, und setz Dich ganz ruhig hin. Du brauchst jetzt gute Nerven. So Gott will, werden wir uns sehr bald wiedersehen. Jedenfalls viel früher, als wir je zu hoffen wagten. Seit meinem letzten Brief aus Mombasa, den ich Dir am Tag meiner Ankunft schrieb, ist so viel passiert, daß ich immer noch ganz wirr im Kopf bin. Ich war nur eine Woche in Nairobi und schon sehr niedergeschlagen, weil mir jeder sagte, daß ich mich hier ohne Englischkenntnisse gar nicht erst nach einer Arbeit in der Stadt umzusehen brauchte. Ich sah aber auch keine Möglichkeit, auf einer Farm unterzukommen, wie das hier fast jeder tut, um erst einmal ein Dach über dem Kopf zu haben. Dann wurde ich vor einer Woche zusammen mit Walter Süßkind (er stammt aus Pommern) zu einer reichen jüdischen Familie eingeladen.

Ich habe mir zunächst gar nicht viel dabei gedacht und nahm einfach an, die würden es hier auch nicht anders als meine Mutter in Sohrau halten, die ja immer irgendwelche armen Schlucker mit an ihrem Tisch sitzen hatte. Inzwischen weiß ich jedoch, was ein Wunder ist. Die Familie Rubens lebt schon seit fünfzig Jahren in Kenia. Der alte Rubens ist Vorsitzender der Jüdischen Gemeinde Nairobi, und die wiederum kümmert sich um die Refugees (das sind wir), wenn sie frisch ins Land kommen.

Bei Rubens' (fünf erwachsene Söhne) war man ganz außer sich, als herauskam, daß Du und Regina noch in Deutschland seid. Hier sieht man die Dinge ganz anders als ich zu Hause. Du und Vater hattet also ganz recht, als Ihr nicht wolltet, daß ich allein auswandere, und ich schäme mich, daß ich nicht auf Euch gehört habe. Wie ich später erfuhr, hat mich Rubens schrecklich beschimpft, aber ich konnte ihn ja nicht verstehen. Du kannst Dir gar nicht vorstellen, wie lange es gedauert hat, ehe ich kapierte, daß die Gemeinde für Dich und Regina die hundert Pfund für die Einwanderungsbehörden vorstrecken will. Mich hat man sofort auf eine Farm verfrachtet, damit wir alle drei erst mal eine Unterkunft haben und ich wenigstens etwas verdienen kann.

Das heißt, Ihr müßt so schnell wie möglich abfahren. Dieser Satz ist der allerwichtigste im ganzen Brief. Obwohl ich mich wie ein Schaf benommen habe, mußt Du mir jetzt vertrauen. Jeder Tag, den Du mit dem Kind länger in Breslau bleibst, ist verloren. Geh also sofort zu Karl Silbermann. Er hat die größte Erfahrung mit Auswanderungsproblemen und wird Dich zu dem Mann vom Deutschen Reisebüro bringen, der schon so anständig zu mir war. Er wird Dir sagen, wie Du am schnellsten an Schiffskarten kommst, und es ist ganz egal, was es für ein Schiff ist und wie lange es unterwegs sein wird. Wenn möglich, nimm eine Drei-Bett-Kabine. Ich weiß, das ist nicht angenehm, aber sehr viel billiger als die zweite Klasse, und wir brauchen jeden Pfennig. Hauptsache, Ihr seid erst mal an Bord und auf See. Dann können wir alle wieder ruhig schlafen.

Du mußt Dich auch sofort mit der Firma Danziger wegen unserer Kisten in Verbindung setzen. Du weißt, wir haben noch eine leer gelassen für Dinge, die uns einfallen. Sehr wichtig ist ein Eisschrank für die Tropen. Wir brauchen auch unbedingt eine Petromaxlampe. Sieh zu, daß sie Dir zusätzlich ein paar Strümpfe mitgeben. Sonst haben wir die Lampe und sitzen trotzdem im Dunkeln. Auf der Farm, auf der ich gelandet bin, gibt es kein elektrisches Licht. Kaufe auch zwei Moskitonetze. Wenn das Geld reicht, drei. Rongai ist zwar keine ausgesprochene Malariagegend, aber man weiß ja nicht, wo wir noch landen werden. Wenn der Platz für den Eisschrank nicht ausreicht, dann laß das Rosenthalgeschirr wieder auspacken. Wir werden es wohl in diesem Leben nicht mehr brauchen und haben uns schon von ganz anderen Dingen trennen müssen als von Tellern mit Blümchenmuster.

Regina braucht Gummistiefel und Manchesterhosen (Du übrigens auch). Wenn jemand ihr was zum Abschied schenken möchte, bitte um Schuhe, die ihr auch noch in zwei Jahren passen. Ich kann mir, jedenfalls heute, nicht vorstellen, daß wir einmal reich genug sein werden, um Schuhe zu kaufen.

Mach erst die Liste für das Auswanderungsgut, wenn Du alles beisammen hast. Es ist wichtig, daß jedes Stück aufgezählt wird, das mitgehen soll. Sonst gibt es schrecklichen Ärger. Und laß Dich bloß von keinem überreden, irgend jemandem etwas mitzunehmen. Denk an den armen B. Den Kummer mit dem Hamburger Zoll hat er nur seiner Gutmütigkeit zu verdanken. Wer weiß, ob er je nach England kommt und wie lange er unter Buchen wandern wird. Am besten Du sprichst so wenig wie möglich über Deine Pläne. Man weiß nicht mehr, was aus einem Gespräch werden kann und was aus Menschen geworden ist, die man ein Leben lang gekannt hat.

Von mir will ich heute nur kurz berichten, sonst schwirrt Dir auch der Kopf. Rongai liegt ungefähr tausend Meter hoch, ist aber sehr heiß. Die Abende sind sehr kalt (nimm also Wollsachen mit). Auf der Farm wächst hauptsächlich Mais, doch habe ich noch nicht herausgefunden, was ich mit ihm machen soll. Außerdem haben wir fünfhundert Kühe und jede Menge Hühner. Für Milch, Butter und Eier ist also gesorgt. Sieh zu, daß du ein Backrezept für Brot mitbringst.

Das, was der Boy bäckt, sieht aus wie Matze und schmeckt noch schlechter. Setzei kann er wunderbar, Rührei gar nicht. Und wenn er weiche Eier kocht, singt er ein ganz bestimmtes Lied. Leider ist das Lied zu lang, und die Eier werden immer hart.

Wie Du siehst, habe ich schon einen eigenen

Boy. Er ist groß, natürlich schwarz (bitte mache Regina klar, daß nicht alle Menschen weiß sind) und heißt Owuor. Er lacht sehr viel, was mir bei meiner gegenwärtigen Unruhe guttut. Boys sind hier die Diener, aber es heißt gar nichts, wenn man einen Boy hat. Auf einer Farm hat man so viel Personal, wie man will. Du kannst also Deine Sorgen um ein Dienstmädchen sofort einstellen. Es leben hier sehr viele Menschen. Ich beneide sie, weil sie nicht wissen, was in der Welt geschieht und weil sie ihr Auskommen haben.

Im nächsten Brief erzähle ich Dir mehr von Süßkind. Er ist ein Engel, fährt heute nach Nairobi und will die Post mitnehmen. Da gewinnt man mindestens eine Woche, und ein reger Briefwechsel ist für uns jetzt sehr wichtig. Wenn Du antwortest, numeriere Deine Briefe und schreib genau, auf welchen Du antwortest. Sonst kommt unser Leben noch mehr durcheinander, als es schon ist. Schreib, so bald Du kannst, an Vater und Liesel, und nimm ihnen die Angst um uns alle.

Mein Herz zerspringt bei dem Gedanken, daß ich vielleicht schon sehr bald Dich und das Kind in die Arme schließen kann. Und es wird schwer, wenn ich daran denke, daß dieser Brief Deiner Mutter sehr weh tun wird. Nun bleibt ihr von ihren beiden Mädels nur noch eins, und wer weiß, wie lange. Aber Deine Mutter ist immer eine großartige Frau gewesen, und ich weiß, daß sie Dich und ihr Enkelkind lieber in Afrika weiß als in Breslau. Gib Regina einen dicken Kuß von mir und verpimple sie nicht. Arme Leute können sich keine Ärzte leisten.

Ich kann mir denken, in welche Aufregung Dich dieser Brief stürzen wird, aber du mußt jetzt stark sein. Für uns alle. Es umarmt Dich voller Sehnsucht

Dein alter Walter

P. S. Die Söhne von Mr. Rubens hätten Dir gefallen, richtig fesche Burschen. Wie früher bei uns in der Tanzstunde. Ich hielt sie alle für unverheiratet, habe jedoch später erfahren, daß ihre Frauen sich immer zum Bridge treffen, wenn es um uns Refugees geht. Das Thema hängt ihnen zum Hals heraus.

Rongai, den 15. Februar 1938

Mein lieber Vater!

Ich hoffe, Du hast inzwischen von Jettel Nachricht bekommen und somit erfahren, daß Dein Sohn Farmer geworden ist. Mutter hätte bestimmt gesagt ›schön, aber schwer‹, doch Besseres kann sich ein gelöschter Rechtsanwalt und Notar nicht wünschen. Heute früh habe ich bereits ein neugeborenes Kalb aus dem Bauch einer Kuh gezogen und es Sohrau getauft. Ich hätte lieber bei der Geburt eines Fohlens Hebamme gespielt, denn Reiten habe ich ja bei Dir schon gelernt, ehe Du des Kaisers Rock angezogen hast.

Denk bloß nicht, daß es ein Fehler war, mich studieren zu lassen. Das scheint nur so im Augenblick. Wie lange mag es wohl dauern? Mein Chef, der nicht auf der Farm, sondern in Nairobi lebt, hat eine Menge Bücher im Schrank. Darunter die Encyclopaedia Britannica und ein lateinisches Wörterbuch. Ich könnte also hier in der Wildnis gar nicht Englisch lernen, wenn ich nicht Latein gelernt hätte. So aber kann ich mich bereits über Tische, Flüsse, Legionen und Kriege unterhalten und sogar sagen: ›Ich bin ein Mann ohne Heimat.‹ Leider klappt das nur in der Theorie, denn hier auf der Farm sind nur Schwarze, und die sprechen Suaheli und finden es furchtbar ulkig, daß ich sie nicht verstehe.

Ich bin gerade dabei, im Konversationslexikon über Preußen nachzulesen. Wenn ich schon die Sprache nicht kann, muß ich mir ja Themen heraussuchen, die ich kenne. Du kannst Dir nicht vorstellen, wie lange die Tage auf so einer Farm sind, aber ich will nicht klagen. Ich bin dem Schicksal dankbar, besonders seitdem ich die Hoffnung habe, Regina und Jettel bald hier zu haben.

Um Euch beide mache ich mir große Sorgen. Was ist, wenn die Deutschen in Polen einmarschieren? Die wird es nicht interessieren, daß Du und Liesel Deutsche geblieben seid und nicht für Polen optiert habt. Für die seid Ihr Juden, und glaub bloß nicht, daß Dir Deine Auszeichnungen aus dem Krieg etwas nutzen. Das haben wir ja nach 1933 erlebt. Andererseits dürftet Ihr, gerade weil Ihr nicht für Polen optiert habt, nicht unter die polnische Quote fallen, die ja überall die Auswanderung erschwert. Wenn Du das Hotel verkaufen würdest, könntest auch Du an Auswanderung denken. Vor allem für

Liesel solltest Du es tun. Sie ist doch erst zweiunddreißig und hat bisher noch nichts vom Leben gehabt.

Ich habe einem ehemaligen Bankier aus Berlin (er zählt jetzt Säcke auf einer Kaffeefarm) von Liesel erzählt und daß sie noch in Sohrau ist. Der meinte, ledige Frauen seien bei den hiesigen Einwanderungsbehörden gar nicht ungern gesehen. Vor allem kommen sie gut als Kindermädchen bei den reichen englischen Farmersfamilien unter. Hätte ich die hundert Pfund, um für Euch beide zu bürgen, würde ich Dich noch ganz anders zur Auswanderung drängen. Es ist aber schon mehr als eine Gnade, daß ich Jettel und das Kind nachholen kann.

Vielleicht könntest Du Dich mal mit Rechtsanwalt Kammer in Leobschütz in Verbindung setzen. Der war bis zum Schluß hoch anständig zu mir. Als ich gelöscht wurde, sagte er mir zu, die Mandantengelder, die noch eingehen müßten, für mich in Verwahrung zu nehmen. Der würde Dir bestimmt helfen, wenn Du ihm erklärst, daß Du zwar immer noch ein Hotel, aber kein Geld hast. In Leobschütz weiß man ja, wie es den Deutschen in Polen all die Jahre ergangen ist.

Erst hier, wo ich so allein mit meinen Gedanken bin, kommt mir so richtig zu Bewußtsein, daß ich mich viel zu wenig um Liesel gekümmert habe. Sie hätte mit ihrer Herzensgüte und Opferbereitschaft nach Mutters Tod einen besseren Bruder verdient. Und Du einen Sohn, der Dir beizeiten gedankt hätte für alles, was Du für ihn getan hast.

Du brauchst mir wirklich nichts hierher zu schikken. Mit den freien Lebensmitteln von der Farm habe ich alles, was ich zum Leben brauche, und bin guter Hoffnung, daß ich eines Tages eine Stellung bekomme, bei der ich genug verdiene, um Regina zur Schule zu schicken (kostet hier enormes Geld, und Schulpflicht haben sie auch nicht). Über Rosensamen würde ich mich allerdings sehr freuen. Dann würden auf diesem gottverdammten Fleck Erde die gleichen Blumen blühen wie vor meinem Vaterhaus. Vielleicht kann mir Liesel auch ein Rezept für Sauerkraut schicken. Ich habe gehört, daß Kraut hier gedeihen soll.

Es umarmt Euch beide in Liebe
Euer Walter

Rongai, den 27. Februar 1938

Meine liebe Jettel!
Heute kam Dein Brief vom 17. Januar an. Er mußte mir erst aus Nairobi nachgeschickt werden. Daß das überhaupt klappt, ist ein Wunder. Du kannst Dir gar nicht vorstellen, was Entfernungen in diesem Land bedeuten. Von mir zur Nachbarfarm sind es fünfundfünfzig Kilometer, und Walter Süßkind ist auf den schlechten, teilweise verschlammten Straßen drei Stunden unterwegs zu mir. Trotzdem war er bisher jede Woche da, um mit mir Schabbes zu feiern. Er stammt aus einem frommen Haus. Er hat das Glück, daß ihm sein Chef ein Auto zur Verfügung gestellt hat. Meiner, Mr. Morrison, glaubt lei-

der, daß seit der Wüstenwanderung alle Kinder Israels gut zu Fuß sind. Ich bin nicht mehr von der Farm weggekommen, seitdem mich Süßkind hierher gebracht hat.

Leider gibt es keine Pferde. Der einzige Esel auf dieser Farm hat mich so oft abgeworfen, daß ich grün und blau war. Süßkind hat schrecklich gelacht und gesagt, afrikanische Esel könne man nicht reiten. Die ließen sich nicht für so dumm verkaufen wie die in deutschen Seebädern. Wenn du herkommst, wirst Du Dich auch daran gewöhnen müssen, daß es direkt ins Schlafzimmer regnet. Man stellt einfach einen Eimer auf und freut sich über das Wasser. Das ist nämlich kostbar. Vorige Woche hat es überall gebrannt. Ich war entsetzlich aufgeregt. Zum Glück war Süßkind gerade zu Besuch und hat mich über Buschfeuer aufgeklärt. Die gibt es hier immerzu.

Es tut mir gut zu wissen, daß der größte Teil Deines Briefes überholt ist. Inzwischen wirst Du ja erfahren haben, daß Deine Tage in Breslau gezählt sind. Bei dem Gedanken, Euch beide hier zu haben, schlägt mein Herz wie einst im Mai, als wir uns eine große Zukunft ausmalten. Heute wissen wir beide, daß nur eines wichtig ist – das Davonkommen.

Unbedingt weitermachen solltest Du mit Deinen Englischstunden, und es spielt wirklich keine Rolle, daß Dir der Lehrer nicht gefällt. Mit Spanisch kannst Du sofort aufhören. Das war doch nur für den Fall gedacht, daß wir Visa für Montevideo bekommen hätten. Um mit den Menschen auf der Farm zu reden, muß man Suaheli lernen. Da hat es der liebe Gott mal ausgesprochen gut mit uns gemeint. Suaheli ist eine sehr einfache Sprache. Ich konnte kein Wort, als ich nach Rongei kam, und jetzt bin ich schon soweit, daß ich mich leidlich mit Owuor verständigen kann. Er findet es wunderbar, wenn ich auf Gegenstände zeige und er mir dann die Dinge beim Namen nennen darf. Mich nennt er Bwana. So redet man hier die weißen Männer an. Du wirst die Memsahib sein (der Begriff wird nur für weiße Frauen gebraucht) und Regina das Toto. Das heißt Kind.

Vielleicht kann ich bis zu meinem nächsten Brief schon genug Suaheli, um Owuor klarzumachen, daß ich die Suppe nicht gern nach dem Pudding esse. Pudding kann er übrigens wunderbar kochen. Beim erstenmal habe ich viele schmatzende Geräusche gemacht. Er hat zurückgeschmatzt, und seitdem kocht er jeden Tag den gleichen Pudding. Eigentlich müßte ich mehr lachen, aber es lacht sich nicht gut allein. Nachts schon gar nicht, wenn man sich nicht gegen die Erinnerungen wehren kann.

Wenn ich bloß schon Nachricht von Dir hätte und ob Ihr Schiffskarten habt. Wer hätte je gedacht, daß es so wichtig werden könnte, aus der Heimat herauszukommen. Jetzt gehe ich zum Melken. Das heißt, ich sehe zu, während die Boys melken, und lerne die Namen der Kühe. Das lenkt ab.

Schreib bitte sofort, wenn Du meine Briefe bekommst. Und versuche, Dich so wenig wie möglich aufzuregen. Du kannst sicher sein, daß meine Gedanken Tag und Nacht bei Euch sind.

Einen dicken Kuß für Euch beide, Deine Mutter und Deine Schwester.

Dein alter Walter

Rongai, den 15. März 1938

Meine liebe Jettel!

Heute kam Dein Brief vom 31. Januar. Er hat mich sehr traurig gemacht, weil ich Dir gar nicht helfen kann in Deiner Angst. Ich kann mir gut vorstellen, daß Du jetzt sehr viel Trauriges hörst, aber das müßte Dir auch zeigen, daß das Schicksal nicht nur uns getroffen hat. Es stimmt übrigens nicht, daß nur ich allein ausgewandert bin. Hier sind viele Männer, die erst versuchen wollen, eine Existenz zu schaffen, ehe sie die Familie nachholen, und die sind nun in der gleichen Lage wie ich – nur ohne das Glück, daß ein rettender Engel wie Rubens eingegriffen hat. Du mußt fest daran glauben, daß wir uns bald wiedersehen. Das sind wir dem lieben Gott schuldig. Es hat auch keinen Zweck, darüber zu grübeln, ob wir besser nach Holland oder nach Frankreich gegangen wären. Wir hatten ja gar keine Wahl mehr, und wer weiß, wozu es gut ist.

Es ist nicht mehr wichtig, daß sie Regina nicht in dem Kindergarten nehmen wollen. Und es spielt auch keine Rolle für unser ferneres Glück, daß Dich Leute nicht mehr grüßen, die Du seit Jahren kennst. Du mußt jetzt wirklich lernen, Unwichtiges von

Wichtigem zu unterscheiden. Unser Leben nimmt keine Rücksicht mehr darauf, daß Du als verwöhnte höhere Tochter aufgewachsen bist. In der Emigration zählt nicht das, was man war, sondern nur, daß Mann und Frau am selben Strang ziehen. Ich bin sicher, daß wir es schaffen. Wenn du nur schon hier wärst und wir damit beginnen könnten.

Einen ganz dicken Kuß für Euch beide

Dein alter Walter

Rongai, den 17. März 1938

Lieber Süßkind!

Ich weiß nicht, wie lange der Boy mit diesem Brief unterwegs sein wird. Ich habe vierzig Fieber und bin nicht immer klar im Kopf. Falls mir was passieren sollte, findest Du die Adresse von meiner Frau im Kästchen auf der Kiste neben meinem Bett.

Walter

Rongai, den 4. April 1938

Meine geliebte Jettel!

Heute kam Dein Brief mit der so sehnsuchtsvoll erwarteten guten Nachricht. Süßkind hat ihn von der Bahnstation mitgebracht und ist natürlich schrecklich erschrocken, als ich in Tränen ausbrach. Stell Dir vor, dann hat der lange Lulatsch von einem Mann mitgeweint. Das ist das Gute, wenn man ein Refugee und kein deutscher Mann mehr ist. Man braucht sich seiner Tränen nicht zu schämen.

Wie lang wird mir die Zeit bis Juni werden, bis Ihr an Bord geht. Wenn ich mich richtig erinnere, ist die ›Adolf Woermann‹ ein Luxusschiff und fährt rund um Afrika. Das heißt, daß Ihr oft und lange in den Häfen anlegen und länger unterwegs sein werdet als ich mit der ›Ussukuma‹. Versuche, die Zeit so gut wie möglich zu genießen, aber es ist besser für Euch, wenn Ihr Euch an Menschen haltet, die Neujahr im September feiern. Sonst gibt es überflüssige Probleme. Ich habe mich auf der Reise zu sehr in meiner Kabine verkrochen, und es war doch die letzte Gelegenheit, mit Menschen zu reden.

Schade, daß Du meinem Rat mit der Drei-Bett-Kabine nicht gefolgt bist. Das hätte uns viel Geld gespart, das uns nun hier fehlen wird, und dem Kind hätte eine fremde Schlafgenossin bestimmt nicht geschadet. Sie muß lernen, daß sie zwar Regina heißt, aber keine Königin ist.

Ich will jedoch nicht mit dir in einem Moment rechten, in dem ich so dankbar und glücklich bin. Es ist jetzt wichtig, daß Du deine Sinne beisammen hast und zusiehst, daß die Kisten mit Euch reisen können. Nicht, weil wir die Dinge so nötig brauchen, doch habe ich von Leuten gehört, die sich ihr Auswanderungsgut haben nachschicken lassen und heute noch darauf warten. Ich fürchte, Du hast nicht verstanden, wie wichtig ein Eisschrank für uns ist. In den Tropen braucht man den so nötig wie das tägliche Brot. Du solltest Dich doch noch mal bemühen, einen zu finden. Süßkind könnte mir Fleisch aus Nakuru mitbringen, ohne Eisschrank ist es jedoch schon nach einem einzigen Tag verdorben. Und Mr. Morrison nimmt es als Chef sehr genau. Eins seiner Hühner darf nur dann geschlachtet werden, wenn er auf die Farm kommt. Ich bin froh, daß er mich wenigstens die Eier essen läßt.

Gratuliere zur Petromaxlampe. Da müssen wir nicht mit Mr. Morrisons kostbaren Hühnern zu Bett gehen. Das Abendkleid hättest Du nicht kaufen sollen. Hier wirst Du keine Gelegenheit haben, es zu tragen. Du bist nämlich gewaltig im Irrtum, wenn Du glaubst, Leute wie Rubens würden Dich zu ihren Gesellschaften einladen. Erstens besteht eine gewaltige Kluft zwischen den alteingesessenen, reichen Juden und uns mittellosen Refugees, und zweitens lebt die Familie Rubens in Nairobi, und das ist weiter entfernt von Rongai als Breslau von Sohrau.

Ich darf Dir Deine falschen Vorstellungen von Afrika jedoch nicht verübeln. Ich hatte ja auch keine Ahnung, was uns erwartet, und staune immer noch über Dinge, die Süßkind nach zwei Jahren selbstverständlich findet. Suaheli kann ich schon recht gut und merke immer mehr, wie rührend sich Owuor um mich sorgt.

Ich war nämlich krank. An einem Tag hatte ich hohes Fieber, und da hat Owuor darauf gedrungen, daß ich nach Süßkind schickte. Der kam noch spät in der Nacht hier an und erkannte sofort, was mit mir los war. Malaria. Zum Glück hatte er Chinin dabei, und es ging mir schnell wieder besser. Du darfst jedoch nicht erschrecken, wenn Du mich siehst. Ich habe sehr abgenommen und bin ziemlich gelb im Gesicht. Du siehst, der kleine Spiegel, den mir Deine Schwester zum Abschied schenkte und der mir damals so überflüssig vorkam, ist doch sehr nützlich. Leider erzählt er meistens unerfreuliche Geschichten.

Durch meine Krankheit ist mir klargeworden, wie wichtig Medikamente sind in einem Land, in dem man nicht nach dem Arzt telefonieren kann und ihn auch gar nicht bezahlen könnte. Vor allem brauchen wir Jod und Chinin. Deine Mutter wird bestimmt einen Arzt kennen, der es noch gut mit Menschen wie uns meint und der Dir die Sachen verschafft. Laß Dir auch erklären, wieviel Chinin man einem Kind gibt. Ich will Dir keine Angst machen, aber in diesem Land muß man lernen, sich selbst zu helfen. Ohne Süßkind wäre es übel um mich bestellt gewesen. Und natürlich ohne Owuor, der nicht von meiner Seite gewichen ist und mich gefüttert hat wie ein Kind. Er will übrigens nicht glauben, daß ich nur ein Kind habe. Er hat sieben, aber, wenn ich ihn richtig verstanden habe, auch drei Frauen. Stell Dir vor, er müßte für die ganze Familie Bürgschaften besorgen! Aber er hat ja eine Heimat. Ich beneide ihn sehr. Auch, weil er nicht lesen kann und nicht mitbekommt, was in der Welt geschieht. Merkwürdigerweise scheint er jedoch zu wissen, daß ich eine ganz andere Art von Europäer bin als Mr. Morrison.

Erzähl Regina von mir. Ob sie ihren Papa noch erkennt? Was mag das Kind von den Dingen mitbekommen? Am besten Du sprichst erst auf dem

Schiff mit ihr. Da macht es nichts mehr, wenn sie was ausplappert. Mach Du nicht zu viele Abschiedsbesuche. Sie brechen nur das Herz. Mein Vater wird auch Verständnis dafür haben, wenn Ihr nicht noch einmal nach Sohrau fahrt. Ich glaube, es wird ihm sogar recht sein. Und gib Deiner Mutter und Käte einen Kuß von mir. Es wird schlimm für die beiden sein, wenn der Tag der Trennung kommt. Manche Gedanken kann man gar nicht zu Ende denken.

Seid beide innigst umarmt
Dein alter Walter

Rongai, den 4. April 1938

Meine liebe Regina!
Heute bekommst du einen eigenen Brief, weil dein Papa so glücklich ist, daß er Dich bald wiedersehen wird. Du mußt jetzt besonders artig sein, abends immer beten und Mama helfen, wo du nur kannst. Die Farm, auf der wir alle drei leben werden, wird Dir bestimmt gefallen. Es sind nämlich sehr viele Kinder hier. Du mußt nur ihre Sprache lernen, ehe du mit ihnen spielen kannst. Hier scheint die Sonne jeden Tag. Aus Eiern kriechen kleine, niedliche Küken. Zwei Kälber sind auch schon geboren worden, seitdem ich hier bin. Aber eins mußt du wissen: Es werden nur Kinder nach Afrika hereingelassen, die keine Angst vor Hunden haben. Üb also, tapfer zu sein. Mut ist im Leben viel wichtiger als Schokolade.

Ich schicke Dir so viele Küsse, wie auf Deinem

Gesicht Platz haben. Gib Mama, Oma und Tante Käte welche ab.

Dein Papa

Rongai, den 1. Mai 1938

Mein lieber Vater, meine liebe Liesel!

Gestern kam Euer Brief mit Rosensamen, Sauerkrautrezept und den neuesten Sohrauer Nachrichten hier an. Wenn ich doch nur in Worte fassen könnte, was so ein Brief bedeutet. Ich komme mir wie der kleine Junge vor, dem Du, lieber Vater, von der Front geschrieben hast. In jedem Deiner Briefe kamen Mut und Vaterlandstreue vor. Nur kam damals keiner von uns auf den Gedanken, daß man den meisten Mut braucht, wenn man kein Vaterland mehr hat.

Ich mache mir noch größere Sorgen um Euch als zuvor, seitdem die Österreicher heim ins Reich geholt worden sind. Wer weiß, ob die Deutschen nicht ein ähnliches Glück für die Tschechen vorgesehen haben. Und was wird aus Polen?

Ich habe mir immer vorgestellt, ich könnte etwas für Euch tun, wenn ich erst in Afrika bin. Aber natürlich habe ich nie geahnt, daß man im zwanzigsten Jahrhundert Menschen nur auf Kost und Logis anstellt. Bis Jettel und Regina hier sind, ist nicht an eine Veränderung zu denken. Auch danach wird es schwer sein, eine Stellung zu finden, bei der es zu Eiern, Butter und Milch zusätzlich noch ein Gehalt gibt.

Setzt Euch wenigstens mit einer jüdischen Stelle

in Verbindung, die Auswanderer berät. Dafür lohnt sich auch die Reise nach Breslau. Da könntet Ihr Regina und Jettel noch einmal sehen. Ich wollte ja nicht, daß die beiden vor der Abfahrt noch einmal nach Sohrau kommen. Aus Jettels Briefen merke ich, wie nervös sie ist.

Vor allem, lieber Vater, mach Dir keine Illusionen mehr. Unser Deutschland ist tot. Es hat unsere Liebe mit Füßen getreten. Ich reiße es mir jeden Tag aufs neue aus dem Herzen. Nur unser Schlesierland will nicht weichen.

Ihr fragt Euch vielleicht, weshalb ich hier draußen so gut über die Welt Bescheid weiß. Das Radio, das mir Stattlers zum Abschied geschenkt haben, ist ein wahres Wunder. Ich bekomme Deutschland so klar wie zu Hause. Außer meinem Freund Süßkind (er lebt auf der Nachbarfarm und war schon in seinem ersten Leben Landwirt) ist das Radio der einzige Mensch, der mit mir Deutsch spricht. Ob es Herrn Goebbels gefallen würde, daß der Jude von Rongai den Durst nach Muttersprache mit seinen Reden stillt?

Den Genuß gestatte ich mir nur abends. Tagsüber rede ich mit den Schwarzen, was immer besser klappt, und erzähle den Kühen von meinen Prozessen. Die Tiere mit den sanften Augen haben für alles Verständnis. Erst heute morgen sagte mir ein Ochse, daß ich recht hatte, mich nicht von meinem BGB zu trennen. Trotzdem kann ich mich des Gefühls nicht erwehren, daß es einem Farmer weniger nutzt als einem Rechtsanwalt.

Süßkind behauptet immer, ich hätte genau den Humor, um in diesem Land zu bestehen. Ich fürchte, er verwechselt da einiges. Übrigens würde Wilhelm Kulas hier große Karriere machen. Mechaniker nennen sich Ingenieure und finden schnell Arbeit. Wenn ich jedoch behaupten würde, ich sei zu Hause Justizminister gewesen, würde mich das auch keinen Schritt weiterbringen. Dafür habe ich meinem Boy beigebracht, ›Ich hab' mein Herz in Heidelberg verloren‹ zu singen. Wenn einer so viel Mühe mit jedem Wort hat wie er, dauert das Lied genau viereinhalb Minuten und eignet sich wunderbar als Eieruhr. Meine weichen Eier schmecken jetzt wie zu Hause. Ihr seht, ich habe auch meine kleinen Erfolge. Schade, daß die größeren so lange dauern.

Voller Hoffnung, daß sich bei Euch doch etwas tun wird, umarmt Euch mit sehr viel Sehnsucht

Euer Walter

Rongai, den 25. Mai 1938

Meine liebe Ina, meine liebe Käte!

Wenn Euch dieser Brief erreicht, sind Jettel und Regina, so Gott will, schon unterwegs. Ich kann mir denken, wie Euch zumute ist, aber in Worte kann ich nicht fassen, was mich bewegt, wenn ich an Euch und Breslau denke. Ihr habt Jettel geholfen, die Zeit unserer Trennung zu ertragen, und wie ich meine verwöhnte Jettel kenne, hat sie es Euch bestimmt nicht leichtgemacht.

Sorgt Euch nicht um Jettel. Ich bin bester Hoffnung, daß sie sich hier einleben wird. Bestimmt hat sie durch die Erfahrungen der letzten Jahre und besonders der letzten Monate begriffen, daß nur eines zählt, nämlich, daß wir zusammen und in Sicherheit sind. Ich weiß, liebe Ina, daß Du Dir oft Sorgen machst, weil ich ein Hitzkopf bin und Jettel ein störrisches Kind ist, das schnell die Fassung verliert, wenn es nicht nach seinem Willen geht, aber mit unserer Ehe hat das nichts zu tun. Jettel war die große Liebe meines Lebens und wird es auch immer bleiben. So schwer sie es mir auch manchmal macht.

Du siehst, die ewige afrikanische Sonne öffnet Herz und Mund, aber ich finde, manche Dinge muß man beizeiten aussprechen. Und da ich gerade dabei bin: eine bessere Schwiegermutter als Du, meine geliebte Ina, gibt es nicht noch einmal. Ich spreche hier nicht von Deinen Bratkartoffeln, sondern von meiner ganzen Studentenzeit. Ich war neunzehn Jahre alt, als ich in Dein Haus kam und Du mir das Gefühl gabst, ich sei Dein Sohn. Wie lange scheint das her, und wie wenig habe ich Dir Deine Güte entgelten können.

Ihr braucht jetzt alle Kraft für Euch selbst. Große Hoffnung setzte ich auf Euren Briefwechsel mit Amerika. Nutzt jede Möglichkeit. Ich weiß, daß Du nicht viel vom Beten hältst, Ina, aber ich kann es nicht lassen, Gott um seinen Beistand zu bitten. Hoffentlich gibt er mir eines Tages Gelegenheit, ihm zu danken.

Jettel und Regina werden hier wie Fürsten empfangen werden. Für Regina habe ich ein wunderbares Bett aus Zedernholz mit einer Krone am Kopfende bauen lassen. (Ich habe hier zwar nichts zum Leben, darf aber so viele Bäume fällen, wie ich will.) Die Krone habe ich auf Papier gezeichnet, und Owuor, mein treuer Boy und Kamerad, hat einen fast nackten Riesen mit einem Messer angeschleppt, der unsere Krone schnitzte. So ein schönes Stück gibt es bestimmt in ganz Breslau nicht. Für Jettel haben wir den Pfad zwischen dem Wohngebäude und dem Plumpsklo mit Brettern gepflastert, damit sie nicht im Lehm versinkt, wenn sie in der Regenzeit muß. Hoffentlich erschrickt sie nicht zu sehr, wenn sie erlebt, daß man hier selbst die kleinsten Geschäfte genau berechnen muß. Zwischen Haus und Klo läuft man drei Minuten. Bei Durchfall weniger.

Grüßt mir das Rathaus und alle, die den Meinen beigestanden haben. Und gebt gut auf Euch acht. Wie dumm komme ich mir vor, so etwas zu schreiben, aber wie soll man ausdrücken, was man empfindet?

In großer Liebe
Euer Walter

Rongai, den 20. Juli 1938

Meine geliebte Jettel!
Heute erhielt ich Deinen Brief aus Southampton. Kann ein einzelner Mensch so dankbar, glücklich und erleichtert sein? Endlich, endlich, endlich. Wir können uns wieder ohne Angst schreiben. Ich be-

wundere Dich sehr, daß du mir die Häfen angegeben hast, in denen die ›Adolf Woermann‹ Post aufnimmt. Auf die Idee bin ich damals nicht gekommen. Dieser Brief geht also nach Tanger. Wenn die Post sich nach meinen Berechnungen richtet, müßte er Dich gut dort erreichen. Um Dir nach Nizza zu schreiben, wäre die Zeit zu knapp gewesen. Hoffentlich bist Du nicht zu enttäuscht. Ich weiß inzwischen sehr gut, wie es ist, wenn man auf Post wartet.

In Tanger wird Regina die ersten schwarzen Menschen sehen. Hoffentlich erschrickt unser kleiner Angsthase nicht zu sehr. Ich habe mich sehr gefreut, daß sie die Aufregungen der Abfahrt gut überstanden hat. Vielleicht haben wir sie immer für zarter gehalten, als sie ist. Wie es Dir zumute war, kann ich mir denken. Daß Deine Mutter Dich nach Hamburg begleitet hat, ist mir sehr nahegegangen. Daß ein Herz ohne Hoffnung immer noch an andere denken kann!

Laß Dir keine grauen Haare wachsen, weil Du nun doch nicht den Eisschrank gekauft hast. Wir legen Fleisch und Butter einfach in Dein neues Abendkleid und hängen das Ganze in der prallen Sonne in den Wind. So kühlt man hier wirklich Lebensmittel, wenn auch nicht in Seidenstoffen, aber wir können es ja versuchen. Dann hast Du das Gefühl, daß so ein Abendkleid wenigstens zu etwas nutze ist. Gestern habe ich Bananen gekauft. Nicht ein Pfund und nicht ein Kilo, sondern einen ganzen Stamm mit mindestens fünfzig Stück. Regina wird staunen, wenn sie so etwas sieht. Von Zeit zu Zeit kommen Frauen mit riesigen Bananenstauden vorbei und bieten sie auf den Farmen an. Beim erstenmal sind alle Schwarzen zusammengelaufen und haben sich fast totgelacht, weil ich nur drei Stück kaufen wollte. Die Bananen sind sehr billig (selbst für Nebbiche) und ganz grün, aber sie schmecken wunderbar. Ich wollte, alles würde hier so gut schmecken.

Ich glaube, Owuor freut sich, daß Ihr kommt. Mit mir war er drei Tage lang böse. Als ich nämlich endlich genug Suaheli gelernt hatte, um ganze Sätze zu bilden, habe ich ihm verraten, daß ich nicht jeden Tag den gleichen Pudding will. Das hat ihn vollkommen aus der Fassung gebracht. Immer wieder warf er mir vor, daß ich seinen Pudding schon am ersten Tag gelobt hätte. Dabei ahmte er meine schmatzenden Geräusche von unserer ersten Puddingbegegnung nach und sah mich höhnisch an. Ich stand wie ein begossener Pudel da und wußte natürlich nicht, was Abwechslung auf Suaheli heißt, falls es dieses Wort überhaupt gibt.

Es dauert sehr lange, ehe man die Mentalität der Menschen hier versteht, aber sie sind sehr liebenswert und bestimmt auch klug. Vor allem kämen sie nie auf die Idee, Menschen einzusperren oder sie aus dem Land zu jagen. Ihnen ist es egal, ob wir Juden oder Refugees oder unglücklicherweise gleich beides sind. An guten Tagen glaube ich manchmal, daß ich mich an dieses Land gewöhnen könnte. Vielleicht haben die Schwarzen eine Medizin (heißt hier Daua) gegen Erinnerungen.

Jetzt muß ich Dir noch von einem ganz großen Erlebnis erzählen. Vor einer Woche stand plötzlich Heini Weyl vor mir. Genau der mit dem großen Wäschegeschäft am Tauentzienplatz, den ich damals auf Vaters Rat hin aufsuchte, als ich gelöscht wurde und nicht wußte, wohin wir auswandern sollten. Heini hat mir ja damals zu Kenia geraten, weil man ja nur fünfzig Pfund pro Kopf brauchte.

Er ist schon seit elf Monaten im Land und hat versucht, in einem Hotel unterzukommen, was jedoch nicht geklappt hat. Kellner zu sein gilt als nicht standesgemäß für Weiße, und für die besseren Positionen muß man Englisch können. Nun hat er eine Stellung als Manager (ist hier jeder, selbst ich) auf einer Goldmine in Kisumu gefunden. Seinen Optimismus hat er behalten, obwohl Kisumu ein schrecklich heißes Klima haben soll und als Malariagegend verrufen ist. Weil Rongai auf dem Weg von Nairobi nach Kisumu ist, hat Heini in einem Wagen, den er für sein letztes Geld gekauft hat, mit seiner Frau Ruth bei mir Station gemacht. Wir haben die ganze Nacht gequatscht und uns von Breslau erzählt.

Owuor vergaß seinen Puddingärger und kam mit einem Huhn an, obwohl die ja nur für Mr. Morrison geschlachtet werden dürfen. Er behauptete, das Huhn sei ihm direkt vor die Füße gelaufen und tot umgefallen.

Du kannst Dir gar nicht vorstellen, was Besuch auf der Farm bedeutet. Man kommt sich wie ein Toter vor, der wieder zum Leben erweckt worden ist.

Leider haben Weyls erzählt, daß Fritz Feuerstein und die beiden Brüder Hirsch verhaftet worden sind. Wie ich aus einem Brief von Schlesingers aus Leobschütz weiß, haben sie auch Hans Wohlgemut und seinen Schwager Siegfried geholt. Ich weiß das schon lange, aber ich hatte Angst, Dir von Verhaftungen zu schreiben, solange Du noch in Breslau warst. So habe ich Dir auch nie berichtet, daß unser guter, treuer Greschek, der es sich ja bis zum Schluß nicht nehmen ließ, zu einem jüdischen Anwalt zu gehen, mich im Zug bis nach Genua begleitet hat. Und einen Brief hierher hat er mir auch geschrieben. Hoffentlich versteht er, daß ich ihm um seinetwillen nicht geantwortet habe.

Was sind wir doch für Glückskinder, daß wir uns wieder ohne Angst schreiben können. Was spielt es da für eine Rolle, daß Du Dir auf der ›Adolf Woermann‹ anhören mußt, wie die Nazis an Deinem Tisch das Hitlerbild anschwärmen? Du mußt wirklich lernen, Kränkungen nicht mehr wichtig zu nehmen. Das können sich nur reiche Leute leisten. Es zählt allein, daß Ihr auf der ›Adolf Woermann‹ seid, und nicht, wer mitfährt.

In einem Monat wirst Du die Leute, die Dir auf den Magen schlagen, nicht mehr sehen. Owuor weiß überhaupt nicht, wie man Menschen kränkt.

Süßkind ist bester Hoffnung, daß sein Chef ihm erlauben wird, mit dem Wagen nach Mombasa zu fahren. Dann können wir Euch beide abholen und direkt hierherbringen. Direkt bedeutet übrigens eine Reise von mindestens zwei Tagen auf ungeteerten Straßen, aber wir können eine Nacht in Nairobi bei einer Familie Gordon unterkommen. Gordons leben schon vier Jahre dort und sind immer bereit, Neuankömmlingen zu helfen. Sollte Süßkinds Chef nicht einsehen, daß ein Refugee nach Monaten der Todesangst das Bedürfnis hat, seine Frau und sein Kind in die Arme zu schließen, dann sei nicht traurig. Einer von der Jüdischen Gemeinde wird Euch in Mombasa in den Zug nach Nairobi setzen und dann für die Weiterfahrt nach Rongai sorgen. Die Gemeinden sind hier großartig. Schade, daß das nur für die Ankunft gilt.

Ich zähle nicht mehr die Wochen, sondern die Tage und Stunden, bis wir uns wiedersehen, und komme mir dabei wie der Bräutigam vor der Hochzeitsnacht vor.

Sei innigst umarmt von
Deinem alten Walter

2

»Toto«, lachte Owuor, als er Regina aus dem Auto hob. Er warf sie ein kleines Stück dem Himmel entgegen, fing sie wieder auf und drückte sie an sich. Seine Arme waren weich und warm, die Zähne sehr weiß. Die großen Pupillen der runden Augen machten sein Gesicht hell, und er trug eine hohe, dunkelrote Kappe, die wie einer jener umgestülpten Eimer aussah, die Regina vor der großen Reise im Sandkasten zum Kuchenbacken genommen hatte. Von der Kappe schaukelte eine schwarze Bommel mit feinen Fransen; sehr kleine schwarze Locken krochen unter dem Rand hervor. Über seiner Hose trug Owuor ein langes weißes Hemd, genau wie die fröhlichen Engel in den Bilderbüchern für artige Kinder. Owuor hatte eine flache Nase, dicke Lippen und einen Kopf, der wie ein schwarzer Mond aussah. Sobald die Sonne die Schweißtropfen auf der Stirn glänzen ließ, verwandelten sie sich in bunte Perlen. Noch nie hatte Regina so winzige Perlen gesehen.

Der herrliche Duft, der Owuors Haut entströmte, roch wie Honig, verjagte Angst und ließ ein kleines Mädchen zu einem großen Menschen werden. Regina machte ihren Mund weit auf, um den Zauber besser schlucken zu können, der Müdigkeit und Schmerzen aus dem Körper trieb. Erst spürte sie, wie sie in Owuors Armen stark wurde, und dann merkte sie, daß ihre Zunge fliegen gelernt hatte.

»Toto«, wiederholte sie das schöne, fremde Wort.

Sanft stellte sie der Riese mit den mächtigen Händen und der glatten Haut auf die Erde. Er ließ ein Lachen aus der Kehle, das ihre Ohren kitzelte. Die hohen Bäume drehten sich, die Wolken fingen an zu tanzen, und schwarze Schatten jagten sich in der weißen Sonne.

»Toto«, lachte Owuor wieder. Seine Stimme war laut und gut, ganz anders als die der weinenden und flüsternden Menschen in der großen grauen Stadt, von der Regina nachts träumte.

»Toto«, jubelte Regina zurück und wartete gespannt auf Owuors sprudelnde Fröhlichkeit.

Sie riß die Augen so weit auf, daß sie glitzernde Punkte sah, die im hellen Licht zu einem Ball aus Feuer wurden, ehe sie verschwanden. Papa hatte seine kleine weiße Hand auf Mamas Schulter gelegt. Das Wissen, wieder Papa und Mama zu haben, erinnerte Regina an Schokolade. Erschrocken schüttelte sie den Kopf und spürte sofort einen kalten Wind auf der Haut. Ob der schwarze Mann im Mond nie mehr lachen würde, wenn sie an Schokolade dachte? Die gab es nicht für arme Kinder, und Regina wußte, daß sie arm war, weil ihr Vater nicht mehr Rechtsanwalt sein durfte. Mama hatte ihr das auf dem Schiff erzählt und sie sehr gelobt, weil sie alles so gut verstanden und keine dummen Fragen gestellt hatte, doch nun, in der neuen Luft, die gleichzeitig heiß und feucht war, konnte sich Regina nicht mehr an das Ende der Geschichte erinnern.

Sie sah nur, daß die blauen und roten Blumen auf dem weißen Kleid ihrer Mutter wie Vögel umherflogen. Auch auf Papas Stirn leuchteten winzige Perlen, nicht so schön und bunt wie auf Owuors Gesicht, aber doch lustig genug, um zu lachen.

»Komm, Kind«, hörte Regina ihre Mutter sagen, »wir müssen sehen, daß du sofort aus der Sonne kommst«, und sie merkte, daß ihr Vater nach ihrer Hand griff, doch die Finger gehörten ihr nicht mehr. Sie klebten an Owuors Hemd fest.

Owuor klatschte in die Hände und gab ihr die Finger zurück.

Die großen schwarzen Vögel, die auf dem kleinen Baum vor dem Haus gehockt hatten, flogen kreischend zu den Wolken, und dann flogen Owuors nackte Füße über die rote Erde. Im Wind wurde das Engelshemd eine Kugel. Owuor weglaufen zu sehen, war schlimm.

Regina spürte den scharfen Schmerz in der Brust, der immer vor einem großen Kummer kam, aber sie erinnerte sich rechtzeitig, daß ihre Mutter gesagt hatte, sie dürfe in ihrem neuen Leben nicht mehr weinen. So kniff sie die Augen zu, um die Tränen einzusperren. Als sie wieder sehen konnte, kam Owuor durch das hohe gelbe Gras. In seinen Armen lag ein kleines Reh.

»Das ist Suara. Suara ist ein Toto wie du«, sagte er, und obwohl Regina ihn nicht verstand, breitete sie die Arme aus. Owuor gab ihr das zitternde Tier. Es lag auf dem Rücken, hatte dünne Beine und so kleine Ohren wie die Puppe Anni, die nicht mit auf die Reise hatte kommen dürfen, weil kein Platz mehr in den Kisten gewesen war. Noch nie hatte Regina ein Tier angefaßt. Aber sie spürte keine Angst. Sie ließ ihr Haar über die Augen des kleinen Rehs fallen und berührte seinen Kopf mit ihren Lippen, als hätte sie schon lange danach verlangt, nicht mehr nach Hilfe zu rufen, sondern Schutz zu geben.

»Es hat Hunger«, flüsterte ihr Mund. »Ich auch.«

»Großer Gott, das hast du in deinem ganzen Leben nicht gesagt.«

»Mein Reh hat das gesagt. Ich nicht.«

»Du bringst es hier noch weit, scheue Prinzessin. Du redest jetzt schon wie ein Neger«, sagte Süßkind. Sein Lachen war anders als das von Owuor, aber auch gut für die Ohren.

Regina drückte das Reh an sich und hörte nichts mehr als die regelmäßigen Schläge, die aus seinem warmen Körper kamen. Sie machte ihre Augen zu. Ihr Vater nahm das schlafende Tier aus ihren Armen und gab es Owuor. Dann hob er Regina hoch, als sei sie ein kleines Kind, und trug sie ins Haus.

»Fein«, jubelte Regina, »wir haben Löcher im Dach. So etwas hab' ich noch nie gesehen.«

»Ich auch nicht, bis ich herkam. Warte nur ab, in unserem zweiten Leben ist alles anders.«

»Unser zweites Leben ist so schön.«

Das Reh hieß Suara, weil Owuor es am ersten Tag

so genannt hatte. Suara lebte in einem großen Stall hinter dem kleinen Haus, leckte mit warmer Zunge Reginas Finger ab, trank Milch aus einer kleinen Blechschüssel und konnte schon nach einigen Tagen an zarten Maiskolben kauen. Jeden Morgen machte Regina die Stalltür auf. Dann sprang Suara durch das hohe Gras und rieb bei der Heimkehr den Kopf an Reginas braunen Hosen. Sie trug die Hosen seit dem Tag, an dem der große Zauber begonnen hatte. Wenn abends die Sonne vom Himmel fiel und die Farm in einen schwarzen Mantel hüllte, ließ sich Regina von ihrer Mutter die Geschichte von Brüderchen und Schwesterchen erzählen. Sie wußte, daß sich auch ihr Reh in einen Jungen verwandeln würde.

Als Suaras Beine länger waren als das Gras hinter den Bäumen mit den Dornen und Regina schon die Namen von so vielen Kühen kannte, daß sie ihrem Vater beim Melken sagen mußte, wie sie hießen, brachte Owuor den Hund mit weißem Fell und schwarzen Flecken. Seine Augen hatten die Farbe heller Sterne. Die Schnauze war lang und feucht. Regina schlang ihre Arme um den Hals, der so rund und warm war wie Owuors Arme. Mama rannte aus dem Haus und rief: »Du hast doch Angst vor Hunden.«

»Hier nicht.«

»Den nennen wir Rummler«, sagte Papa mit einer so tiefen Stimme, daß Regina sich verschluckte, als sie zurücklachte. »Rummler«, kicherte sie, »ist ein schönes Wort. Genau wie Suara.«

»Rummler ist aber Deutsch. Dir gefällt doch nur noch Suaheli.«

»Rummler gefällt mir auch.«

»Wie kommst du auf Rummler?« fragte Mama. »Das war doch der Kreisleiter in Leobschütz.«

»Ach, Jettel, wir brauchen unsere Spiele. Jetzt können wir den ganzen Tag Rummler, du Mistkerl, rufen und uns freuen, daß uns keiner verhaften kommt.«

Regina seufzte und streichelte den großen Kopf des Hundes, der mit seinen kurzen Ohren die Fliegen vertrieb. Sein Körper dampfte in der Hitze und roch nach Regen. Papa sagte zu oft Dinge, die sie nicht verstand, und wenn er lachte, kam nur ein kurzer heller Ton, der nicht wie Owuors Gelächter vom Berg zurückprallte. Sie flüsterte dem Hund die Geschichte vom verwandelten Reh zu, und er schaute in die Richtung von Suaras Stall und begriff sofort, wie sehr sich Regina einen Bruder wünschte.

Sie ließ sich vom Wind die Ohren streicheln und hörte, daß ihre Eltern immer wieder Rummlers Namen nannten, aber sie konnte sie nicht richtig verstehen, obwohl die Stimmen sehr deutlich waren. Jedes Wort war wie eine Seifenblase, die sofort platzte, wenn man nach ihr greifen wollte.

»Rummler, du Mistkerl«, sagte Regina schließlich, doch erst als die Gesichter ihrer Eltern so hell wurden wie Lampen mit einem frischen Docht, erkannte sie, daß die drei Worte ein Zauberspruch waren.

Regina liebte auch Aja, die kurz nach Rummler

auf die Farm gekommen war. Sie stand eines Morgens vor dem Haus, als die letzte Röte vom Himmel verschwand und die schwarzen Geier auf den Dornakazien den Kopf unter den Flügeln hervorholten. Aja war das Wort für Kinderfrau und schon deshalb schöner als andere, weil es sich ebensogut vorwärts wie rückwärts sprechen ließ. Aja war, genau wie Suara und Rummler, ein Geschenk von Owuor.

Alle reichen Familien auf den großen Farmen mit tiefen Brunnen auf den Rasenflächen vor den mächtigen Häusern aus weißem Stein hatten eine Aja. Ehe Owuor nach Rongai gekommen war, hatte er auf so einer Farm bei einem Bwana gearbeitet, der sich ein Auto und viele Pferde hielt und natürlich eine Aja für seine Kinder.

»Ein Haus ohne Aja ist nicht gut«, hatte er an dem Tag gesagt, als er die junge Frau von den Hütten am Ufer des Flusses anbrachte. Die neue Memsahib, der er beigebracht hatte, ›senta sana‹ zu sagen, wenn sie danken wollte, hatte ihn mit ihren Augen gelobt.

Ajas Augen waren so sanft, kaffeebraun und groß wie die von Suara. Ihre Hände waren zierlich und an den Innenflächen weißer als Rummlers Fell. Sie bewegte sich so schnell wie junge Bäume im Wind und hatte eine hellere Haut als Owuor, obgleich beide zum Stamm der Jaluo gehörten. Wenn der Wind an dem gelben Umhang riß, der an einem dicken Knoten auf Ajas rechter Schulter lag, schaukelten die festen kleinen Brüste wie Kugeln an einem Strick. Aja wurde nie böse oder ungeduldig. Sie sprach wenig, aber die kurzen Laute, die sie aus ihrer Kehle ließ, klangen wie Lieder.

Lernte Regina von Owuor das Sprechen so gut und schnell, daß sie sehr bald von den Menschen besser verstanden wurde als ihre Eltern, so brachte Aja das Schweigen in ihr neues Leben. Jeden Tag nach dem Mittagessen saßen die zwei im runden Schattenfleck vom Dornenbaum, der zwischen dem Haus und dem Küchengebäude stand. Dort konnte die Nase besser als irgendwo sonst auf der Farm den Duft von warmer Milch und gebratenen Eiern jagen. Waren die Nase satt und die Kehle feucht, rieb Regina ihr Gesicht leicht am Stoff von Ajas Umhang. Dann hörte sie zwei Herzen klopfen, ehe sie einschlief. Sie wachte erst auf, wenn die Schatten lang wurden und Rummler ihr Gesicht leckte.

Es folgten die Stunden, in denen Aja aus langen Gräsern kleine Körbe flocht. Ihre Finger rissen kleine Tiere mit winzigen Flügeln aus dem Schlaf, und nur Regina wußte, daß es Luftpferde waren, die mit ihren Wünschen zum Himmel flogen. Aja machte beim Arbeiten kleine, schnalzende Laute mit der Zunge, aber sie bewegte dabei nie die Lippen.

Die Nacht hatte auch ihre immer wiederkehrenden Geräusche. Sobald es dunkel wurde, heulten die Hyänen, und von den Hütten drangen Gesangsfetzen herüber. Selbst im Bett fanden Reginas Ohren noch Nahrung. Weil die Wände im Haus so niedrig waren, daß sie nicht bis zum Dach reichten, hörte sie jedes Wort, das ihre Eltern im Schlafzimmer sprachen.

Auch wenn sie flüsterten, waren die Laute so deutlich wie die Stimmen vom Tage. In guten Nächten klangen sie schläfrig wie das Summen der Bienen und Rummlers Schnarchen, wenn er mit nur wenigen Bewegungen seiner Zunge den Napf geleert hatte. Es gab aber sehr lange und böse Nächte mit Worten, die beim ersten Heulen der Hyänen aufeinander losgingen, Angst machten und erst im Schweigen erstickten, wenn die Sonne die Hähne weckte.

Nach den Nächten mit dem großen Lärm war Walter morgens früher in den Ställen als die Hirten, die die Kühe melkten, und Jettel stand mit roten Augen in der Küche und rührte ihren Zorn in den Milchtopf auf dem rauchenden Ofen. Nach den Qualen der Nacht fand keiner von beiden mehr den Weg zum anderen, ehe die kühle Abendluft von Rongai die Glut des Tages löschte und sich der verwirrten Köpfe erbarmte.

In solchen Momenten einer Versöhnung voller Scham und Verlegenheit blieb Walter und Jettel nur das seltsame Wunder, das die Farm an Regina hatte geschehen lassen. Dankbar teilten sie Staunen und Erleichterung. Das verschüchterte Kind, das zu Hause die Arme hinter dem Rücken verschränkt und den Kopf gesenkt hatte, wenn es von Fremden nur angelächelt wurde, hatte sich als Chamäleon entpuppt. Regina war am Gleichmaß der Tage von Rongai gesundet. Sie weinte selten und lachte, sobald Owuor in ihrer Nähe war. Dann hatte ihre Stimme keinen Hauch von Kindlichkeit und sie selbst eine Entschlossenheit, die Walter neidisch machte.

»Kinder finden sich schnell ab«, sagte Jettel an dem Tag, als Regina erzählte, sie habe Jaluo gelernt, um mit Owuor und Aja in ihrer Sprache reden zu können, »das hat schon meine Mutter gesagt.«

»Dann gibt's ja noch Hoffnung für dich.«

»Das finde ich nicht komisch.«

»Ich auch nicht.«

Walter bereute seinen kleinen Ausbruch sofort. Er vermißte sein früheres Talent zu harmlosen Scherzen. Seitdem seine Ironie bissig geworden war und Jettels Unzufriedenheit sie unberechenbar machte, hielten beider Nerven nicht mehr die kleinen Sticheleien aus, die ihnen in besseren Zeiten selbstverständlich gewesen waren.

Zu kurz hatten Walter und Jettel das Glück des Wiederfindens erleben dürfen, ehe die Niedergeschlagenheit zurückkehrte, die sie peinigte. Ohne daß sie es sich einzugestehen wagten, litten beide noch mehr an der erzwungenen Gemeinsamkeit, die die Einsamkeit auf der Farm ihnen abforderte, als an der Einsamkeit selbst.

Sie waren es nicht gewöhnt, sich vollkommen aufeinander einzustellen, und mußten doch jede Stunde des Tages ohne die Anregungen und Abwechslungen der Welt außerhalb ihrer Gemeinschaft miteinander verbringen. Der kleinstädtische Klatsch, den sie in den ersten Jahren ihrer Ehe belächelt und oft sogar als lästig empfunden hatten, erschien ihnen im Rückblick heiter und spannend.

Es gab keine kurzen Trennungen mehr und so auch nicht die Wiedersehensfreude, die den Streitereien den Stachel genommen hatten und die ihnen in der Erinnerung wie harmlose Plänkeleien erschienen.

Walter und Jettel hatten sich seit dem Tag gestritten, an dem sie sich kennengelernt hatten. Sein aufbrausendes Temperament duldete keinen Widerspruch; sie hatte die Selbstsicherheit einer Frau, die ein auffallend schönes Kind gewesen und von ihrer früh verwitweten Mutter vergöttert worden war. In der langen Verlobungszeit hatten sie die Auseinandersetzungen über Banalitäten und ihrer beider Unfähigkeit zum Einlenken noch beschwert, ohne daß sie einen Ausweg gefunden hatten. Erst in der Ehe lernten sie das vertraute Wechselspiel zwischen kleinen Kämpfen und belebenden Versöhnungen als Teil ihrer Liebe zu akzeptieren.

Als Regina geboren wurde und sechs Monate später Hitler an die Macht kam, fanden Walter und Jettel mehr Halt aneinander als zuvor, ohne sich bewußt zu werden, daß sie bereits Außenseiter im vermeintlichen Paradies waren. Erst im monotonen Lebensrhythmus von Rongai erkannten sie, was tatsächlich geschehen war. Sie hatten fünf Jahre lang die Kraft ihrer Jugend für die Illusion eingesetzt, sich eine Heimat zu erhalten, die sie schon längst verstoßen hatte. Nun wurden beide von der Kurzsichtigkeit und dem Wissen beschämt, daß sie nicht hatten sehen wollen, was viele bereits sahen.

Die Zeit hatte leichtes Spiel mit ihren Träumen gehabt. Im Westen Deutschlands wurden schon am 1. April 1933 mit dem Boykott der jüdischen Geschäfte die Weichen für die Zukunft ohne Hoffnung gestellt. Jüdische Richter wurden aus dem Amt, Professoren von den Universitäten gejagt, Anwälte und Ärzte verloren ihre Existenz, Kaufleute ihre Geschäfte und alle Juden die anfängliche Zuversicht, der Schrecken würde nur von kurzer Dauer sein. Die Juden in Oberschlesien blieben jedoch dank des Genfer Minderheitenschutzabkommens zunächst vor einem Schicksal verschont, das sie nicht fassen konnten.

Walter begriff nicht, daß er dem Schicksal der Verfemten nicht entkommen konnte, als er seine Praxis in Leobschütz aufzubauen begann und sogar Notar wurde. So waren in seinen Erinnerungen die Leobschützer – freilich mit einigen Ausnahmen, die er namentlich aufzählen konnte und es in Rongai auch immer wieder tat – freundliche und tolerante Menschen. Trotz der auch in Oberschlesien beginnenden Hetze gegen die Juden, hatten es sich einige, deren Anzahl in seinem Gedächtnis immer größer wurde, nicht nehmen lassen, zu einem jüdischen Anwalt zu gehen. Er hatte sich mit einem Stolz, der ihm im Rückblick ebenso unwürdig wie vermessen erschien, zu den Ausnahmen der vom Schicksal Verdammten gezählt.

Am Tag, als das Genfer Minderheitenschutzabkommen auslief, erhielt Walter seine Löschung als Anwalt. Das war seine erste persönliche Konfrontation mit dem Deutschland, das er nicht hatte wahrhaben wollen. Der Schlag war vernichtend. Daß sein Instinkt ebenso versagt hatte wie sein Verantwortungsbewußtsein für die Familie, empfand er als sein nie wieder gutzumachendes Versagen.

Jettel hatte mit ihrer Lust am Leben noch weniger Sinn für die Bedrohung gehabt. Ihr hatte es genügt, umschwärmter Mittelpunkt eines kleinen Kreises von Freunden und Bekannten zu sein. Als Kind hatte sie, eher zufällig als beabsichtigt, nur jüdische Freundinnen gehabt, nach der Schule bei einem jüdischen Anwalt eine Lehre gemacht und durch Walters Studentenverbindung, den KC, wiederum nur mit Juden Kontakt gepflegt. Ihr machte es nichts aus, daß sie nach 1933 nur mit den Leobschützer Juden verkehren konnte. Die meisten waren im Alter ihrer Mutter und empfanden Jettels Jugend, ihren Charme und ihre Freundlichkeit als belebend. Zudem war Jettel schwanger und rührend in ihrer Kindlichkeit. Bald wurde sie von den Leobschützern ebenso verwöhnt wie von ihrer Mutter, und sie genoß, im Gegensatz zu ihren anfänglichen Befürchtungen, das kleinstädtische Leben. Und sobald sie sich langweilte, fuhr sie nach Breslau.

Sonntags ging es oft nach Tropau. Es war nur ein kurzer Spaziergang zur tschechischen Grenze. Dort gab es zum schmackhaften Schnitzel und der großen Tortenauswahl wenigstens für Jettel immer zusätzlich die Illusion, daß auch die Auswanderung, von der man schon deshalb gelegentlich sprechen mußte, weil so viele Bekannte es taten, nicht sehr viel anders sein würde als die heiteren Ausflüge in das gastliche Nachbarland.

Nie wäre Jettel auf die Idee gekommen, daß Bedürfnisse wie der tägliche Einkauf, Einladungen zu Freunden, die Reisen nach Breslau, Kinobesuche und ein teilnahmsvoller Hausarzt am Bett, sobald die Patientin nur erhöhte Temperatur hatte, nicht gestillt werden könnten. Erst der Umzug nach Breslau als Vorstufe zur Auswanderung, die verzweifelte Suche nach einem Land, das zur Aufnahme von Juden bereit war, die Trennung von Walter und schließlich die Angst, ihn nie mehr wiederzusehen und mit Regina allein in Deutschland zurückbleiben zu müssen, rüttelten Jettel wach. Sie begriff, was in den Jahren geschehen war, in denen sie eine Gegenwart genossen hatte, die schon lange keine Zukunft mehr versprach. Und so schämte sich auch Jettel, die sich für lebensklug gehalten und die geglaubt hatte, einen sicheren Instinkt für Menschen zu haben, im nachhinein ihrer Sorglosigkeit und Gutgläubigkeit.

In Rongai wucherten ihre Selbstvorwürfe und Unzufriedenheit wie das wilde Gras. In den drei Monaten, die sie auf der Farm war, hatte Jettel nichts anderes gesehen als Haus, Kuhstall und den Wald. Sie hatte einen ebenso großen Widerwillen gegen die Trockenheit, die bei ihrer Ankunft den Körper kraftlos und den Kopf willenlos gemacht hatte, wie gegen den bald darauf einsetzenden großen Regen. Er reduzierte das Leben auf den aussichtslosen Kampf gegen den Lehm und das fruchtlose Bemühen, das Holz für den Ofen in der Küche trocken zu bekommen.

Immer da war die Furcht vor Malaria und daß Regina todkrank werden könnte. Vor allem lebte Jettel in der ständigen Panik, Walter könnte seine Stellung verlieren und sie müßten alle drei von Rongai fort und hätten keine Unterkunft. Mit ihrem geschärften Sinn für die Realität erkannte Jettel, daß Mr. Morrison, der bei seinen Besuchen selbst zu Regina unfreundlich war, ihren Mann für die Geschehnisse auf der Farm verantwortlich machte.

Für den Mais war es erst zu trocken gewesen und dann zu naß. Vom Weizen war die Saat nicht aufgegangen. Die Hühner hatten eine Augenkrankheit; mindestens fünf Stück verendeten täglich. Die Kühe gaben nicht genug Milch. Die letzten vier neugeborenen Kälber waren keine zwei Wochen alt geworden. Der Brunnen, den Walter auf Mr. Morrisons Wunsch hatte bohren lassen, gab kein Wasser. Größer wurden nur die Löcher im Dach.

Der Tag, als das erste Buschfeuer nach dem großen Regen den Menengai zur roten Wand machte, war besonders heiß. Trotzdem stellte Owuor Stühle für Walter und Jettel vor das Haus. »Ein Feuer muß man ansehen, wenn es lange geschlafen hat«, sagte er.

»Warum bleibst du dann nicht hier?«

»Meine Beine müssen fort.«

Der Wind war zu stark für die Stunde vor Sonnenuntergang, der Himmel grau vom schweren Rauch, der in dichten Wolken über die Farm rollte. Die Geier flogen von den Bäumen. Im Wald kreischten die Affen, und auch die Hyänen heulten zu früh. Die Luft war stechend. Sie machte das Sprechen schwer, aber plötzlich sagte Jettel sehr laut: »Ich kann nicht mehr.«

»Mußt keine Angst haben. Das erstemal habe ich auch gedacht, das Haus brennt ab, und wollte die Feuerwehr holen.«

»Ich rede nicht vom Feuer. Ich halte es hier nicht mehr aus.«

»Du mußt, Jettel. Wir werden nicht mehr gefragt.«

»Aber was soll hier aus uns werden? Du verdienst keinen Cent, und unser letztes Geld ist bald weg. Wie sollen wir Regina in die Schule schicken? Das ist doch kein Leben für ein Kind, immer nur mit Aja unter dem Baum zu hocken.«

»Glaubst du, ich weiß das nicht? Die Kinder müssen bei den großen Entfernungen hier ins Internat. Das nächste ist in Nakuru und kostet fünf Pfund im Monat. Süßkind hat sich erkundigt. Wenn kein Wunder geschieht, können wir uns das auch in einigen Jahren nicht leisten.«

»Immer warten wir auf Wunder.«

»Jettel, so kurz hat uns der liebe Gott damit nicht gehalten. Sonst wärst du nicht hier, um dich zu beklagen. Wir leben, und das ist die Hauptsache.«

»Ich kann«, würgte Jettel, »das schon nicht mehr hören. Wir leben. Wozu? Um uns über tote Kälber und krepierte Hühner aufzuregen? Ich komme mir auch schon wie tot vor. Manchmal wünsche ich es mir sogar.«

»Jettel, sag das nie wieder. Um Himmels willen, versündige dich nicht.«

Walter stand auf und zog Jettel von ihrem Stuhl hoch. Er war reglos in seiner Verzweiflung und ließ es zu, daß die Wut in ihm Gerechtigkeit, Güte und Vernunft verbrannte. Dann aber sah er, daß Jettel weinte, ohne daß sie schluchzen konnte. Ihr bleiches Gesicht und ihre Hilflosigkeit rührten ihn. Endlich empfand er genug Mitleid, um seine Vorwürfe und den Zorn hinunterzuschlucken. Mit einer Sanftheit, die ihn ebenso betroffen machte wie zuvor seine Heftigkeit, zog Walter seine Frau an sich. Einen kurzen Moment wärmte er sich an der von früher her noch vertrauten Erregung, ihren Körper an seinem zu spüren, doch dann verweigerte ihm sein Kopf auch diesen Trost.

»Wir sind davongekommen. Wir haben die Verpflichtung weiterzumachen.«

»Was soll das schon wieder heißen?«

»Jettel«, sagte Walter leise und erkannte, daß er die Tränen, die ihn seit Tagesanbruch drückten, nicht mehr würde lange halten können, »gestern haben in Deutschland die Synagogen gebrannt. Sie haben die Scheiben jüdischer Geschäfte eingeschlagen und Menschen aus ihren Wohnungen geholt und halb totgeprügelt. Ich wollte es dir schon den ganzen Tag sagen, aber ich konnte nicht.«

»Woher weißt du? Wie kannst du so etwas sagen? Woher willst du das auf dieser verdammten Farm erfahren haben?«

»Ich habe heute früh um fünf den Schweizer Sender reinbekommen.«

»Sie können doch nicht einfach Synagogen anzünden. Kein Mensch kann so etwas tun.«

»Doch sie können. Diese Teufel können. Für die sind wir keine Menschen mehr. Die brennenden Synagogen sind nur der Anfang. Die Nazis sind nicht mehr zu bremsen. Siehst du jetzt ein, daß es keine Rolle spielt, wann und ob Regina lesen lernt?«

Walter scheute sich, Jettel anzuschauen, doch als er es schließlich wagte, merkte er, daß sie nicht begriffen hatte, was er ihr hatte sagen wollen. Für ihre Mutter und Käte, für seinen Vater und Liesel gab es keine Hoffnung mehr, der Hölle zu entkommen. Seitdem er morgens das Radio ausgeschaltet hatte, war Walter bereit gewesen, seine Pflicht zu erfüllen, die Wahrheit auszusprechen, aber der Moment der Herausforderung lähmte seine Zunge. Es war die Sprachlosigkeit, die ihn vernichtete, nicht der Schmerz.

Erst als es Walter gelang, seine Augen von Jettels bebendem Körper wegzuzwingen, fühlte er Leben in seinen Gliedern. Seine Ohren empfingen wieder Geräusche. Er hörte den Hund bellen, die Geier schreien, Stimmen von den Hütten und den dumpfen Klang der Trommeln aus dem Wald.

Owuor rannte durch das verdorrte Gras auf das Haus zu. Sein weißes Hemd leuchtete im letzten Licht des Tages. Er ähnelte so sehr den Vögeln, die sich groß machten, daß Walter sich beim Lächeln erwischte.

»Bwana«, keuchte Owuor, »Sigi na kuja.«

Es war gut, die Ratlosigkeit in den Augen vom Bwana zu sehen. Owuor liebte diesen Ausdruck, weil er seinen Bwana so dumm machte wie einen Esel, der noch die Milch der Mutter trinkt, und ihn selbst so klug wie die Schlange, die lange gehungert hat und durch ihren Kopf vor der Zeit Beute findet. Das schöne Gefühl, mehr zu wissen als der Bwana, war süß wie der Tabak im Mund, der noch lange nicht fertig gekaut ist.

Owuor nahm sich viel Zeit, ehe er sich von seinem Triumph trennte, aber dann verlangte es ihn doch nach der Erregung, die seine Worte auszulösen hatten. Er war schon dabei, sie zu wiederholen, als ihm aufging, daß der Bwana ihn gar nicht verstanden hatte.

So sagte Owuor nur ›Sigi‹ und holte umständlich eine Heuschrecke aus seiner Hosentasche. Es war nicht leicht gewesen, sie beim Rennen am Leben zu halten, aber sie schlug noch mit den Flügeln.

»Das ist«, erklärte Owuor mit der Stimme einer Mutter, die ein dummes Kind hat, »eine Sigi. Sie war die erste. Ich habe sie für dich gefangen. Wenn die anderen da sind, fressen sie alles auf.«

»Was sollen wir machen?«

»Großer Lärm ist gut, aber ein Mund ist zu klein. Es hilft nichts, Bwana, wenn du allein schreist.«

»Owuor, hilf mir, ich weiß nicht, was ich machen soll.«

»Man kann die Sigi vertreiben«, erklärte Owuor und sprach nun genau wie Aja, wenn sie Regina vom Schlaf zurück in die Hitze holte. »Wir brauchen Töpfe und Löffel und müssen sie schlagen. Wie Trommeln. Noch besser ist es, wenn Glas zerbricht. Jedes Tier hat Angst, wenn Glas stirbt. Hast du das nicht gewußt, Bwana?«

3

Als am Tag nach den Heuschrecken die Sonne aufging, wußten alle auf den Schambas und in den Hütten, dazu die Trommeln aus den Wäldern von den fernen Nachbarfarmen, daß Owuor mehr war als nur ein Hausboy, der in den Töpfen rührte und aus zahmen kleinen Blasen wütende Löcher machte. Im Kampf gegen die Sigi war er schneller gewesen als die Pfeile der Massai. Owuor hatte die Männer und Frauen und auch alle Kinder, die schon laufen konnten, ohne dabei nach dem Tuch um die Hüften der Mutter zu greifen, zu Kriegern gemacht.

Ihre Schreie und der gewaltige Lärm von Töpfen, der Schall schwerer Eisenstangen, die aufeinandergeschlagen wurden, am meisten das schrille Gewitter von splitternden Glasscherben auf den großen Steinen hatten die Heuschrecken vertrieben, ehe sie auf die Schambas mit Mais und Weizen niederkamen. Sie waren weitergeflogen wie verirrte Vögel, die zu schwach sind, um ihr Ziel noch zu kennen.

Am Tag, als der Bwana wie ein Kind brüllte, das am eigenen Zorn verbrennt und Owuor zum rächenden Retter wurde, hatte er seinen Kämpfern sogar die runden Krais, in denen abends das Poscho gekocht wurde, in die Hand gedrückt. Nach dem großen Sieg hatte Owuor die Nacht nicht mit Schlafen vertan und auch seine Ohren nicht für die lauten Scherze der Freunde geöffnet. Zu sehr berauschte ihn das Wissen, daß er zaubern konnte, zu süß war der Geschmack im Mund, wenn er seine Zunge das Wort ›Sigi‹ sagen ließ.

Am Tag nach dieser herrlich langen Nacht kehrte der Bwana zurück vom Melken, ehe die letzte Milch im Eimer war. Er rief Owuor ins Haus, als er gerade das Lied für die Eier beginnen wollte. Die Memsahib saß auf dem Stuhl mit der roten Decke, die wie ein Stück von der untergehenden Sonne aussah, und lächelte. Regina hockte auf dem Boden mit Rummlers Kopf zwischen den Knien. Sie schüttelte den Hund wach, als Owuor den Raum betrat.

Der Bwana hatte einen dicken schwarzen Ball in der Hand. Er faltete ihn auseinander, machte aus ihm einen Mantel und zog Owuors Hand zu sich, damit sie den Stoff fühlen konnte. Der Mantel war wie die Erde nach dem großen Regen. An den beiden Seiten und am Kragen glänzte ein Stoff, der noch weicher war als der am Rücken; ebenso sanft war die Stimme vom Bwana, als er Owuor den Mantel um die Schultern legte und sagte: »Der ist für dich.«

»Du schenkst mir deinen Mantel, Bwana?«

»Das ist kein Mantel, das ist eine Robe. Ein Mann wie du muß eine Robe tragen.«

Owuor probierte das fremde Wort sofort aus. Weil es weder aus der Sprache der Jaluo stammte noch Suaheli war, machte es ihm große Schwierigkeiten im Mund und in der Kehle. Die Memsahib und das Kind lachten. Auch Rummler öffnete sein Maul, aber der Bwana, der seine Augen auf eine Safari geschickt hatte, stand da wie ein Baum, der nicht hoch genug gewachsen ist, um seine Krone mit der Kühle des Windes zu tränken.

»Robe«, sagte der Bwana, »du mußt es oft sagen. Dann kannst du es so gut wie ich.«

Sieben Nächte lang zog Owuor, wenn er nach der Arbeit zu den Männern in den Hütten ging, hinter einem Busch den schwarzen Mantel an, der sich im Wind so gewaltig aufblähte, daß Kinder, Hunde und auch die alten Männer, die nicht mehr gut sehen konnten, wie verängstigte Vögel kreischten. Sobald der Stoff, der in der Sonne schwarzes Licht gab und selbst bei Mondlicht dunkler war als die Nacht, Hals und Schultern berührte, bemühten sich Owuors Zähne um das fremde Wort. Für Owuor waren Mantel und Wort ein Zauber, von dem er wußte, daß er mit seinem Kampf gegen die Heuschrecken zu tun hatte. Als die Sonne zum achtenmal aufging, wurde das Wort endlich so weich in seinem Mund wie ein kleiner Bissen Poscho. Es war gut, daß er nun dem Drang nachgeben durfte, mehr über den Mantel zu erfahren.

Bis es Zeit war, das Feuer in der Küche zu wekken, ließ sich Owuor vom Wissen satt machen, daß sein Bwana, die Memsahib und das Toto ihn seit einiger Zeit ebensogut verstanden wie Menschen, die keine Angst vor Heuschrecken und großen Ameisen hatten. Eine Weile ließ er noch die Frage wachsen, die seinen Kopf nun schon so lange unruhig machte, aber die Neugierde fraß an seiner Geduld, und er ging den Bwana suchen.

Walter stand am Blechtank und klopfte die Rillen ab, um zu hören, wie lange das Trinkwasser noch reichen würde, als Owuor frage: »Wann hast du die Robe getragen?«

»Owuor, das war meine Robe, als ich noch kein Bwana war. Ich trug die Robe zur Arbeit.«

»Robe«, wiederholte Owuor und freute sich, weil der Bwana endlich begriffen hatte, daß gute Worte zweimal gesagt werden mußten. »Kann ein Mann in der Robe arbeiten?«

»Ja, Owuor, ja. Aber in Rongai kann ich nicht in meiner Robe arbeiten.«

»Hast du mit deinen Armen gearbeitet, als du noch kein Bwana warst?«

»Nein, mit dem Mund. Für eine Robe muß man klug sein. In Rongai bist du klug. Nicht ich.«

Erst in der Küche wurde Owuor klar, weshalb der Bwana so anders war als die weißen Männer, für die er bis dahin gearbeitet hatte. Sein neuer Bwana sagte Worte, die einen Mund beim Zauber des Wiederholens trocken machten, die aber im Ohr und Kopf blieben.

Es dauerte genau acht Tage, bis die Kunde von den besiegten Heuschrecken in Sabbatia ankam und Süßkind nach Rongai trieb, obwohl bei den Kühen auf seiner Farm die ersten Fälle von Ostküstenfieber ausgebrochen waren.

»Mensch«, rief er noch aus dem Auto heraus, »aus dir wird noch ein Farmer. Wie hast du das bloß fertiggebracht? Mir ist das mein Lebtag nicht gelungen. Nach der letzten Regenzeit haben die Biester die halbe Farm leergefressen.«

Es wurde ein Abend voller Harmonie und Heiterkeit. Jettel trennte sich von den letzten Kartoffeln, die sie für eine besondere Gelegenheit aufbewahrt hatte, und brachte Owuor bei, schlesisches Himmelreich zu kochen und erzählte ihm von den getrockneten Birnen, die sie ihrer Mutter immer in dem kleinen Laden an der Goethestraße geholt hatte. Wehmütig, aber doch fröhlich zog sie den weißen Rock mit der rot-blau gestreiften Bluse an, die sie seit Breslau nicht mehr herausgeholt hatte, und durfte sich bald an Süßkinds Bewunderung berauschen.

»Ohne dich«, sagte er, »wüßte ich gar nicht mehr, wie schön eine Frau sein kann. Hinter dir müssen ja alle Männer von Breslau hergewesen sein.«

»So war es«, bestätigte Walter, und Jettel genoß es, daß seine Eifersucht nichts von ihrem früheren Ernst verloren hatte.

Regina mußte nicht ins Bett. Sie durfte vor dem Feuer schlafen und stellte sich vor, sobald sie von den Stimmen wach wurde, der Kamin wäre der Menengai und die schwarze Asche nach einem Buschfeuer Schokolade. Sie lernte einige neue Worte für die geheime Kiste in ihrem Kopf. Das Wort Reichsfluchtsteuer gefiel ihr am besten, obwohl es die meiste Mühe beim Merken machte.

Walter erzählte Süßkind von seinem ersten Prozeß in Leobschütz und wie er anschließend den unerwarteten Erfolg mit Greschek bei einem Schlachtfest in Hennerwitz begossen hatte. Süßkind versuchte, sich an Pommern zu erinnern, aber er verwechselte bereits die Jahre, Orte und Menschen, die er aus seinem Gedächtnis holte.

»Wartet ab«, sagte er, »das wird euch bald auch so gehen. Das große Vergessen ist das Beste an Afrika.«

Am Tag danach kam Mr. Morrison auf die Farm. Es gab keinen Zweifel, daß die Rettung der Ernte auch in Nairobi bekannt war, denn er reichte Walter die Hand, was er noch nie getan hatte. Noch auffallender war, daß er im Gegensatz zu seinen früheren Besuchen nun auch Jettels Zeichen verstand, die für ihn Tee gemacht hatte. Er trank ihn aus der Rosenthaltasse mit den bunten Blumen und schüttelte jedesmal den Kopf, wenn er sich mit der silbernen Zange Zucker aus der Porzellandose nahm.

Als Mr. Morrison von den Kühen und Hühnern zurück ins Haus kam, nahm er den Hut ab. Sein Gesicht wirkte jünger; er hatte hellblondes Haar und buschige Augenbrauen. Er bat um eine dritte Tasse Tee. Eine Weile spielte er mit der Zuckerzange, und wieder schüttelte er den Kopf. Dann stand er plötzlich auf, ging an den Schrank mit dem lateinischen Wörterbuch und der Encyclopaedia Britannica, holte einen Serviettenring aus Elfenbein aus der Schublade und drückte ihn Regina in die Hand.

Der Ring erschien ihr so schön, daß sie ihr Herz klopfen hörte. Sie hatte sich aber so lange nicht mehr für ein Geschenk bedanken müssen, daß ihr nichts einfiel, außer ›sente sana‹ zu sagen, obwohl sie wußte, daß ein Kind mit einem so mächtigen Mann wie Mr. Morrison nicht Suaheli sprechen durfte.

Ganz falsch war es aber wohl doch nicht, denn Mr. Morrison zeigte beim Lachen zwei goldene Zähne. Regina lief voller Spannung aus dem Haus. Zwar hatte sie Mr. Morrison schon oft gesehen, aber er hatte kein einziges Mal gelacht und sie auch kaum bemerkt. Wenn er sich so sehr verändert hatte, war er vielleicht doch ihr Reh, das zurück in einen Menschen verzaubert worden war.

Suara schlief unter dem Dornenbaum. Die Erkenntnis, daß in dem weißen Ring keine besondere Kraft steckte, nahm ihm ein wenig von seiner Schönheit. So flüsterte Regina nur ›das nächstemal‹ in Suaras Ohr, wartete, bis das Reh seinen Kopf bewegte, und ging langsam zurück ins Haus.

Mr. Morrison hatte seinen Hut aufgesetzt und sah aus wie immer. Er machte aus seiner rechten Hand eine Faust und schaute zum Fenster hinaus. Einen Moment wirkte er ein bißchen wie Owuor am Tag, als die Heuschrecken kamen, doch er holte keinen flügelschlagenden, kleinen Teufel aus seiner Hose heraus, sondern sechs Geldscheine, die er einzeln auf den Tisch legte.

»Every month«, sagte Mr. Morrison und ging zu seinem Wagen. Erst heulte der Anlasser, dann Rummler, und schon kam die Staubwolke, in der das Auto verschwand.

»Mein Gott, was hat er bloß gesagt? Jettel, hast du ihn verstanden?«

»Ja. Also fast. Month heißt Monat. Das weiß ich genau. Wir haben das Wort im Kurs gehabt. Ich war auch die einzige, die es richtig aussprechen konnte, aber glaubst du, das Ekel von Lehrer hat mich gelobt oder wenigstens mit dem Kopf genickt?«

»Das ist doch jetzt ganz unwichtig. Was heißt das andere Wort?«

»Brüll doch nicht gleich. Das haben wir auch gehabt, aber ich kann mich nicht erinnern.«

»Du mußt. Das hier sind sechs Pfund. Das hat doch was zu bedeuten.«

»Month heißt Monat«, wiederholte Jettel.

Sie waren beide so erregt, daß sie sich eine Zeitlang immer nur die Scheine zuschoben, sie auf den Tisch blätterten und mit den Schultern zuckten.

»Mensch, wir haben doch ein Lexikon«, fiel es Jettel endlich ein. Sie kramte aufgeregt ein Buch mit gelb-rotem Einband aus einer Kiste. »Hier, tausend Worte Englisch«, lachte sie. »Tausend Worte Spanisch haben wir auch.«

»Die nutzen uns nichts mehr. Spanisch war doch für Montevideo. Soll ich dir mal was verraten, Jettel? Wir sind beide im Beruf gestorben. Wir wissen überhaupt nicht, nach welchem Wort wir suchen müssen.«

Erregt von der Erwartung, die ihre Haut verbrannte, setzte sich Regina auf den Boden. Sie begriff, daß ihre Eltern, die immerzu ein einzelnes Wort aus der Kehle holten und dabei wie Rummler rochen, wenn er hungrig war, ein neues Spiel erfunden hatten. Um die Freude lange zu genießen, war es besser, nicht selbst mitzumachen. Regina unterdrückte auch den Wunsch, Owuor und Aja zu holen, und knabberte so lange an Rummlers Ohr, bis er kleine, leise Freudenlaute ausstieß. Da hörte sie ihren Vater sagen: »Vielleicht weißt du, was Morrison gesagt hat?«

Regina wollte das Vergnügen, daß sie endlich im neuen Kreislauf der fremden Worte, Kopfschütteln und Schulterwackeln mitspielen durfte, noch ein wenig auskosten. Ihre Eltern rochen immer noch wie Rummler, wenn er zu lange auf sein Futter warten mußte. So machte sie schon mal den Mund auf, streifte den Serviettenring über ihre Hand und schob ihn Stück für Stück zum Ellbogen. Es war gut, daß sie von Owuor gelernt hatte, Laute einzufangen, die sie nicht verstand. Man mußte sie nur im Kopf einsperren und von Zeit zu Zeit herausholen, ohne den Mund aufzumachen.

»Every month«, erinnerte sie sich, doch sie ließ sich zu lange vom Staunen ihrer Eltern streicheln und versäumte so den richtigen Moment, um den Zauber zu wiederholen. Trotzdem wurden ihre Ohren belohnt, als ihr Vater sie lobte: »Du bist ein kluges Kind.« Dabei sah er aus wie der weiße Hahn mit dem blutroten Kamm. Doch verwandelte er sich zu schnell in den Vater mit den roten Augen der Ungeduld zurück, nahm das Buch vom Tisch, legte es jedoch sofort wieder hin, rieb die Hände aneinander und seufzte: »Ich bin ein Kamel. Ein richtiger Nebbich von einem Kamel.«

»Warum?«

»Man muß die Worte, die man im Lexikon sucht, auch buchstabieren können, Regina.«

»Dein Vater hat zu wenig Mumm, er denkt, und ich handle«, sagte Jettel. »Aver«, las sie vor, »heißt sich behaupten. Aviary ist ein Vogelhaus. Das ist ja noch blöder. Dann gibt es noch avid. Heißt begierig.«

»Jettel, das ist Mumpitz. So schaffen wir das nie.«

»Wozu ist denn ein Lexikon gut, wenn man nichts drin findet?«

»Also gut. Gib her. Jetzt schlage ich bei E nach. Evergreen«, las Walter, »heißt immergrün.«

Regina merkte zum erstenmal, daß ihr Vater noch besser spucken konnte als Owuor. Sie nahm ihre Hände von Rummlers Kopf und klatschte.

»Halt den Mund, Regina. Verdammt noch mal, das ist kein Kinderspiel. Evergreen wird es sein. Natürlich, Morrison hat von seinen immergrünen Maisfeldern gesprochen. Komisch, so etwas hätte ich ihm nie und nimmer zugetraut.«

»Nein«, sagte Jettel, und ihre Stimme wurde sehr leise, »ich hab's. Wirklich, ich hab's. Every heißt jeder, jeden, jedes. Du, Walter, every month muß jeden Monat heißen. Es kann gar nicht anders sein. Soll das etwa bedeuten, daß er uns jeden Monat sechs Pfund geben will?«

»Ich weiß es nicht. Wir müssen warten, ob sich das Wunder wiederholt.«

»Immer sprichst du von Wunder.« Regina lauerte, ob ihr Vater erkennen würde, daß sie die Stimme ihrer Mutter nachgeahmt hatte, aber weder ihre Augen noch ihre Ohren machten Beute.

»Diesmal hat er recht«, flüsterte Jettel, »er muß einfach recht haben.« Sie stand auf, zog Regina an sich und gab ihr einen Kuß, der nach Salz schmeckte.

Das Wunder wurde Wirklichkeit. Am Anfang eines jeden Monats kam Mr. Morrison auf die Farm, trank erst zwei Tassen Tee, besuchte seine Hühner und Kühe, ging zu den Maisfeldern, kam zurück für die dritte Tasse Tee und legte schweigend sechs einzelne Pfundnoten auf den Tisch.

Jettel konnte ihren Stolz aufblähen wie Owuor, wenn vom Schicksalstag die Rede war, der das Leben in Rongai verändert hatte. »Siehst du«, sagte sie dann, und Regina sprach die vertrauten Worte mit, ohne ihre Lippen zu bewegen, »was nützt dir deine ganze schöne Bildung, wenn du noch nicht einmal Englisch gelernt hast?«

»Nichts, Jettel, nichts, so wenig wie meine Robe.«

Wenn Walter das sagte, waren seine Augen nicht mehr so müde wie in den Monaten zuvor. An guten Tagen sahen sie aus wie vor der Malaria, und dann lachte er auch, wenn Jettel ihren Sieg auskostete, nannte sie ›mein kleiner Owuor‹ und genoß in den Nächten die Zärtlichkeit, die sie beide schon für immer verloren gewähnt hatten.

»Sie haben mir in der Nacht einen Bruder gemacht«, erzählte Regina unter dem Dornenbaum.

»Das ist gut«, sagte Aja, »Suara wird kein Kind mehr.«

Abends schlug Walter vor: »Wir schicken Regina zur Schule. Wenn Süßkind das nächstemal in Nakuru ist, soll er sich erkundigen, wie man das macht.«

»Nein«, wehrte Jettel ab, »noch nicht.«

»Aber du hast doch so gedrängt. Und ich will es ja auch.«

Jettel merkte, daß ihre Haut zu brennen anfing, aber sie schämte sich nicht ihrer Verlegenheit. »Ich habe«, sagte sie, »nicht vergessen, was an dem Tag war, bevor die Heuschrecken kamen. Du hast damals gedacht, ich habe nicht kapiert, was du erzählt hast, aber ich bin nicht so dumm, wie du denkst. Regina kann auch noch lesen lernen, wenn sie sieben ist. Jetzt brauchen wir das Geld für Mutter und Käte.«

»Wie stellst du dir das vor?«

»Wir haben hier genug zum Sattwerden. Warum kann es nicht eine Weile so bleiben? Ich hab's genau ausgerechnet. Wenn wir das Geld nicht anrühren, haben wir in siebzehn Monaten die hundert Pfund zusammen, um Mutter und Käte herzuholen. Und noch zwei Pfund übrig. Du wirst sehen, wir schaffen das.«

»Wenn nichts geschieht.«

»Was soll denn geschehen? Hier geschieht doch nie etwas.«

»Aber in der restlichen Welt, Jettel. Es sieht schlimm aus zu Hause.«

Jettels Eifer und Bereitschaft zum Verzicht, der Jubel, mit dem sie jeden Monat die sechs Pfund in ein Kästchen legte und immer wieder zählte, die Zuversicht, ihr würde es gelingen, die rettende Summe rechtzeitig zusammenzubekommen, waren für Walter schwerer zu ertragen als die Nachrichten, die er am Tag jede Stunde und oft auch in der Nacht hörte.

Die Abstände zwischen den Briefen aus Breslau und Sohrau wurden länger, die Briefe selbst, bei allem Bemühen, Angst zu verschweigen, so besorgniserregend, daß Walter sich oft fragte, ob seine Frau wirklich nicht merkte, daß Hoffnung Frevel war. Manchmal glaubte er sie tatsächlich arglos, war gerührt und beneidete sie. Wenn die Niedergeschlagenheit ihn jedoch so peinigte, daß er nicht einmal mehr Dankbarkeit für seine eigene Rettung empfinden konnte, schlug seine Verzweiflung um in Haß auf Jettel und ihre Illusionen.

Der Vater hatte von vergeblichen Versuchen, das Hotel zu verkaufen, geschrieben, daß er kaum noch ausgehe und daß nur noch drei jüdische Familien in Sohrau lebten, es ihm aber den Umständen nach gutgehe und er nicht klagen wolle. Einen Tag nach dem Brand der Synagogen schrieb er: »Liesel kann vielleicht nach Palästina auswandern. Wenn ich sie nur überreden könnte, sich von mir altem Esel zu trennen.« Seit dem 9. November 1938 hatte der Vater in seinen Briefen auch die zuversichtlichen Beschwörungen ›Bis wir uns wiedersehen‹ gestrichen.

Den Briefen aus Breslau war in jeder Zeile die Angst vor Zensur anzumerken. Käte sprach von Einschränkungen, die ›uns sehr zu schaffen machen‹ und erwähnte jedesmal gemeinsame Freunde, die ›plötzlich verreisen mußten und nichts mehr von sich hören lassen‹. Ina berichtete, daß sie keine

Zimmer mehr vermieten konnte und schrieb ›ich gehe nur noch zu bestimmten Zeiten aus dem Haus‹. Das Geschenk zu Reginas Geburtstag im September war im Februar aufgegeben worden. Walter begriff die verschlüsselte Botschaft mit Schaudern. Seine Schwiegermutter und Schwägerin wagten nicht mehr, in größeren Zeiträumen zu rechnen, und hatten die Hoffnung aufgegeben, noch aus Deutschland herauszukommen.

Er litt an seiner Pflicht, Jettel mit der Wahrheit zu konfrontieren, und wußte, daß es Sünde war, es nicht zu tun. Wenn sie aber ihr Geld zählte und dabei wie ein Kind aussah, das die Erfüllung seiner Wünsche genau berechnet hat, ließ er jede Gelegenheit zur Aussprache ungenutzt. Sein Schweigen empfand er als Kapitulation, seine Schwäche ekelte ihn. Er ging nach Jettel ins Bett und stand vor ihr auf.

Die Zeit schien stillzustehen. Mitte August brachte Süßkinds Boy einen Brief mit der Mitteilung: »Jetzt haben wir endgültig das verfluchte Ostküstenfieber in Sabbatia. Vorerst ist es nichts mehr mit Schabbes. Ich muß für meine Kühe beten und versuchen, ob ich hier noch etwas retten kann. Falls bei Dir die Kühe im Kreis herumlaufen sollten, ist es zu spät. Dann ist die Seuche schon in Rongai.«

»Warum«, fragte Jettel aufgebracht, als Walter ihr den Brief zeigte, »kann er denn nicht kommen? Er ist doch nicht krank.«

»Er muß wenigstens auf der Farm sein, wenn seine Kühe krepieren. Auch Süßkind hat Angst um seine Stellung. Es kommen immer mehr Refugees ins

Land und wollen auf den Farmen unterkommen. Das macht jeden von uns noch leichter ersetzbar.«

Süßkinds Besuche am Freitag waren der Höhepunkt der Woche gewesen, die Erinnerung an ein Leben mit Gesprächen, Abwechslung, gegenseitigem Geben und Nehmen, ein Funken Normalität. Nun waren Vorfreude und Freude dahin. Je eintöniger das Leben wurde, desto mehr dürstete Jettel nach Süßkinds Berichten aus Nairobi und Nakuru. Er wußte stets, wer neu ins Land gekommen und wo er untergekommen war. Noch mehr vermißte sie seine gute Laune, die Scherze und Komplimente, den Optimismus, der ihn immer nach vorne schauen ließ und sie selbst in ihrem Vertrauen auf die Zukunft bestätigte.

Walter litt noch mehr. Seitdem er auf der Farm war und erst recht nach seiner Malaria sah er in Süßkind den Retter aus lebensbedrohender Not. Er brauchte das selbstbewußte Naturell des Freundes, um nicht seinen depressiven Zuständen und der Sehnsucht nach Deutschland nachzugeben, die ihn an seinem Verstand zweifeln ließ. Süßkind war für ihn der Beweis, daß sich ein Mann mit dem Schicksal der Heimatlosigkeit abfinden konnte. Mehr noch: Er war sein einziger Kontakt zum Leben.

Selbst Owuor jammerte, daß der Bwana Sabbatia nicht mehr auf die Farm kam. Keiner wackelte so gut mit dem Mund wie er, wenn der Pudding hereingetragen wurde. Niemand konnte so laut lachen wie der Bwana Sabbatia, wenn Owuor die Robe trug und dabei ›Ich hab' mein Herz in Heidelberg verloren‹ sang. »Bwana Sabbatia«, klagte Owuor, wenn wieder ein Tag ohne Besuch zur Nacht wurde, »ist wie eine Trommel. Die schlage ich in Rongai, und sie ruft vom Menengai zurück.«

»Auch unser Radio vermißt Süßkind«, sagte Walter am Abend des 1. September. »Die Batterie ist futsch, und ohne daß er sein Auto laufen läßt, können wir sie nicht aufladen.«

»Hörst du jetzt keine Nachrichten mehr?«

»Nein, Regina. Die Welt ist für uns gestorben.«

»Ist das Radio auch tot?«

»Mausetot. Jetzt können nur noch deine Ohren wissen, was es Neues gibt. Also leg dich auf die Erde und erzähl mir was Schönes.«

Freude und Stolz machten Regina schwindlig. Nach dem kleinen Regen hatte Owuor ihr beigebracht, sich flach und regungslos hinzulegen, um der Erde ihre Geräusche zu entlocken. Seitdem hatte sie oft Süßkinds Wagen gehört, ehe er zu sehen war, doch ihr Vater hatte ihren Ohren nie geglaubt, immer nur böse »Quatsch« gesagt und sich noch nicht einmal geschämt, wenn Süßkind tatsächlich gekommen war, nachdem sie ihn angekündigt hatte. Nun, da er keine Stimmen mehr aus einem toten Radio hörte, hatte er endlich begriffen, daß er ohne Reginas Ohren so taub wie der alte Cheroni war, der die Kühe zum Melken trieb. Sie fühlte sich stark und klug. Trotzdem ließ sie sich Zeit mit der Jagd auf jene Laute, die auf Safari über den Menengai mußten, ehe sie in Rongai zu hören waren. Erst am Abend nach dem Tod des Radios legte sich Regina auf den steinigen Pfad, der zum Haus führte, aber die Erde gab kein Geräusch frei außer dem Reden der Bäume im Wind. Auch am nächsten Morgen empfing sie nur Stille, aber um die Mittagszeit wurden ihre Ohren wach.

Als sie der erste Laut erreichte, wagte Regina es nicht, ihn auch nur durch ihren Atem zu stören. Bis zum zweiten hätte nur die Zeit vergehen dürfen, die ein Vogel braucht, um von einem Baum zum nächsten zu fliegen. Der Ton ließ aber so lange auf sich warten, daß Regina fürchtete, sie hätte ihr Ohr zu hoch gehalten und nur die Trommeln im Wald gehört. Sie wollte aufstehen, ehe Enttäuschung ihre Kehle trocken machte, dann sprang sie ein Klopfen in der Erde jedoch so heftig an, daß sie sich sogar beeilen mußte. Dieses eine Mal durfte ihr Vater nicht denken, sie hätte den Wagen gesehen und nicht zuvor gehört.

Sie hielt die Hände vor den Mund, um ihre Stimme schwer zu machen, und brüllte: »Schnell, Papa, Besuch kommt. Aber es ist nicht Süßkinds Auto.«

Der Lastwagen, der den steilen Hang zur Farm heraufkeuchte, war größer als alle anderen, die je nach Rongai gekommen waren. Die Kinder liefen von den Hütten zum Haus und drängten ihre nackten Körper aneinander. Ihnen folgten die Frauen mit den Säuglingen auf dem Rücken, die jungen Mädchen mit Kalebassen voll Wasser und die von bellenden Hunden getriebenen Ziegen. Die Schambaboys warfen ihre Hacken hin und verließen die Felder, die Hirten ihre Kühe.

Sie hielten die Arme über den Kopf, schrien, als seien die Heuschrecken zurückgekehrt, und sangen die Lieder, die sonst nur nachts von den Hütten herüberwehten. Das Gelächter der neugierigen und erregten Menschen stieß immer wieder in den Menengai hinein und kam als klares Echo zurück. Es verstummte so plötzlich, wie es begonnen hatte, und in dieser Stille kam der Lastwagen zum Stehen.

Erst sahen alle nur eine feine Wolke von roter Erde, die gleichzeitig hochstieg und vom Himmel fiel. Als sie sich auflöste, wurden die Augen groß und die Glieder starr. Selbst die ältesten Männer von Rongai, die schon nicht mehr die Regenzeiten zählten, die sie erlebt hatten, mußten ihre Augen erst besiegen, ehe sie zum Sehen bereit waren. Der Lastwagen war so grün wie Wälder, die nie trocken werden, und hinten auf der Ladefläche für Vieh hockten keine Ochsen und Kühe auf ihrer ersten Safari, sondern Männer mit weißer Haut und großen Hüten.

Neben der Aja und Owuor standen Walter, Jettel und Regina regungslos am Wassertank vor dem Haus und hatten Angst, den Kopf zu heben, aber alle sahen doch, daß der Mann neben dem Fahrer die Tür des Lastwagens aufstieß und langsam herunterkletterte.

Er hatte eine kurze Khakihose an, sehr rote Beine und schwarzglänzende Stiefel, die bei jedem Schritt die Fliegen aus dem Gras hochtrieben. In der einen Hand hielt der Mann einen Bogen Papier, das heller war als die Sonne. Mit der anderen berührte er seine

Mütze, die wie ein flacher, dunkelgrüner Teller auf seinem Kopf lag. Als der Fremde endlich den Mund aufmachte, bellte Rummler mit.

»Mr. Redlich«, befahl die große Stimme, »come along! I have to arrest you. We are at war.«

Noch immer hatte sich niemand bewegt. Dann klang ein vertrauter Laut vom Lastwagen herunter; es war Süßkind, der rief: »Mensch, Walter, sag nur, du weißt es nicht? Der Krieg ist ausgebrochen. Wir werden alle interniert. Komm, steig auf. Und mach dir keine Sorgen um Jettel und Regina. Die Frauen und Kinder werden noch heute abgeholt und nach Nairobi gebracht.«

4

Die jungen Männer mit den noch frischen Erinnerungen an englische Schulen und fröhliche Nächte in Oxford empfanden den Kriegsausbruch, so sehr sie ihn auch für das bedrohte Mutterland bedauerten, als eine nicht unwillkommene Abwechslung. Ebenso erging es den Veteranen mit den verwelkten Illusionen, die bei der Polizei in Nairobi und den Streitkräften im übrigen Land ihren Pflichten mit einer gewissen Verdrossenheit an der monotonen Routine des kolonialen Lebens nachkamen. Für sie ging es mit einem Mal nicht mehr nur um Viehdiebstähle, gelegentlich ausbrechende Stammeskämpfe der Eingeborenen und Eifersuchtsdramen in der guten englischen Gesellschaft, sondern um die Kronkolonie selbst.

Die hatte in den letzten fünf Jahren immer mehr Menschen vom Kontinent aufgenommen, und gerade die konfrontierten nun die Behörden mit Neuland. In Friedenszeiten waren die mittellosen Flüchtlinge mit Namen, die sich gleich schwer aussprechen wie schreiben ließen, zwar schon wegen ihres scheußlichen Akzents und ihres für die britische Neigung zum Maßhalten als unsportlich empfundenen Ehrgeizes ein Ärgernis. Sie galten indes allgemein als diszipliniert und leicht lenkbar. Es war lange Zeit ein Hauptanliegen der Behörden gewesen, nicht am bewährten Lebens- und Wirtschaftsgefüge in Nairobi zu rütteln, also die Stadt von den Emigranten zu verschonen und sie auf Farmen unterzubringen. Dies war dank der Jüdischen Gemeinde, deren alteingesessene Mitglieder ebenso dachten, immer sehr rasch und zur großen Zufriedenheit der Farmer geschehen.

Der Krieg stellte andere Forderungen. Wichtig war nur noch, das Land vor Menschen zu schützen, die durch Geburt, Sprache, Erziehung, Tradition und Loyalität dem Feind verbundener sein könnten als dem Gastland. Die Autoritäten wußten, daß sie schnell und effizient handeln mußten, und sie waren zunächst absolut nicht unzufrieden mit der Art, wie sie die ungewöhnliche Aufgabe bewältigt hatten. Innerhalb von drei Tagen waren alle feindlichen Ausländer aus den Städten und auch von den weit auseinanderliegenden Farmen dem Militär in Nairobi übergeben und informiert worden, daß sie fortan nicht mehr den Status von ›Refugees‹ hatten, sondern ›Enemy Aliens‹ waren.

Es gab entsprechende Erfahrungen aus dem Weltkrieg, der ja nun der Erste war, und auch noch genug altgediente Offiziere, die wußten, was zu tun war. Interniert wurden alle Männer ab dem sechzehnten Lebensjahr; Kranke und Pflegebedürftige wurden auf Krankenhäuser mit entsprechenden Möglichkeiten zur Bewachung verteilt. Sofort geräumt wurden die Baracken des Zweiten Regiments der King's African Rifles im Ngong, zwanzig Meilen von Nairobi entfernt.

Die Soldaten mit dem Auftrag, die Männer von den Farmen abzuholen, waren unerwartet rasch und äußerst gründlich vorgegangen. »Ein wenig zu gründlich«, wie Colonel Whidett, dem die Aktion ›Enemy Aliens‹ unterstand, in seiner ersten Besprechung nach deren erfolgreichem Abschluß befand.

Die jungen Soldaten hatten den ›bloody refugees‹, wie sie sie in ihrem neubelebten Patriotismus nannten, bei der überstürzten Verhaftung nicht einmal Zeit gelassen, einen Koffer zu packen, und mit ihrem falsch dosierten Eifer ihren Vorgesetzten prompt vermeidbare Schwierigkeiten bereitet. Die Männer, die nur mit Hose, Hemd, Hut oder manchmal gar im Schlafanzug im Ngong abgeliefert wurden, mußten erst einmal eingekleidet werden. Im Mutterland wäre ein solches Problem sofort mit Häftlingskleidung zu lösen gewesen.

In Kenia war es aber so sittenwidrig wie geschmacklos, Weiße in die gleiche Kleidung zu stekken wie schwarze Gefangene. Es gab in den Gefängnissen des Landes keinen einzigen Europäer und folglich noch nicht einmal so selbstverständliche Dinge des täglichen Bedarfs wie Zahnbürsten, Unterhosen oder Waschlappen. Um nicht schon in den ersten Kriegstagen den Etat zu belasten und das Kriegsministerium in London zu unangenehmen Fragen zu provozieren, wurden die überraschten Bürger zu entsprechenden Spenden aufgerufen. Das führte zu peinlich spöttischen Leserbriefen im ›East African Standard‹.

Noch schlimmer wurde der Umstand empfunden, daß die Internierten nun ebenso Khakiuniformen trugen wie ihre Bewacher. Gerade in Militärkreisen erregte die ungewollte, aber notwendig gewordene Gleichheit der äußeren Erscheinung zwischen den Verteidigern der Heimat und ihren eventuellen Angreifern viel Unwillen. Gerüchte wollten nicht verstummen, daß die Männer vom Kontinent den Ernst der Lage mißbrauchten. Es gab bereits Berichte, daß sie einander feixend salutierten und, soweit sie Englisch sprachen, das Wachpersonal recht ungeniert nach dem Weg zur Front fragten. Die ›Sunday Post‹ riet ihren Lesern: »Wenn Sie einen Mann in britischer Uniform treffen, lassen Sie ihn zu Ihrer eigenen Sicherheit zuerst ›God Save the King‹ singen.« Der ›Standard‹ begnügte sich mit einem Kommentar, der allerdings die Überschrift ›Skandal‹ trug.

Auch bei strengster Auslegung des Sicherheitsrisikos hätten Frauen und Kinder nicht sofort interniert werden müssen. Das Militär empfand es durchaus als ausreichend, nur Radios und Kameras zu konfiszieren, um zu verhindern, daß sie zur eventuellen Kontaktaufnahme mit dem Feind auf den europäischen Schlachtfeldern mißbraucht wurden. Andererseits erinnerte man sich, daß es auch 1914 und schon im Burenkrieg üblich gewesen war, Frauen und Kinder in Lagern zu konzentrieren. Noch stärker wog das Argument, daß es der britischen Tradition von Ehre und Verantwortungsbewußtsein widersprach, Wehrlose ohne männlichen Schutz auf einer Farm zurückzulassen. Wiederum wurde schnell und unbürokratisch vorgegangen. Keine Frau mußte bei Kriegsausbruch länger als drei Stunden allein auf einer Farm zurückbleiben.

Weibliche Internierte und erst recht Kinder waren nicht in Militärbaracken unterzubringen, aber auch da fand Colonel Whidett eine befriedigende Lösung. Ohne Rücksicht auf das Wochenendvergnügen der Farmer aus dem Hochland wurden das traditionsreiche Norfolk Hotel und das luxuriöse New Stanley als Quartier für die Familien der Enemy Aliens requiriert. Dieser Ausweg war schon deshalb geboten, weil es nur in Nairobi genug kompetente Beamte gab, um sich mit einem Zustand zu beschäftigen, der nicht auf Dauer so bleiben konnte.

Die internierten Frauen waren verblüfft, als sie nach den langen und beschwerlichen Fahrten von den Farmen in Nairobi ankamen. Sie wurden jubelnd vom Hotelpersonal empfangen, das bis dahin immer dazu angehalten worden war, Gäste freudig zu begrüßen, und das nicht mehr rechtzeitig auf die Veränderungen umgeschult werden konnte, die der Krieg mit sich brachte. Auch Ärzte, Krankenschwestern, Kindergärtnerinnen und Lehrer waren in die beiden Hotels befohlen worden. Wegen der Dringlichkeit ihrer Einberufung rechneten sie mit Zuständen, die sie in einen Kausalzusammenhang mit einem Krieg brachten, doch merkten sie sehr schnell, daß es in diesem speziellen Fall weder um Ausbruch von Seuchen noch um psychologische Probleme ging, sondern um Verständigungsschwierigkeiten. Die hätten sich am besten mit Suaheli lösen lassen, das selbstbewußte Kolonialbeamte jedoch längst nicht so gut beherrschten wie die Menschen, die erst kurze Zeit im Land waren und so gar nicht den gängigen Vorstellungen von feindlichen Agenten entsprachen.

Der Transport von Nakuru, Gilgil, Sabbatia und Rongai traf als letzter im Norfolk Hotel ein. Jettel hatte schon auf der Fahrt, getröstet und beruhigt von der Schicksalsgemeinschaft, ihre Angst vor der ungewissen Zukunft und den Schock der plötzlichen Trennung von Walter überwunden und empfand die unerwartete Erlösung von der Einsamkeit und Eintönigkeit der Farm als Wohltat. Sie war so fasziniert von der Eleganz und der animierten Stimmung des Hotels, daß sie zunächst einmal, wie die anderen Frauen auch, die Ursache für die abrupte Wende in ihrem Leben aus dem Blickfeld verlor.

Auch Regina war geblendet. In Rongai hatte sie sich geweigert, auf den Lastwagen zu steigen, und mußte mit Gewalt hinaufgezerrt werden. Auf der Fahrt hatte sie nur geweint und nach Owuor, Aja, Suara, Rummler und ihrem Vater gerufen, doch der Glanz der vielen Lichter, die Gardinen aus blauem Samt an den hohen Fenstern, die Bilder in Goldrahmen und die roten Rosen in silbernen Kelchen, dazu die vielen Menschen und Düfte, die sie noch mehr erregten als die Bilder, lenkten sie sofort von ihrem Kummer ab. Sie stand mit offenem Mund da, hielt sich am Kleid ihrer Mutter fest und starrte die Krankenschwestern mit den gestärkten weißen Häubchen an.

Das Dinner hatte gerade begonnen. Es war eines jener sorgsam komponierten Menüs, für die das Norfolk nicht nur in Kenia, sondern in ganz Ostafrika berühmt war. Der Chefkoch, ein Mann aus Südafrika und mit Erfahrungen auf zwei Luxusschiffen, hatte nicht die Absicht, nur deshalb mit der Tradition des Hauses zu brechen, weil irgendwo in Europa ein Krieg ausgebrochen war und ausschließlich Frauen und Kinder im Speisesaal saßen.

Am Vortag war Hummer aus Mombasa angeliefert worden, Lamm aus dem Hochland und grüne Bohnen, Sellerie und Kartoffeln aus Naivasha. Zum Fleisch gab es die Minzsauce, die als legendäre Spezialität des Norfolk galt, Gratin auf französische Art, tropische Früchte in zartem Bisquit und eine Käseauswahl, die mit Stilton, Cheshire und Cheddar aus England durchaus noch dem Friedensangebot entsprach. Daß viele Portionen Hummer und Lamm unberührt in die Küche zurückgingen, führte der Koch am ersten Abend auf die Übermüdung der Gäste zurück. Als jedoch die Abneigung gegen Schalentiere und Fleisch anhielt, wurde ein Vertreter der Jüdischen Gemeinde Nairobi um Rat gebeten. Er konnte zwar über die jüdischen Speisevorschriften aufklären, wußte aber auch nicht, weshalb die Kinder ihre Minzsauce über die Desserts gossen. Der Koch verfluchte erst den ›bloody war‹ und sehr bald die ›bloody refugees‹.

Auch ein geräumiges Hotel wie das Norfolk hatte nicht genug Platz für einen so ungewöhnlichen Ansturm von Gästen. So mußten sich zwei Frauen mit ihren Kindern ein Zimmer teilen. Man scheute sich, auf die Räumlichkeiten für das Personal zurückzugreifen. Die standen zwar frei, weil die Frauen und Kinder entgegen den üblichen Gewohnheiten im Norfolk ohne ihre persönlichen Boys und Ajas angereist waren, aber es widersprach dem Geschmacksempfinden des Hotelmanagers, Europäer in den Quartieren für Schwarze wohnen zu lassen.

Regina teilte mit einem Mädchen, das einige Monate älter war als sie, eine Couch. Das führte in der ersten Nacht zu Schwierigkeiten, weil beide als Einzelkinder nicht an engen Kontakt gewöhnt waren, überbrückte aber um so rascher Angst und Scheu. Inge Sadler war ein kräftiges Kind, das Dirndl trug und in Nachthemden aus blau-weiß kariertem Flanell schlief. Sie war sehr selbständig, liebenswürdig und sichtbar beglückt von der Aussicht auf eine Freundin. Ihren bayerischen Dialekt hielt Regina in den ersten Tagen für Englisch, aber sie gewöhnte sich schnell an die Aussprache der neuen Freundin und bewunderte sie, weil sie lesen und schreiben konnte.

Inge war noch ein Jahr in Deutschland zur Schule gegangen und bereit, ihre Kenntnisse an Regina weiterzugeben. Wenn Inge nachts aufwachte, weinte sie angstvoll und mußte von der Mutter beruhigt werden, die trotz ihrer Energie und Strenge am Tage so sanft wie Aja trösten konnte und Reginas Herz ebenso schnell eroberte, wie es Owuor im alten Leben getan hatte. Als Regina Frau Sadler von

Suara erzählte, holte sie aus ihrem Handarbeitskorb blaue Wolle und häkelte ihr ein Reh.

Die Sadlers stammten aus Weiden in der Oberpfalz und waren erst ein halbes Jahr vor Kriegsausbruch nach Kenia gekommen. Zwei Brüder hatten ein Bekleidungsgeschäft gehabt, der dritte war Landwirt. Ihre drei Frauen waren zu resolut, um dem Glanz der Vergangenheit nachzutrauern. Sie strickten Pullover und nähten Blusen für ein renommiertes Geschäft in Nairobi und hatten ihre Männer ermutigt, eine Farm in Londiani zu pachten, die schon nach sechs Monaten erste Erträge brachte.

Inge hatte in Weiden das Pogrom vom 9. November erlebt und zusehen müssen, wie die Schaufenster des elterlichen Geschäfts zertrümmert, Stoffe und Kleider auf die Straße geworfen und die Wohnung geplündert worden waren. Ihr Vater und die beiden Onkel waren aus dem Haus gezerrt, geschlagen und nach Dachau verschleppt worden. Als sie nach vier Monaten wiederkamen, hatte Inge keinen der drei erkannt. In der zweiten Woche im Norfolk, weil sie sich ihres Weinens in der Nacht schämte, erzählte sie Regina von den Erlebnissen, über die sie nie mit ihren Eltern sprach.

»Mein Papa«, sagte Regina, als Inge fertig war, »hat keiner gehauen.«

»Dann ist er kein Jude.«

»Du lügst.«

»Ihr kommt ja gar nicht aus Deutschland.«

»Wir kommen«, erklärte Regina, »aus der Heimat. Aus Leobschütz, Sohrau und Breslau.«

»In Deutschland werden alle Juden verprügelt. Das weiß ich genau. Ich hasse die Deutschen.«

»Ich auch«, versprach Regina, »ich hasse die Deutschen.«

Sie nahm sich vor, sobald wie möglich ihrem Vater von ihrem neuen Haß, von Inge, den Kleidern auf der Straße und von Dachau zu erzählen. Obwohl sie den Vater viel seltener erwähnte als Owuor, Aja, Suara und Rummler, vermißte sie ihn und empfand die Trennung um so stärker, weil sie ihr Gewissen quälte. Sie hatte sich auf die Erde gelegt und den Lastwagen als erste gehört, der sie alle aus Rongai vertrieben hatte.

Am kleinen Teich mit den weißen Wasserlilien, auf denen in der Mittagshitze die Schmetterlinge wie gelbe Wolken lagen, verriet sie Inge: »Ich habe den Krieg gemacht.«

»Quatsch, die Deutschen haben den Krieg gemacht. Das weiß doch hier jeder.«

»Das muß ich meinem Papa erzählen.«

»Der weiß das schon.«

Erst nach diesem Gespräch fiel Regina auf, daß alle Frauen vom Krieg sprachen. Sie waren schon lange nicht mehr so fröhlich wie in der ersten Zeit der Internierung. Immer häufiger sagten sie: »Wenn wir erst wieder auf der Farm sind«, und keine der Frauen mochte an die Hochstimmung erinnert werden, in der sie in Nairobi angekommen war. Der veränderte Ton im Norfolk steigerte die Sehnsucht nach dem Farmleben.

Der Hotelmanager, ein hagerer und unliebenswürdiger Mann, hieß Applewaithe und gab sich schon längst keine Mühe mehr, seinen Ekel vor Menschen zu verbergen, die seinen Namen nicht aussprechen konnten. Er verabscheute Kinder, mit denen er bisher weder privat noch im Beruf zu tun gehabt hatte, und verbot den jungen Müttern, die Milch für die Babys in der Küche aufzuwärmen, Windeln auf den Balkon zu hängen und Kinderwagen unter die Bäume zu stellen. Immer deutlicher ließ er die Frauen spüren, daß sie für ihn ungebetene Gäste und, noch schlimmer, Enemy Aliens waren.

Nach der ersten verwirrenden Euphorie, die das Glück der Gemeinschaft bei ihnen ausgelöst hatte, kehrten die Frauen konsterniert und schuldbewußt in die Realität zurück. Fast alle hatten noch Angehörige in Deutschland und begriffen nun, daß es für Eltern, Geschwister und Freunde kein Entkommen mehr gab. Das Wissen um diese Endgültigkeit und dazu die Erkenntnis, wie ungewiß die eigene Zukunft war, lähmten sie. Sie sehnten sich nach den Ehemännern, die zuvor alle Entscheidungen allein getroffen und die Verantwortung für die Familie übernommen hatten und von denen sie noch nicht einmal wußten, wohin sie gebracht worden waren. Das Bewußtwerden der eigenen Ohnmacht machte sie ratlos und führte erst zu kleinlichen Zänkereien und dann zu einer Apathie, die sie in die Vergangenheit flüchten ließ. Die Frauen überboten sich in Schilderungen, wie gut sie es in einem Leben gehabt hatten, das mit jedem Tag der erzwungenen Untätigkeit heller in der Erinnerung strahlte. Sie schämten sich ihrer Tränen und noch mehr, wenn sie ›daheim‹ oder ›zu Hause‹ sagten und nicht mehr wußten, ob sie von den Farmen oder von Deutschland sprachen.

Jettel litt sehr am ungestillten Bedürfnis nach Schutz und Trost. Sie sehnte sich nach dem Leben in Rongai mit Owuors guter Laune und dem vertrauten Rhythmus der Tage, die ihr nicht mehr einsam, sondern voller Zuversicht und Zukunft erschienen. Sie vermißte selbst den Streit mit Walter, der im Rückblick zu einer Kette von zärtlichen Neckereien wurde, und sie weinte, sobald sie auch nur seinen Namen erwähnte. Nach jedem Ausbruch sagte sie: »Wenn mein Mann wüßte, was ich hier durchmache, würde er mich sofort holen.«

Meistens verzogen sich die Frauen in ihre Zimmer, wenn Jettel sich ihrer Verzweiflung hingab, aber eines Abends, als ihr Schmerz noch lauter war als sonst, schnauzte Elsa Conrad sehr unerwartet und sehr laut: »Hör endlich auf mit dem Geplärre und tu was. Glaubst du, wenn man meinen Mann fortgebracht hätte, würde ich hier herumsitzen und heulen? Ihr jungen Frauen seid zum Kotzen.«

Jettel war so verblüfft, daß sie sofort zu schluchzen aufhörte. »Was kann ich denn tun?« fragte sie mit einer Stimme, die alle Weinerlichkeit verloren hatte.

Seit dem ersten Tag im Norfolk war Elsa Conrad eine von allen respektierte Autorität, die keinen Widerspruch duldete. Sie fürchtete weder Auseinandersetzungen noch Menschen, war die einzige Berlinerin in der Gruppe und als einzige nicht jüdisch. Schon ihre äußere Erscheinung imponierte. Elsa, so dick wie unbeweglich, hüllte bei Tag ihre Körperfülle in lange, geblümte Gewänder und abends in tief ausgeschnittene Festkleider. Sie trug feuerrote Turbane, die die Babys so erschreckten, daß sie losbrüllten, wenn sie Elsa nur sahen.

Sie stand morgens nie vor zehn Uhr auf, hatte bei Mr. Applewaithe durchgesetzt, daß ihr Frühstück im Zimmer serviert wurde, und ermahnte ständig Kinder und mit der gleichen Ungeduld Frauen, die sich in ihrem Kummer vergruben oder sich über Kleinigkeiten beklagten. Gefürchtet wurde sie nur in den ersten Tagen. Ihre Schlagfertigkeit machte ihre Provokationen erträglich, ihr Humor versöhnte mit ihrem Temperament. Als sie ihre Geschichte erzählte, wurde sie zur Heldin.

Elsa hatte in Berlin eine Bar gehabt und nie die Angewohnheit, sich mit Gästen abzugeben, die ihr mißfielen. Wenige Tage nach den Synagogenbränden war eine Frau mit zwei Begleitern in Elsas Bar gekommen und hatte, noch im Mantel, Hetzreden gegen die Juden gehalten. Elsa hatte sie am Kragen gepackt, sie vor die Tür gesetzt und geschrien: »Wo glaubst du, kommt dein teurer Pelz her? Von den Juden gestohlen hast du ihn, du Hure.«

Das hatte ihr sechs Monate Zuchthaus und anschließend die sofortige Ausweisung aus Deutschland eingebracht. Elsa war mittellos in Kenia angekommen und schon in der ersten Woche von einem schottischen Ehepaar in Nanyuki als Kindermädchen engagiert worden. Mit den Kindern hatte sie sich nicht gut verstanden, mit den Eltern trotz der nur wenigen Brocken Englisch, die sie auf dem Schiff aufgeschnappt hatte, um so besser. Sie brachte ihnen Skat bei und dem Koch, Soleier einzulegen und Buletten zu braten. Bei Kriegsausbruch hatten sich die Schotten schweren Herzens von Elsa getrennt und nicht geduldet, daß sie auf den Lastwagen stieg. Sie hatten sie mit ihrem Wagen ins Norfolk gefahren und sie zum Abschied mit Flüchen auf die Engländer und Chamberlain umarmt.

Elsa kannte nur Sieg. »Was soll ich denn tun«, ahmte sie Jettels Stimme an dem Abend nach, als sie die Weichen für die Zukunft stellte. »Wollt ihr den ganzen Krieg hier hocken und Däumchen drehen, während man eure Männer festhält? Was schaut ihr mich denn so dämlich an? Könnt ihr nicht einmal vergessen, daß man euch auf Händen getragen hat? Setzt euch auf eure verwöhnten Hintern und schreibt an die Behörden. Es kann doch nicht so schwer sein, denen klarzumachen, daß die Juden nicht für Hitler sind. Eine von den feinen Damen wird doch bestimmt zur Schule gegangen sein und genug Englisch können, um einen Brief zu schreiben.«

Der Vorschlag, so wenig Erfolg er auch versprach, wurde schon deshalb angenommen, weil sich alle mehr vor Elsas Zorn fürchteten als vor der britischen Armee. Sie konnte ebenso gut organisieren wie reden und befahl vier Frauen mit ausreichenden Englischkenntnissen und Jettel wegen ihrer schönen Schrift, Briefe zu formulieren, die Schicksal dokumentierten und Standpunkte klärten. Mr. Applewaithe ließ sich unerwartet rasch überzeugen, daß es seine Pflicht war, die Post von Menschen weiterzuleiten, die das Hotelgelände nicht verlassen durften.

Mit einem so schnellen Erfolg der Aktion hatte selbst Elsa nicht gerechnet. Für die Militärbehörde war weder Ton noch Inhalt der Briefe ausschlaggebend, sondern der Umstand, daß ihr Bedenken gekommen waren. Nach den ersten Reaktionen aus London zweifelte man in Nairobi, ob tatsächlich alle Refugees hätten interniert werden müssen oder ob es nicht rationeller gewesen wäre, zuvor ihre politische Einstellung zu überprüfen.

Hinzu kam, daß viele Farmer mit der Einberufung zum Militär rechneten und ihre Farmen von den billigen und angenehm verantwortungsbewußten Refugees versorgt wissen wollten. Die Leserbriefspalte im ›East African Standard‹ bestand fast ausschließlich aus Anfragen, weshalb ausgerechnet in Nairobi Kriegsgefangene in Luxushotels wohnen müßten. Auch die Besitzer vom Norfolk und New Stanley drängten fordernd auf deren Freigabe. Colonel Whidett hielt es für klug, zunächst einmal Flexibilität zu zeigen. Fürs erste gestattete er Kontakte für Ehepaare mit Kindern und stellte weitere Überlegungen in Aussicht. Genau zehn Tage, nachdem Mr. Applewaithe die Briefe bei der Militärbehörde abgegeben hatte, fuhren wieder die Lastwagen der

Army vor. Sie hatten Auftrag, Mütter und Kinder ins Männerlager im Ngong zu bringen.

Den Männern war es wie ihren Frauen ergangen. Die Internierung hatte sie aus Einsamkeit und Sprachlosigkeit zurück ins Leben geholt. Der Rausch der Erlösung war gewaltig. Alte Bekannte und Freunde, die sich zum letztenmal in Deutschland gesehen hatten, trafen sich wieder; Schicksalsgenossen vom Schiff fielen einander in die Arme; Fremde stellten fest, daß sie gemeinsame Freunde hatten. Tage- und nächtelang wurden Erfahrungen, Hoffnungen und Ansichten ausgetauscht. Die Davongekommenen erfuhren vom Leid, das das eigene klein machte. Sie lernten, wieder zuzuhören, und durften reden. Es war, als wäre ein Damm gebrochen.

Nach der Zeit auf den Farmen allein mit Frau und Kindern und der Verpflichtung, Haltung zu bewahren und Angst zu verdrängen, oder auch nach Jahren allein auf einer Farm war jeder froh, in einer Gruppe von Männern zu leben. Wenigstens vorübergehend waren alle ohne wirtschaftliche Sorgen und ohne die quälende Gewißheit, daß eine Kündigung den sofortigen Verlust der Bleibe bedeutete. Schon die Atempause gaukelte dem Gemüt heilende Sicherheit vor. Es war Walter, der das danach immer wieder zitierte Wort prägte: »Jetzt haben die Juden endlich wieder einen König, der für sie sorgt.«

In den ersten Tagen im Camp war es ihm, als sei er nach langer Reise auf entfernte Verwandte gestoßen, denen er sich sofort verbunden fühlte. Der ehemalige Frankfurter Rechtsanwalt Oscar Hahn, seit sechs Jahren Farmer in Gilgil, Kurt Piakowsky, ein Arzt aus Berlin und nunmehr Leiter der Wäscherei im Krankenhaus von Nairobi, und der Erfurter Zahnarzt Leo Hirsch, der als Manager auf einer Goldmine in Kisumu untergekommen war, waren Bundesbrüder von Walter und allzeit bereit, mit ihm Erinnerungen an die gemeinsamen Freunde und Freuden der Studentenzeit auszutauschen.

Heini Weyl, der Freund aus Breslau, hatte sich trotz Gelbfiebers und Amöbenruhr in Kisumu weder Lebensmut noch Humor nehmen lassen. Ebenfalls Breslauer war Henry Guttmann, der viel beneidete Optimist. Er war zu jung gewesen, um in Deutschland Beruf und Existenz zu verlieren, und gehörte zum kleinen Kreis der Auserwählten, die mehr Zukunft als Vergangenheit hatten. Max Bilawasky, der sich innerhalb eines Jahres mit einer eigenen Farm in Eldoret ruiniert hatte, stammte aus Kattowitz und kannte Leobschütz.

Siegfried Cohn, ein Fahrradhändler aus Gleiwitz, war gut bezahlter Ingenieur in Nakuru und hatte auch sprachlich den Anschluß an sein neues Leben gefunden, indem er sein hartes Oberschlesisch mit nasalem englischem Klang durchsetzte. Überglücklich war Walter mit Jakob Oschinsky. Er hatte in Ratibor ein Schuhgeschäft gehabt, war auf einer Kaffeefarm in Thika untergekrochen und hatte auf einer Reise mal in Redlichs Hotel in Sohrau übernachtet. Er konnte sich gut an Walters Vater erinnern und schwärmte von Liesels Schönheit, Hilfsbereitschaft und Krautkuchen.

Alle Internierten hatten solche Erlebnisse. Sie holten unterdrückte Bilder aus der Versenkung, die wie ein Jungbrunnen für die verwirrten Seelen waren. Dennoch hielt die gute Stimmung bei den Männern nicht so lange an wie bei den Frauen. Zu schnell wurde ihnen bewußt, daß Muttersprache und Erinnerungen kein ausreichender Ersatz waren für die Heimat, die gestohlene Habe, für den Verlust von Stolz und Ehre und für zerstörtes Selbstbewußtsein. Als die hastig vernarbten Wunden wieder aufbrachen, waren sie schmerzhafter als zuvor.

Der Krieg hatte den Funken Hoffnung erlöschen lassen, in Kenia schnell und nur deshalb Wurzeln zu schlagen, weil die Sehnsucht so gewaltig war, kein Außenseiter und Ausgestoßener mehr zu sein. Bei jedem starb endlich die lange Zeit wider alle Vernunft gehegte Illusion, den Zurückgebliebenen in Deutschland doch noch helfen und sie nach Kenia nachholen zu können. Obwohl er sich zu wehren versuchte, gab Walter seinen Vater und seine Schwester ebenso verloren wie schon die Schwiegermutter und Schwägerin.

»Von den Polen haben sie keine Hilfe zu erwarten«, erzählte er Oscar Hahn, »und für die Deutschen sind sie polnische Juden. Jetzt hat mir das Schicksal ein für allemal bestätigt, daß ich versagt habe.«

»Versagt haben wir alle, aber nicht jetzt, sondern

1933. Wir haben zu lange an Deutschland geglaubt und die Augen zugemacht. Verzagen dürfen wir nicht. Du bist nicht nur Sohn. Du bist auch Vater.«

»Ein schöner Vater, der noch nicht einmal das Geld für den Strick verdient, an dem er sich aufhängen kann.«

»So etwas darfst du noch nicht einmal denken«, sagte Hahn wütend. »Es werden so viele von uns sterben, die leben wollen, daß die Geretteten keine andere Wahl haben, als für ihre Kinder weiterzuleben. Davonkommen ist nicht nur Glück, sondern Verpflichtung. Vertrauen ins Leben auch. Reiß dir endlich Deutschland aus dem Herzen. Dann wirst du wieder leben.«

»Ich hab's versucht. Es geht nicht.«

»Das dachte ich früher auch, und wenn ich jetzt an den feinen Frankfurter Rechtsanwalt und Notar Oscar Hahn denke, der eine Bombenpraxis und mehr Ehrenämter als Haare auf dem Kopf hatte, kommt er mir wie ein fremder Mann vor, den ich früher einmal flüchtig gekannt habe. Mensch Walter, nutz die Zeit hier, um mit dir selbst Frieden zu schließen. Dann kannst du wirklich neu anfangen, wenn wir hier rauskommen.«

»Gerade das macht mich so verrückt. Was wird aus mir und meiner Familie, wenn King George nicht mehr für uns sorgt?«

»Noch hast du deine Stellung in Rongai.«

»Das ›Noch‹ hast du besonders hübsch gesagt.«

»Wie wär's, wenn du mich Oha nennst?« lächelte Hahn, »den Namen hat meine Frau für die Emigration erfunden. Fand ihn nicht so deutsch wie Oscar. Ist eine patente Frau, meine Lilly. Ohne sie hätte ich nie gewagt, die Farm in Gilgil zu kaufen.«

»Versteht sie denn so viel von der Landwirtschaft?«

»Sie war Konzertsängerin. Vom Leben versteht sie viel. Die Boys liegen ihr zu Füßen, wenn sie Schubert singt. Und die Kühe geben gleich mehr Milch. Du wirst sie ja hoffentlich bald kennenlernen.«

»Du glaubst also an Süßkinds Theorie?«

»Ja.«

»Leute wie Rubens«, pflegte Süßkind bei den Diskussionen um die Zukunft und die Haltung der Militärbehörde zu dozieren, »können es sich gar nicht leisten, daß man alle Juden zu Enemy Aliens stempelt und uns hier den ganzen Krieg schmoren läßt. Ich wette, der alte Rubens und seine Söhne sind schon dabei, den Engländern klarzumachen, daß wir lange vor ihnen gegen Hitler waren.«

Colonel Whidett mußte sich tatsächlich mit Problemen beschäftigen, für die er absolut unzureichend präpariert war. Er fragte sich fast jeden Tag, ob selbst schwerwiegende Differenzen mit dem Kriegsministerium in London unangenehmer hätten sein können als die regelmäßigen Besuche der fünf Brüder Rubens in seinem Büro, ganz zu schweigen von dem temperamentvollen Vater. Der Colonel gestand sich ohne Scham ein, daß ihn bis Kriegsausbruch die Ereignisse in Europa nicht sehr viel mehr interessiert hatten als die Stammeskämpfe zwischen den Jaluo und Lumbwa rund um Eldoret. Es irritierte ihn jedoch, daß die Familie Rubens so genau über wirklich schockierende Details im Bilde war und er sich wie ein Ignorant vorkam, wann immer sie ihn heimsuchte.

Whidett kannte keine Juden, sah er von den beiden Brüdern Dave und Benjie ab, denen er im ersten Jahr in der Boarding School in Epsom begegnet war und die ihm als widerlich ehrgeizige Schüler und miserable Cricketspieler in Erinnerung geblieben waren. Er fühlte sich also zunächst durchaus im Recht, wenn er in den unangenehmen Gesprächen, die die Zeit ihm aufzwang, auf das Herkunftsland der Internierten verwies und die daraus nicht zu unterschätzenden Schwierigkeiten für sein kriegführendes Mutterland. Allerdings erschienen ihm bedauerlicherweise seine Einwände sehr schnell nicht so stichhaltig wie ursprünglich gedacht. Schon gar nicht, wenn er sie vor seinen unwillkommenen Gesprächspartnern hervorbringen mußte, die die Beredsamkeit von arabischen Teppichhändlern und die Überempfindlichkeit von Künstlern hatten.

Ob Whidett wollte oder nicht, die Familie Rubens, die ältere Bindungen an Kenia hatte als er selbst und ein so gepflegtes Englisch sprach wie die ›old boys‹ in Oxford, machte ihn nachdenklich. Widerstrebend begann er sich mit dem Schicksal von Menschen zu beschäftigen, denen ›man anscheinend Unrecht getan‹ hatte. Diese vorsichtige Formulierung pflegte er indes nur im privaten Kreis zu gebrauchen und dann auch zögernd, entsprach es doch weder seiner Erziehung noch seinen Prinzipien, besser über die Vorgänge im verdammten Europa Bescheid zu wissen als andere.

So sagte Whidett zu, wenn auch ohne Vertrauen in sein Urteil, den Vorschlag zu überprüfen, ob nicht wenigstens jene Leute aus dem Camp entlassen werden konnten, die auf den Farmen arbeiteten und wohl keine Möglichkeiten hatten, Kontakt mit dem Feind aufzunehmen. Zu seiner Überraschung wurde der Entschluß in Militärkreisen als weitsichtig begrüßt. Er erwies sich auch sehr bald als nötig. Wegen der Lage in Abessinien kündigte London die Entsendung eines Infanterieregiments aus Wales an, für das der Colonel die Baracken im Ngong brauchte.

Die Lastwagen vom Norfolk und New Stanley fuhren an einem Sonntag nach dem Mittagessen im Camp vor. Die Kinder winkten verlegen, und die Mütter wirkten ebenso verkrampft, als die Männer in ihren Khakiuniformen am Stacheldrahtzaun erschienen. Die meisten Frauen hatten sich angezogen, als seien sie zu einem Gartenfest der besten Gesellschaft geladen. Manche hatten dekolletierte Kleider an, die sie zuletzt in Deutschland getragen hatten; einige hielten kleine, verwelkte Blumen in der Hand, die die Kinder im Hotelgarten gepflückt hatten.

Walter sah Jettel in ihrer roten Bluse und mit den weißen Handschuhen, die sie sich zur Auswanderung gekauft hatte. Das Abendkleid fiel ihm ein, und er hatte Mühe, seinen Ärger herunterzuschlukken. Gleichzeitig aber wurde ihm bewußt, wie schön seine Frau war und daß er sie selbst in den intimsten und erfüllten Momenten mit seinem gebrochenen Herzen betrogen hatte, das nur noch den Pulsschlag der Vergangenheit zu beleben wußte. Er fühlte sich alt, verbraucht und unsicher.

Einige bange Sekunden, die ihm unbarmherzig lang vorkamen, war ihm auch Regina fremd. Sie erschien ihm in den vier Wochen der Trennung gewachsen, und auch ihre Augen waren anders als in den Tagen von Rongai, als sie mit Aja unter dem Baum gesessen hatte. Walter versuchte, auf den Namen vom Reh zu kommen, um die Gemeinsamkeit zu finden, nach der ihn verlangte, aber das Wort fiel ihm nicht mehr ein. Da sah er Regina auf sich zurennen.

Während sie wie ein junger Hund an ihm hochsprang und noch ehe sie ihre dünnen Arme um seinen Hals legte, begriff er mit lähmendem Erschrekken, daß er seine Tochter mehr liebte als seine Frau. Schuldbewußt und doch mit einer Erregung, die er als belebend empfand, schwor er, daß keine von beiden je die Wahrheit erfahren würde.

»Papa, Papa«, schrie Regina in Walters Ohr und holte ihn in die Gegenwart, die mit einem Mal so viel leichter zu ertragen war als zuvor, »ich hab' eine Freundin. Eine richtige Freundin. Sie heißt Inge. Sie kann auch lesen. Und Mama hat einen Brief geschrieben.«

»Was für einen Brief?«

»Einen richtigen Brief. Damit wir dich besuchen dürfen.«

»Ja«, sagte Jettel, als sie Regina weit genug abgedrängt hatte, um Platz an Walters Brust zu finden, »ich habe eine Eingabe gemacht, damit du entlassen wirst.«

»Seit wann weiß meine Jettel, was eine Eingabe ist?«

»Ich mußte doch etwas für dich tun. Man kann doch nicht einfach dasitzen und Däumchen drehen. Vielleicht können wir bald zurück in unser Rongai.«

»Jettel, Jettel, was haben sie bloß aus dir gemacht? Du warst doch todunglücklich in Rongai.«

»Die Frauen wollen doch alle wieder auf die Farmen zurück.«

Der Stolz in Jettels Stimme rührte Walter. Noch mehr, daß ihr der Mut fehlte, ihn beim Lügen anzuschauen. Er hatte das Verlangen, ihr eine Freude zu machen, doch fielen ihm Schmeicheleien ebensowenig ein wie der Name vom Reh. Er war froh, als er Regina sprechen hörte.

»Ich hasse die Deutschen, Papa. Ich hasse die Deutschen.« – »Von wem hast du denn das gelernt?«

»Von Inge. Sie haben ihren Vater verhauen und die Fenster in Dachau kaputtgeschmissen und alle Kleider auf die Straße geworfen. Inge weint in der Nacht, weil sie die Deutschen haßt.«

»Nicht die Deutschen, Regina, die Nazis.«

»Gibt es auch Nazis?«

»Ja.«

»Das muß ich Inge erzählen. Dann wird sie auch

die Nazis hassen. Sind denn die Nazis so böse wie die Deutschen?«

»Nur die Nazis sind böse. Sie haben uns aus Deutschland vertrieben.«

»Das hat Inge nie gesagt.«

»Dann geh sie mal suchen und erzähl ihr, was dein Vater gesagt hat.«

»Du machst das Kind noch ganz verrückt«, schimpfte Jettel, als Regina fort war, aber sie ließ Walter keine Zeit zu einer Antwort. »Weißt du«, flüsterte sie, »daß es keine Hoffnung mehr für Mutter und Käte gibt, seitdem wir Krieg haben?«

Walter seufzte, und doch spürte er nichts als die Erleichterung, daß er endlich offen reden durfte.

»Ja, ich weiß. Auch Vater und Liesel sitzen jetzt in der Falle. Und frag mich bloß nicht, wie wir damit fertig werden sollen. Ich weiß es nicht.«

Als Walter sah, daß Jettel weinte, umarmte er sie und war getröstet, daß Tränen, die ihm selbst schon lange nicht mehr kamen, sie noch erlösen konnten. Der kurze Augenblick der Gemeinsamkeit erschien ihm trotz des Anlasses zu kostbar, um ihn nicht wenigstens einige wenige Herzschläge lang der Niedergeschlagenheit zu entreißen. Dann aber zwang er sich, nicht noch einmal der Angst nachzugeben, die zum Schweigen verführte.

»Jettel, wir werden nicht mehr nach Rongai zurückkehren.«

»Warum? Woher willst du das wissen?«

»Ich habe heute morgen Post von Morrison bekommen.«

Walter nahm den Brief aus seiner Tasche und hielt ihn Jettel entgegen. Er wußte, daß sie ihn nicht lesen konnte, aber er brauchte die Gnadenfrist ihrer Ratlosigkeit, um sich selbst zu fassen. Er ließ es zu, daß er sich demütigte, indem er hilflos zusah, wie Jettels Augen sich an den Zeilen festfraßen, die ihm Süßkind vor ein paar Stunden übersetzt hatte.

»Dear Mr. Redlich«, hatte Morrison geschrieben, »I regret to inform you that there is at present no possibility of employing an Enemy Alien on my farm. I am sure you will understand my decision and wish you all the best for the future. Yours faithfully, William P. Morrison.«

»Schau mich an, Jettel, nicht den Brief. Morrison hat mir gekündigt.«

»Wo sollen wir denn hin, wenn du hier rauskommst? Was sollen wir Regina sagen? Sie fragt jeden Tag nach Owuor und Aja.«

»Am besten wir überlassen es Inge«, sagte Walter müde. »Ich werde Owuor auch vermissen. Unser Leben besteht nur noch aus Abschied.«

»Haben die anderen auch solche Briefe bekommen?«

»Ein paar von uns. Die meisten nicht.«

»Warum wir? Warum immer wir?«

»Weil du dir einen Nebbich als Mann ausgesucht hast, Jettel. Du hättest auf deinen Onkel Bandmann hören sollen. Der hat dir das schon vor unserer Verlobung gesagt. Komm, weine nicht. Da kommt mein Freund Oha. Der hat das Glück gehabt, daß die Nazis ihn schon 1933 gelöscht haben. Jetzt hat er eine eigene Farm in Gilgil. Du mußt ihn kennenlernen und brauchst dich nicht zu genieren. Er weiß Bescheid. Er hat sogar versprochen, uns zu helfen. Ich weiß nicht, wie er das machen will, aber es tut mir gut, daß er's gesagt hat.«

5

Am 15. Oktober 1939 hingen am Schwarzen Brett im Camp Ngong zwei Veröffentlichungen, die bei den Refugees ein sehr unterschiedliches Echo hatten. Die Nachricht von der Versenkung des britischen Schlachtschiffs ›Royal Oak‹ durch ein deutsches U-Boot war in militärisch knappem Englisch gehalten und sorgte schon deshalb für mehr Verwirrung als Anteilnahme, weil zunächst den wenigsten klarwurde, wer in der Bucht von Scapa Flow angegriffen und wer gesiegt hatte. Große Erregung löste indes die in fehlerfreiem Deutsch gehaltene Ankündigung aus, Enemy Aliens mit einer festen Anstellung auf einer Farm könnten mit ihrer Entlassung rechnen. Sofort fand das seit einigen Tagen kursierende Gerücht neue Nahrung, die Militärbehörden in Nairobi planten die Deportation von männlichen Internierten nach Südafrika.

»Jetzt muß ich mir also doch einen Manager für meine Farm nehmen«, erklärte Oha, als er nach langem Suchen Walter hinter der Latrinenbaracke aufstöberte.

»Warum? Du kommst doch bald hier raus.«

»Aber du nicht.«

»Nein, ich hab' das große Los gezogen. Und Jettel und Regina auch. Schicken die auch Frauen und Kinder nach Südafrika?«

»Mensch, kapierst du denn nie etwas? Du wirst meine Farm leiten. Jedenfalls bis du eine Stellung gefunden hast. Es ist bestimmt nicht verboten, daß ein Enemy Alien einen anderen anstellt. Süßkind ist schon dabei, den Anstellungsvertrag zu übersetzen, den ich dir ausgestellt habe.«

Obwohl Süßkinds Umgang mit juristischen Formulierunge ungenau und unbeholfen war, stellte er Colonel Whidett zufrieden. Er hatte wenig Neigung, sich für den Rest des Kriegs mit Menschen zu beschäftigen, die sein Leben aus dem Lot brachten, und nur noch das Ziel, möglichst viele von ihnen zu entlassen. Er verfügte nicht nur, daß Oscar Hahn und Walter zu den ersten gehörten, die das Camp verlassen durften, sondern sorgte auch dafür, daß Lilly vom New Stanley und Jettel mit Regina aus dem Norfolk abgeholt und mit den beiden Männern nach Gilgil gebracht wurden.

»Warum tust du das alles für uns?« hatte Walter am letzten Abend im Ngong gefragt.

»Eigentlich müßte ich jetzt sagen, daß es meine Pflicht ist, einem Bundesbruder zu helfen«, hatte Hahn erwidert, »aber ich mach es einfacher. Ich hab' mich an dich gewöhnt, und meine Lilly braucht Publikum.«

Die Farm von Hahns mit Kühen und Schafen auf sanften grünen Hügeln und Hühnern, die neben dem großen Gemüsegarten in einer Sandfläche scharrten, mit akkurat angelegten Maisfeldern und dem Haus aus weißem Stein vor dem kurzgeschorenen Rasen, um den Rosen, Nelken und Hibiskus wuchsen, hieß Arkadia und erinnerte an einen deutschen Gutshof. Die Wege um das Haus waren mit Stein belegt, die Außenwände vom Küchengebäude in blau-weißem Rautenmuster gestrichen, das Toilettenhaus grün und die hellen Holztüren vom Wohnhaus mit einer Lackfarbe überzogen.

Unter einer hohen Zeder stand eine mit lila Bougainvilleen bewachsene Laube mit weißen Stühlen vor einem runden Tisch. Manjala, der Hausboy, hatte um sein weißes Kanzu, in dem er die Mahlzeiten servierte, einen silbernen Gürtel, den Lilly auf dem letzten Faschingsball ihres Lebens getragen hatte. Der Pudel mit den schwarzen Locken, die in der Sonne wie winzige Stücke Kohle glänzten, hieß Bajazzo.

Walter und Jettel kamen sich auf Arkadia wie verirrte Kinder vor, die von ihren Rettern mit der Ermahnung zu Hause abgeliefert werden, nie mehr allein fortzulaufen. Es war nicht nur die Herzlichkeit und Gelassenheit ihrer Gastgeber, die ihnen neue Kraft gab, sondern die Geborgenheit in dem Haus selbst. Alles erinnerte sie an eine Heimat, die sie in solcher Üppigkeit nie kennengelernt hatten.

Die runden, mit grünem Leder überzogenen Tische, der wuchtige Frankfurter Schrank vor eierschalfarbenen Stores, mit grauem Samt bezogene Stühle, Ohrensessel mit Bezügen aus geblümtem englischem Leinen und eine Mahagonikommode mit goldenen Beschlägen stammten von Ohas Eltern, das schwere Tafelsilber, die Kristallgläser und das Porzellan aus Lillys Aussteuer. Es gab gefüllte

Bücherschränke, an den hellen Wänden Kopien von Frans Hals und Vermeer und im Wohnzimmer das Bild einer Kaiserkrönung im Frankfurter Römer, vor dem Regina jeden Abend saß und sich von Oha Geschichten erzählen ließ. Vor dem Kamin stand ein Flügel mit einer weißen Mozartbüste auf einer roten Samtdecke.

Unmittelbar nach Sonnenuntergang trug Manjala Getränke in bunten Gläsern herein und bald darauf so vertraute Gerichte, als könne Lilly täglich bei deutschen Metzgern, Bäckern und Kolonialwarenhändlern einkaufen. Ihre Stimme, die selbst dann zu singen schien, wenn sie nach den Boys rief oder die Hühner fütterte, und Ohas Frankfurter Zungenschlag kamen Walter und Jettel wie Botschaften aus einer fremden Welt vor. Abends sang Lilly das Repertoire ihrer Vergangenheit.

Vor der Tür hockten die Boys; die Frauen standen mit Säuglingen auf dem Rücken vor den offenen Fenstern, und in den Pausen setzte sich der Pudel auf seine Hinterpfoten und bellte leise und melodisch in die Nacht. Obwohl Walter und Jettel solche musikalischen Erlebnisse nie kennengelernt hatten, vergaßen sie bei den nächtlichen Konzerten alle Bedrükkung und gaben sich romantischen Gefühlen hin, die ihnen Hoffnung und Jugend zurückbrachten.

Oha hatte ebensogroße Freude an seinen Gästen wie sie an seiner Gastfreundschaft, denn weder er noch die Menschen auf der Farm konnten lange genug Lillys Bedürfnis nach neuen Zuhörern stillen, doch er wußte, daß der Zustand von beglückendem

Geben und dankbarem Nehmen nicht von Dauer sein durfte.

»Ein Mann muß seine Familie ernähren können«, sagte er zu Lilly.

»Du redest wie früher, Oha. Du bist und bleibst ein Deutscher.«

»Leider. Ohne dich wäre ich in der gleichen trostlosen Lage wie Walter. Wir Juristen haben eben nichts gelernt außer dummes Zeug.«

»Da ist eine Sängerin doch besser dran.«

»Nur, wenn sie so ist wie du. Übrigens habe ich an Gibson geschrieben.«

»Du hast einen englischen Brief geschrieben?«

»Englisch wird er erst, wenn du ihn übersetzt hast. Ich könnte mir vorstellen, daß Gibson Walter gebrauchen kann. Aber sag ihm noch nichts. Die Enttäuschung wäre zu groß.«

Oha kannte Gibson, von dem er einige Male Pyrethrum bezogen hatte, nur flüchtig. Er wußte aber, daß er schon seit langem nach einem Mann suchte, der für sechs Pfund bereit war, auf seiner Farm in Ol' Joro Orok zu arbeiten. Geoffry Gibson hatte eine Essigfabrik in Nairobi und nicht die Absicht, mehr als viermal im Jahr nach seiner Farm zu sehen, auf der er ausschließlich Pyrethrum und Flachs anbaute. Er reagierte schnell.

»Genau das Richtige für dich«, freute sich Oha, als Gibsons Zusage eintraf, »du bringst dort weder Kühe noch Hühner um, und von ihm selbst hast du auch nichts zu befürchten. Du mußt dir nur ein Haus bauen.«

Zehn Tage, nachdem ein kleiner Lastwagen auf der schlammigen Straße in die Berge von Ol' Joro Orok gekeucht war, bekam das kleine Haus zwischen den Zedern sein Dach. Der indische Schreiner Daji Jiwan hatte mit dreißig Arbeitern von den Schambas das Haus für den neuen Bwana aus groben, grauen Steinen gebaut. Ehe das Dach mit Gras, Lehm und Dung beworfen wurde, durfte Regina zum letztenmal auf den Holzstangen sitzen, die, anders als bei den Hütten der Eingeborenen, nicht zu einer Spitze, sondern schräg zusammenliefen.

Regina ließ sich von Daji Jiwan mit den schwarzglänzenden Haaren, der hellbraunen Haut und den sanften Augen hochheben und kletterte genau zur Mitte des Dachs. Dort hatte sie seit der Ankunft in Ol' Joro Orok so lange und schweigend gesessen wie in den Tagen, als sie noch ein Kind war, das nichts wußte und mit seiner Aja unter den Bäumen von Rongai gelegen hatte.

Sie schickte ihre Augen zum großen Berg mit der weißen Decke, von der ihr Vater behauptete, sie sei aus Schnee, und wartete, bis sie satt wurden. Dann machte ihr Kopf eine schnelle Bewegung zum dunklen Wald, aus dem abends die Trommeln die Schauris vom Tag erzählten und bei Sonnenaufgang die Affen kreischten. Als Hitze in ihren Körper kam, machte sie ihre Stimme stark und schrie ihren Eltern auf der Erde zu: »Es gibt nichts Schöneres als Ol' Joro Orok.« Das Echo kam schneller, klarer und lauter zurück als in den Tagen, die nun nicht mehr waren, und der Menengai ihr geantwortet hatte. »Es gibt nichts Schöneres als Ol' Joro Orok«, rief Regina noch einmal.

»Sie hat Rongai schnell vergessen.«

»Ich auch«, sagte Jettel. »Vielleicht haben wir hier mehr Glück.«

»Ach, eine Farm ist wie die andere, Hauptsache, wir sind zusammen.«

»War dir bange nach mir im Camp?«

»Sehr«, erwiderte Walter und fragte sich, wie lange die neue Gemeinsamkeit das Leben in Ol' Joro Orok überleben würde. »Schade um Owuor«, seufzte er, »er war ein Freund der ersten Stunde.«

»Da waren wir ja auch noch keine Enemy Aliens.«

»Jettel, seit wann bist du ironisch?«

»Ironie ist eine Waffe. Hat Elsa Conrad gesagt.«

»Bleib du mal bei deinen Waffen.«

»Irgendwie habe ich das Gefühl, hier ist's noch einsamer als in Rongai.«

»Ich fürchte fast. Ohne Süßkind.«

»Dafür«, tröstete Jettel, »ist es doch nicht so furchtbar weit nach Gilgil zu Oha und Lilly.«

»Nur drei Stunden, wenn man ein Auto hat.«

»Und ohne?«

»Dann ist Gilgil auch nicht besser erreichbar als Leobschütz.«

»Du wirst sehen, wir kommen wieder hin«, beharrte Jettel, »und außerdem hat Lilly fest versprochen, uns hier zu besuchen.«

»Hoffentlich erfährt sie nicht vorher, was sich die Leute hier erzählen.«

»Was denn?«

»Daß selbst die Hyänen es nicht länger als ein Jahr in Ol' Joro Orok aushalten.«

Ol' Joro Orok bestand nur aus ein paar Lauten, die Regina liebte, und aus dem Duka, einem winzigen Laden in einem Bau aus Wellblech. Der Inder Patel, dem das Geschäft gehörte, war ebenso wohlhabend wie gefürchtet. Er verkaufte Mehl, Reis, Zucker und Salz, Fett in Dosen, Puddingpulver, Marmelade und Gewürze. Waren Händler aus Nakuru bei ihm gewesen, bot er Mangos, Papayas, Kohlköpfe und Lauch an. Es gab Benzin in Kanistern, Paraffin in Flaschen für die Lampen, Alkohol für die Farmer der Umgebung und dünne Wolldekken, kurze Khakihosen und grobe Hemden für die Schwarzen.

Nicht nur wegen seines Warenangebots mußte der unfreundliche Patel bei Laune gehalten werden, sondern weil dreimal in der Woche ein Wagen von der Bahnstation in Thompson's Falls abgeschickt wurde, der bei ihm die Post ablieferte. Wer Patels Mißfallen erregte, was schon geschah, wenn man sich beim Kaufen zuviel Bedenkzeit gönnte, wurde durch Postentzug bestraft und war von der Welt abgeschnitten. Der Inder hatte schnell heraus, daß Menschen aus Europa so begierig auf ihre Briefe und Zeitungen waren wie seine Landsleute auf Reis, von dem er ohnehin nie genug hatte.

In seiner verdrossenen Art empfand Patel sogar ein wenig Sympathie für die Refugees. Sie gingen zwar für seinen Geschmack übertrieben sorgsam mit ihrem Geld um, aber sie waren zu Enemy Aliens erklärt worden, und das war immerhin ein deutliches Zeichen, daß die Engländer sie nicht mochten. Seinerseits verabscheute Patel die Engländer, die ihn fühlen ließen, daß er für sie auf der gleich niedrigen Stufe stand wie die Schwarzen.

Gibsons Farm war sechs Meilen von Patels Duka entfernt, lag dreitausend Meter hoch am Äquator und war größer als jede andere Farm in der Umgebung. Selbst Kimani, der schon dort gelebt hatte, ehe das erste Flachsfeld angelegt worden war, mußte lange überlegen, welchen Weg er zu gehen hatte, wollte er ein bestimmtes Ziel erreichen. Kimani, ein Kikuyu von ungefähr fünfundvierzig Jahren, war klein, klug und dafür bekannt, daß er mit der Zunge schneller war als eine flüchtende Gazelle mit ihren Beinen. Er befahl den Schambaboys, was sie auf den Feldern zu tun hatten, und hatte, so lange die Farm ohne einen Bwana war, auch ihren Lohn festgesetzt.

Sobald am späten Nachmittag der Schatten die vierte Rille des Wassertanks erreichte, schlug Kimani mit einem langen Stock gegen das dünne Blech und gab so das Zeichen für das Ende der Tagesarbeit. Als Herr der Zeit und auch, weil er die tägliche Ration Mais für den abendlichen Poschobrei verteilte, wurde Kimani von allen auf der Farm respektiert – selbst von den Nandis, die weder auf den Feldern arbeiteten noch Mais erhielten, sondern jenseits des Flusses lebten und eigene Herden hatten.

Kimani hatte sich schon lange einen Bwana auf der Farm gewünscht, wie es in Gilgil, Thompson's Fall und selbst in Ol' Kalao üblich war. Was nutzten ihm Ansehen und Anerkennung, wenn das Land, für das er sorgte, nicht gut genug für einen weißen Mann war? Das neue Haus nährte seinen Stolz. War abends die Arbeit beendet und legte sich Kälte auf die Haut, blieben die Steine noch warm genug, um den Rücken an ihnen zu reiben. Mit Daji Jiwan, der die Pracht vollbracht hatte, sprach er voller Achtung, obwohl er sonst die Inder noch weniger schätzte als die Menschen aus dem Stamm der Lumbwa.

Kimani gefielen der neue Bwana mit den toten Augen und die Memsahib mit dem zu flachen Bauch, der aussah, als würde aus ihm kein Kind mehr geholt werden. Sehr viel rascher als sonst tötete er seinen Argwohn gegen Fremde und verjagte seine Schweigsamkeit. Er führte Walter zu den Feldern am Rande des Waldes und bis zu dem Fluß, der nur in der Regenzeit Wasser hatte. Er nahm die kräftigen Blüten vom Pyrethrum und die leuchtend blauen vom Flachs in die Hand, machte auf die Farbe der Erde aufmerksam und immer wieder auf den Abstand, den die Pflanzen voneinander brauchten, um zu gedeihen. Kimani war schnell aufgegangen, daß der neue Bwana eine lange Safari hinter sich hatte und nichts von den Dingen wußte, die ein Mann zu wissen hatte.

Nach dem Haus baute Daji Jiwan ein Küchengebäude in der runden Form der Eingeborenenhütten und danach, sehr widerwillig, über eine tiefe Grube einen Bretterverschlag mit einer Bank, in die er drei Löcher von verschiedener Größe hineinschneiden ließ. Die Toilette war Walters Entwurf, und er war so stolz auf sie wie Kimani auf seine Felder. In die Holztür ließ er ein Herz schnitzen, das bald auf der Farm eine solche Attraktion wurde, daß sich Daji Jiwan doch noch mit dem Bau versöhnte, für den er selbst keine Verwendung hatte. Seine Religion verbot es ihm, den Körper zweimal an derselben Stelle zu entleeren.

Als die Küche fertig war, brachte Kimani einen Mann an, den er als seinen Bruder vorstellte, der Kania hieß und die Zimmer fegen sollte. Um die Betten zu machen, holte er Kinanjui von den Feldern. Kamau kam, um das Geschirr zu spülen. Er saß viele Stunden vor dem Haus und polierte Gläser, die er in der Sonne zum Leuchten brachte. Schließlich stand noch Jogona vor der Tür. Er war fast noch ein Kind und hatte Beine, die so dünn waren wie die Äste eines jungen Baums.

»Besser als eine Aja«, sagte Kimani zu Regina.

»War der mal ein Reh?« fragte sie.

»Ja.«

»Aber er redet nicht.«

»Er wird reden. Kessu.«

»Was soll er machen?«

»Für den Hund kochen.«

»Aber wir haben doch keinen Hund.«

»Heute haben wir keinen Hund«, sagte Kimani, »aber Kessu.«

Kessu war ein gutes Wort. Es hieß morgen, bald, irgendwann, vielleicht. Kessu sagten die Menschen, wenn sie Ruhe für Kopf, Ohr und Mund brauchten.

Nur der Bwana wußte nicht, wie Ungeduld zu heilen war. Jeden Tag fragte er Kimani nach einem Boy, der der Memsahib in der Küche helfen sollte, aber da kaute Kimani Luft mit geschlossenen Zähnen, ehe er antwortete.

»Du hast doch einen Boy für die Küche, Bwana.«

»Wo, Kimani, wo?«

Kimani liebte dieses tägliche Gespräch. Oft ließ er, wenn es soweit war, kleine, bellende Geräusche aus seinem Mund. Er wußte, daß sie den Bwana ärgerten, doch er durfte nicht auf sie verzichten. Es war nicht leicht, den Bwana mit Ruhe zu zähmen. Seine Safari war zu weit gewesen. Kimanis hartnäckige Weigerung, die Lage zu klären, machte Walter unsicher. Jettel brauchte eine Hilfe in der Küche. Sie konnte den Brotteig nicht allein kneten, die schweren Behälter mit Trinkwasser nur mühsam heben und schon gar nicht, Kamau, den Geschirrspüler, bewegen, den rauchigen Ofen in der Küche zu versorgen oder das Essen von dort ins Haus zu tragen.

»Das ist nicht meine Arbeit«, sagte Kamau, sobald er um Hilfe gebeten wurde, und rieb weiter die Gläser blank.

Der tägliche Streit machte Jettel mißmutig und Walter nervös. Er wußte, daß er sich ohne ausreichendes Hauspersonal bei den Leuten auf der Farm lächerlich machte. Noch mehr ängstigte ihn der Gedanke, Mr. Gibson könne plötzlich auftauchen und dann sofort sehen, daß sein neuer Manager noch nicht einmal fähig war, für einen Boy in der Küche zu sorgen. Er spürte, daß ihm nicht viel Zeit blieb, um seinen Willen durchzusetzen.

Auf seinen Rundgängen mit Kimani fragte er Männer, die ihm besonders freundlich ›Jambo‹ zuriefen oder die auch nur so aussahen, als hätten sie nichts dagegen, statt auf den Schambas im Hause zu arbeiten, ob sie nicht der Memsahib beim Kochen helfen wollten. Tag für Tag geschah das gleiche. Die angesprochenen Arbeiter drehten verlegen den Kopf zur Seite und stießen die gleichen bellenden Laute aus wie Kimani, schauten in die Ferne und liefen eilig davon.

»Es ist wie ein Fluch«, sagte Walter an dem Abend, als zum erstenmal Feuer im Haus gemacht wurde. Kania hatte sich den ganzen Tag mit dem neuen Kamin beschäftigt, ihn gekehrt, ausgewischt und das Holz davor zu einer Pyramide gestapelt. Nun saß er zufrieden auf seinen Beinen, zündete ein Stück Papier an, blies die Flamme zärtlich zur Glut und lockte Wärme in den Raum.

»Was kann denn um Himmels willen so schwer daran sein, einen Boy für die Küche zu finden?«

»Jettel, wenn ich das wüßte, hätten wir einen.«

»Warum kommandierst du nicht einfach einen ab?«

»Als Kommandant habe ich zu wenig Erfahrung.«

»Ach, du mit deiner Vornehmheit. Im Norfolk haben alle Frauen erzählt, wie gut ihre Männer mit den Boys fertig werden.«

»Warum haben wir keinen Hund?« fragte Regina.

»Weil dein Vater zu blöd ist, auch nur einen Küchenboy zu finden. Hast du nicht eben gehört, was deine Mutter gesagt hat?«

»Ein Hund ist doch kein Küchenboy.«

»Herrgott, Regina, kannst du nicht einmal in deinem Leben den Mund halten?«

»Das Kind kann doch nichts dafür.«

»Mir reicht es schon, wenn du nach den Fleischtöpfen von Rongai jammerst.«

»Ich«, bohrte Regina, »hab' nichts von Rongai gesagt.«

»Man kann auch sagen, ohne zu sagen.«

»Und du«, fiel es Jettel ein, »hast immer gesagt, eine Farm ist wie die andere.«

»Diese verfluchte hier nicht. Die hat einen Kamin, aber keinen Küchenboy.«

»Gefällt dir der Kamin nicht, Papa?«

Es war das Lauern in Reginas Stimme, das Walters Zorn entzündete. Er spürte nur noch den Drang, der ihm so kindisch wie grotesk erschien, nichts mehr zu hören und nichts mehr zu sagen. Am Fenster standen die Lampen für die Nacht.

Walter nahm sich seine, füllte Paraffin nach, zündete sie an und drehte den Docht so weit herunter, daß die Lampe nur einen schwachen Schimmer von Licht gab.

»Wohin gehst du?« schrie Jettel angstvoll.

»In die Kneipe«, brüllte Walter zurück, doch er merkte sofort, daß Reue ihm die Kehle aufrieb. »Ein Mann wird doch noch mal allein pinkeln gehen dürfen«, sagte er und winkte, als wollte er sich für längere Zeit verabschieden, aber der Scherz mißlang.

Die Nacht war kalt und sehr dunkel. Nur die Feuerstellen vor den Hütten der Schambaboys leuchteten als winzige, hellrote Punkte. Am Waldrand heulte ein Schakal, der zu spät zur Jagd aufgebrochen war. Walter war es, als verspotte auch er ihn, und er drückte seine Hände fest gegen die Ohren, aber das Geräusch verstummte nicht. Es narrte ihn so quälend, daß er in Abständen glaubte, ein Hund habe gebellt. Es waren die gleichen demütigenden Laute, die Kimani ausstieß, wenn er nach dem Küchenboy gefragt wurde.

Leise rief Walter Kimanis Namen, doch das Echo, das ihn verhöhnte, kam laut zu ihm zurück. Er wurde gewahr, daß die Rebellion seines Kopfes den Magen zu attakieren begann, und er hetzte weg vom Haus, um sich nicht vor der Tür übergeben zu müssen. Das Würgen brachte ihm keine Erleichterung. Der Schweiß auf der Stirn, das taube Gefühl in seinen klammen Händen und der feine Schleier vor den Augen erinnerten ihn an seine Malaria und den Umstand, daß er in Ol' Joro Orok keinen Nachbarn hatte, zu dem er um Hilfe schicken konnte.

Er rieb die Augen und stellte erleichtert fest, daß sie trocken waren. Trotzdem spürte er Feuchtigkeit auf dem Gesicht und danach einen so beängstigenden Druck in seiner Brust, daß er zu stürzen glaubte. Als das Bellen immer lauter in seinem rechten Ohr dröhnte, warf Walter die Lampe ins Gras und machte seinen Körper steif. Wärme stieg in ihm auf. Ein Geruch, den er nicht deuten konnte, wehte zuerst eine Erinnerung zu ihm herüber und dämpfte dann seine Erregung. Ihm ging auf, daß die zitternden Bewegungen nicht von seinem Herzen kamen, und endlich spürte er auch die rauhe Zunge, die sein Gesicht ableckte.

»Rummler«, flüsterte Walter, »Rummler, du verdammtes Mistvieh. Wo kommst du her? Wie hast du mich gefunden?« Abwechselnd wiederholte er den Namen und Koseworte, die ihm zuvor nie eingefallen waren, hielt den kräftigen Nacken des Hundes mit beiden Händen, roch sein dampfendes Fell und merkte, daß seine Kräfte zurückkamen und er wieder deutlich sehen konnte.

Während Walter das aufgeregt hechelnde Tier im Rausch einer Seligkeit, die ihn genierte, an sich drückte und es staunend streichelte, blickte er sich scheu um, als fürchtete er, im Taumel seiner Zärtlichkeit überrascht zu werden. Da sah er eine Gestalt auf sich zukommen.

Schwerfällig, weil er sich nur mühsam aus der Umklammerung von übermäßiger Freude und Verlegenheit freimachen konnte, holte Walter die Lampe aus dem Gras und drehte den Docht hoch. Erst sah er nur eine Gestalt, die einer dunklen Wolke ähnelte, bald aber die Konturen eines kräftigen Mannes, der immer schneller lief. Walter glaubte auch, die Umrisse eines Mantels auszumachen, der bei jedem der großen Schritte flatterte, obwohl es seit Tagen keinen Wind mehr gegeben hatte.

Rummler winselte und bellte, ehe seine Stimme zu einem großen freudigen Heulen wurde, das einen kurzen Augenblick taub machte für jeden anderen Klang und dann plötzlich in Töne überging, die nur von einem Menschen stammen konnten. Laut und klar zerriß vertrauter Klang das Schweigen der Nacht.

»Ich hab' mein Herz in Heidelberg verloren«, sang Owuor und stellte sich in den gelben Schein der Lampe. Ein Fleck von seinem weißen Hemd leuchtete unter seiner schwarzen Robe.

Walter schloß die Augen und wartete erschöpft auf das Erwachen aus dem Traum, doch seine Hände fühlten den Rücken des Hundes, und Owuors Stimme blieb. »Bwana, du schläfst auf deinen Füßen.«

Walter brachte die Zähne auseinander, doch er konnte seine Zunge nicht bewegen. Er merkte noch nicht einmal, daß er die Arme ausgebreitet hatte, bis er Owuors Körper an seinem und den Seidenbesatz der Robe am Kinn spürte. Einige kostbare Sekunden ließ er es zu, daß Owuors Gesicht mit der breiten Nase und der glatten Haut die Züge seines Vaters annahm. Schneidend spürte er den Schmerz, als sich das Bild aus Trost und Sehnsucht auflöste, aber die Beglückung blieb.

»Owuor, du Mistvieh, wo kommst du her?«

»Mistvieh«, kostete Owuor das fremde Wort und schluckte Behagen, weil es ihm sofort gelungen war. »Aus Rongai«, lachte er, grub unter der Robe in seiner Hosentasche und holte ein kleines, sorgsam gefaltetes Stück Papier heraus. »Ich habe den Samen mitgebracht«, sagte er, »deine Blumen kannst du jetzt auch hier pflanzen.«

»Das sind die Blumen von meinem Vater.«

»Das sind die Blumen von deinem Vater«, wiederholte Owuor, »sie haben dich gesucht.«

»Du hast mich gesucht, Owuor.«

»Die Memsahib hat in Ol' Joro Orok keinen Koch.«

»Nein. Kimani hat keinen für sie gefunden.«

»Er hat gebellt wie ein Hund. Hast du Kimani nicht bellen gehört, Bwana?«

»Ja. Aber ich wußte nicht, warum er bellte.«

»Das war Rummler, der aus Kimanis Mund gesprochen hat. Er hat dir gesagt, daß er mit mir auf Safari war. Es war eine lange Safari, Bwana. Aber Rummler hat eine gute Nase. Er hat den Weg gefunden.«

Owuor wartete voller Spannung, ob der Bwana den Scherz glauben würde oder ob er noch so dumm wie ein junger Esel war und nicht wußte, daß ein Mann auf Safari seinen Kopf und nicht die Nase eines Hundes brauchte.

»Ich war noch einmal in Rongai, Owuor, um meine Sachen zu holen, aber du warst nicht da.«

»Ein Mann, der fort muß aus seinem Haus, hat keine guten Augen. Ich wollte deine Augen nicht sehen.«

»Du bist klug.«

»Das«, freute sich Owuor, »hast du gesagt am Tag, als die Heuschrecken kamen.« Er schaute, während er sprach, in die Ferne, als wollte er die Zeit zurückholen, und doch spürte er jede Regung der Nacht. »Da ist die Memsahib kidogo«, jubelte er.

Regina stand vor der Tür. Sie schrie einige Male und immer lauter Owuors Namen, sprang an ihm hoch, während Rummler ihre nackten Beine ableckte, befreite ihre Kehle und schnalzte mit der Zunge. Auch als Owuor sie zurück auf die weiche Erde stellte und sie sich zu dem Hund hinabbeugte und sein Fell mit ihren Augen und dem Mund feucht machte, hörte sie nicht zu reden auf.

»Regina, was laberst du da dauernd? Ich versteh kein Wort.«

»Jaluo, Papa. Ich rede Jaluo. Wie in Rongai.«

»Owuor, hast du gewußt, daß sie Jaluo kann?«

»Ja, Bwana. Das weiß ich. Jaluo ist doch meine Sprache. Hier in Ol' Joro Orok gibt es nur Kikuyus und Nandis, aber die Memsahib kidogo hat eine Zunge wie ich. Deshalb konnte ich zu dir kommen. Ein Mann kann nicht dort sein, wo er nicht verstanden wird.«

Owuor schickte sein Lachen in den Wald und danach auch zu dem Berg mit dem Hut aus Schnee. Das Echo hatte die Kraft, die seine hungrigen Ohren brauchten, und doch war seine Stimme leise, als er sagte: »Das weißt du doch, Bwana.«

6

Die Nakuru School auf dem steilen Berg über einem der berühmtesten Seen der Kolonie war beliebt bei jenen Farmern, die sich keine Privatschule leisten konnten und die dennoch Wert auf die Tradition und den guten Ruf einer Schule legten. Bei den renommierten Familien in Kenia galt die in Nakuru, weil sie staatlich war und sich ihre Schüler nicht aussuchen konnte, zwar als ›etwas gewöhnlich‹, aber Eltern, die sich aus finanziellen Gründen mit ihr abfinden mußten, pflegten diese bedauerliche Peinlichkeit mit einem deutlichen Hinweis auf die doch sehr außergewöhnliche Persönlichkeit des Direktors zu negieren. Er war ein Oxford-Mann mit den noch gesunden Ansichten aus der Zeit Königin Victorias und hatte vor allem keine neumodischen pädagogischen Ideen; Gewährenlassen und Verständnis für die Psyche der Kinder in seiner Obhut gehörten nicht zu seinen Prinzipien.

Arthur Brindley, in seiner Jugend in der Rudermannschaft von Oxford und im Ersten Weltkrieg mit dem Victoria Cross ausgezeichnet, hatte einen gesunden Sinn für Proportionen und entsprach genau dem Ideal der Erziehung im Mutterland. Er langweilte die Eltern nie mit pädagogischen Thesen, die sie nicht hören wollten und ohnehin nicht begriffen hätten. Ihm reichte allzeit der Hinweis auf das

Motto der Schule. ›Quisque pro omnibus‹ stand in goldfarbenen Lettern auf der Mittelwand der Aula und war auf dem Wappen eingestickt, das auf die Jacken, Krawatten und Hutbänder der Schuluniform genäht wurde.

Mr. Brindley war zufrieden und an guten Tagen sogar ein wenig stolz, wenn er aus dem Fenster seines Arbeitszimmers in dem imposanten Hauptgebäude aus weißem Stein und mit wuchtigen Rundsäulen am Haupteingang schaute. Die vielen kleinen Gebäude aus hellem Holz und mit Wellblechdächern, die als Schlafsäle dienten und von übertrieben klassenbewußten Anhängern der Privatschulen seiner Meinung nach absolut zu Unrecht als Personalquartiere verspottet wurden, erinnerten ihn an seine Kindheit in einem Dorf in der Grafschaft Wiltshire. Die akkurat angelegten Rosenbeete hinter den dichten Hecken um die Häuser für die Lehrer und der dichte Rasen zwischen den Hockeyfeldern und den Wohnungen für die Lehrerinnen ließen den Direktor an gutgeführte englische Landsitze denken. Der See mit seiner durch die Flamingos rosagetönten Oberfläche war noch nahe genug, um ein an englischer Sanftheit geschultes Auge zu entzücken, doch wiederum so weit entfernt, um bei Kindern kein unnötiges Verlangen nach Natur oder gar nach einer Welt jenseits der Schulgrenzen aufkommen zu lassen.

Seit einiger Zeit irritierten allerdings die niedrigen Bäume mit den dünnen Stämmen, um die sich wuchernde Pfefferbüsche rankten, den Direktor.

Lange Zeit hatte er gefunden, daß die Bäume besonders gut in die karge Landschaft des Rift-Tals paßten, doch sie machten ihm kaum noch Freude, seitdem er täglich erleben mußte, daß sich neuerdings einige Kinder in ihrer Freizeit dorthin zurückzogen. Mr. Brindley hatte diese störende Flucht ins Private nie ausdrücklich verboten, allerdings auch keinen Grund für ein solches Verbot gehabt. Um so mehr verdroß ihn der Beweis, daß es gewissen Schülern und erst recht den neuen Schülerinnen auffallend schwerfiel, sich einem Leben zu stellen, das Individualismus und Außenseiter mißbilligte.

Für Arthur Brindley waren solche Abweichungen von der harmonischen Norm unstreitig eine Folge des Kriegs. Der Direktor mußte immer mehr Kinder in seine Schule aufnehmen, die zu wenig Sinn für die gute alte englische Tugend hatten, nicht aufzufallen und vor allem die Gemeinschaft vor die eigene Person zu stellen. Ein Jahr nach Kriegsausbruch hatten die Behörden in Kenia die allgemeine Schulpflicht für weiße Kinder eingeführt. Mr. Brindley empfand das nicht nur als Einschränkung der elterlichen Freiheit, sondern auch als eine recht übertriebene Anstrengung der Kolonie, es in Notzeiten dem bedrohten Mutterland gleichzutun.

Gerade für die Nakuru School im Zentrum des Landes brachte die Schulpflicht einschneidende Veränderungen. Sie mußte sogar Kinder von Buren aufnehmen und hatte sich noch glücklich zu schätzen, daß es nicht allzu viele waren. Die meisten wurden auf die Afrikaans-Schule in Eldoret geschickt. Diejenigen aus der Umgebung, die in Nakuru landeten, waren störrisch und machten trotz ihrer mangelhaften Sprachkenntnisse keinen Hehl aus ihrem Haß auf England. Weder versuchten sie, mit ihren Mitschülern auszukommen, noch ihr Heimweh zu verbergen. Trotzdem war der Umgang mit den hitzköpfigen kleinen Buren leichter als anfänglich vermutet. Sie verlangten keine Beachtung, und die Lehrkräfte brauchten nur dafür zu sorgen, daß sich die widerspenstigen kleinen Rebellen nicht zusammenrotteten und die Schulordnung störten.

Ein viel größeres Problem waren für den Direktor die Kinder der sogenannten Refugees. Wurden sie in der Schule von Eltern abgeliefert, die einen peinlichen Hang zu typisch kontinentalen Abschiedsszenen mit Händeschütteln, Umarmungen und Küssen hatten, wirkten sie wie die kleinen, jämmerlichen Gestalten aus den Romanen von Dickens. Ihre Schuluniformen waren aus billigem Stoff und bestimmt nicht in dem dafür zuständigen Geschäft für Schulbedarf in Nairobi gekauft, sondern von indischen Schneidern genäht worden. Kaum ein Kind hatte das Wappen der Schule.

Dies widersprach der gesunden Tradition der Gleichmachung durch die Schuluniform und wäre vor der Einführung der Schulpflicht Grund genug gewesen, solche Schüler gar nicht erst aufzunehmen. Der Direktor ahnte aber, daß er, falls er auf die bewährte Art verfuhr, unliebsame Diskussionen mit der obersten Schulbehörde in Nairobi heraufbeschwören würde. Arthur Brindley empfand die Situation als störend. Er war gewiß nicht intolerant gegen Menschen, von denen er gehört hatte, ihnen wäre Unrecht geschehen und sie hätten nicht dort bleiben können, wohin sie gehörten.

Seinem ausgeprägten Sinn für Fairneß widerstrebte es jedoch, daß jüdische Kinder durch die fehlenden Wappen irgendwie gezeichnet schienen. Für die Mädchen galt dies auch am Sonntag, denn ihnen fehlten die vorgeschriebenen weißen Kleider für den Kirchgang. Er war sicher, daß sie deswegen so große Schwierigkeiten machten, wenn ihnen befohlen wurde, zur Kirche zu gehen.

»Die verdammten kleinen Refugees«, wie Mr. Brindley sie im Kollegenkreis nannte, machten dem Direktor noch auf ganz andere Art zu schaffen. Sie lachten kaum, sahen immer älter aus, als sie tatsächlich waren, und hatten für englische Maßstäbe einen geradezu absurden Ehrgeiz. Kaum beherrschten diese ernsten, unangenehm frühreifen Geschöpfe die Sprache, und das war erstaunlich schnell der Fall, machten sie sich durch ihre Wißbegier und selbst für engagierte Pädagogen sehr lästiges Streben zu Außenseitern in einer Gemeinschaft, in der nur sportliche Erfolge zählten. Mr. Brindley, der Literatur und Geschichte mit sehr befriedigenden Resultaten studiert hatte, hegte selbst nicht solche Vorurteile gegen geistige Leistungen. Er hatte jedoch in langen Jahren gelernt, die doch sehr beruhigende Lethargie der Farmerskinder im Unterricht als typisch für das Lebensgefühl in der Kolonie zu akzeptieren. Mit Religion hatte er sich nie befassen müssen. So grübelte er oft, ob der übertriebene Lerneifer seinen Ursprung in der jüdischen Lehre haben könnte. Für nicht ganz ausgeschlossen hielt er auch seine These, daß Juden wohl von klein auf ein traditionsgebundenes Verhältnis zu Geld hatten und vielleicht nur das meiste aus den Schulgebühren herausholen wollten. Mr. Brindley bekam ja immer wieder mit, obgleich er solche Einblicke in die Privatsphäre verabscheute, daß sehr viele Refugee-Eltern die paar Pfund für die Schulgebühren nur mit äußerster Mühe zusammenkratzten und es auch dann nicht schafften, ihren Kindern die vorgeschriebene Summe Taschengeld zu geben.

Typisch erschien dem Direktor der Fall des Mädchens mit dem unaussprechlichen Vornamen und den drei aufgeregten Männern, die es vor sechs Monaten zum erstenmal in der Nakuru School abgeliefert hatte. Inge Sadler hatte damals kein Wort Englisch gesprochen, obgleich sie offenbar lesen und schreiben konnte, was ihrer Lehrerin allerdings eher als Hindernis denn als Vorteil erschienen war. In der ersten Zeit hatte das verschüchterte Kind nur geschwiegen und wie ein Mädchen vom Land gewirkt, das in einem Herrschaftshaus den Tee servieren soll.

Als Inge zu reden anfing, sprach sie fast fließend Englisch, sah man von einem störenden Rollen aller R-Laute ab. Danach waren ihre Fortschritte ebenso enorm wie irritierend. Miß Scriver, die sich sehr energisch gegen die Aufnahme eines Kindes ohne

Sprachkenntnisse in ihrer Klasse gewehrt hatte, mußte selbst vorschlagen, Inge gleich zwei Klassen höher einzustufen. Eine solche Versetzung mitten im Schuljahr war in der Schule noch nie vorgekommen und wurde entsprechend ungern gesehen, weil weniger begabte Kinder eine Bevorzugung hätten wittern können. So etwas führte oft zu unliebsamen Disputen mit den Eltern.

Auch das Mädchen aus Ol' Joro Orok mit einem ebenso unaussprechlichen Vornamen wie die kleine Streberin aus Londiani hatte es Mr. Brindley unmöglich gemacht, sein bewährtes Prinzip beizubehalten, keine Präzedenzfälle zu schaffen. Genau wie Inge vor ihr, hatte Regina in den ersten Wochen in der Nakuru School alle Vorgänge stumm verfolgt und ängstlich genickt, wenn sie angesprochen wurde. Dann ließ sie mit einer Plötzlichkeit, die Mr. Brindley schon ein wenig provozierend fand, ihre Lehrer merken, daß sie nicht nur Englisch gelernt hatte, sondern auch lesen und schreiben konnte. Auch Regina war soeben zwei Klassen höher eingestuft worden. Also saßen die zwei kleinen Refugees, die ohnehin unzertrennlich waren, wieder zusammen und würden gewiß sehr bald mit ihrem aufdringlichen Ehrgeiz für Unruhe sorgen.

Mr. Brindley seufzte, wann immer er an solche Komplikationen dachte. Aus Gewohnheit schaute er zu den Pfefferbüschen hin. Sein Ärger über Begabungen, die aus dem Rahmen fielen, erschien ihm kleinlich. Er fand es aber bezeichnend, daß ausgerechnet die beiden Mädchen, die ihn dazu gebracht hatten, seinen Prinzipien von gleicher Behandlung für alle untreu zu werden, sich immer wieder von der Gemeinschaft ausschlossen. Wie erwartet, sah er die kleinen schwarzhaarigen Fremdlinge im Gebüsch sitzen. Der Gedanke verdroß ihn, daß sie wahrscheinlich noch in der Freistunde lernten und am Ende miteinander auch Deutsch sprachen, obwohl außerhalb des Unterrichts alle Unterhaltungen in fremden Sprachen streng untersagt waren.

Der Direktor täuschte sich. Inge hatte immer nur dann Deutsch mit Regina gesprochen, wenn sie sich nicht mehr weiterzuhelfen wußte. Das unverhoffte Wiedersehen mit der Freundin aus dem Norfolk war ihr zunächst Glück genug, und sie hatte den ausgeprägten Instinkt einer Außenseiterin, nicht mehr als nötig aufzufallen. So trieb Inge, unbewußt und unbeirrt, Regina dazu, sich ebenso entschlossen aus ihrer Sprachlosigkeit zu erlösen, wie sie es einige Monate zuvor selbst getan hatte.

»Jetzt«, sagte sie, als Regina erstmals neben ihr sitzen durfte, »kannst du Englisch. Wir müssen nie mehr flüstern.«

»Nein«, erkannte Regina, »jetzt kann uns jeder verstehen.« Es war eine Schicksalsgemeinschaft zwischen zwei Gleichaltrigen von sehr verschiedenem Naturell. Inge empfand Regina als die gute Fee, die sie von der Qual der Einsamkeit befreit hatte. Regina bemühte sich nicht einmal um Kontakt zu ihren Mitschülerinnen. Die faszinierten sie, aber Inge reichte ihr. Beide Mädchen spürten, daß ihnen nicht nur die sprachlichen Barrieren ihres schwierigen Anfangs den Zugang zu der Gemeinschaft verwehrten. Die heiter-robusten Kinder der Kolonie, die trotz der unerbittlichen Schulordnung das Leben miteinander genossen, kannten nur die Gegenwart.

Sie sprachen nur selten von den Farmen, auf denen sie lebten, und fast immer ohne Sehnsucht von ihren Eltern. Sie verachteten das Heimweh neuer Schülerinnen, verspotteten alles, was ihnen fremd war, und verabscheuten im gleichen Maße körperliche Schwäche wie gute Leistungen im Unterricht. Weder das kalte Bad morgens um sechs und der Dauerlauf vor dem Frühstück noch die angebrannten Süßkartoffeln mit fettem Hammelfleisch zum Mittagessen und selbst die Schikanen älterer Schüler, die Strafarbeiten und Prügel vermochten die Gelassenheit von Kindern zu erschüttern, die auch von ihren Eltern zur Härte erzogen wurden.

Sonntags machten sie sich nur widerwillig an die vorgeschriebenen Briefe nach Hause, während Inge und Regina die Stunde zum Schreiben als Höhepunkt der Woche empfanden. Trotzdem waren ihre Briefe nicht unbeschwert, wußten sie doch, daß ihre Eltern die englisch geschriebenen Briefe nicht lesen konnten, aber es fehlte ihnen der Mut, sich einem Lehrer anzuvertrauen. Inge half sich mit kleinen Bildern, die sie an den Rand malte, Regina mit Suaheli. Beide ahnten, daß sie gegen die Schulordnung verstießen, und beteten in der Kirche flehentlich um Hilfe. Inge hatte das so bestimmt.

»Juden«, erklärte sie jeden Sonntag, »dürfen auch

in einer Kirche beten. Wenn sie dabei die Finger kreuzen.«

Sie war praktisch, resolut und nicht so empfindsam wie die Freundin, kräftiger und geschickter. Fantasie hatte sie keine und schon gar nicht Reginas Talent, mit Worten Bilder zu zaubern. Als die Freundinnen nicht mehr in die Muttersprache flüchten mußten, um einander zu verstehen, genoß Inge Reginas Schilderungen wie ein Kind, das sich von der Mutter vorlesen läßt.

Ausführlich, mit ausgeprägtem Sinn für Details, voller Sehnsucht und berauscht von ihren Erinnerungen erzählte Regina vom Leben in Ol' Joro Orok, von ihren Eltern, Owuor und Rummler. Es waren Geschichten voller Verlangen, die sie aus einer sanften Welt heraufbeschwor. Sie trieben ihr Hitze in den Körper und Salz in die Augen, aber sie waren der große Trost in einer Welt von Gleichgültigkeit und Zwang.

Regina konnte auch zuhören. Indem sie immer wieder nach der Farm in Londiani und Inges Mutter fragte, an die sie sich gut aus der Zeit im Norfolk erinnerte, brachte sie auch Inge dazu, Erinnerungen wie eine verfrühte Heimkehr zu empfinden. Beide Kinder haßten die Schule, fürchteten die Mitschülerinnen und mißtrauten den Lehrkräften. Als schwerste Bürde empfanden sie die Hoffnungen, die ihre Eltern in sie setzten.

»Vati sagt, ich darf ihm keine Schande machen und muß die Beste in der Klasse sein«, erzählte Inge.

»Das sagt Papa auch«, nickte Regina. »Ich wünsche mir oft«, fügte sie am vorletzten Sonntag vor den Ferien hinzu, »einen Daddy und keinen Papa.«

»Dann wäre dein Vater nicht dein Vater«, entschied Inge, die immer lange zögerte, ehe sie Regina auf der Flucht in die Fantasie folgte.

»Er wäre doch mein Vater. Ich wäre ja gar nicht Regina. Mit einem Daddy wäre ich Janet. Ich hätte lange blonde Zöpfe und eine Schuluniform aus ganz dickem Stoff, der nicht drückt. Und überall hätte ich Wappen, wenn ich Janet wäre. Ich könnte gut Hockey spielen, und keiner würde mich anstarren, weil ich besser lesen kann als die anderen.«

»Du könntest ja gar nicht lesen«, wandte Inge ein. »Janet kann ja auch nicht lesen. Sie ist schon drei Jahre hier und noch immer in der ersten Klasse.«

»Ihrem Daddy ist das bestimmt egal«, beharrte Regina, »alle haben Janet gern.«

»Vielleicht, weil Mr. Brindley in den Ferien mit ihrem Vater auf die Jagd geht.«

»Mit meinem Vater wird er nie auf die Jagd gehen.«

»Geht denn dein Vater auf die Jagd?« fragte Inge verblüfft.

»Nein. Er hat kein Gewehr.«

»Meiner auch nicht«, erwiderte Inge beruhigt. »Aber wenn er ein Gewehr hätte, würde er alle Deutschen totschießen. Er haßt die Deutschen. Meine Onkel hassen sie auch.«

»Nazis«, verbesserte Regina, »ich darf zu Hause die Deutschen nicht hassen. Nur die Nazis. Aber ich hasse den Krieg.«

»Warum?«

»Der Krieg ist an allem schuld. Weißt du das nicht? Vor dem Krieg mußten wir nicht zur Schule.«

»In zwei Wochen und zwei Tagen«, rechnete Inge aus, »ist alles vorbei. Dann dürfen wir nach Hause. Ich kann«, lachte sie, weil ihr der Einfall, der ihr soeben gekommen war, gut gefiel, »dich ja Janet nennen, wenn wir allein sind und uns keiner hört.«

»Quatsch. Das ist doch nur ein Spiel. Wenn wir allein sind und uns keiner hört, will ich ja auch nicht Janet sein.«

Auch Mr. Brindley sehnte sich nach den Ferien. Je älter er wurde, desto länger erschienen ihm die drei Monate Schulzeit. Er hatte nicht mehr genug Freude an einem Leben mit Kindern und in der Gemeinschaft von Kollegen, die alle jünger waren als er und weder seine Ansichten noch seine Ideale teilten. Die Zeit vor den Ferien, wenn er die Examensarbeiten des Semesters lesen und die Zeugnisse ausstellen mußte, zehrte so an seiner Kraft, daß er selbst sonntags arbeitete.

Obwohl er erschöpft war und die Welt sich für ihn auf den monotonen Wechsel zwischen blauer und roter Tinte reduzierte, fiel Mr. Brindley sofort auf, daß die kleinen Refugees, wie er sie immer noch nannte, wenn er mit sich allein war, wieder einmal besonders gut bei den Prüfungen abgeschnitten hatten. Er lauerte auf die Irritation, die jede Abweichung von der Norm bei ihm auslöste, doch erstaunt merkte er, daß das gewohnte Unbehagen sich nicht einstellte.

Trotz seiner depressiven Gedanken über seine nachlassende Flexibilität ging er sogar weit genug von seinen Prinzipien ab, Mittelmaß sehr viel mehr zu schätzen als jene Brillanz, von der er fand, auf sie sei kein rechter Verlaß. Mit einem Trotz, der ihn verwunderte, weil er seinem Wesen nicht genehm war, sagte er sich, eine Schule hätte schließlich auch die Aufgabe, Kinder geistig zu formen und sie nicht nur auf sportliche Höchstleistungen hinzudrillen.

Ein wenig widerwillig bemerkte Mr. Brindley, daß ihm solche Gedanken nicht mehr seit seiner Studienzeit in Oxford gekommen waren. In guter Verfassung wäre er ihnen gewiß nicht nachgegangen, aber in seinem gegenwärtigen Zustand von verdrossener Müdigkeit und nicht erklärbarer Auflehnung belebten die Grübeleien Gefühle, die er sich in den langen Jahren als Direktor abgewöhnt hatte.

»Die Kleine aus Ol' Joro Orok«, sagte er laut, als er Reginas Zeugnis sah, »ist wirklich eine erstaunliche Schülerin.«

Mr. Brindley hatte im allgemeinen eine Aversion gegen Leute, die zu Selbstgesprächen neigten. Trotzdem lächelte er, als er seine Stimme hörte. Unmittelbar darauf erwischte er sich bei dem Gedanken, daß er den Namen Regina gar nicht so unaussprechlich fand, wie er immer gedacht hatte. Schließlich hatte er lange Jahre Latein gelernt und das mit einiger Freude. So grübelte er nur, wie wohl die Deutschen auf die Idee kamen, ihre Kinder mit so anspruchsvollen Namen zu belasten. Er kam zu dem Ergebnis, daß dies wahrscheinlich mit ihrem Ehrgeiz zu tun hatte, auch in kleinen Dingen aufzufallen.

Ohne daß er sich überhaupt bemühte, ein Verhalten zu rechtfertigen, das ihm ebenso unpassend wie absonderlich erschien, suchte er Reginas Aufsatz aus einem Stapel Hefte auf dem Fensterbrett heraus und begann zu lesen. Schon die ersten Sätze machten ihn neugierig, das Ganze verblüffte ihn. Er hatte eine solche Ausdrucksweise noch nie bei einem achtjährigen Kind erlebt. Regina schrieb nicht nur fehlerfreies Englisch. Sie hatte auch einen gewaltigen Wortschatz und eine ungewöhnliche Fantasie. Besonders die Vergleiche, die für Mr. Brindley alle aus einer fremden Welt stammten und die ihn in ihrer übertriebenen Art rührten, beschäftigten ihn. Miß Blandford, die Klassenlehrerin, hatte an den Schluß des Aufsatzes ›Well done!‹ geschrieben. Einem Impuls folgend, den er seiner Vorfreude auf die Ferien zuschrieb, nahm er Reginas Zeugnis und wiederholte das Lob in seiner steilen Schrift.

Es war nie Mr. Brindleys Art gewesen, sich mehr als nötig mit einem einzelnen Kind zu befassen. Er war auch stets gut damit gefahren, sich nicht von Emotionen zu einer Sentimentalität hinreißen zu lassen, die er in seinem Beruf als töricht empfand, aber weder Regina noch ihr Aufsatz gönnten ihm Ruhe. Lustlos begann er die übrigen Arbeiten zu lesen, doch es fiel ihm schwer, sich zu konzentrieren. Widerstrebend gab er der bei ihm seltenen Regung nach, in eine Vergangenheit einzutauchen, die er schon lange vergessen wähnte. Sie narrte ihn mit einer Bilderflut, die ihm in ihrer Ausführlichkeit kurios und aufdringlich erschien.

Um fünf Uhr ließ er sich, ganz gegen seine Überzeugung, dies nur zu tun, wenn er krank war, den Tee in seinen Räumen servieren. Er mußte sich zwingen, die abendliche Andacht in der Aula zu halten. Er erschrak sehr, daß er Reginas Gesicht in der Menge suchte, und hätte fast gelächelt, als ihm auffiel, daß sie beim Vaterunser nur die Lippen bewegte und nicht mitbetete. Mit jener Kompromißlosigkeit gegen sich selbst, die ihn sonst so gut vor den Gefährdungen weicher Regungen schützte, schalt sich Mr. Brindley einen alten Narren, aber er empfand doch den Beweis nicht unwillkommen, daß er längst nicht so erstarrt in der Routine des Alltags war, wie er häufig in dem nun endenden Semester gedacht hatte. Am nächsten Tag ließ er Regina rufen.

Sie stand in seinem Zimmer, sah blaß, dünn und für einen Direktor, der Wert darauf legte, daß auch die jüngeren Kinder Courage zeigten und genug Disziplin hatten, ihre Gefühle zu beherrschen, beleidigend schüchtern aus. Verärgert fiel Mr. Brindley ein, daß die meisten Kinder vom Kontinent nicht kräftig genug wirkten und zudem während der Schulzeit immer an Gewicht verloren. Wahrscheinlich, überlegte er, waren sie anderes Essen gewöhnt. Bestimmt wurden sie zu Hause verzärtelt und nicht angehalten, mit ihren Problemen allein fertig zu werden.

Er hatte in seiner Jugend auf einer Italienreise viele solche Beobachtungen gemacht und erlebt, wie Mütter ihre Kinder auf geradezu schamlose Weise vergötterten und sie zum Essen drängten. Manchmal wurmte es ihn immer noch, daß er damals die tyrannischen kleinen Prinzen und die aufgeputzten Prinzessinnen sogar beneidet hatte. Er merkte, daß er seine Gedanken hatte schweifen lassen. In letzter Zeit kam das bei ihm zu oft vor. Er war wie ein alter Hund, der nicht mehr wußte, wo er den Knochen vergraben hat.

»Bist du so verdammt klug, oder kannst du es einfach nicht aushalten, wenn du nicht die Erste in deiner Klasse bist?« fragte er. Sein Ton mißfiel ihm sofort. Er sagte sich betreten, daß es nicht seine Aufgabe sei und früher bestimmt nicht seinem Berufsethos entsprochen hätte, so mit einem Kind zu reden, das nichts anderes getan hatte, als sein Bestes zu geben.

Regina hatte Mr. Brindleys Frage nicht begriffen. Die einzelnen Worte waren ihr klar, aber sie ergaben keinen Sinn. Sie war erschrocken und geängstigt von den lauten Schlägen ihres Herzens, und so bewegte sie nur den Kopf ganz leicht von einer Seite zur anderen und wartete auf das Nachlassen der Trockenheit in ihrem Mund.

»Ich habe dich gefragt, warum du so gut lernst.«

»Weil wir kein Geld haben, Sir.«

Der Direktor erinnerte sich, irgendwo einmal gelesen zu haben, daß es eine jüdische Angewohnheit war, bei jedem Thema von Geld zu sprechen. Er hatte aber eine zu große Abscheu vor Verallgemeinerungen, um sich mit einer Erklärung zufriedenzugeben, die er einfältig und irgendwie gehässig fand. Er kam sich wie ein Jäger vor, der versehentlich die Mutter eines Jungtiers erlegt hatte, und er verspürte einen unangenehmen Druck im Magen. Auch das leichte Pochen seiner Schläfen machte ihn benommen.

Das Verlangen nach einer überschaubaren Welt ohne Komplikationen und mit den traditionellen Maßstäben, die einem alternden Mann Halt gaben, war wie ein körperlicher Schmerz. Einen kurzen Moment erwog Mr. Brindley, Regina wieder fortzuschicken, doch er sagte sich, daß es lächerlich wäre, ein Gespräch zu beenden, ehe es überhaupt angefangen hatte. Ob die Kleine noch wußte, wovon die Rede war? Wahrscheinlich, so eifrig sie war, alles mitzubekommen.

»Mein Vater«, unterbrach Regina das Schweigen, »verdient nur sechs Pfund im Monat, und die Schule hier kostet fünf.«

»Das weißt du so genau?«

»O ja, Sir. Mein Vater hat mir das gesagt.«

»Tatsächlich?«

»Er sagt mir alles, Sir. Vor dem Krieg konnte er mich nicht zur Schule schicken. Das hat ihn sehr traurig gemacht. Meine Mutter auch.«

Mr. Brindley war noch nie in der peinlichen Lage gewesen, die Höhe der Schulgebühren zu erörtern, und daß er ausgerechnet mit einer Schülerin, und noch dazu mit einer so kleinen, wie ein indischer

Händler über Geld reden sollte, erschien ihm grotesk. Sein Sinn für Autorität und Würde gebot ihm, das Gespräch neu zu beginnen, wenn er es schon nicht beenden konnte, doch statt dessen fragte er: »Was hat der verfluchte Krieg damit zu tun?«

»Als der Krieg kam«, berichtete Regina, »hatten wir genug Geld für die Schule. Wir brauchten es ja jetzt nicht mehr für meine Großmutter und meine Tante.«

»Warum?«

»Die können nicht mehr aus Deutschland nach Ol' Joro Orok kommen.«

»Was machen die denn in Deutschland?«

Regina spürte, daß ihr Gesicht brannte. Es war nicht gut, bei Angst die Farbe zu wechseln. Sie überlegte, ob sie nun erzählen mußte, daß ihre Mutter immer weinte, wenn jemand von Deutschland sprach. Vielleicht hatte Mr. Brindley noch nie von weinenden Müttern gehört, und bestimmt würden sie ihn stören. Er mochte ja noch nicht einmal weinende Kinder.

»Vor dem Krieg«, schluckte sie, »haben meine Großmutter und meine Tante Briefe geschrieben.«

»Little Nell«, sagte Mr. Brindley leise. Er war erstaunt, aber auch auf eine geradezu absurde Weise erleichtert, daß er endlich den Mut gefunden hatte, den Namen auszusprechen. Regina hatte ihn schon an Little Nell erinnert, als sie in sein Zimmer gekommen war, doch da hatte er sich noch gegen sein Gedächtnis wehren können. Merkwürdig, daß er nach all den Jahren ausgerechnet an diesen Roman von Dickens denken mußte. Er hatte ihn immer als einen seiner schlechtesten empfunden, zu sentimental, melodramatisch und ganz und gar unenglisch, nun erschien er ihm jedoch warmherzig und irgendwie auch schön. Es war schon kurios, wie sich die Dinge im Alter veränderten.

»Little Nell«, wiederholte der Direktor mit einer Ernsthaftigkeit, die ihm absolut nicht mehr unangenehm war und ihn sogar erheiterte, »lernst du nur deshalb so gut, weil diese Schule so verdammt viel kostet?«

»Ja, Sir«, nickte Regina. »Mein Vater hat gesagt: Du darfst unser Geld nicht zum Fenster hinauswerfen. Wenn man arm ist, muß man immer besser sein als die anderen.«

Sie war zufrieden. Es war nicht leicht gewesen, Papas Worte in Mr. Brindleys Sprache zu bringen. Immerhin konnte er sich noch nicht einmal den Namen seiner Schülerinnen merken, und sicherlich hatte er auch noch nie von Menschen gehört, die kein Geld hatten, aber vielleicht hatte er sie doch verstanden.

»Dein Vater, ich meine, was hat er in Deutschland gemacht?« Hilflosigkeit machte Regina wieder stumm. Wie sollte sie in Englisch sagen, daß Papa ein gewesener Rechtsanwalt war?

»Er hat«, fiel ihr ein, »einen schwarzen Mantel angehabt, wenn er arbeitete, aber auf der Farm braucht er ihn nicht mehr. Er hat ihn Owuor geschenkt. Am Tag, als die Heuschrecken kamen?«

»Wer ist Owuor?«

»Unser Koch«, erzählte Regina und erinnerte sich mit Behagen an die Nacht, als ihr Vater geweint hatte. Warme Tränen ohne Salz. »Owuor ist von Rongai nach Ol' Joro Orok gelaufen. Mit unserem Hund. Er konnte nur kommen, weil ich Jaluo kann.«

»Jaluo? Was zum Teufel ist denn das?«

»Owuors Sprache«, erwiderte Regina überrascht. »Owuor hat nur mich auf der Farm. Alle anderen sind Kikuyus. Außer Daji Jiwan. Der ist Inder. Und wir natürlich. Wir sind Deutsche, aber«, sagte sie hastig, »keine Nazis. Mein Vater sagt immer: Menschen brauchen ihre eigene Sprache. Und Owuor sagt das auch.«

»Du liebst deinen Vater sehr, nicht wahr?«

»Ja, Sir. Und meine Mutter auch.«

»Deine Eltern werden sich freuen, wenn sie dein Zeugnis sehen und deinen guten Aufsatz lesen.«

»Das können sie nicht, Sir. Aber ich werde ihnen alles vorlesen. In ihrer Sprache. Die kann ich auch.«

»Du kannst jetzt wieder gehen«, sagte Mr. Brindley und machte das Fenster auf. Als Regina fast schon an der Tür war, fügte er hinzu: »Ich glaube nicht, daß es deine Mitschülerinnen interessieren wird, was wir hier gesprochen haben. Du brauchst es ihnen nicht zu erzählen.«

»Nein, Sir. Das wird Little Nell nicht tun.«

7

Montags, mittwochs und freitags fuhr der Lastwagen, der zu breit für die enge Straße war und durch die zitternden Äste der Bäume getrieben werden mußte, von Thomson's Falls nach Ol' Joro Orok und lieferte in Patels Laden außer den brauchbaren Dingen wie Paraffin, Salz und Nägel einen großen Sack mit Briefen, Zeitungen und Paketen ab. Kimani saß immer lange vor der Zeit der Entscheidung im Schatten der dichten Maulbeerbäume. Sobald er die ersten Umrisse der roten Staubwolke sah, die wie ein Vogel auf ihn zuflog, trieb er das Leben zurück in seine schlafenden Füße, stand auf und spannte seinen Körper wie die Sehne in einem schußbereiten Bogen. Kimani liebte diese regelmäßige Wiederkehr von Warten und Erwartung, denn als Überbringer von Post und Waren war er dem Bwana wichtiger als Regen, Mais und Flachs. Alle Männer auf der Farm beneideten Kimani um seine Bedeutung.

Besonders Owuor, der Jaluo mit den lauten Liedern, die das Gelächter in die Kehle vom Bwana zauberten, versuchte immer wieder, Kimanis Tage zu stehlen, doch der blieb stets ein glückloser Jäger nach einer Beute, die ihm nicht zustand. Es gab auch in den Hütten der Kikuyu viele junge Männer mit gesünderen Beinen und mehr Luft in der Brust als Kimani, die ohne Mühe zu Patels Duka und zurück zur Farm hätten laufen können, aber die Kraft von Kimanis kluger Zunge wehrte jeden Angriff auf sein Recht ab.

Zog er morgens von seiner Hütte los, sah er noch die Sterne am Himmel; er traf erst bei dem üblen Hund Patel ein, wenn die Sonne gerade ansetzte, ihre Schatten zu verschlingen. Immer aber war es Kimani, der auf den Lastwagen warten mußte und nicht der Lastwagen auf ihn. Der lange Weg durch den Wald mit den schweigsamen schwarzen Affen, die nur bei dem Sprung von einem Baum zum anderen ihre weiße Mähne sehen ließen, war beschwerlich. An den heißen Tagen zwischen den Regenzeiten hörte Kimani schon auf dem Weg zum Laden seine Knochen schreien. Bei der Heimkehr brannten bereits die Feuer vor den Hütten. Da waren seine Füße so heiß, als hätten sie eilig Glut austreten müssen. Freude aber machte Kimanis Körper satt, obwohl er den ganzen Tag nur Wasser getrunken hatte. Die Memsahib füllte es immer am Abend zuvor in die schöne grüne Flasche.

Schlecht waren die Tage, wenn die Hyäne Patel die Frage nach Post für die Farm mit bösem Kopfschütteln beantwortete und dabei aussah, als hätte sie den Geiern die besten Brocken weggeschnappt. Der Bwana brauchte nämlich seine Briefe wie ein verdurstender Mann die paar Tropfen Wasser, die ihn davor schützen, sich für immer hinzulegen. Brachte Kimani nichts anderes aus Patels stinkendem Duka nach Hause als Mehl, Zucker und den kleinen Eimer mit dem halbflüssigen gelben Fett für die Memsahib, wurden die Augen vom Bwana glanzloser als das Fell eines sterbenden Hundes. Schon eine einzige Zeitung machte ihn fröhlich, und er nahm die kleine Rolle Papier mit einem Seufzer entgegen, der eine süße Medizin für Ohren war, die den ganzen Tag nur die Laute aus dem Maul von Tieren hatten fressen dürfen.

Der Bwana war nun seit drei kleinen und zwei großen Regenzeiten auf der Farm. Kimani reichte die Zeit, um – allerdings so langsam wie ein zu früh geborener Esel – die vielen Dinge zu begreifen, die zu Beginn seines neuen Lebens mit dem Bwana den Kopf schwergemacht hatten. Er wußte nun, daß die Sonne am Tag und der Mond in der Nacht dem Bwana nicht genug waren, nicht der Regen auf ausgetrockneter Haut oder ein laut schreiendes Feuer bei Kälte, nicht die Stimmen aus dem Radio, die sich keinen Schlaf gönnten, selbst nicht das Bett der Memsahib und die Augen der Tochter, wenn sie von der Schule im fernen Nakuru auf die Farm zurückkehrte.

Der Bwana brauchte Zeitungen. Sie fütterten seinen Kopf und schmierten seine Kehle, und die erzählte dann Schauris, von denen kein Mensch in Ol' Joro Orok je gehört hatte. Auf dem Weg vom Haus zu den Flachsfeldern und zu den blühenden Pyrethrumplantagen erzählte der Bwana vom Krieg. Es waren aufregende Geschichten von weißen Männern, die einander töteten, wie es in alten Zeiten die Massai mit ihren friedlichen Nachbarn getan hatten, deren Vieh und Frauen sie begehrten.

Kimanis Ohren liebten die Worte, die wie ein kräftiger junger Wind waren, aber seine Brust spürte auch, daß der Bwana beim Reden an einer alten Traurigkeit kaute, denn er hatte nicht daran gedacht, sein Herz mitzunehmen, als er zu seiner langen Safari nach Ol' Joro Orok aufgebrochen war. Einmal zog der Bwana aus seiner Hosentasche ein blaues Bild mit vielen bunten Flecken und zeigte mit dem Nagel seines längsten Fingers auf einen winzigen Punkt.

»Hier, mein Freund«, sagte er, »ist Ol' Joro Orok«, und dann bewegte er den Finger ein wenig und sprach sehr langsam weiter. »Hier stand die Hütte von meinem Vater. Da komme ich nie wieder hin.«

Kimani lachte, denn seine große Hand konnte ohne Mühe beide Punkte auf dem blauen Bild gleichzeitig berühren, und doch erkannte er, daß sein Kopf nicht begriffen hatte, was der Bwana ihm sagen wollte. Mit den Bildern in den Zeitungen, die Kimani aus Patels Laden holte, war das anders. Er ließ sie sich immer wieder vom Bwana zeigen und lernte sie auch deuten.

Da gab es Häuser, die höher als Bäume waren, und doch wurden sie von den Gewehren aus den wütenden Flugzeugen niedergemacht wie der Wald vom Buschfeuer. Schiffe mit hohen Schornsteinen gingen im Wasser unter, als wären sie kleine Steine in einem nach dem großen Regen zu rasch angeschwollenen Fluß. Immer wieder zeigten die Bilder tote Männer. Manche lagen so ruhig auf der Erde, als wollten sie nach getaner Arbeit schlafen, andere waren geplatzt wie tote Zebras, die zu lange in der Sonne gelegen haben. Alle Toten hatten Gewehre neben sich liegen, aber die hatten ihnen nicht helfen können, denn im Krieg der gutbewaffneten Weißen hatte jeder Mann ein Gewehr.

Sprach der Bwana vom Krieg, dann immer auch von seinem Vater. Nie schaute er dabei Kimani an; er schickte seine Augen zu dem hohen Berg, ohne daß sie den Kopf aus Schnee sehen. Wenn er sprach, redete er mit der Stimme eines ungeduldigen Kindes, das tags den Mond und nachts die Sonne haben will, und sagte: »Mein Vater stirbt.«

Die Worte waren Kimani so vertraut wie sein eigener Name, und, obwohl er sich Zeit ließ, ehe er seinen Mund aufmachte, wußte er doch, was er zu sagen hatte, und fragte: »Will dein Vater sterben?«

»Nein, er will nicht sterben.«

»Ein Mann kann nicht sterben, wenn er nicht will«, sagte Kimani dann jedesmal. Anfangs hatte er seine Zähne beim Sprechen gezeigt, wie er es immer tat, wenn er fröhlich war, doch mit der Zeit gewöhnte er sich an, einen Seufzer aus seiner Brust zu lassen. Es bekümmerte ihn, daß sein Bwana, der so viel wußte, nicht klug genug wurde, um zu begreifen, daß Leben und Tod nicht die Sache von Menschen war, sondern nur vom mächtigen Gott Mungo.

Noch mehr als nach den Zeitungen mit den Bildern von den zerstörten Häusern und toten Männern verlangte es den Bwana nach Briefen. Über Briefe wußte Kimani genau Bescheid. Als der Bwana auf die Farm gekommen war, hatte Kimani noch geglaubt, ein Brief sei wie der andere. So dumm war er nicht mehr. Briefe waren nicht wie zwei Brüder, die zusammen aus dem Bauch ihrer Mutter gekommen waren. Briefe waren wie Menschen und nie gleich.

Es kam auf die Briefmarke an. Ohne sie war ein Brief nur ein Stück Papier und konnte nicht auf die kleinste Safari gehen. Eine einzige Marke mit dem Bild eines Mannes, der helles Haar und das Gesicht einer Frau hatte, erzählte von einer Reise, die ein Mann mit seinen Füßen schaffen konnte. Gerade solche Briefe holte Kimani oft aus Patels Duka. Sie kamen aus Gilgil und waren von dem Bwana, der beim Lachen seinen dicken Bauch tanzen ließ und eine Memsahib hatte, die schöner als ein Vogel singen konnte.

Die beiden kamen oft von Gilgil auf die Farm, und wenn der große Regen die Straße zu Lehm machte und die Freunde vom Bwana nicht nach Ol' Joro Orok kommen konnten, schickten sie Briefe. Aus Nakuru kamen die Briefe von der Memsahib kidogo, die in der Schule schreiben lernte. Die gelben Kuverts hatten die gleiche Marke wie die aus Gilgil, aber Kimani wußte, wer den Brief geschrieben hatte, ehe der Bwana es ihm sagte. Bei denen von der kleinen Memsahib leuchteten seine Augen wie junge Flachsblüten, und nie roch seine Haut nach Angst.

Weit gereist waren Briefe mit vielen Marken. Sobald der Bwana sie in Kimanis Hand sah, nahm er sich noch nicht einmal Zeit, die Luft aus seiner Brust zu lassen, ehe er den Umschlag aufriß und zu lesen begann. Und es gab eine Briefmarke, die allein mehr Kraft hatte als alle anderen zusammen, um den Bwana in Brand zu setzen. Auch sie zeigte einen Mann ohne Arme und Beine, aber er war nicht blond. Das Haar, das von seinem Kopf stürzte, war so schwarz wie das von dem stinkenden Hund Patel. Die Augen waren klein, und zwischen seiner Nase und dem Mund wuchs ein sauber gepflanzter, sehr niedriger Busch aus dichtem schwarzen Haar.

Kimani schaute sich gerade diese Marke gern und lange an.

Der Mann sah aus, als wollte er reden und als hätte er eine Stimme, die schwer von einem Berg zurückprallen konnte. Sobald der Bwana die Marke sah, wurden seine Augen zu tiefen Löchern und er selbst so steif wie ein Mann, der von einem wild gewordenen Dieb mit einer frisch geschliffenen Panga bedroht wird und der vergessen hat, wie sich ein Mann wehren muß.

Das Bild von dem Mann mit dem Haar unter der Nase trieb das Leben aus dem Körper vom Bwana, und er schwankte wie ein Baum, der noch nicht gelernt hat, sich unter dem Wind zu ducken. Ehe der Bwana so einen Brief voll Feuer aufriß, rief er immer: »Jettel.« Seine Stimme wurde dünn wie die eines Tieres, das nicht mehr den Willen hat, dem Tod davonzulaufen.

Trotzdem wußte Kimani, daß der Bwana gerade die Briefe bekommen wollte, die ihm angst machten. Er war immer noch wie ein Kind, das nicht genug Ruhe hat, nur dazusitzen und den Tag wie feine Erde durch die Finger rieseln zu lassen, bis der Kopf auf die Brust fällt und der Schlaf kommt. Kimani trieb es Salz in die Kehle, wenn er daran dachte, daß der Bwana die Erregung brauchte, die ihn krank machte, um noch Kraft in seinen Gliedern zu spüren.

Schon lange war kein solcher Brief mehr gekommen. Als aber Kimani am Tag vor der großen Flachsernte bei Patel nach Post fragte, griff der Inder in das Holzregal an der Wand und holte einen Brief heraus, der Kimanis großen Hunger nach Vertrautheit nicht befriedigte. Er sah sofort, daß der Brief anders war als jeder andere, den er bis dahin nach Hause getragen hatte.

Das Papier war dünn und machte in Patels Hand Geräusche wie ein sterbender Baum im ersten Wind des Abends. Das Kuvert war kleiner als die Umschläge sonst. Die bunte Marke fehlte. Kimani sah statt dessen einen schwarzen Kreis mit dünnen kleinen Linien in der Mitte, die winzigen Eidechsen ähnelten. Ein rotes Kreuz leuchtete auf der rechten Ecke des Umschlags. Es sprang Kimani schon von weitem an wie eine Schlange, die zu lange gehungert hat. Einen Moment fürchtete er, das rote Kreuz könnte auch Patel gefallen und er würde ihm den Brief gar nicht erst geben. Der Inder stritt aber gerade mit einer Kikuyu-Frau, die ihren Finger zu tief in einen Sack Zucker gesteckt hatte, und schob schimpfend den Brief über den dreckigen Tisch.

Erst im Wald blieb Kimani stehen, um, befreit von Patels bösen Augen, das Kreuz zu betrachten. Im Schatten leuchtete es noch heller als im Laden und war eine Freude für Augen, die selbst bei Tag unter den Bäumen immer nur die Farben der Nacht einfingen. Kniff Kimani das eine Auge zu und bewegte gleichzeitig seinen Kopf, fing das Kreuz zu tanzen an. Er lachte, als ihm aufging, daß er sich wie ein Affenkind benahm, das zum erstenmal eine Blume sieht.

Immer wieder fragte sich Kimani, ob das schöne rote Kreuz dem Bwana ebenso gut gefallen würde wie ihm oder ob es auch den bösen, brennenden Zauber hatte wie der Mann mit dem schwarzen Haar. Er konnte sich nicht entscheiden, so sehr er auch seinen Kopf zur Arbeit antrieb. Die Ungewißheit nahm ihm die Freude an dem Brief und machte die Beine schwer. Müdigkeit drückte seinen Rücken krumm und klebte in den Augen. Das Kreuz sah anders aus als im Laden und in der Zeit der langen Schatten. Es hatte sich die Farbe stehlen lassen.

Kimani erschrak. Er spürte, daß er die Nacht zu nahe an sich herangelassen hatte. Sie würde es ausnutzen, daß er ohne eine Lampe unterwegs war. Wenn er seinen Körper nicht stark machte und zur Eile antrieb, würde er die Hyänen hören, ehe er die ersten Felder sah. Das war nicht gut für einen Mann in seinem Alter. Er mußte das letzte Stück vom Weg rennen und, als er die ersten Felder erreichte, hatte er mehr Luft im Mund als in der Brust.

Die Nacht war noch nicht zur Farm gekommen.

Vor dem Haus putzte Kamau die Gläser und fing den letzten roten Strahl Sonne ein. Er wickelte ihn in ein Tuch und ließ ihn wieder frei. Owuor saß auf einer Holzkiste vor der Küche und machte seine Nägel mit einer silbernen Gabel sauber. Er schickte seine Stimme zum Berg mit dem Lied, das Kimanis Haut immer zum Kochen und den Bwana zum Lachen brachte.

Die kleine Memsahib lief mit dem Hund zu dem Haus mit dem Herz in der Tür und sprang über das hohe gelbe Gras. Sie schwenkte die Lampe, die noch nicht angezündet war, als wäre sie so leicht wie ein Stück Papier. Kania schnitt mit seinem Besen runde Löcher in die Luft. Er kaute an einem Stöckchen, um seine Zähne, auf die er sehr stolz war, noch weißer zu polieren. Wie immer, wenn er auf Post lauerte, stand der Bwana bewegungslos wie ein Krieger, der den Feind noch nicht erblickt hat, vor dem Haus. Die Memsahib war neben ihm. Kleine weiße Vögel, die nur auf ihrem Kleid lebten, flogen zu den gelben Blumen auf dem schwarzen Stoff.

Keuchend von der Anstrengung des schnellen Laufens, wartete Kimani auf die Freude, die er sonst empfand, wenn die beiden auf ihn zuliefen, aber die Zufriedenheit zögerte ihre Ankunft zu lange hinaus und verschwand so plötzlich wie der Nebel am Morgen. Obwohl die Kälte schon an seiner Haut leckte, liefen ihm scharfe Tropfen von Schweiß in die Augen. Mit einem Mal kam sich Kimani wie ein alter Mann vor, der seine Söhne verwechselt und in den Söhnen von den Söhnen seine Brüder sieht.

Kimani spürte die Hand vom Bwana auf seiner Schulter, aber er war zu verwirrt, um Wärme aus dem vertrauten Genuß zu holen. Er bemerkte, daß die Stimme vom Bwana nicht kräftiger war als die eines Kindes, das die Brust seiner Mutter nicht sofort findet. Da wußte er, daß die Furcht, die wie ein plötzlich ausgebrochenes Fieber über ihn gekommen war, ihn rechtzeitig angetrieben hatte.

»Sie haben durch das Rote Kreuz geschrieben«, flüsterte Walter. »Ich wußte gar nicht, daß das geht.«

»Wer? Sag schon. Wie lange willst du den Brief noch in der Hand halten? Mach ihn auf. Ich habe schreckliche Angst.«

»Ich auch, Jettel.«

»Mach schon.«

Als Walter das dünne Blatt Papier aus dem Umschlag holte, fiel ihm das Herbstlaub im Sohrauer Stadtwald ein. Obwohl er sich sofort und verbissen gegen die Erinnerung wehrte, sah er in peinigender Deutlichkeit die Umrisse eines Kastanienblattes. Danach wurden seine Sinne stumpf. Nur die Nase narrte ihn noch mit einem Duft, der ihn quälte.

»Vater und Liesel?« fragte Jettel leise.

»Nein. Mutter und Käte. Soll ich dir vorlesen?«

Die Zeit, die Jettel brauchte, um ihren Kopf zu bewegen, war Gnadenfrist. Sie reichte Walter, die zwei unverkennbar in großer Not geschriebenen Zeilen zu lesen und dabei den Brief so dicht vor seinem Gesicht zu halten, daß er Jettel nicht anschauen mußte und sie ihn nicht sehen konnte.

»Meine Lieben«, las Walter vor, »wir sind sehr aufgeregt. Morgen müssen wir nach Polen zur Arbeit. Vergeßt uns nicht. Mutter und Käte.«

»Ist das alles? Das kann doch nicht alles sein?«

»Doch, Jettel, doch. Sie durften nur zwanzig Worte schreiben. Eins haben sie verschenkt.«

»Warum Polen? Dein Vater hat doch immer gesagt, die Polen seien noch schlimmer als die Deutschen. Wie konnten sie das nur tun? In Polen ist doch Krieg. Dort sind sie noch schlechter dran als in Breslau. Oder glaubst du, sie wollen versuchen, noch über Polen auszuwandern? Sag doch endlich was!«

Der Kampf, ob es eine verzeihbare Sünde sein könnte, Jettel zum letztenmal der Barmherzigkeit der Lüge anzuvertrauen, war nur kurz. Schon der Gedanke an Flucht erschien Walter Gotteslästerung und Fluch.

»Jettel«, sagte er und gab es auf, nach Worten zu suchen, um die Wahrheit erträglich zu machen, »du mußt es wissen. Deine Mutter wollte es so. Sonst hätte sie diesen Brief nicht mehr geschrieben. Wir dürfen nicht mehr hoffen. Polen bedeutet Tod.«

Regina lief langsam mit Rummler von der Toilette zum Haus. Sie hatte ihre Lampe angemacht und ließ den Hund auf dem mit hellen Steinen gepflasterten Pfad zwischen dem Rosenbeet und der Küche nach den schwankenden Schatten jagen. Der Hund versuchte, seine Pfoten in die schwarzen Flekke zu graben, und jaulte enttäuscht, sobald sie zum Himmel flogen.

Walter sah, daß Regina lachte, doch gleichzeitig hörte er, daß sie ›Mama‹ schrie, als sei sie in Todesnot. Zunächst dachte er, die Schlange wäre aufgetaucht, vor der Owuor am Morgen gewarnt hatte, und er brüllte: »Bleib stehen.« Als die Schreie jedoch lauter wurden und jeden anderen Laut in der herbeistürzenden Dunkelheit verschluckten, erkannte er, daß es nicht Regina war, die nach ihrer Mutter rief, sondern Jettel.

Walter streckte seiner Frau beide Arme entgegen, ohne daß er sie erreichte, und es gelang ihm schließlich, einige Male ihren Namen in die Angst hineinzurufen. Aus der Scham, daß er unfähig zum Mitleiden geworden war, wurde Panik, die jedes seiner Glieder lähmte. Noch mehr demütigte ihn die Erkenntnis, daß er seiner Frau die furchtbare Gewißheit neidete, die das Schicksal ihm für seinen Vater und seine Schwester versagte.

Nach einer Zeit, die ihm sehr lang erschien, wurde ihm bewußt, daß Jettel aufgehört hatte zu schreien. Sie stand vor ihm mit hängenden Armen und bebenden Schultern. Da endlich fand Walter die Kraft, sie zu berühren und nach ihrer Hand zu greifen. Schweigend führte er seine Frau ins Haus.

Owuor, der sonst nie die Küche verließ, ehe er den Tee zum Abendessen aufgebrüht hatte, stand vor dem brennenden Kamin und schickte seine Augen zum gestapelten Holz. Auch Regina war schon da. Sie hatte ihre Gummistiefel ausgezogen und saß mit Rummler unter dem Fenster, als sei sie nie fortgewesen. Der Hund leckte ihr Gesicht ab, doch sie blickte zu Boden, kaute an einer Haarsträhne und drückte sich immer wieder an den massigen Körper des Tieres. Da wußte Walter, daß seine Tochter weinte. Er würde ihr nichts mehr erklären müssen.

»Mama hat mir versprochen«, schluchzte Jettel, ohne daß ihr noch Tränen kamen, »dazusein, wenn ich wieder ein Kind bekomme. Sie hat es mir ganz fest versprochen, als Regina geboren wurde. Kannst du dich nicht erinnern?«

»Nicht, Jettel, nicht. Erinnerungen quälen nur. Setz dich hin.«

»In die Hand hat sie es mir versprochen. Und sie hat immer ihre Versprechen gehalten.«

»Du darfst nicht weinen, Jettel. Tränen sind nicht mehr für unsereinen. Das ist der Preis, den wir zahlen müssen, daß wir davongekommen sind. Das wird nie mehr anders. Du bist nicht nur Tochter, du bist auch Mutter.«

»Wer sagt so was?«

»Der liebe Gott. Er hat es mir im Camp durch Oha sagen lassen, als ich nicht mehr weitermachen wollte. Und mach dir keine Sorgen, Jettel. Kinder werden wir keine mehr haben, bis die Zeit es wieder gut mit uns meint. Owuor, du holst der Memsahib jetzt ein Glas Milch.«

Owuor nahm sich noch mehr Zeit als an den Tagen ohne Salz, um sich zu entscheiden, welches Stück Holz er ins Feuer werfen sollte. Als er aufstand, sah er Jettel an, obwohl er zu Walter sprach.

»Ich werde«, sagte er mit einer Zunge, die lange brauchte, ehe sie ihm gehorchte, »die Milch warm machen, Bwana. Wenn die Memsahib zu viel weint, bekommst du wieder keinen Sohn.« Ohne sich umzudrehen, ging er zur Tür.

»Owuor«, rief Jettel, und ein großes Staunen machte endlich ihre Stimme wieder fest, »woher weißt du?«

»Alle auf der Farm wissen, daß Mama ein Baby kriegt«, sagte Regina und zog Rummlers Kopf auf ihren Schoß, »alle außer Papa.«

8

Dr. James Charters bemerkte das Zucken seiner linken Augenbraue und das ärgerliche Mißverständnis, als die beiden ihm unbekannten Frauen vor seinem Lieblingsbild mit den prächtigen Jagdhunden standen. Sie waren noch mindestens zwei Fuß von ihm entfernt und streckten ihm bereits die Hand entgegen. Das war Beweis genug, daß die Leute vom Kontinent stammten. Der geübt unauffällige Blick auf die kleine gelbe Karte neben dem Tintenfaß bekräftigte den Verdacht. Unter dem fremdartigen Namen fand Charters den Vermerk, daß das Stag's Head die Patientin zur Konsultation angemeldet hatte.

Seit Kriegsausbruch war kein Verlaß mehr auf Hotelrezeptionen. Offenbar hatten sie Schwierigkeiten, Gäste einzuschätzen, die das ganze Lebensgefüge der Kolonie verändert hatten. In dem einzigen Hotel von Nakuru hatten fast ausschließlich die Farmer der Umgebung gewohnt, die sich ein paar freie Tage und die Illusion von Großstadtleben genehmigten, wenn sie ihre Kinder in der Schule ablieferten, zum Arzt mußten oder bei den Distriktbehörden zu tun hatten. In jener Zeit, die Charters bereits die gute alte nannte, obgleich sie tatsächlich noch keine vollen drei Jahre zurücklag, stiegen gelegentlich auch Jäger im Stag's ab, meistens aus Amerika.

Es waren sympathisch harte Burschen, die auf keinen Fall einen Gynäkologen brauchten und mit denen sich der Arzt, unbeschwert von beruflichen Dingen, gut unterhalten konnte.

Charters, der gerade neue Patientinnen nie länger warten ließ als nötig, nahm sich mit einem nur mühsam unterdrückten Seufzer Zeit zu weiteren unerfreulichen Grübeleien. Er lebte nicht mehr gern in Nakuru. Ohne den Krieg hätte er sich nach dem Tod seiner Tante und der unerwartet hohen Erbschaft eine Praxis in London gegönnt. Die Harley Street war schon früh sein Traum gewesen, doch hatte er das Ziel unvorsichtigerweise aus den Augen verloren, als er in zweiter Ehe eine Farmerstochter aus Naivasha heiratete. Seine junge Frau hatte ihn immer wieder umstimmen können und nun eine so panische Angst vor dem Blitzkrieg, daß sie auf keinen Fall mehr zu einem Umzug nach London zu bewegen war. Er tröstete sich mit einem Hochgefühl, das er sich jahrelang versagt hatte, und nahm keine Patientinnen mehr an, die nicht seinem gesellschaftlichen Niveau entsprachen.

Während Charters akribisch eine tote Fliege vom Fenster kratzte, betrachtete er in der Scheibe die beiden Frauen, die sich unaufgefordert auf die frischbezogenen Stühle vor seinem Schreibtisch gesetzt hatten. Zweifellos war die Jüngere die Patientin und eine Peinlichkeit, die ausschließlich auf die Unachtsamkeit von Miss Colins ging, die erst seit vier Wochen für Charters arbeitete und noch nicht die Intuition für Dinge hatte, die ihm wichtig waren.

Die Ältere der beiden, fand Charters mit einem Hauch von Interesse, das er im Angesicht der bestimmt auf ihn zukommenden Diskussionen recht unangebracht fand, hätte man, bis sie den Mund aufmachte, durchaus für eine Lady aus der englischen Provinz halten können. Sie war schlank, gepflegt, wirkte selbstsicher und hatte jenes schöne blonde Haar, das er bei Frauen schätzte. Sah irgendwie norwegisch aus, die grazile Person, und auf alle Fälle so, als sei sie es gewohnt, sich Arztbesuche etwas kosten zu lassen.

Die Patientin war mindestens im sechsten Monat, und, wie Charters erkannte, nicht in jenem gesundheitlichen Zustand, den er bei Schwangeren schätzte, wenn es keine leidigen Komplikationen geben sollte. Sie trug ein geblümtes Kleid, das ihm typisch für die Mode der dreißiger Jahre auf dem Kontinent erschien. Der lächerliche weiße Spitzenkragen erinnerte ihn auf geradezu groteske Weise an die Kleinbürgerfrauen der Viktorianischen Zeit und an den Umstand, daß er sich bisher nie mit ausgerechnet diesem Stand hatte beschäftigen müssen. Das Kleid betonte bereits die Brust und machte aus dem Bauch eine Kugel, wie Charters sie nur unmittelbar vor dem Geburtstermin gelten ließ. Bestimmt hatte die Frau schon im ersten Monat ihrer Schwangerschaft für zwei gegessen. Die fremden Völker waren durch nichts von ihren abwegigen Gewohnheiten abzubringen. Die Frau war blaß und sah angestrengt aus, verschüchtert wie ein Dienstmädchen, das ein uneheliches Kind erwartet, und geradezu so, als sei Schwangerschaft eine Strafe des Schicksals. Bestimmt war sie wehleidig. Charters räusperte sich. Er hatte nicht viele, aber doch sehr nachhaltige Erfahrungen mit den Leuten vom Kontinent. Sie waren übertrieben empfindlich und nicht kooperativ genug, wenn es darum ging, Schmerzen auszuhalten.

In den ersten Kriegsmonaten hatte Charters die Frau eines jüdischen Fabrikbesitzers aus Manchester von Zwillingen entbunden. Dem Paar war es durch die plötzliche Verknappung der Schiffspassagen nicht mehr gelungen, rechtzeitig nach England zurückzukehren. Die Leute waren sogar absolut korrekt gewesen und hatten, ohne zu murren, das stark überhöhte Honorar gezahlt, das Charters im Kollegenkreis als Schmerzensgeld für den Arzt bezeichnete. Trotzdem war ihm der Fall in schlechter Erinnerung geblieben. Er hatte ihn gelehrt, daß die jüdische Rasse im allgemeinen wohl nicht genug Disziplin aufbrachte, um in entscheidenden Momenten die Zähne zusammenzubeißen.

Damals hatte sich Dr. James Charters vorgenommen, nie mehr Patientinnen zu behandeln, die nicht seiner Denkart entsprachen, und er hatte auch jetzt nicht vor, eine Ausnahme zu machen, die nur beide Teile belastet hätte. Schon gar nicht im Fall einer Frau, die sich so augenscheinlich noch nicht einmal ein vernünftiges Umstandskleid leisten konnte.

Als Charters nicht mehr einfiel, was er sonst noch mit einem Fenster hätte machen können, als es ein paarmal aufzureißen und wieder zu schließen, wandte er sich seinen Besucherinnen zu. Irritiert merkte er, daß die blonde Frau bereits sprach. Es war genau, wie er befürchtet hatte. Der Akzent war ausgesprochen unangenehm und auf keinen Fall charmant norwegisch gefärbt wie in den hübschen Filmen, die man neuerdings sah.

Die Blondine hatte gerade gesagt: »Mein Name ist Hahn, und das hier ist Mrs. Redlich. Es geht ihr nicht gut. Schon seit dem vierten Monat.«

Charters räusperte sich zum zweitenmal. Es war kein zufälliges Hüsteln, sondern ein Ton mit genau dosierter Schärfe, der nicht zu weiteren Vertraulichkeiten animierte, ehe die Situation geklärt war.

»Machen Sie sich bitte keine Gedanken über das Honorar.«

»Das tue ich nicht.«

»Gewiß nicht«, erkannte Lilly und bemühte sich, Verlegenheit hinunterzuschlucken, ohne daß ihre Mimik sie verriet, »aber das ist alles geregelt. Mrs. Williamson hat uns geraten, Sie darauf aufmerksam zu machen.«

Angestrengt überlegte Charters, ob und wann er den Namen schon einmal gehört hatte. Er wollte gerade darauf hinweisen, daß Mrs. Williamson ganz gewiß nicht zu seinen Patientinnen gehörte, da fiel ihm ein, daß ein Zahnarzt, der so hieß, sich vor zwei Jahren in Nakuru niedergelassen hatte. Danach brauchte er noch einmal Zeit, bis er sich erinnerte, wo er den Namen außerhalb seines Wirkungskreises gehört hatte. Der unglückselige Mr. Williamson hatte in den Poloklub eintreten wollen, der jedoch nun mal keine Juden aufnahm. Eine recht peinliche Sache war das damals gewesen. Mindestens so provozierend wie die Erörterung von finanziellen Angelegenheiten, ehe der Arzt überhaupt Gelegenheit zu seiner ersten Untersuchung fand.

Charters fühlte sich brüskiert. Er zwang sich jedoch mit der Einsicht zur Gelassenheit, daß die Leute vom Kontinent vielleicht ohne Arg zu solchen Kruditäten neigten. Leider auch zu einem übertriebenen Mitteilungsbedürfnis, wie er betroffen feststellte, als ihm bewußt wurde, daß er den Redefluß der aufreizend blonden Frau doch nicht rechtzeitig gestoppt hatte. Er war bereits dabei, eine äußerst verwirrende Geschichte von unbekannten Leuten in Deutschland zu erfahren, die offenbar einen engen Bezug zu der Schwangeren hatten.

»Wie kommt es, daß sie im Stag's Head wohnt?« unterbrach der Arzt Lillys Bericht. Er ärgerte sich sofort über seinen brüsken Ton, der so gar nicht zu seiner von allen so geschätzten verbindlichen Art paßte.

»Die Schwangerschaft war von Anfang an schwierig. Wir glauben nicht, daß meine Freundin das Kind allein auf der Farm bekommen sollte.«

Es war klüger, fand Charters, keine weiteren Fragen zu stellen, wollte er nicht in die Lage gezwungen werden, daß er nur deshalb den Fall übernehmen mußte, weil er sich zu früh medizinisch involviert hatte. Mit der sorgsam bemessenen Andeutung eines Lächeln bekämpfte er sein Unbehagen.

»Sie kann wohl«, fragte er und nickte so abwesend in Jettels Richtung, daß er sie dabei nicht anzuschauen brauchte, »kein Englisch?«

»Nicht viel. Also fast gar nicht. Deshalb bin ich ja mitgekommen. Ich lebe in Gilgil.«

»Das ist sehr freundlich von Ihnen. Aber Sie werden wohl kaum bis zur Geburt hierbleiben und dann neben mir im Hospital stehen wollen, um zu dolmetschen.«

»Nein«, stotterte Lilly, »ich meine, so weit haben wir noch gar nicht gedacht. Mrs. Williamson hat Sie uns als den Arzt empfohlen, der uns helfen kann.«

»Mrs. Williamson«, entgegnete Charters nach einer Pause, die ihm genau richtig erschien, nicht zu lang und erst recht nicht zu kurz, »lebt noch nicht lange hier. Sonst hätte sie bestimmt Dr. Arnold erwähnt. Sie ist genau die Richtige für Sie. Eine ungewöhnliche Ärztin.«

So froh und erstaunt, wie er war, daß er genau in diesem Moment eine so elegante Lösung gefunden hatte, kostete es Charters Überwindung, sich seine Zufriedenheit nicht anmerken zu lassen. Die gute alte Janet Arnold war wahrhaftig seine Rettung. Manchmal vergaß er noch, daß sie jetzt in Nakuru lebte. Jahrelang war sie mit ihrem klapprigen Ford, der allein schon ein Witz war, in die entlegensten Gebiete kutschiert, um die Eingeborenen auf den Farmen und in den Reservaten zu behandeln.

Das alte Mädchen war eine Mischung aus Florence Nightingale und irischem Dickschädel und scherte sich keinen Deut um Geschmack, Konvention und Tradition. In Nakuru behandelte die ewige

Rebellin Massen von Indern und Goanesen und natürlich auch viele Schwarze, von denen sie wohl kaum je einen Cent bekam, und bestimmt auch die Habenichtse vom Kontinent, für die schon ein gebrochener Arm eine finanzielle Katastrophe war. Jedenfalls hatte Janet Arnold ausschließlich Patienten, denen es nichts ausmachte, daß sie nicht mehr die Jüngste war und zudem noch eine verdammt unbritische Art hatte, ungefragt ihre Meinung zu sagen.

Charters legte den Kalender weg, in dem er zu blättern pflegte, wenn er bedauerlich deutlich werden mußte, und sagte: »Ich bin nicht der Mann für Sie, denn ich habe vor, in allernächster Zeit mal gründlich auszuspannen. Mrs. Arnold«, lächelte er, »wird Ihnen gefallen. Sie spricht mehrere Sprachen. Vielleicht auch die Ihres Volkes.«

Es störte ihn ein wenig, daß er zumindestens den letzten Satz nicht mit seinem gewohnten Takt formuliert hatte, und so fügte er mit einem Wohlwollen, das er als sehr gelungen empfand, hinzu: »Ich gebe Ihnen gern eine Empfehlung an Dr. Arnold mit.«

»Danke«, wehrte sich Lilly. Sie wartete, bis die Rage in ihr nur noch aus kleinen wütenden Stößen bestand, und sagte dann in der gleichen ruhigen Tonlage wie der Arzt, aber auf Deutsch: »Du arrogantes Schwein, du verdammtes Mistvieh von Arzt. Das haben wir alles schon gehabt, daß einer keine Juden behandelt.«

Charters ließ seine Augenbrauen nur leicht zukken, als er irritiert: »Pardon?« fragte, doch Lilly war aufgestanden und zog Jettel, die schwer atmete und gleichzeitig ihre Schultern zu straffen versuchte, vom Stuhl hoch. Schweigend verließen Lilly und Jettel den Raum. Sie kicherten in dem dunklen Flur und ließen es zu, daß die Albernheit, die sich nicht unterdrücken ließ, ihnen Hilflosigkeit und Frösteln nahm. Erst als sie im selben Augenblick verstummten, merkten sie, daß sie weinten.

Lilly hatte vorgehabt, wenigstens die ersten zwei Wochen von Jettels Wartezeit in Nakuru zu bleiben, doch schon am nächsten Tag erhielt sie einen Brief von ihrem Mann und mußte zurück nach Gilgil.

»Ich komme zurück, sobald mich Oha entbehren kann«, tröstete sie, »und das nächstemal bringen wir Walter mit. Es ist jetzt wichtig, daß du nicht mehr als nötig allein bist und ins Grübeln kommst.«

»Mach dir keine Sorgen, mir geht's gut«, sagte Jettel, »Hauptsache, ich muß Charters nie wieder sehen.«

Am ersten Tag ohne Lillys Fürsorge und ansteckenden Optimismus bestand ihre Welt nur aus den schwarzen Löchern der Einsamkeit. »Ich muß sofort zurück«, schrieb sie an Walter, hatte jedoch keine Briefmarken und genierte sich, in ihrem schlechten Englisch am Empfang des Hotels danach zu fragen. Bereits Ende der Woche erschien ihr aber der nicht abgeschickte Brief als ein Wink des Schicksals.

Jettels Einstellung zu sich selbst hatte sich verändert. Ihr wurde bewußt, daß Charters und seine demütigende Behandlung sie gar nicht so sehr verletzt, sondern ihr paradoxerweise sogar Mut zu einem lange verdrängten Eingeständnis gegeben hatten.

Weder sie noch Walter hatten ein zweites Kind gewollt, aber keiner von beiden hatte gewagt, das auszusprechen. Jetzt, da Jettel allein mit ihren Gedanken war, brauchte sie keine Freude mehr zu heucheln. Sie machte sich klar, daß sie nicht stark genug war, allein auf der Farm mit einem Baby und der ständigen Angst zu leben, im entscheidenden Augenblick ohne ärztliche Hilfe zu sein, doch sie schämte sich nicht mehr ihrer Schwäche. Leichter zu ertragen erschien ihr auch die Scham, daß Hahns und die kleine Jüdische Gemeinde in Nakuru für sie das Hotelzimmer im Stag's Head bezahlen mußten.

Jettel lernte, den kleinen Raum mit seiner kargen Einrichtung, ein auffälliger Kontrast zum Luxus der Aufenthaltsräume, als Schutz vor einer Welt zu empfinden, die ihr verschlossen war. Sie konnte sich mit keinem der Gäste unterhalten, kein Buch aus der Bücherei lesen und gab es nach einem einzigen Versuch auf, an den Radiosendungen teilzunehmen, die nach dem Dinner für die Gäste in Abendkleid und Smoking im Salon ausgestrahlt wurden. Nur zwei von ihren Kleidern paßten noch; ihre Haut wurde trocken und grau; sie hatte Mühe, ihre Haare in der kleinen Schüssel zu waschen, und ständig das Gefühl, sie müßte den übrigen Gästen ihren Anblick ersparen. So verließ sie ihr Zimmer nur zu den Mahlzeiten und zum täglichen Rundgang im Garten, den die Ärztin ihr bei jedem Besuch mit beschwörender Stimme und vielen Gesten verordnete.

»Babys need walks«, pflegte Dr. Arnold zu kichern, wann immer sie Jettels Bauch abtastete.

Sie hatte sich ein Leben lang auf die Natur und das körperliche Vermögen verlassen, sich selbst zu helfen, und ließ sich nie anmerken, daß Jettel ihr Sorgen machte. Die Ärztin kam jeden Mittwoch ins Stag's Head, brachte vier Briefmarken mit und legte ein englisch-italienisches Wörterbuch und die letzte Ausgabe der Sunday Post auf den wackeligen Tisch, obwohl sie schon bei der ersten Konsultation erkannt hatte, daß beide nutzlos waren.

Janet Arnold war eine warmherzige Frau, die schwach nach Whisky und intensiv nach Pferden roch und noch mehr Zuversicht als gute Laune ausstrahlte. Sie umarmte Jettel zur Begrüßung, lachte schallend bei der Untersuchung und streichelte ihr beim Weggehen den Bauch.

Jettel drängte es, der kleinen, rundlichen Frau in der abgetragenen Männerkleidung ihre Sorgen anzuvertrauen und mit ihr über den Verlauf einer Schwangerschaft zu sprechen, die sie nicht als normal empfand. Die Sprachbarriere war nicht zu überwinden.

Am besten glückte noch die Verständigung auf Suaheli, aber beide Frauen wußten, daß sich da der Wortschatz nur für werdende Mütter eignete, die ihre Kinder auch ohne ärztliche Hilfe zur Welt bringen konnten. So beschränkte sich Dr. Arnold, sobald sie glaubte, alles Wesentliche gesagt zu haben, auf Worte aus allen fremden Sprachen, die sie in ihrem abenteuerlichen Leben aufgeschnappt hatte.

Immer wieder versuchte sie es mit Afrikaans und Hindi. Ebenso vergebens suchte sie Hilfe bei den gälischen Lauten ihrer Kindheit.

Als junge Ärztin hatte Janet Arnold zu Beginn des Ersten Weltkriegs einen deutschen Soldaten in Tanganyka versorgt. An ihn selbst erinnerte sie sich nicht mehr, aber in seinen verlöschenden Lebenstagen hatte er oft ›verdammter Kaiser‹ gesagt. Die beiden Worte hatte sie gut genug behalten, um sie an Patienten auszuprobieren, von denen sie mutmaßte, sie würden aus Deutschland stammen. In vielen Fällen war so das lachende Einverständnis entstanden, das Dr. Arnold als Heilerfolg wertete. Es tat ihr leid, daß ausgerechnet Jettel, die sie so gern wenigstens einmal fröhlich erlebt hätte, überhaupt nicht auf ihre Muttersprache reagierte.

Für Jettel war die Erfahrung neu, mit niemandem Trauer und Verzweiflung teilen zu können, und doch vermißte sie die Ansprache, nach der sie auf der Farm gedürstet hatte, nicht mehr. Oft wunderte sie sich, daß ihr auch Walter so wenig fehlte und daß sie sogar froh war, ihn so weit weg in Ol' Joro Orok zu wissen. Sie spürte, daß seine Hilflosigkeit die ihrige nur vergrößert hätte. Um so mehr freute sie sich an seinen Briefen. Sie waren voll von einer Zärtlichkeit, die sie in unbeschwerten Jahren als Liebe empfunden hatte. Trotzdem grübelte sie, ob ihre Ehe je wieder mehr würde werden können als eine Schicksalsgemeinschaft.

Jettel glaubte nicht an ein gutes Ende ihrer Schwangerschaft. Noch immer lähmte sie der

Schock im ersten Monat, als der Brief aus Breslau ihr alle Hoffnung für ihre Mutter und Schwester genommen hatte. Sie nahm den Kampf gegen die Vorahnung gar nicht erst auf, der Brief wäre ein Hinweis auf das Unheil, das ihr selbst drohte. Allein der Gedanke, sie solle neues Leben gebären, erschien ihr Hohn und Sünde.

Die Vorstellung ließ Jettel nicht mehr los, das Schicksal habe ihr bestimmt, der Mutter in den Tod zu folgen. Dann stellte sie sich quälend genau Walter und Regina auf der Farm vor und wie sich beide plagten, den mutterlosen Säugling durchzubringen. Manchmal sah sie auch Owuor lachend das Kind auf seinen großen Knien schaukeln, und schreckte sie nachts auf, merkte sie, daß sie nach Owuor und nicht nach Walter gerufen hatte.

Drohten Angst und Fantasie sie zu erdrücken, verlangte es Jettel nur nach Regina, die sie so nah und doch unerreichbar wußte. Die Nakuru School und das Stag's Head waren nur vier Meilen voneinander entfernt, aber die Schulordnung gestattete es nicht, daß Regina ihre Mutter besuchte. Ebensowenig hätte sie Jettel erlaubt, ihre Tochter zu sehen. Nachts sah Jettel die Lichter der Schule auf dem Hügel brennen und klammerte sich an den Gedanken, Regina würde ihr aus einem der vielen Fenster zuwinken. Sie brauchte immer länger, um nach solchen Träumereien in die Realität zurückzukehren.

Auch Regina, die sich nie über die lange Trennung von den Eltern beklagt hatte, quälte sich. Fast täglich trafen im Hotel kurze, in unbeholfenem Deutsch geschriebene Briefe ein. Die Fehler und die ihr unverständlichen englischen Ausdrücke bewegten Jettel noch mehr als die in Blockschrift gemalte Bitten um Briefmarken. »Du must take care von dir«, stand am Anfang von jedem Brief, »that du nicht grang wirst.« Fast immer schrieb Regina: »Ich will dir besooken, aber ich erlaube es nicht. Wir sind hier soldiers.« Der Satz: »Ich freue mir auf das baby«, war stets mit roter Tinte unterstrichen, und oft hieß es: »Ich make wie Alexander the Great. Du must nicht have anst.«

Jettel erwartete die Briefe mit soviel Ungeduld, weil sie ihr tatsächlich Mut machten. Auf der Farm hatte es sie belastet, daß sie nur schwer Kontakt zu Regina fand, und nun waren ihr die Anhänglichkeit und Fürsorge ihrer Tochter einzige Stütze in ihrer Not. Jettel war es, als erlebe sie aufs neue die enge Verbindung zu ihrer Mutter. Jeder Brief machte ihr mehr bewußt, daß Regina mit ihren fast zehn Jahren kein Kind mehr war.

Nie stellte sie Fragen und begriff doch alles, was ihre Eltern bewegte. Hatte Regina nicht vor Walter gewußt, daß ihre Mutter schwanger war? Sie kannte sich mit Geburt und Tod aus und lief zu den Hütten, wenn eine Frau in Wehen lag, aber Jettel hatte nie den Mut gehabt, mit ihrer Tochter über die Dinge zu sprechen, die sie dort erlebte. Überhaupt hatte sie nur selten mit ihr ohne Befangenheit reden können, aber jetzt hatte sie den Drang, Regina ihre Sorgen anzuvertrauen.

Die Briefe an die Tochter fielen Jettel leichter als die an ihren Mann. Es wurde ihr Bedürfnis, ihren körperlichen Zustand genau zu schildern, und sehr bald empfand sie es als Befreiung, von ihrer seelischen Not zu schreiben. Wenn sie die Hotelbriefbögen mit ihrer großen, deutlichen Schrift füllte und sich die Blätter vor ihr stapelten, konnte sie noch einmal die zufriedene kleine Jettel aus Breslau sein, die beim geringsten Kummer nur eine Treppe hochzustürmen brauchte, um bei der Mutter Trost zu finden.

Ende Juli setzte der große Regen in Gilgil ein und ertränkte Jettels letzten Funken Hoffnung, Hahns könnten mit Walter bei ihr im Hotel auftauchen. In Nakuru kochten die Tage und auch die Nächte. Der Rasen im Hotelgarten verglühte in der verdursteten roten Erde, und die Vögel verstummten schon morgens. Die Luft vom salzigen See hatte eine so beißende Schärfe, daß ein zu tiefer Atemzug unvermittelt in Brechreiz überging. Schon um die Mittagszeit erstarb alles Leben.

Jeden Sonntag, wenn noch nicht einmal Aussicht auf Post von Regina bestand, kämpfte Jettel gegen die Versuchung, nicht aufzustehen, nichts zu essen und die Zeit im Schlaf herunterzuwürgen. Kaum war die Sonne am Himmel, wurde die feuchte Hitze so drückend, daß sie sich doch anzog und auf den Bettrand setzte. Dort konzentrierte sie sich nur darauf, jede unnötige Bewegung zu vermeiden. Stundenlang starrte sie auf die glatte Fläche des Sees, der kaum noch Wasser hatte, und wünschte sich nichts mehr, als ein Flamingo zu werden, der nur Eier auszubrüten hatte.

In dem Schwebezustand zwischen verdrossener Wachheit und unruhigem Dämmern war Jettel besonders empfänglich für Geräusche. Sie hörte die Hausboys den Ofen in der Küche anmachen, die Kellner im Speisesaal mit dem Besteck klappern, den kleinen Hund im Nebenzimmer winseln und jedes Auto, ehe es vor dem Hoteleingang haltmachte. Obwohl sie selten die Gäste sah, die mit ihr auf dem Flur wohnten, konnte sie deren Schritte, Stimmen und Husten unterscheiden. Chai, der barfüßige Kikuyu, der um elf Uhr morgens und fünf Uhr nachmittags den Tee servierte, brauchte noch nicht einmal die Türklinke zu Jettels Zimmer zu berühren, und sie wußte schon, daß er da war. Nur als Regina kam, hörte sie nichts.

Es war der letzte Juli-Sonntag, als Regina dreimal klopfte und dann sehr langsam die Tür aufmachte, und Jettel ihre Tochter anstarrte, als hätte sie sie nie zuvor gesehen. In dem gespenstischen Augenblick ohne Sinne und Gedächtnis, ohne Freude und ohne Reaktion, betäubt von der Unfähigkeit zu begreifen, überlegte Jettel nur, in welcher Sprache sie reden sollte. Schließlich erkannte sie das weiße Kleid und erinnerte sich, daß die Nakuru School weiße Kleider für den wöchentlichen Kirchgang verlangte.

Der indische Schneider, der in regelmäßigen Abständen nach Ol' Joro Orok kam und seine Nähmaschine unter einem Baum vor Patels Duka aufstellte, hatte es aus einer alten Tischdecke genäht. Er hatte sich die weißen Rüschen am Hals und an den Ärmeln nicht ausreden lassen und dafür drei Shilling extra genommen. Mit einem Mal erinnerte sich Jettel an jedes Wort des Gesprächs und wie Walter das Kleid gesehen und gesagt hatte: »Als Tischdecke in Redlichs Hotel hat es mir besser gefallen.«

Walters Stimme kam Jettel zu laut und sehr barsch vor, und sie setzte, sehr verärgert, zum Widerspruch an, doch die Worte klebten in ihrem Mund wie die alte, blaue Kittelschürze an ihrem Körper. Die Anstrengung war so groß, daß sich der Druck in ihrer Kehle löste und sie in Tränen ausbrach.

»Mummy«, rief Regina mit hoher, fremder Stimme. »Mama«, flüsterte sie in vertrauter Tonlage.

Sie atmete wie ein hetzender Hund, der nur die Beute sieht und nicht spürt, daß er sie schon verloren hat. Ihr Gesicht hatte das drohende Rot von nächtlich brennenden Wäldern. Schweiß lief von der Stirn durch eine feine Schicht von rötlichem Staub. Dunkel tropfte die Nässe aus dem Haar auf das weiße Kleid.

»Regina, du mußt ja gerannt sein wie der Teufel. Wo kommst du bloß her? Wer hat dich hergebracht? Um Gottes willen, was ist passiert?«

»Ich hab' mich hergebracht«, sagte Regina und kaute am Genuß, daß ihre Stimme wieder fest genug war, um den Stolz zu halten. »Ich bin auf dem Weg zur Church weggelaufen. Und das mache ich jetzt jeden Sonntag.«

Zum erstenmal, seit sie im Stag's Head wohnte,

spürte Jettel, daß Kopf und Körper noch zu gleicher Zeit leicht werden konnten, aber noch immer fiel ihr das Sprechen schwer. Reginas Schweiß roch süß und steigerte Jettels Verlangen, nichts als den dampfenden Körper ihrer Tochter zu fühlen und ihr Herz schlagen zu hören. Sie öffnete den Mund zu einem Kuß, doch ihre Lippen zitterten.

»Ich hab' mein Herz in Heidelberg verloren«, begann Regina und brach befangen ab. Sie konnte den einfachsten Ton nicht treffen und wußte es. »Owuors Lied«, sagte sie, »aber ich kann nicht so schön singen wie er. Ich bin nicht so klug wie Owuor. Weißt du noch, wie er in der Nacht zu uns kam? Mit Rummler. Und Papa hat geweint.«

»Du bist klug und gut«, sagte Jettel.

Regina gönnte sich nur die Zeit, die ihre Ohren brauchten, um die streichelnden Worte für immer zu behalten. Dann setzte sie sich zu ihrer Mutter aufs Bett, und beide schwiegen. Sie hielten sich aneinander fest und warteten geduldig darauf, daß aus dem Glück des Wiedersehens Freude wurde.

Jettel hatte noch immer nicht den Mut zu den Worten, die in ihr waren, aber sie konnte schon zuhören. Sie ließ sich erzählen, mit welcher Beharrlichkeit und Sehnsucht Regina den Ausbruch geplant und wie sie sich von der Gruppe der übrigen Mädchen getrennt hatte und auf das Hotel zugelaufen war. Es war eine lange und verwirrend umständliche Geschichte, die Regina mit der von Owuor erlernten Kunst der Wiederholungen immer wieder im gleichen Wortlaut vortrug und der Jettel trotz aller Bemühungen nicht folgen konnte. Sie merkte, daß ihr Schweigen Regina zu enttäuschen begann und war um so erschrockener, als sie sich fragen hörte: »Warum freust du dich so auf das Baby?«

»Ich brauche es.«

»Warum brauchst du ein Baby?«

»Dann bin ich nicht allein, wenn du und Papa tot sind.«

»Aber, Regina, wie kommst du auf so was? So alt sind wir doch nicht. Warum sollten wir sterben? Wer hat dir bloß so einen Unsinn eingeredet?«

»Deine Mutter stirbt doch auch«, erwiderte Regina und zerbiß das Salz in ihrem Mund. »Und Papa hat mir gesagt, daß sein Vater auch stirbt. Und Tante Liesel. Aber er hat gesagt, ich darf dir das nicht sagen. I'm so sorry.«

»Deine Großeltern und deine Tanten«, schluckte Jettel, »sind nicht mehr aus Deutschland herausgekommen. Das haben wir dir doch erklärt. Aber uns kann nichts passieren. Wir sind doch hier. Alle drei.«

»Vier«, verbesserte Regina und schloß zufrieden die Augen, »bald sind wir vier.«

»Ach, Regina, du weißt ja gar nicht, wie schwer es ist, ein Kind zu bekommen. Als du kamst, war alles anders. Ich werde nie vergessen, wie dein Vater durch die Wohnung getanzt ist. Jetzt ist alles so schrecklich.«

»Ich weiß«, nickte Regina. »Ich war bei Warimu dabei. Warimu ist fast gestorben. Das Baby kam mit den Füßen aus ihrem Bauch. Ich durfte mitziehen.«

Jettel drückte mit hastigen Bewegungen den Ekel zurück in ihren Magen. »Und du hast keine Angst gehabt?« fragte sie.

»Aber nein«, erinnerte sich Regina und überlegte, ob ihre Mutter einen Scherz gemacht habe. »Warimu hat ganz laut geschrien, und das hat ihr geholfen. Sie hat auch keine Angst gehabt. Nobody hatte Angst.«

Das Bedürfnis, Regina wenigstens ein kleines Stück von jener Geborgenheit zurückzugeben, die sie ihr zu lange vorenthalten hatte, wurde für Jettel zu einer Qual, die schwerer auszuhalten war als die Erkenntnis ihrer Niederlage. Regina erschien ihr so wehrlos, wie sie selbst war.

»Ich werde keine Angst haben«, sagte sie.

»Versprich mir das.«

»Ganz fest.«

»Du mußt es noch einmal sagen. Alles mußt du noch einmal sagen«, drängte Regina.

»Ich verspreche dir, daß ich keine Angst haben werde, wenn das Baby kommt. Ich habe nie gewußt, daß dir ein Baby so wichtig ist. Ich glaube nicht, daß sich andere Kinder so auf Geschwister freuen wie du. Weißt du«, erklärte Jettel und flüchtete zum nie versagenden Trost ihrer Erinnerungen, »ich habe mich immer so mit meiner Mutter unterhalten wie jetzt mit dir.«

»Du warst auch nicht in der Boarding School.«

Jettel versuchte, sich ihre Trauer nicht anmerken zu lassen, als sie in die Wirklichkeit zurückgeholt wurde. Sie stand auf und umarmte Regina. »Was ist«, fragte sie verlegen, »wenn die merken, daß du weggelaufen bist? Bekommst du keine Strafe?«

»Doch, aber I don't care.«

»Heißt das, es macht dir nichts aus?«

»Ja. Es macht mir nichts aus.«

»Aber kein Kind will bestraft werden!«

»Ich will«, lachte Regina. »Weißt du, wenn wir eine Strafe haben, müssen wir Gedichte lernen. Ich liebe Gedichte.«

»Ich habe auch gern Gedichte aufgesagt. Wenn wir wieder alle zusammen auf der Farm sind, sage ich dir Schillers Glocke auf. Die kann ich noch.«

»Ich brauche Gedichte.«

»Wozu?«

»Vielleicht«, erklärte Regina, ohne zu merken, daß sie ihre Stimme auf Safari geschickt hatte, »muß ich mal ins Gefängnis. Dann werden sie mir alles fortnehmen. Meine Kleider, mein Essen und meine Haare sind dann weg. Sie werden mir auch keine Bücher geben, aber die Gedichte werden sie nicht bekommen. Die sind in meinem Kopf. Wenn ich sehr traurig bin, werde ich mir meine Gedichte sagen. Ich habe mir das alles genau ausgedenkt, aber das weiß niemand. Auch Inge weiß nichts von meinen Gedichten. Wenn ich das erzähle, geht der Zauber weg.«

Obwohl sie schneidende Schmerzen im Rücken und auch beim Atmen hatte, hielt Jettel ihre Tränen in sich, bis Regina gegangen war. Dann drückte sie ihre Trauer so heftig an sich wie zuvor ihre Tochter. Sie wartete fast mit Verlangen auf die Verzweiflung, deren Vertrautheit sie stützen würde. Staunend und auch mit einer Demut, die sie zuvor nie empfunden hatte, wurde ihr aber bewußt, daß der Wille zu ihr gekommen war, sich dem Leben zu stellen. Für Regina, die ihr den Weg gezeigt hatte, war Jettel entschlossen zu kämpfen. Es war nur noch der körperliche Schmerz, der sie in den Schlaf begleitete.

In der Nacht setzten, vier Wochen zu früh, die Wehen ein, und am nächsten Morgen sagte ihr Janet Arnold, daß das Kind tot war.

9

Der letzte Tag ohne die Memsahib war für Owuor süß wie der Saft von jungem Zuckerrohr und nicht länger als eine Nacht im vollen Mondlicht. Schon kurz nach Sonnenaufgang ließ er Kania die Bretter zwischen dem Ofen, Schrank und dem neu geschichteten Holzstapel mit kochendem Wasser schrubben. Kamau mußte alle Töpfe, Gläser und Teller und auch den von der Memsahib geliebten kleinen roten Wagen mit den winzigen Rädern in heiße Seifenlauge tauchen. Jogona badete den Hund so lange, bis er wie ein kleines weißes Schwein aussah. Kimani willigte auf Owuors Drängen noch zur rechten Zeit ein, mit seinen Schambaboys dafür zu sorgen, daß die Geier die Dornenbäume vor dem Haus freigaben. Owuor hatte mit dem Bwana nicht über die Geier gesprochen, aber sein Kopf sagte ihm, daß da weiße Frauen bestimmt nicht anders waren als schwarze. Wer den Tod gesehen hatte, wollte die Flügel der Geier nicht schlagen hören.

Owuor rieb mit einem Tuch, das so weich war wie der Stoff am Hals seines schwarzen Umhangs, den langen Kochlöffel ab und hörte erst auf, als ihn seine eigenen Augen im glänzenden Metall anblickten. Sie tranken bereits die Freude von den Tagen, die noch nicht gekommen waren. Es war gut, daß der Löffel bald wieder für die Memsahib in der dikken braunen Soße aus Mehl, Butter und Zwiebeln tanzen durfte. Während Owuor seine Nase mit dem Geruch von Freuden aufweckte, die sie zu lange hatte entbehren müssen, kehrte Zufriedenheit zu ihm zurück.

Es war nicht mehr so leicht wie in den gestorbenen Tagen von Rongai, für den Bwana allein zu arbeiten. Wenn er allein auf der Farm war, ließ er die Suppe kalt und den Pudding grau werden. Seine Zunge wußte nicht mehr, sich am Geschmack vom Brot festzuhalten, das aus dem Ofen kam. An dem bösen Tag, als die Memsahib mit dem Kind im Bauch nach Nakuru gebracht wurde, hatten die Augen vom Bwana aufgehört, sein Herz wachzutrommeln. Von da ab hatte er sich wie ein alter Mann bewegt, der nur noch auf die Rufe seiner schreienden Knochen wartet und die Stimme von Mungo nicht mehr hört.

In den Tagen zwischen der großen Trockenheit und dem Tod des Kindes hatte Owuor gedacht, der Bwana hätte keinen Gott, der seinen Kopf führte wie ein guter Hirte sein Ochsengespann, aber seit kurzem wußte Owuor, daß er sich da getäuscht hatte. Als der Bwana ihm von seinem toten Kind erzählte, war er es und nicht Owuor, der »Schauri ja mungo« sagte. Owuor hätte ebenso gesprochen, wenn ihm der Tod die Zähne gezeigt hätte wie ein verhungernder Löwe einer fliehenden Gazelle. Nur, fand Owuor, mußte ein Mensch Mungo nicht für ein Kind aus dem Schlaf holen. Für Kinder sorgte nicht Gott, sondern der Mann, der sie brauchte.

Selbst in der Erwartung des Tages, der das alte Leben ins Haus und in die Küche zurückbringen sollte, seufzte Owuor bei dem Gedanken, daß der Bwana nicht klug genug war, im Schlaf das Salz in seiner Kehle auszutrocknen. Ohne die Memsahib und seine Tochter machte der Bwana seine Ohren nur für das Radio frei. In den Wochen, da er dem Bwana hatte helfen wollen zu leben und nicht gewußt hatte wie, war Owuor müde geworden. Sein Rücken hatte zu schwer an der fremden Last getragen. So genoß er nun den Tag, an dem er sich nur um die kleine Memsahib zu kümmern hatte, wie ein Mann, der zu lange und zu schnell gelaufen ist und am Ziel nichts anderes tun muß, als sich unter einen Baum zu legen und den Wolken bei ihrer schönen Jagd ohne Beute zuzuschauen.

»Es ist gut«, sagte er und bohrte mit dem linken Auge ein Loch in den Himmel.

»Es ist gut«, wiederholte Regina und verwöhnte Owuor mit den weichen Lauten seiner Muttersprache.

Auch sie empfand den Tag vor Jettels Rückkehr anders als alle, die gewesen waren und die noch kommen würden. Sie saß am Rande des Flachsfeldes, das seine dünne Decke aus blauen Blüten im Wind ausschüttelte, und rührte mit den Füßen im zähen, roten Schlamm. Er machte den Körper warm und trieb jene angenehme Schläfrigkeit in den Kopf, die sie sich nur dann im gleißenden Tageslicht erlauben durfte, wenn sie allein mit Owuor war. Doch war Regina immer noch wach genug, um mit halb geschlossenen Augen zu verfolgen, wie aus ihren Gedanken kleine, bunte Kreise wurden, die der Sonne entgegenflogen.

Es war gut, daß ihr Vater schon am Tag zuvor mit Hahns nach Nakuru gefahren war. Während des großen Regens wurden die Straßen zu weichen Betten von Lehm und Wasser; aus einer Reise, die in den durstenden Monaten nur drei Stunden dauerte, wurde dann eine Safari, an der die Nacht kratzte. Mit trägen Bewegungen zog Regina ihre Bluse aus, holte eine Mango aus ihrer Hosentasche und biß hinein, doch ihr Herz schlug schnell, als ihr aufging, daß sie dabei war, das Schicksal herauszufordern. Sollte es ihr gelingen, die Mango zu essen, ohne einen Tropfen Saft zu verlieren, wollte sie dies als Zeichen sehen, daß Mungo noch an diesem Tag oder wenigstens am nächsten ein Wunder geschehen lassen würde.

Regina war erfahren genug, dem großen unbekannten und ihr doch so vertrauten Gott nicht die Form seiner Wohltat vorzuschreiben. Sie machte ihren Kopf fügsam und verschluckte das Verlangen in ihrem Körper, doch es kostete sie zuviel Kraft, ihren Wünschen das Gesicht zu nehmen. Sie vergaß die Mango. Als sie den warmen Saft auf ihrer Brust spürte und dann auch sah, daß ihre Haut gelb wurde, wußte sie, daß Mungo sich gegen sie entschieden hatte. Er war noch nicht bereit, ihr Herz aus seinem Gefängnis zu befreien.

Sie hörte einen kleinen jammernden Laut, der nur aus ihrem Mund stammen konnte, und schickte sofort ihre Augen zum Berg, damit Mungo ihr nicht zürnte. Regina hatte die Trauer um das verlorene Baby so wütend vertrieben wie ein Hund die Ratte, die sich an seinem vergrabenen Knochen festgebissen hat. Ratten ließen sich jedoch nie lange vertreiben. Sie kamen immer wieder. Reginas Ratte ließ sie nur manchmal am Tag, aber nachts nie vergessen, daß es auch in Zukunft sie allein war, die die hungrigen Herzen ihrer Eltern mit Stolz füttern mußte.

Regina wußte, daß ihre Mutter anders war als die Frauen von den Hütten. Wenn bei denen ein Kind starb, war die Zeit nicht länger als zwischen der kleinen und der großen Regenzeit, ehe der Bauch wieder dick wurde. Bei dem Gedanken, wie lange es dauern würde, ehe sie sich wieder auf ein Baby freuen durfte, biß Regina fest in den Kern der Mango und lauerte auf das Knirschen im Mund. Wenn erst die Zähne schmerzten, konnte der Kopf das Böse nicht halten. Die Traurigkeit kam aber sofort zurück, als Regina an ihre Eltern dachte.

Deren Ohren hatten keine Freude am Regen, und ihre Füße wußten nichts vom neuen Leben im Tau des Morgens. Von Sohrau sprach der Vater, wenn er mit Worten schöne Bilder malte, von Breslau die Mutter, wenn ihre Träume auf Safari gingen. Von Ol' Joro Orok, das Regina in der Schule ›home‹ und in den Ferien ›Zuhause‹ nannte, sahen beide nur die schwarzen Farben der Nacht und nie die Menschen, die nur beim Lachen ihre Stimme laut werden ließen.

»Du wirst sehen«, sagte sie zu Rummler, »die machen kein neues Baby.«

Als Reginas Stimme ihn wach machte, schüttelte der Hund sein rechtes Ohr, als hätte ihn eine Fliege gestört. Er öffnete die Schnauze so lange, daß ihm der Wind die Zähne zu kalt machte, bellte einmal und zuckte am ganzen Körper, weil ihn das Echo erschreckte.

»Du bist ein dummes Luder, Rummler«, lachte Regina, »du kannst nichts im Kopf halten.« Verlangend rieb sie ihre Nase an seinem nassen Fell, das in der Sonne dampfte, und spürte, daß sie endlich ruhig wurde.

»Owuor«, erklärte sie, »du bist klug. Es ist gut, einen feuchten Hund zu riechen, wenn man nasse Augen hat.«

»Du hast sein Fell mit den Augen naß gemacht«, sagte Owuor. »Jetzt werden wir beide schlafen.«

Die Schatten waren so dünn und kurz wie eine junge Eidechse, als Regina am nächsten Tag die Lockrufe eines schwer atmenden Motors hörte. Sie hatte viele Stunden am Waldrand gesessen und dem Trommeln gelauscht, die Dik-Diks beobachtet und eine Affenmutter mit einem Kind unter dem Bauch beneidet. Als sie aber den ersten, noch sehr fernen Ton einfing, schaffte sie die Strecke bis zum aufgeweichten Weg doch noch rechtzeitig genug, um für das letzte Stück der Fahrt auf das Trittbrett zu springen.

Oha saß am Steuer und roch nach seinem selbstangebauten Tabak, neben ihm Jettel mit dem Duft von scharfer Krankenhausseife. Hinten saßen Lilly, Walter und Manjala, von dem sich Hahns in der Regenzeit nie trennten, weil er besser als jeder andere mit Autos umgehen konnte, die im Schlamm steckten. Der kleine weiße Pudel heulte, obwohl es nicht Abend war und Lilly noch kein Lied in der Kehle hatte.

Regina brauchte die kurze Fahrt im aufkommenden Wind, um ihre Sinne zu schärfen und die Augen an ihre Mutter zu gewöhnen. Sie erschien ihr anders als vor den Tagen, ehe die große Traurigkeit auf die Farm gekommen war. Jettel wirkte wie die schlanken, englischen Mütter, die kaum redeten und ihr Lächeln zwischen den Lippen behielten, wenn sie zu Beginn der Ferien ihre Kinder in der Schule abholten. Ihr Gesicht war rundlicher, die Augen so ruhig geworden wie die von satten Kühen. Die Haut hatte wieder den schimmernden Hauch von einer Farbe, die Regina in keiner der Sprachen beschreiben konnte, die sie kannte, obwohl sie es immer wieder versuchte.

Als der Wagen anhielt, standen Owuor und Kimani vor dem Haus. Kimani sagte nichts und bewegte auch sein Gesicht nicht, aber er roch nach frischer Freude. Owuor zeigte erst seine Zähne und rief dann: »Du Arschloch«, sehr deutlich und genau, wie es ihm der Bwana zur Begrüßung von Besuchern beigebracht hatte. Es war ein guter Zauber. Obwohl der Bwana aus Gilgil ihn kannte, lachte er laut genug für ein Echo, das nicht nur Owuors Ohren, sondern seinen ganzen Körper heiß machte.

»Du bist schön«, wunderte sich Regina. Sie küßte ihre Mutter und zeichnete mit den Fingern die Wellen in ihrem Haar nach. Jettel lächelte verlegen. Sie rieb ihre Stirn, sah scheu das Haus an, aus dem sie sich so oft fortgesehnt hatte, und fragte schließlich, immer noch befangen, jedoch ohne Zittern in der Stimme: »Bist du sehr traurig?«

»Aber nein. Weißt du, wir können ja mal ein neues Baby machen. Irgendwann«, sagte Regina und versuchte zu zwinkern, doch ihr rechtes Auge blieb zu lange offen, »wir sind ja alle noch so jung.«

»Regina so etwas darfst du Mama jetzt nicht sagen. Wir müssen beide dafür sorgen, daß sie sich erst mal erholt. Sie war sehr krank. Verdammt noch mal, ich hab's dir doch genau erklärt.«

»Laß sie nur«, widersprach Jettel, »ich weiß schon, wie sie's meint. Eines Tages machen wir ein neues Baby, Regina. Du brauchst ja ein Baby.«

»Und Gedichte«, flüsterte Regina.

»Und Gedichte«, bestätigte Jettel ernst, »du siehst, ich habe nichts vergessen.«

Das Feuer am Abend roch nach dem großen Regen, aber das Holz mußte schließlich seinen Kampf aufgeben und wurde zu einer Flamme voll Farbe und Wut. Oha hielt seine Hände vor die Glut, drehte sich plötzlich um, obwohl ihn niemand gerufen hatte, umarmte Regina und hob sie hoch.

»Wie kommt ihr beide bloß zu so einem hellsichtigen Kind?« fragte er.

Regina trank so lange die Aufmerksamkeit seiner Augen, bis sie ihre Haut warm und ihr Gesicht rot werden fühlte. »Aber«, sagte sie und zeigte zum Fenster, »es ist doch schon dunkel.«

»Bist eine kleine Kikuyu, Madamche«, erkannte Oha, »immer schön wortklauberisch. Du würdest eine schöne Juristin abgeben, aber das wird dir das Schicksal hoffentlich nicht antun.«

»Nein, nicht Kikuyu«, widersprach Regina, »ich bin Jaluo.« Sie schaute zu Owuor hin und fing den kleinen schnalzenden Ton auf, den nur sie beide hören konnten.

Owuor hielt ein Tablett in einer Hand und streichelte mit der anderen gleichzeitig Rummler und den kleinen Pudel. Später brachte er den Kaffee in der großen Kanne, die er nur an guten Tagen füllen durfte, und servierte die winzigen Brötchen, für die ihn sein erster Bwana schon gelobt hatte, als er noch nicht Koch gewesen war und nichts von weißen Menschen gewußt hatte, die schönere Scherze als die eigenen Stammesbrüder aus dem Kopf holten.

»So kleine Brote«, rief Walter und schlug mit der Gabel gegen seinen Teller. »Wie machen so große Hände so kleine Brote? Owuor, du bist der beste Koch in Ol' Joro Orok. Und heute abend«, fuhr er fort und wechselte zu Owuors Enttäuschung die Sprache, »trinken wir eine Flasche Wein.«

»Und du läufst zum Kaufmann an der Ecke und holst sie«, lachte Lilly.

»Mein Vater hat mir zum Abschied zwei Flaschen mitgegeben. Die sollten für einen besonderen Anlaß sein. Wer weiß, ob wir je dazu kommen, die zweite aufzumachen. Die erste trinken wir heute, weil der liebe Gott uns Jettel gelassen hat. Manchmal hat er halt auch Zeit für bloody Refugees.«

Regina schob Rummlers Kopf von ihren Knien, lief zu ihrem Vater und drückte seine Hand so fest, daß sie die Spitzen seiner Nägel fühlen konnte. Sie bewunderte ihn sehr, weil er zu gleicher Zeit Lachen aus seiner Kehle und Tränen aus seinen Augen lassen konnte, und sie wollte ihm das auch sagen, aber ihre Zunge war zu schnell, und sie fragte statt dessen: »Muß man bei Wein weinen?«

Sie tranken ihn aus farbigen Likörgläsern, die auf dem großen Tisch aus Zedernholz wie Blumen aussahen, die zum erstenmal nach dem Regen auf Bienen warten. Owuor bekam einen kleinen blauen Kelch, Regina einen roten. Zwischen den winzigen Schlucken, die sie in den Hals gleiten ließ, hielt sie das Glas gegen das zitternde Licht der Petromaxlampe und verwandelte es in den funkelnden Palast der Feenkönigin. Sie verschluckte ihre Traurigkeit bei dem Gedanken, daß sie niemandem davon erzählen konnte, doch sie war fast sicher, daß es in Deutschland keine Feen gab. Bestimmt wohnten keine in Sohrau, Leobschütz oder Breslau. Ihre Eltern hätten das sonst wenigstens in den Tagen erwähnt, als sie noch wirklich an Feen glaubte.

»Woran denkst du, Regina?«

»An eine Blume.«

»Eine richtige Weinkennerin«, lobte Oha.

Owuor steckte immer nur seine Zunge ins Glas, damit er den Wein zwar schmecken, aber auch behalten konnte. Er hatte noch nie Süße und Säure zu gleicher Zeit im Mund gehabt. Die Ameisen auf seiner Zunge wollten eine längere Geschichte aus dem neuen Zauber machen, doch Owuor wußte nicht, wie er sie anfangen sollte.

»Das sind«, fiel ihm schließlich ein, »die Tränen von Mungo, wenn er lacht.«

»An Assmannshausen denk ich gern zurück«, erinnerte sich Oha und drehte das Etikett der Flasche zum Licht. »Wir sind oft am Sonntag nachmittag dort gewesen.«

»Einmal zu oft«, sagte Lilly. Ihre Hand war eine winzige Kugel. »Vielleicht erinnerst du dich, daß wir ausgerechnet von unserer gemütlichen Weinstube aus zum erstenmal die SA marschieren sahen. Ich höre sie heute noch grölen.«

»Hast recht«, erwiderte Oha versöhnlich, »man soll nicht zurückschauen. Manchmal überkommt es einen eben. Auch mich.«

Walter und Jettel stritten mit alter Lust und neuer Freude, ob die Gläser ein Verlobungsgeschenk von Tante Emmy oder Tante Cora waren. Sie konnten sich nicht einigen und danach auch wieder einmal nicht klären, ob es am letzten Abend in Leobschütz bei Guttfreunds Karpfen mit Meerrettich oder mit polnischer Soße gegeben hatte. Sie waren mit zuviel Eifer dabei und merkten zu spät, daß sie sich zu weit zurückgetraut und es dann schwer hatten, ihre Gedanken nicht auszusprechen. Die letzte Karte von Guttfreunds stammte vom Oktober 1938.

»Sie war doch so tüchtig und wußte immer einen Ausweg«, erinnerte sich Jettel.

»Auswege«, erwiderte Walter leise, »gibt es nicht mehr. Nur Wege ohne Umkehr.«

Die Sucht nach der Vergangenheit ließ sich aber nicht mehr stillen. »Wahrscheinlich weißt du auch nicht«, fragte Jettel triumphierend, »wo diese grüne Tischdecke herkommt? Da machst du mir nichts vor. Von Bilschofski.«

»Nein. Vom Wäschehaus Weyl.«

»Mutter hat immer nur bei Bilschofski gekauft. Und die Decke stammt aus meiner Aussteuer. Willst du das vielleicht auch bestreiten?«

»Quatsch. Die lag bei uns im Hotel. Auf dem Spieltisch, wenn er nicht benutzt wurde. Und Liesel hat immer bei Weyl gekauft, wenn sie in Breslau war. Komm, Jettel, laß gut sein«, schlug Walter mit einer plötzlichen Entschlossenheit vor, die allen auffiel, und griff nach seinem Glas. Seine Hand zitterte.

Er hatte Angst, Jettel anzuschauen. Er wußte nicht mehr, ob sie je vom Tod Siegfried Weyls erfahren hatte. Der alte Mann, der sich geweigert hatte, auch nur an Auswanderung zu denken, war drei Wochen nach seiner Verhaftung im Gefängnis gestorben. Walter ertappte sich bei dem Bemühen, sich das Gesicht zu der Tragödie vorzustellen, er sah jedoch nur die dunkle Holztäfelung vom Geschäft und die Monogramme, die Liesel dort immer in die Hotelwäsche hatte sticken lassen. Die weißen Buchstaben waren zunächst überdeutlich, doch dann verwandelten sie sich in rote Schlangen.

Walter hatte seit seiner Ankunft in Kenia keinen Alkohol mehr getrunken. Er merkte, daß selbst die winzige Menge Wein ihn benommen machte, und massierte seine pochenden Schläfen. Seine Augen hatten Mühe, die Bilder zu halten, die sich ihm aufdrängten. Wenn die Holzbalken im Kamin krachend auseinanderbrachen, hörte er die Lieder aus der Studentenzeit und schaute immer wieder Oha an, um mit ihm den berauschenden Klang zu teilen. Der stopfte seine Pfeife und beobachtete mit grotesker Aufmerksamkeit die Laufbewegungen, die der kleine weiße Pudel im Schlaf machte.

Jettel schwärmte immer noch von Bilschofskis feiner Tischwäsche. »Es gab überhaupt keine bessere Adresse in Breslau für Damast«, erzählte sie. »Die weiße Decke für zwölf Personen mit den passenden Servietten hat Mutter extra anfertigen lassen.«

Auch Lilly war bei ihrer Aussteuer. »Wir haben sie in Wiesbaden gekauft. Erinnerst du dich an das schöne Geschäft in der Luisenstraße«, fragte sie ihren Mann.

»Nein«, sagte Oha und sah in die Dunkelheit hinaus, »ich wäre noch nicht mal drauf gekommen, daß es in Wiesbaden eine Luisenstraße gegeben hat. Wenn ihr so weitermacht, können wir auch gleich ›Du schöner deutscher Rhein‹ singen. Oder möchten sich die Damen vielleicht lieber in den Salon zurückziehen und diskutieren, was sie zur nächsten Theaterpremiere anziehen.«

»Genau richtig! Oha und ich können dann in Ruhe unsere wichtigsten juristischen Fälle rekapitulieren.«

Oha nahm die Pfeife aus dem Mund. »Das ist ja«,

sagte er mit einer Heftigkeit, die ihn selbst erschreckte, »noch schlimmer als Karpfen mit polnischer Soße. Ich kann mich an keinen einzigen meiner Prozesse erinnern. Dabei soll ich ein ganz guter Anwalt gewesen sein. Hat man gesagt. Aber das war in einem anderen Leben.«

»Mein erster Fall«, erzählte Walter, »war Grescheck gegen Krause. Es ging um fünfzig Mark, aber das war Greschek egal. Er war ein richtiger Prozeßhansel. Wenn der nicht gewesen wäre, hätte ich schon 1933 meine Praxis zumachen können. Kannst du dir vorstellen, daß Greschek mich bis Genua begleitet hat? Wir haben uns den Friedhof dort angeguckt. Es war genau das Richtige für mich.«

»Hör auf! Bist du denn total verrückt? Noch keine Vierzig und lebst nur in der Vergangenheit. Carpe diem. Hast du das nicht in der Schule gelernt? Und nicht fürs Leben?«

»Das war einmal. Hitler hat es nicht erlaubt.«

»Du«, sagte Oha, und Teilnahme machte seine Stimme wieder sanft, »läßt es zu, daß er dich umbringt. Hier, mitten in Kenia, bringt er dich um. Bist du dafür davongekommen? Mensch, Walter, werd endlich heimisch in diesem Land! Du dankst ihm alles. Vergiß deine Tischwäsche, deine blöden Karpfen, die ganze verfluchte Juristerei und wer du warst. Vergiß endlich dein Deutschland. Nimm dir ein Beispiel an deiner Tochter.«

»Sie hat auch nicht vergessen«, widersprach Walter und genoß jene Erwartung, die allein sein Gemüt zu beleben wußte.

»Regina«, rief er gut gelaunt, »kannst du dich noch an Deutschland erinnern?«

»Ja«, sagte Regina schnell. Sie nahm sich nur die Zeit, die sie tatsächlich brauchte, um ihre Fee zurück in das rote Likörglas zu geleiten. Die Aufmerksamkeit, mit der sie alle anschauten, machte sie jedoch unsicher, und gleichzeitig spürte sie den Druck, ihren Vater nicht zu enttäuschen.

Regina stand auf und stellte ihr Glas auf den Tisch. Die Fee, die nur Englisch sprach, zupfte sie am Ohr. Das leise Klirren half ihr weiter. »Ich weiß noch, wie die Fenster kaputtgegangen sind«, sagte sie und freute sich am Staunen im Gesicht ihrer Eltern, »und wie sie alle Stoffe auf die Straße gewerft haben. Und wie die Leute gespuckt haben. Und ein Feuer gab es auch. Ein ganz großes.«

»Aber, Regina. Das hast du doch gar nicht erlebt. Das war doch Inge. Wir waren doch damals gar nicht mehr zu Hause.«

»Laß mal«, sagte Oha. Er zog Regina zu sich heran. »Hast ganz recht, mein Mädchen. Bist die einzig Kluge in diesem Verein. Außer Owuor und den Hunden. Von Deutschland brauchst du dir wirklich nicht mehr zu merken als einen Haufen Scherben und Flammen. Und Haß.«

Regina hatte sich gerade vorgenommen, das Lob durch eine Frage zu strecken, die sie zwischen kleinen, aber doch nicht zu kurzen Pausen aus ihrem Mund lassen wollte. Da sah sie die Augen ihres Vaters. Sie waren so feucht wie die eines Hundes, der zu lange bellt und den erst Erschöpfung dazu bringt, seine Schnauze wieder zuzumachen. Rummler schrie so, wenn er mit dem Mond kämpfte. Regina hatte sich angewöhnt, ihm zu helfen, ehe die Angst seinen Körper zum Stinken brachte.

Der Gedanke, daß ihr Vater sich nicht so leicht trösten ließ wie ein Hund, schob einen Stein in Reginas Kehle, aber sie rollte ihn mit all ihrer Kraft fort. Es war gut, daß sie gelernt hatte, aus Seufzern rechtzeitig Husten zu machen.

»Deutsche darfst du nicht hassen«, sagte sie und setzte sich auf Ohas Knie, »nur Nazis. Weißt du, wenn Hitler den Krieg verloren hat, fahren wir alle nach Leobschütz.«

Es war Oha, der zu laut atmete. Obwohl Regina es nicht wollte, lachte sie, weil er so gar nichts von dem Zauber wußte, Kummer in Laute zu verwandeln, die nichts von den Dingen verrieten, die nur der eigene Kopf wissen durfte.

10

Ehe der Bwana vor vier Regenzeiten auf die Farm gekommen war, hatte Kimani kaum etwas über die Dinge erfahren, die jenseits der Hütten geschahen, in denen seine zwei Frauen, sechs Kinder und sein alter Vater lebten. Es war ihm genug gewesen, über Flachs, Pyrethrum und die Bedürfnisse seiner Schambaboys Bescheid zu wissen, für die er verantwortlich war. Die Mesungu mit den hellen Haaren und der sehr weißen Haut, denen Kimani vor diesem schwarzhaarigen Bwana aus dem fremden Land begegnet war, lebten alle in Nairobi. Sie hatten mit ihm nur über neu anzulegende Felder und Holz für die Hütten, den Regen, die Ernten und das Geld für die Löhne gesprochen. Wenn sie auf ihre Farmen kamen, gingen sie jeden Tag auf die Jagd und verschwanden, ohne Kwaheri zu sagen.

Der Bwana, der aus Worten Bilder machte, war nicht wie sie, die nur ihre eigene Sprache kannten und jene Brocken Suaheli, die sie brauchten und die sie mit einer Zunge laut werden ließen, die zwischen den Zähnen stolperte. Mit dem Bwana, der ihm nun viele von den hellen Stunden des Tages schenkte, konnte Kimani besser reden als mit seinen Brüdern. Der war ein Mann, der sehr oft seine Augen schlafen ließ, auch wenn sie offen waren. Er nutzte lieber Ohren und Mund.

Mit den Ohren fing er die Spuren für den Weg auf, den Kimani zuvor noch nie gegangen war und nach dem es ihn jeden Tag aufs neue verlangte. Ließ der Bwana sein Kinanda reden, hatte er die Geschicklichkeit eines Hundes, der am stillen Tag jene geheimnisvollen Töne herbeiholt, die Menschen nicht hören können. Anders aber als ein Hund, der Laute ebenso für sich behält wie einen vergrabenen Knochen, teilte der Bwana mit Kimani die Freude an den Schauris, die er aufspürte.

Im Lauf der Zeit hatte sich eine Gewohnheit entwickelt, auf die ebensoviel Verlaß war wie auf die Sonne eines Tages und den Topf mit dem warmen Poscho am Abend. Nach dem morgendlichen Rundgang um die Schambas setzten sich beide Männer, ohne daß sie deshalb nur den Mund aufzumachen brauchten, an den Rand des größten Flachsfeldes und ließen den blendend weißen, hohen Hut vom großen Berg mit ihren Augen spielen. Sobald das lange Schweigen Kimani schläfrig machte, wußte er, daß der Bwana dabei war, seinen Kopf auf die große Safari zu schicken.

Es war gut, still dazusitzen und die Sonne zu schlucken; noch besser war es, wenn der Bwana von den Dingen berichtete, die ein Zittern, leicht wie die Tropfen in der letzten Stunde des Tages, zwischen seine Finger schob. Dann hatten die Gespräche einen so großen Zauber wie die verdurstete Erde nach der ersten Nacht des großen Regens. In solchen Stunden, nach denen sich Kimani mehr sehnte als nach Essen für den Bauch und Wärme für seine schmerzenden Knochen, stellte er sich vor, daß Bäume, Pflanzen und selbst die Zeit, die sich nicht berühren ließ, Pfefferbeeren gekaut hätten, damit ein Mann sie besser auf der Zunge fühlen konnte.

Immer, wenn der Bwana zu reden anfing, sprach er vom Krieg. Durch diesen Krieg der mächtigen Mesungu im Land der Toten hatte Kimani mehr vom Leben erfahren als alle Männer seiner Familie vor ihm. Je mehr er aber vom gefräßigen Feuer lernte, das Leben schluckte, desto weniger wollten seine Ohren abwarten, bis der Bwana redete. Jedes Schweigen ließ sich aber so leicht zerschneiden wie frisch erlegte Beute mit einer gut geschärften Panga. Um den Hunger zu vertreiben, der ihn ständig quälte und nie im Bauch, brauchte Kimani nur eines der schönen Worte zu sagen, die er irgendwann einmal von Bwana gehört hatte.

»El Alamein«, sagte Kimani am Tag, als sicher wurde, daß gerade die zwei kräftigsten Ochsen auf der Farm nicht mehr die Sonne würden untergehen sehen. Er dachte daran, wie der Bwana dieses Wort zum erstenmal gesagt hatte. Seine Augen waren sehr viel größer gewesen als sonst. Sein Körper hatte sich so schnell bewegt wie ein Feld von jungen Pflanzen, über das der Sturm bläst, doch er hatte immer wieder gelacht und später auch Kimani seinen Rafiki genannt.

Rafiki war die Bezeichnung für einen Mann, der für einen anderen nur gute Worte hat und der ihm hilft, wenn das Leben ihn tritt wie ein verrückt gewordenes Pferd. Bis dahin hatte Kimani nie gewußt, daß der Bwana das Wort überhaupt kannte. Es wurde nicht oft gesagt auf der Farm und zu ihm noch nie von einem Bwana.

»El Alamein«, wiederholte Kimani. Es war gut, daß der Bwana endlich begriffen hatte, daß ein Mann wichtige Dinge zweimal sagen mußte.

»El Alamein ist schon ein Jahr her«, sagte Walter und hielt erst seine zehn Finger hoch und dann noch einmal zwei.

»Und Tobruk?« fragte Kimani mit der leicht singenden Stimme, die sich ihm immer dann aufdrängte, wenn er in großer Erwartung war. Er lachte ein wenig, als ihm einfiel, wie lange er sich hatte abmühen müssen, ehe er die Laute aussprechen konnte. Sie waren in seinem Mund immer noch wie Steine, die gegen Wellblech geworfen wurden.

»Auch Tobruk hat nicht geholfen. Kriege dauern lange, Kimani. Es wird immer weiter gestorben.«

»In Bengasi sind sie auch gestorben. Du hast es gesagt.«

»Sie sterben jeden Tag. Überall.«

»Wenn ein Mann sterben will, darf ihn keiner festhalten, Bwana. Weißt du das nicht?«

»Aber sie wollen nicht sterben. Keiner will sterben.«

»Mein Vater«, sagte Kimani, ohne daß er aufhörte, an dem Grashalm zu reißen, den er aus der Erde holen wollte, »will sterben.«

»Ist dein Vater krank? Warum hast du mir das nicht gesagt? Die Memsahib hat Medizin im Haus. Wir werden zu ihr gehen.«

»Alt ist mein Vater. Er kann die Kinder von seinen Kindern nicht mehr zählen. Da braucht er keine Medizin mehr. Bald werde ich ihn vor die Hütte tragen.«

»Mein Vater stirbt auch«, sagte Walter, »aber ich suche immer noch nach Medizin.«

»Weil du ihn nicht vor die Hütte tragen kannst«, erkannte Kimani. »Das macht die Schmerzen in deinem Kopf. Ein Sohn muß bei seinem Vater sein, wenn er sterben will. Warum ist dein Vater nicht hier?«

»Komm, das erzähle ich dir morgen. Es ist eine lange Schauri. Und keine gute. Heute wartet die Memsahib mit dem Essen.«

»El Alamein«, versuchte es Kimani wieder. Es war immer richtig, auf einer abgebrochenen Safari noch einmal zum Anfang eines Pfads zurückzukehren. Am Tag der sterbenden Ochsen hatte das Wort aber seinen Zauber verloren. Der Bwana schloß seine Ohren und machte auch den Mund auf dem langen Weg bis zum Haus nicht mehr auf.

Kimani merkte, daß seine Haut kalt wurde, obwohl die Sonne für die Erde und Pflanzen in der Mittagszeit mehr Hitze hatte, als sie brauchten. Es war nicht immer gut, vom Leben jenseits der Hütten zu viel zu wissen. Es machte einen Mann schwach und seine Augen müde, ehe seine Zeit gekommen war. Trotzdem wollte Kimani wissen, ob die hungrigen weißen Krieger auch so alten Männern wie dem Vater vom Bwana zum Sterben ein Gewehr in die Hand gaben. Er bekam jedoch die Worte, die an seine Stirn klopften, nicht in die Kehle, und spürte nur noch, daß seine Beine ihm Befehle gaben. Kurz vor dem Haus rannte er davon, als sei ihm eine Arbeit eingefallen, die er vergessen hatte und noch fertigmachen mußte.

Walter blieb so lange im hellen Schatten der Dornakazien stehen, bis er Kimani nicht mehr sehen konnte. Das Gespräch hatte sein Herz zum schnellen Schlag gedrängt. Nicht nur, weil von Krieg und Vätern die Rede gewesen war. Es war ihm wieder einmal bewußt geworden, daß er seine Gedanken und auch seine Angst so sehr viel lieber mit Kimani oder Owuor teilte als mit seiner Frau.

In der ersten Zeit nach dem totgeborenen Kind war das anders gewesen. Jettel und er hatten voller Trauer und im Zorn auf das Schicksal zueinander und Trost in ihrer gemeinsamen Hilflosigkeit gefunden. Ein Jahr danach aber erkannte er eher ratlos als verbittert, daß ihre Einsamkeit und Sprachlosigkeit die Verbundenheit aufgebraucht hatten. Jeder Tag auf der Farm bohrte die Stacheln ein kleines Stück weiter in Wunden, die nicht verheilten.

Wenn seine Gedanken um die Vergangenheit kreisten, wie es die sterbenden Ochsen im Fieberwahn um das letzte ihnen noch vertraute Stück Gras taten, kam sich Walter so töricht und gedemütigt vor, daß die Scham an seinen Nerven rüttelte. Genau wie Regina, dachte er sich sinnlose Spiele aus, um das Schicksal herauszufordern. Kamen morgens die kranken Arbeiter, Frauen und Kinder der Farm zum Haus, um nach Hilfe und Medikamenten zu fragen, so glaubte er fest, es würde ein guter Tag werden, wenn die fünfte in der Reihe eine Mutter mit einem Säugling auf dem Rücken war.

Er empfand es als günstiges Omen, wenn der Sprecher in den Abendnachrichten mehr als drei deutsche Städte erwähnte, auf die Bomben gefallen waren. Mit der Zeit entwickelte Walter eine nicht endende Serie von abergläubischen Riten, die ihm entweder Mut machten oder seine Ängste schürten. Seine Fantasien erschienen ihm unwürdig, aber sie trieben ihn immer weiter zur Flucht vor der Wirklichkeit; er verachtete seinen immer stärker werdenden Hang zu Wunschdenken und machte sich Sorgen um seinen Geisteszustand. Stets aber entkam er nur kurze Zeit seinen selbst gestellten Fallen.

Walter wußte, daß es Jettel ähnlich erging. Ihre Gedanken trieben sie noch genauso stark zu ihrer Mutter wie an dem Tag, als die letzte Post gekommen war. Er hatte sie einmal dabei erwischt, wie sie einer Pyrethrumpflanze die Blüten ausriß und dabei »Lebt, lebt nicht, lebt ...«, murmelte. In seinem Schock hatte er Jettel mit einer Grobheit, die ihn noch tagelang reute, die Pflanze aus der Hand gerissen, und sie hatte tatsächlich gesagt: »Nun werde ich es heute nicht mehr wissen.« Sie hatten auf dem Feld gestanden und gemeinsam geweint, und Walter war sich wie ein Kind vorgekommen, das nicht so sehr die Strafe, sondern die endgültige Gewißheit fürchtet, daß es von niemandem mehr geliebt wird.

Kimani war schon lange hinter den Bäumen vor den Hütten verschwunden, aber Walter stand noch immer an derselben Stelle. Er lauschte dem Knakken der Äste und den Affen im Wald und wünschte sich, als sei sie von Bedeutung, einen kleinen Teil jener Freude, die Regina dabei empfunden hätte. Um den Moment der Rückkehr ins Haus wenigstens so lange hinauszuzögern, bis sich seine überreizten Sinne beruhigten, begann er die Geier auf den Bäumen zu zählen. Sie hatten in der Mittagshitze ihren Kopf ins Gefieder vergraben und sahen aus wie ein schwarzer Ball aus großen Federn.

Eine gerade Zahl wollte Walter als Zeichen deuten, daß der Tag ihm nichts Schlimmeres mehr bringen würde außer der Unruhe, die ihn plagte. Eine ungerade Zahl unter dreißig bedeutete Besuch, der gemeinsame Abflug der ungeliebten Vögel eine Gehaltsaufbesserung.

»Und wir wollen nicht vergessen«, rief er in die Bäume, »daß es hier noch nie einen Tag ohne euch verdammtes Pack gegeben hat.« Die Wut in seiner Stimme beruhigte ihn ein wenig. Er verlor aber die Übersicht und konnte die einzelnen Vögel nicht mehr ausmachen. Mit einem Mal erschien es ihm nur noch wichtig, das lateinische Wort für Vogeldeuter zu wissen. So sehr er sich aber mühte, er konnte sich nicht erinnern.

»Das bißchen, was man mal gewußt hat«, sagte er zu Rummler, der ihm entgegenlief, »vergißt man hier auch noch. Sag selbst, du dummes Luder, wer soll uns schon besuchen?«

Es wurden immer mehr Tage, die kein Ende nahmen. Walter vermißte Süßkind, den optimistischen Herold seiner ersten Emigrationszeit. Sie selbst erschien ihm bereits als Idylle. Im Rückblick und Vergleich kam ihm Rongai wie ein Paradies vor. Dort hatte Süßkind ihn und Jettel vor der Verlassenheit bewahrt, die sie in Ol' Joro Orok so niederdrückte, daß sie beide noch nicht einmal von ihr zu reden wagten.

Die Behörden hatten das Benzin rationiert und verhielten sich immer abweisender mit den Genehmigungen, die die Enemy Aliens brauchten, um die Farm zu verlassen. Süßkinds belebende Besuche, die einzige Schonzeit für angespannte Nerven, waren selten geworden. Tauchte er einmal doch aus seiner gesunden Welt auf und überbrachte Neues aus Nakuru und den durch keine Logik zu erschütternden Glauben, daß der Krieg nicht mehr länger als ein paar Monate dauern könnte, verschwand für eine kurze Gnadenfrist das Gitter vor dem Gefängnis der schwarzen Löcher. Nur noch Süßkind konnte Jettel in die Frau zurückverwandeln, die Walter aus guten Zeiten in Erinnerung hatte.

Der Gedanke an Süßkind beschäftigte ihn so intensiv, daß er sich mit größter Sorgsamkeit ausmalte, was er tun, sagen und zu hören bekommen würde, wenn Süßkind plötzlich vor ihm stünde. Er glaubte sogar, aus dem Küchengebäude Stimmen zu hören. Schon lange sträubte er sich nicht mehr gegen solche Erscheinungen. Wenn er nur ernsthaft genug auf sie einging, gaben sie ihm Kraft, für beseligende Momente die Gegenwart für seine Bedürfnisse umzugestalten.

Zwischen dem Haus und dem Küchengebäude bemerkte Walter vier Räder und darüber einen offenen Kasten. Irritiert kniff er die Augen zu, um sie vor dem Mittagslicht zu schützen. Außer Hahns Wagen hatte er so lange kein Auto mehr gesehen, daß er sich nicht entschließen konnte, ob es sich um ein Militärfahrzeug handelte oder um eine jener Täuschungen, die ihn in letzter Zeit immer wieder narrten. Das verlockende Bild wurde zunehmend deutlicher und Walter schließlich mit jedem Blick sicherer, daß tatsächlich ein Jeep zwischen der Zeder mit dem dicken Stamm und dem Wassertank stand.

Es erschien ihm nicht einmal unwahrscheinlich, daß ein Beamter von der Polizeistation in Thomson's Falls nach Ol' Joro Orok gefahren war und ihn am Ende wieder internieren wollte. Seltsamerweise hatte ausgerechnet die Landung der Alliierten in Sizilien einige Verhaftungen ausgelöst. Allerdings nur in der Umgebung von Nairobi und Mombasa. Die Vorstellung, auf die gleiche Art wie bei Kriegsausbruch von der Farm loszukommen, war Walter nicht unangenehm, aber in allen Konsequenzen konnte er sich dann doch nicht eine so abrupte Veränderung seines Lebens vorstellen.

Da hörte er Jettels aufgeregte Stimme. Sie war ihm fremd und doch auf eine beunruhigende Art vertraut. Jettel schrie abwechselnd: »Martin, Martin« und »Nein, nein, nein«. Rummler, der vorgelaufen war, bellte in jenen hohen, winselnden Tönen, die er nur für unbekannte Besucher hatte.

Noch während er rannte und dabei mehrere Male über die kleinen Wurzeln im hohen Gras stolperte, versuchte Walter dahinterzukommen, wann er den Namen zum letztenmal gehört hatte. Ihm fiel nur der Briefträger aus Leobschütz ein, der bis zuletzt, wenn er die Post gebracht hatte, freundlich geblieben war.

Der Mann war Juni 1936 trotz der ständig massiver werdenden Drohungen gegen Juden mit einer komplizierten Erbschaftssache zu Walter ins Büro gekommen. Bei der Begrüßung hatte er immer ›Heil Hitler‹ gesagt und zum Abschied verschämt ›Auf Wiedersehen‹. Walter sah ihn mit einem Mal sehr deutlich. Karl Martin hieß er, hatte einen Schnurrbart und stammte aus Hochkretscham. Er hatte einige Morgen mehr als erwartet von dem Hof seines Onkels bekommen und war Weihnachten mit einer Gans im Asternweg erschienen. Natürlich erst, als er sicher war, daß ihn keiner sehen konnte. Anständigkeit brauchte die Dunkelheit zum Überleben.

Owuor lehnte sich aus dem winzigen Fenster des Küchengebäudes und badete seine Zähne in der Sonne. Er klatschte in die Hände. »Bwana«, rief er und schnalzte genauso mit der Zunge wie am Tag, als es den Wein gegeben hatte, »komm schnell. Die Memsahib weint, und der Askari weint noch viel mehr.«

Die Tür zum Küchengebäude stand offen, aber ohne die Lampe, die wegen des teuren Paraffins erst bei Sonnenuntergang angezündet wurde, war der Raum bei Tag fast so dunkel wie nachts. Es dauerte quälend lange, bis Walters Augen die ersten Umrisse ausmachten. Dann sah er, daß Jettel und der Mann, der tatsächlich die Mütze vom Briefträger aus Leobschütz trug, eng umschlungen durch den Raum tanzten. Sie ließen einander nur los, um in die Luft zu springen und sich sofort wieder in die Arme zu fallen und sich zu küssen. Sosehr er sich anstrengte, konnte Walter nicht herausfinden, ob die beiden lachten, wie er zu hören glaubte, oder ob sie weinten, wie Owuor behauptet hatte.

»Da ist Walter«, schrie Jettel. »Martin, schau, Walter ist da. Laß mich los! Du drückst mich ja tot. Er denkt bestimmt auch, daß du ein Gespenst bist.«

Walter fiel endlich auf, daß der Mann eine Khakiuniform und eine englische Militärmütze trug. Dann hörte er ihn rufen. Noch vor dem Gesicht erkannte er die Stimme. Erst brüllte sie: »Walter«, und dann flüsterte sie: »Ich glaub, ich werd verrückt. Daß ich das noch erlebe.«

Das Würgen rutschte so rasch aus der Kehle in den Magen, daß Walter keine Zeit mehr hatte, sich am Küchentisch aufzustützen, ehe ihm die Beine einknickten, doch er fiel nicht hin. Benommen von einem Glück, das ihn mehr aufwühlte, als es je die Angst getan hatte, legte er seinen Kopf auf Martin Batschinskys Schulter. Er konnte es nicht fassen, daß der Freund in den sechs langen Jahren, die seit ihrem letzten Beisammensein vergangen waren, so gewachsen war.

Owuor rieb seine Haut mit dem Gelächter und den Tränen von der Memsahib, seinem Bwana und dem schönen Bwana Askari ein. Er befahl Kamau, den Tisch und die Stühle unter den Baum mit dem dicken Stamm zu stellen, an dem sich der Bwana immer den Rücken rieb, wenn er die Schmerzen hatte, die seine Haut weiß wie das Licht vom jungen Mond machten. Obwohl das Geschirr nicht schmutzig war, mußte Kania alle Teller, Messer und Gabeln in der großen Wanne baden. Owuor selbst trug das Kanzu, das er nur anzog, wenn ihm Gäste gut gefielen. Um das lange weiße Hemd, das über seine Füße reichte, band er die rote Schärpe. Ihr Tuch war so weich wie der Körper eines frisch geschlüpften Kükens. Genau auf Owuors Bauch standen die Worte, die der Bwana geschrieben und denen die Memsahib aus Gilgil mit einer dicken Nadel und einem goldenen Faden die Farbe der Sonne gegeben hatte.

Als der Bwana Askari Owuor mit dem dunkelroten Fez, von dem die schwarze Bommel schaukelte, und der gestickten Schärpe sah, wurden seine Augen groß wie die einer Katze bei Nacht. Dann lachte er so laut, daß seine Stimme dreimal von den Bergen zurückprallte.

»Mein Gott, Walter, du bist noch ganz der alte. Was hätte sich dein Vater gefreut, diesen Kaffer mit dem Deckel auf dem Kopf in einer Schärpe mit der Aufschrift ›Redlichs Hotel‹ zu sehen. Ich weiß gar nicht mehr, wann ich das letztemal an Sohrau gedacht habe.«

»Ich schon. Vor einer Stunde.«

»Heute«, sagte Jettel, »denken wir überhaupt nicht mehr. Wir schauen immer nur Martin an.«

»Und zwicken uns, damit wir wissen, daß wir leben.«

Sie hatten einander in Breslau kennengelernt. Walter war im ersten und Martin im dritten Semester gewesen und beide Jettels wegen bald aufeinander so eifersüchtig, daß es ohne den Silvesterball von 1924 um ein Haar zu einer lebenslangen Feindschaft statt zu ihrer außergewöhnlichen Freundschaft gekommen wäre. Das Band wurde erst mit Martins überstürzter Flucht nach Prag im Juni 1937 zerschnitten. Bei dem Ball, den später alle drei als schicksalhaft empfanden, hatte Jettel sich für einen gewissen Doktor Silbermann entschieden und ihren beiden jungen Kavalieren ohne irgendwelche Erklärungen den Laufpaß gegeben.

Der Stachel saß bei den beiden gleich tief. Bis Silbermann sechs Monate später die Tochter eines vermögenden Juweliers aus Amsterdam heiratete, hatten Martin und Walter den ersten Liebeskummer ihres Lebens einander so erträglich gemacht, daß von den Rivalitäten nur die auf Silbermann übriggeblieben war. Nach einem halben Jahr war es Walter, der Jettel tröstend in seine Arme schloß.

Martin war nicht der Mann, der eine Kränkung vergaß, aber die Freundschaft mit Walter war schon zu fest, um sie nicht auch auf Jettel zu übertragen. Er verlebte viele Semesterferien in Sohrau, denn eine Zeitlang sah es danach aus, als würde er vielleicht Walters Schwager werden, aber Liesel ließ sich zuviel Zeit mit ihrer Entscheidung, und Martin hatte zuwenig Talent für Schwebezustände und gab seine Bemühungen auf. Statt dessen wurde er Jettels Trauzeuge. Nachdem er 1933 seine Anwaltspraxis in Breslau aufgeben mußte und Vertreter für eine Möbelfirma wurde, kam er sehr oft nach Leobschütz, um die Illusion zu genießen, es hätte sich doch nicht alles in seinem Leben verändert. Die meiste Zeit verwöhnte er Jettel mit jenen fantasievollen Komplimenten, die Walters alte Eifersucht neu entflammten, und er war vernarrt in Regina.

»Ich glaub, sie hat Martin gesagt, ehe sie Papa sagte«, erinnerte er sich.

»Ich habe dich immer um dein schlechtes Gedächtnis beneidet. So etwas ist für uns heute Gold wert. Schade, daß du Regina nicht kennenlernst. Sie würde dir gefallen.«

»Warum in aller Welt soll ich sie nicht kennenlernen? Dazu bin ich doch hergekommen.«

»Sie ist doch in der Schule.«

»Wenn's sonst nichts ist. Da fällt mir bestimmt was ein.«

Martins Vater, ein Viehhändler in einem kleinen Dorf bei Neisse, war ein kaisertreuer Patriot gewesen und hatte darauf bestanden, daß alle seine fünf Söhne – ›genau wie die von Wilhelm II.‹, wie er nie zu erwähnen vergaß – vor dem Studium, für das er sich alle eigenen Bedürfnisse versagte, ein Handwerk erlernten. Martin machte vor dem ersten juristischen Staatsexamen seine Gesellenprüfung als Schlosser.

Als Jüngster der Brüder lernte er früh, sich zu behaupten, und war stolz auf seinen unbeugsamen Willen. Er galt auch unter guten Freunden als zänkisch. Sein Hang, Banalitäten hochzuspielen und sich nichts bieten zu lassen, hatte Walter und Jettel immer imponiert und wurde nun in Ol' Joro Orok für alle drei die Quelle fröhlichster Erinnerungen.

»Du kannst dir gar nicht vorstellen, wie oft wir von dir gesprochen haben.«

»Doch«, sagte Martin, »wenn ich mich hier umsehe, wird mir klar, daß ihr nur von der Vergangenheit sprecht.«

»Wir haben oft Angst gehabt, daß du nicht mehr aus Prag herausgekommen bist.«

»Ich war fort aus Prag, ehe es dort brenzlig wurde. Arbeitete damals bei einem Buchhändler, mit dem ich nicht auskam.«

»Und dann?«

»Erst ging ich nach London. Als der Krieg ausbrach, haben die mich interniert. Die meisten von uns kamen auf die Insel Man, doch konnte man auch für Südafrika optieren. Falls man ein Handwerk erlernt hatte. Mein seliger Vater hatte eben recht. Handwerk hat goldenen Boden. Mein Gott, wie lange habe ich den Satz nicht mehr gehört.«

»Und warum bist du zur Armee gegangen?«

Martin rieb sich die Stirn. Das hatte er immer getan, wenn er verlegen war. Er trommelte mit den Fingern auf den Tisch und sah sich mehrmals um, als wollte er etwas verbergen. »Ich wollte einfach was tun«, sagte er leise. »Das ging los, als ich durch einen Zufall erfuhr, daß sie meinen Vater noch kurz vor seinem Tod ins Gefängnis geschleppt und ihm ein Verhältnis mit einer unserer Mägde angehängt hatten. Da spürte ich zum erstenmal, daß ich nicht aus dem harten Holz war, das ich an mir so schätzte. Irgendwie war es mir, als hätte Vater mich gern als Soldat gesehen. Pro patria mori, falls du dich erinnerst, was das heißt. Das alte Vaterland hat solche Opfer ja nie von mir verlangt. Im Ersten Weltkrieg war ich zu jung, und den jetzigen hätte ich nicht erlebt, wenn mir das teure Vaterland nicht rechtzeitig einen Tritt gegeben hätte. Das neue denkt Gott sei Dank anders über Juden.«

»Habe ich noch nicht bemerkt«, sagte Walter. »Jedenfalls«, schränkte er ein, »nicht hier in Kenia. Hier nehmen sie nur die Österreicher. Das sind inzwischen Friendly Aliens. Wo wirst du denn überhaupt eingesetzt?«

»Keine Ahnung. Auf alle Fälle habe ich ganz plötzlich drei Wochen Urlaub bekommen. Das deutet meistens auf Front hin. Mir ist es egal.«

»Wie sprechen sie denn deinen Namen beim Militär aus?«

»Ganz einfach, Barret. Ich heiße nicht mehr Batschinsky. Ich hatte unwahrscheinliches Glück mit meiner Naturalisation. Das dauert sonst Jahre. War ein bißchen Beamtenbestechung dabei. Ich habe mit einem Mädchen poussiert, das meinen Antrag aus dem Aktenberg geholt und nach oben gelegt hat.«

»Das könnte ich nie!«

»Was von all dem?«

»Meinen Namen aufgeben. Und mein Vaterland.«

»Und mit fremden Damen ein Verhältnis anfangen. Ach, Walter, du warst von uns beiden immer der bessere Mensch und ich der Klügere.«

»Wie hast du uns überhaupt gefunden?« fragte Jettel beim Abendessen.

»Ich wußte schon 1938, daß ihr in Kenia gelandet seid. Liesel hat mir das nach London geschrieben«, sagte Martin und rieb sich wieder mit zwei Fingern die Stirn. »Vielleicht hätte ich ihr helfen können. Die Engländer nahmen damals noch unverheiratete Frauen auf. Aber Liesel wollte den Vater nicht allein lassen. Habt ihr noch was von ihnen gehört?«

»Nein«, sagten Walter und Jettel zusammen.

»Tut mir leid. Aber mal mußte ich ja fragen.«

»Von meiner Mutter und Käte kam noch ein Brief. Sie sollten nach Osten gebracht werden.«

»Tut mir leid. Mein Gott, was man doch für einen Blödsinn redet!« Martin schloß seine Augen, um die Bilder zu verdrängen, aber er mußte es trotzdem zulassen, daß er die sechzehnjährige Jettel in ihrem ersten Ballkleid sah. Quadrate aus Taft, gelb, violett und grün wie das Moos im kleinen Stadtwald von Neiße, tanzten in seinem Kopf, während er gegen Zorn und Hilflosigkeit kämpfte und wütend die Wehmut umbrachte.

»Komm«, sagte er sanft und gab Jettel einen Kuß, »jetzt erzählst du mir erst einmal alles von meiner besten Freundin. Ich wette, daß Regina eine prima Schülerin geworden ist. Und morgen fahren wir im Jeep durchs Land.«

»Enemy Aliens brauchen ein Permit, um die Farm zu verlassen.«

»Nicht, wenn ein Sergeant Seiner Königlichen Majestät am Steuer ist«, lachte Martin.

Die erste Fahrt mit Walter und Jettel neben Martin, Owuor und Rummler hinten, ging nur bis zu Patels Duka. Sie wurde dank Martins ungebrochenem Talent, aus einem kleinen Kampf einen großen Krieg zu machen, die schöne Rache für all die kleinen Pfeile, die Patel im Laufe von vier Jahren aus seinem stets gefüllten Köcher auf Menschen abgeschossen hatte, die sich nicht gegen ihn zu wehren wußten.

Der Krieg und die damit verbundenen Schwierigkeiten, jedes Jahr einen anderen Sohn nach Kenia zu holen und an seiner Statt einen in die Heimat nach Indien zurückzuschicken, hatten Patel noch menschenverachtender gemacht, als er ohnehin war. Die Refugees von den Farmen, die alle so sehr viel besser Suaheli als Englisch und also schlecht mit ihm reden konnten, waren für Patel das immer willkommene Ventil, seinen Mißmut abzureagieren.

Er hielt sie so knapp mit allem, was sie brauchten, daß er einen eigenen Schwarzmarkt entwickelte. Walter und mehrere Farmangestellte aus Ol' Kalou mußten den doppelten Preis für Mehl, Büchsenfleisch, Reis, Puddingpulver, Rosinen, Gewürze, Kleiderstoffe, Kurzwaren und vor allem Paraffin bezahlen. Obwohl solche Preistreibereien offiziell verboten waren, konnte Patel im Falle der Refugees mit der Duldung der Behörden rechnen. Für sie waren solche Schikanen harmlos und entsprachen ganz ihren patriotischen Gefühlen und der Fremdenfeindlichkeit, die sich mit jedem Kriegsjahr verstärkte.

Martin erfuhr erst auf dem Weg zu Patel von den Entbehrungen und Demütigungen. Er hielt vor dem letzten, dichten Maulbeerstrauch an, schickte Walter und Jettel allein in den Laden und blieb mit Owuor zurück im Jeep. Später konnte Patel es sich nie verzeihen, daß er die Lage verkannt hatte und ihm nicht sofort aufgegangen war, daß die abgebrannten Schlucker von der Gibson-Farm nur dann in seinen Laden kommen konnten, wenn sie in Begleitung waren.

Patel las erst einen Brief zu Ende, ehe er Walter und Jettel anschaute. Er fragte nicht nach ihren Wünschen, sondern legte ihnen schweigend Mehl mit Spuren von Mäusedreck, verbeulte Dosen von Büchsenfleisch und feucht gewordenen Reis vor und machte, als er glaubte, das übliche betretene Zögern seiner Kunden zu merken, seine gewohnte Handbewegung.

»Take it or leave it«, höhnte er.

»You bloody fuckin' Indian«, schrie Martin an der Tür, »you damn'd son of a bitch.« Er machte einige Schritte durch den kleinen Raum und warf gleichzeitig das Dosenfleisch und den Sack mit dem Reis vom Tisch. Dann spuckte er alle Flüche aus, die er seit seiner Ankunft in England und vor allem beim Militär gelernt hatte. Walter und Jettel verstanden ebensowenig wie Owuor, der im Eingang des Ladens stand, doch Patels Gesicht reichte allen.

Aus dem mürrischen, sadistischen Diktator wurde, wie Owuor noch am selben Abend und immer wieder in den Hütten berichtete, ein jaulender Hund.

Patel wußte zu wenig über das britische Militär Bescheid, um die Situation auch nur annähernd richtig einzuschätzen. Er hielt Martin mit den drei Streifen eines Sergeants für einen Offizier und war klug genug, keine Diskussion zu riskieren. Auf keinen Fall hatte er vor, es nur wegen ein paar Pfund Reis oder einigen Dosen Corned beef mit der gesamten alliierten Streitmacht zu verderben. Unaufgefordert holte er aus dem durch einen Vorhang abgetrennten Nebenraum einwandfreie Nahrungsmittel, drei große Eimer Paraffin und zwei Ballen Stoff, die erst am Vortag aus Nairobi eingetroffen waren. Stotternd legte er noch vier Ledergürtel auf den Stapel.

»Ins Auto damit«, befahl Martin im gleichen Tonfall, in dem er als Sechsjähriger die polnischen Dienstmädchen herumkommandiert und dafür von seinem Vater Ohrfeigen bekommen hatte. Patel war so verängstigt, daß er die Waren selbst zum Jeep trug. Owuor spazierte vor ihm her mit dem Stock in der Hand, als sei Patel, der verkommene Sohn einer Hündin, nur eine Frau.

»Der Stoff ist für Jettel und die Gürtel alle für dich. Ich bekomme meine von King George.«

»Aber was soll ich mit vier Gürteln? Ich habe nur drei Hosen, und davon ist eine schon hin.«

»Dann bekommt Owuor einen, damit er immer an mich denkt.«

Owuor lächelte, als er seinen Namen hörte, und wurde stumm von der Macht des Zaubers, als der Bwana Askari ihm den Gürtel überreichte. Er salutierte mit zwei Fingern am Kopf, wie es jene jungen Männer taten, die in Nakuru selbst Askaris sein durften, wenn sie mal für einige Tage zurück zu ihren Brüdern nach Ol' Joro Orok kamen.

So endete der erste Tag der insgesamt siebzehn mal vierundzwanzig Stunden von Glück und Fülle. Am nächsten Morgen ging es nach Naivasha.

»Naivasha«, hatte Walter gezweifelt, als Martin ihm die Karte zeigte, »ist nur für feine Leute. Sie haben zwar keine Schilder ›Juden verboten‹ aufgestellt, würden es aber gerne tun. Süßkind hat's mir erzählt. Er mußte mal seinen Chef begleiten und im Wagen sitzen bleiben, als der ins Hotel zum Mittagbrot ging.«

»Das wollen wir mal sehen«, erwiderte Martin.

Naivasha war nur eine Ansammlung kleiner, aber gut gebauter Häuser. Der See mit seinen Pflanzen und Vögeln war die Sehenswürdigkeit der Kolonie und umsäumt von einigen Hotels, die alle wie englische Privatklubs aussahen. Das Lake Naivasha Hotel war das älteste und vornehmste. Dort saßen sie zum Mittagessen auf einer mit Bougainvilleen bewachsenen Terrasse, aßen Roastbeef und tranken das erste Bier seit Breslau. Jettel und Walter wagten nur zu flüstern. Sie genierten sich, daß sie es in Deutsch taten, und empfanden Martins Uniform wie die Schürze einer Mutter, hinter der sich Kinder vor jeder Gefahr sicher fühlen.

Später fuhren sie im Boot zwischen Wasserlilien und mit blauleuchtenden Glanzstaren als Begleitung über den See. Obwohl die Hotelleitung erst zögerte, ließ sie sich von Martins drohendem Ton beeindrucken und stellte ein Extraboot für Owuor und Rummler zur Verfügung. Der indische Portier betonte vorher und nachher, daß er offizielle Anweisung habe, die Wünsche von Militärpersonen besonders zu berücksichtigen.

Bei der Fahrt nach Naro Moru eine Woche später, von wo aus es den schönsten Blick auf den Mount Kenya gab, bestand Walter darauf, nicht nur Owuor, sondern auch Kimani mitzunehmen.

»Weißt du, wir starren den Berg jeden Tag an, wir beide. Kimani ist mein bester Freund. Owuor gehört ja zur Familie. Frag mal Kimani nach El Alamein.«

»Du bist schon einer«, lachte Martin und schob Kimani zwischen Rummler und Owuor, »dein Vater hat sich immer bei mir beklagt, daß du ihm das Personal verdorben hast.«

»Kimani kann man nicht verderben. Er bewahrt mich davor, verrückt zu werden, wenn die Angst meine Seele auffrißt.«

»Wovor hast du denn Angst?«

»Daß ich erst meine Stelle und dann meinen Verstand verliere.«

»Ein Kämpfer warst du nie. Mich wundert es, daß du Jettel bekommen hast.«

»Ich war die dritte Wahl. Als sie Silbermann nicht bekommen hat, wollte sie dich.«

»Quatsch.«

»Du konntest nie gut lügen.«

Das Hotel in Naro Moru hatte bessere Tage gesehen. Vor dem Krieg waren die Bergsteiger dort zu ihren Touren aufgebrochen. Es war seit der Mobilmachung nicht mehr auf Gäste eingerichtet. Martin konnte aber immer noch so charmant wie querköpfig sein. Er sorgte dafür, daß der Koch geholt und Mittagessen im Garten serviert wurde. Owuor und Kimani wurden in den Quartieren vom Hotelpersonal versorgt, kamen jedoch nach der Mahlzeit sofort zurück, um den Berg zu sehen. Jettel schlief im Liegestuhl, und Rummler schnarchte zu ihren Füßen.

»Jettel sieht aus wie früher«, sagte Martin. »Du auch«, fügte er hastig hinzu.

»So ein Nebbich bin ich nicht, daß ich keinen Spiegel mehr habe. Weißt du, ich habe Jettel nicht sehr glücklich gemacht.«

»Jettel kann man gar nicht glücklich machen. Wußtest du das nicht?«

»Doch. Vielleicht nur nicht rechtzeitig genug. Aber ich mache ihr keine Vorwürfe. Sie war nicht vorsichtig genug in der Auswahl ihres Ehemanns. Wir haben schwere Zeiten gehabt. Wir haben ein Kind verloren.«

»Ihr habt euch verloren«, sagte Martin.

Owuor machte seine Ohren weit genug für den Wind auf, der vom Berg losgeschickt wurde. Noch nie hatte er den Bwana Askari mit einer Stimme sprechen hören, die wie Wasser war, das über kleine Steine sprang. Kimani sah nur die Augen seines Bwanas und hustete Salz.

»Jetzt fehlt mir nur noch Regina«, erklärte Martin am Abend nach der Rückkehr aus Naro Moru. »Eher ziehe ich nicht in den Krieg. Ich habe mich so auf sie gefreut.«

»Sie hat erst in einer Woche Ferien.«

»Genau dann muß ich weg. Wie holt ihr sie eigentlich von der Schule ab?«

»Das Problem haben wir alle drei Monate. In der Zwischenzeit drückt es uns die Kehle zu. Wenn wir artig sind, bringt sie der Bure von der Nachbarfarm mit.«

»Ein Bure«, wiederholte Martin angeekelt, »so weit kommt's noch! So was kannst du doch nicht einfach einem Mann aus Südafrika ins Gesicht sagen. Ich hole sie. Ganz allein. Am besten am Donnerstag. Wir schicken ihr morgen ein Telegramm.«

»Eher können wir in Breslau vors Rathaus ziehen und den Nazis die Scheiben einwerfen. Die Schule gibt die Kinder keinen Tag vor den Ferien heraus. Die haben Regina noch nicht mal erlaubt, Jettel im Krankenhaus zu besuchen, obwohl Jettels Ärztin extra angerufen hat. Die Schule ist ein Gefängnis. Regina redet nicht darüber, aber wir wissen es schon lange.«

»Da warten wir erst mal ab, ob die sich trauen, ihren eigenen tapferen Soldaten etwas abzuschlagen. Am Donnerstag stehe ich vor dieser verdammten Schule und singe so lange ›Rule Britannia‹, bis sie mir das Kind mitgeben.«

11

Mr. Brindley raschelte mit dem Papier in seiner Hand und fragte dann: »Wer ist Sergeant Martin Barret?«

Regina war schon dabei, den Mund aufzumachen, als ihr klar wurde, daß ihr die Antwort nicht einmal in den Kopf gekommen war. Sie kaute noch ratloser als sonst an der Verlegenheit, die sie noch immer anfiel wie ein schlafloser Hund den Dieb bei Nacht, wenn sie im Zimmer des Direktors stand. Mit einer Mühe, die sie sonst nicht nötig hatte, zwang sie ihr Gedächtnis, sämtliche Bücher durchzugehen, die ihr Mr. Brindley in den letzten Wochen zum Lesen gegeben hatte, aber der von ihm soeben genannte Name weckte keine Erinnerungen.

Das Gefühl, Worten ausgeliefert zu sein, war Regina schon lange nicht mehr vertraut. Sie kam sich vor, als hätte sie durch eine Unachtsamkeit, die sie sich nicht erklären konnte, den besten Zauber ihres Lebens zerstört, indem sie sich seiner nicht würdig genug erwiesen hatte. Erschrocken streckte sie die Hand aus, um die einzige Macht festzuhalten, die aus der Schule, die sie haßte, eine winzige Insel machen konnte, in der nur Charles Dickens, Mr. Brindley und sie selbst wohnen durften. Und das seit langer Zeit.

Regina wußte besser Bescheid als jede andere ihrer Mitschülerinnen. Selbst Inge ahnte nichts von dem größten Geheimnis der Welt. Eine Fee, die während der furchtbaren drei Monate Schule in den Pfefferbüschen von Nakuru und in den Ferien in einer Hibiskusblume am Rande des größten Flachsfeldes in Ol' Joro Orok wohnte, hatte Mr. Brindley in zwei Hälften geteilt. Der gefürchtete Teil von ihm, den alle kannten, mochte keine Kinder, war böse, ungerecht und bestand nur aus Schulordnung, Strenge, Strafe und Rohrstock.

Mr. Brindleys verzauberte Hälfte war sanft wie der Regen, der in einer einzigen Nacht den durstenden Rosen aus den Samen ihres Großvaters neues Leben gab. Dieser fremde Mann, der seltsamerweise auch Arthur Brindley hieß, liebte David Copperfield und Nicholas Nickleby, Oliver Twist, den armen Bob Cratchitt und seinen winzigen Tim. Besonders liebte Mr. Brindley natürlich Little Nell. Regina hatte ihn sogar im Verdacht, daß er auch die bloody Refugee aus Ol' Joro Orok ganz gern hatte, aber sie gönnte sich diese Vorstellung nur selten, weil sie wußte, daß Feen keine eitlen Menschen mochten.

Es war sehr lange her, seitdem Mr. Brindley Regina zum erstenmal Little Nell genannt hatte. Sie konnte sich aber noch so gut an den Tag erinnern, an dem der Zauber begonnen hatte, weil es schließlich etwas sehr Besonderes war, wenn einem jüdischen Mädchen ein englischer Name ausgeliehen wurde. Mit den Jahren war die immer wiederkehrende und leider stets zu kurze Zeit, in der Regina diesen süßen und leicht aussprechlichen Namen behalten durfte, zu einem Spiel mit jenen schönen festen Regeln geworden, wie sie zu Hause Owuor und Kimani verlangten.

Der Direktor ließ Regina oft in der einzigen freien Stunde des Tages, zwischen Hausaufgaben und Abendessen, zu sich kommen. Im ersten furchtbaren Moment war sein Mund sehr klein, und in den Augen brannten Funken wie beim geizigen Scrooge in der ›Weihnachtsgeschichte‹. Wenn Regina die wenigen Schritte von der Tür bis zum Schreibtisch lief und dabei den Atem anhielt, machte Mr. Brindley den Eindruck, als hätte er sie nur gerufen, um ihr eine Strafe zuzuteilen.

Nach einer Zeit aber, die Regina immer sehr lang vorkam, stand er auf, ließ Luft in seine Lippen, löschte das Feuer in den Augen, lächelte und holte ein Buch aus dem Schrank mit dem goldenen Schlüssel. An besonders guten Tagen verwandelte sich der kleine Schlüssel in die Flöte, auf der Pan, der Gott der blauen Flachsfelder und grünen Hügel, in der Stunde der langen Schatten spielte. Das Buch war immer von Dickens und hatte einen weichen Einband von dunkelrotem Leder; stets sagte der zweigeteilte Direktor, während Regina es mit einer Beklommenheit entgegennahm, als sei sie bei einem Verstoß gegen die Schulregeln ertappt worden: »In drei Wochen bringst du es zurück und erzählst mir, was du gelesen hast.«

Es passierte nur sehr selten, daß Regina Mr. Brindleys Fragen nicht beantworten konnte, wenn sie ihm das Buch zurückgab. In den letzten vier Wochen vor den Ferien hatten die beiden oft so lange über die wunderschönen Geschichten gesprochen, die Dickens nur ihnen beiden erzählte, daß Regina zu spät zum Abendessen gekommen war, aber die Strafen von der Lehrerin, die Aufsicht im Speisesaal führte und immer so tat, als wisse sie nicht, wo Regina gewesen war, wogen leicht im Verhältnis zu der Freude an dem ewigen Zauber.

In den Ferien nach dem Tod des Babys hatte Regina zum erstenmal versucht, ihrem Vater davon zu berichten, aber der hielt Feen für ›englischen Quatsch‹ und war außer Oliver Twist, der ihm nicht gefiel, keinem Menschen begegnet, den Dickens, Mr. Brindley und sie selbst kannten. Weil Regina ihren Vater nicht aufregen wollte, sprach sie nur dann noch von Dickens, wenn ihr Mund schneller war als ihr Kopf.

»Ich habe«, wiederholte der Direktor ungeduldig, »dich gefragt, wer Sergeant Martin Barret ist.«

»Ich weiß nicht, Sir.«

»Was heißt das, du weißt nicht?«

»Nein«, sagte Regina betreten, »in keinem Buch, das Sie mir gegeben haben, gibt es einen Sergeant. Das wäre mir aufgefallen, Sir. Ganz bestimmt hätte ich mir das gemerkt.«

»Verdammt, Little Nell. Ich rede nicht von Dickens.«

»Oh, Pardon, Sir. Das habe ich nicht gewußt. Ich meine, das konnte ich nicht ahnen.«

»Ich rede von Mr. Barret hier. Er schickt dir ein Telegramm?«

»Mir, Sir? Er schickt mir ein Telegramm? Ich habe noch nie ein Telegramm gesehen.«

»Hier«, sagte der Direktor und hielt das Papier hoch, »lies es laut vor.«

»Hole dich Donnerstag ab. Informiere Direktor«, las Regina und merkte zu spät, daß ihre Stimme viel zu laut für Mr. Brindleys empfindliche Ohren war. »Muß in einer Woche an die Front«, flüsterte sie.

»Hast du vielleicht einen Onkel, der so heißt?« fragte Mr. Brindley und verwandelte sich für einen schrecklichen Augenblick in Scrooge am Vorabend vom Weihnachtstag.

»Nein, Sir. Ich habe nur zwei Tanten. Und die mußten in Deutschland bleiben. Ich muß jeden Abend für sie beten, aber ich mache das nie laut, weil ich so was in Deutsch sagen muß.« Mr. Brindley spürte verärgert, daß er dabei war, ungerecht, ungeduldig und sehr unwirsch zu werden. Er genierte sich ein wenig, aber er mochte es nun einmal nicht, wenn aus Little Nell die verdammte kleine Fremde mit jenen nun wirklich unlösbaren Problemen wurde, von denen er gelegentlich in den Zeitungen aus London las, falls er die Energie aufbrachte, die Berichte auf den Innenseiten gründlich genug zu studieren. Im ›East African Standard‹, den er regelmäßiger und seit dem Krieg auch sehr viel lieber las, kamen zum Glück kaum Dinge jenseits seiner Vorstellungswelt vor.

»Du mußt doch Mr. Barret kennen, wenn er dir ein Telegramm schickt«, bohrte Mr. Brindley. Er gab sich keine Mühe mehr, seine Mißstimmung zu verbergen. »Auf alle Fälle soll er sich nicht einbilden, daß du fünf Tage vor den Ferien nach Hause kannst. Du weißt, daß das ganz gegen die Schulregeln ist.«

»Oh, Sir, das will ich gar nicht. Für mich ist es schon genug, daß ich ein Telegramm bekomme. Es ist genau wie bei Dickens, Sir. Da haben auch die armen Leute eines Tages plötzlich Glück. Wenigstens manchmal.«

»Du kannst gehen«, sagte Mr. Brindley und klang, als hätte er seine Stimme suchen müssen.

»Darf ich das Telegramm behalten, Sir?« fragte Regina schüchtern.

»Warum nicht?«

Arthur Brindley seufzte, als Regina die Tür zuzog. Als seine Augen zu tränen begannen, merkte er, daß er sich schon wieder erkältet hatte. Er kam sich wie ein sentimentaler und seniler Dummkopf vor, der sich absolut unpassende Probleme aufbürdete, weil er seinen Verstand nicht scharf genug und sein Herz ungeschützt hielt. Es war nicht gut, sich mit einem Kind mehr zu beschäftigen als nötig, und er hatte es ja auch nie zuvor getan, aber Reginas Talent, ihr gieriger Lesehunger und seine in den monotonen Berufsjahren zu kurz gekommene Liebe zur Literatur waren eine Verbindung eingegangen, die ihn zum süchtigen Gefangenen einer geradezu grotesken Leidenschaft gemacht hatten.

In grüblerischen Momenten fragte er sich, was in Regina vorging, wenn er sie mit Büchern vollstopfte, die sie noch gar nicht verstehen konnte; nach jedem Gespräch nahm er sich vor, das Kind überhaupt nicht mehr kommen zu lassen. Daß er nie bei seinem Entschluß blieb, empfand er als ebenso peinlich wie unwürdig für einen Mann, der Schwäche immer verachtet hatte, aber die Einsamkeit, die er in jungen und noch in mittleren Jahren überhaupt nicht zur Kenntnis genommen hatte, war im Alter dominierender als seine Willenskraft geworden, er selbst für Stimmungen so empfänglich wie seine Knochen empfindlich gegen die feuchte Luft vom Sodasee.

Regina faltete das Telegramm so klein, daß es ihrer Fee als Matratze dienen konnte, und steckte es in die Tasche ihrer Schuluniform. Sie gab sich große Mühe, wenigstens nicht bei Tag daran zu denken, aber das gelang ihr nicht. Das Papier knisterte bei jeder Bewegung und manchmal so laut, daß sie glaubte, jeder würde die verräterischen Töne hören und sie anstarren. Das Telegramm mit dem großen schwarzen Stempel erschien ihr wie eine Botschaft von einem unbekannten König, von dem sie sicher war, daß er sich ihr zu erkennen geben würde, wenn sie nur fest genug an ihn glaubte.

Sobald es Zeit wurde, ihr Fantasieschloß zu verriegeln, peitschte sie ihr Gedächtnis so unbarmherzig aus wie ein Tyrann seine Sklaven, um herauszubekommen, ob sie den Namen je gehört hatte. Sehr bald begriff Regina jedoch, daß es sinnlos war, nach Sergeant Martin Barret in den Geschichten zu suchen, die ihre Eltern erzählten. Zweifellos hatte der König aus der Fremde einen englischen Namen, aber außer Mr. Gibson, Papas jetzigem Chef, und

Mr. Morrison, dem aus Rongai, kannten ihre Eltern gar keine Engländer. Es gab natürlich auch Dr. Charters, der schuld an dem toten Baby war, weil er Juden nicht behandeln wollte, aber Regina fand, daß der ohnehin nicht in Frage kam, wenn ausgerechnet ihr etwas Gutes widerfahren war.

Sie hoffte und fürchtete zugleich, daß der Direktor sie noch einmal auf den Sergeant ansprechen würde, aber, obwohl sie den ganzen Mittwoch in jeder freien Minute auf dem Korridor herumstand, der zu Mr. Brindleys Zimmer führte, sah sie ihn nicht. Donnerstag war Reginas Lieblingstag, denn da gab es Post aus Ol' Joro Orok, und ihre Eltern gehörten zu den wenigen, die auch noch in der letzten Woche vor den Ferien schrieben. Die Briefe wurden nach dem Mittagessen verteilt. Regina wurde auch aufgerufen, aber statt ihr ein Kuvert auszuhändigen, befahl ihr die Lehrerin, die Mittagsaufsicht hatte: »Du sollst sofort zu Mr. Brindley kommen.«

Schon hinter dem Rosenbeet und erst recht, als sie genau in der Mitte von den zwei runden Säulen stand, sagte die Fee Regina Bescheid, daß ihre große Stunde gekommen war. Im Zimmer des Direktors stand der König, der Telegramme an unbekannte Prinzessinnen verschickte. Er war sehr groß, trug eine zerknitterte Khakiuniform, hatte Haare wie Weizen, der zuviel Sonne abbekommen hat, und Augen, die im kräftigen Blau leuchteten und plötzlich so hell wurden wie das Fell von Dik-Diks in der Mittagsglut.

Reginas Augen fanden Zeit, mit sehr viel Ruhe

von den glänzenden schwarzen Stiefeln zu der Mütze zu wandern, die etwas schief auf dem Kopf saß. Als sie endlich fertig mit Schauen war, einigte sie sich mit dem Klopfen in ihrer Brust, daß sie noch nie einen schöneren Mann gesehen hatte. Er sah Mr. Brindley so furchtlos an, als sei der Direktor ein Mann wie jeder andere, nicht zweigeteilt, und als seien seine beiden Hälften so leicht zum Lachen zu bringen wie Owuor, wenn er ›Ich hab' mein Herz in Heidelberg verloren‹ sang.

Es gab keinen Zweifel, daß Mr. Brindley drei seiner Zähne zeigte; das bedeutete bei ihm Lachen. »Das ist Sergeant Barret«, sagte er, »und wie ich höre, ist er ein sehr alter Freund von deinem Vater.«

Regina wußte, daß sie nun etwas sagen sollte, aber ihr kam kein einziges Wort aus der Kehle. So nickte sie nur und war froh, daß Mr. Brindley bereits weitersprach.

»Sergeant Barret«, sagte er, »kommt aus Südafrika und wird in zwei Wochen an der Front sein. Er möchte noch einmal deine Eltern sehen und dich heute schon für die Ferien nach Hause nehmen. Das bringt mich in eine recht ungewohnte Lage. In dieser Schule sind noch nie Ausnahmen gemacht worden, und wir werden es auch künftig so halten, doch schließlich sind wir im Krieg und müssen alle lernen, unser ganz persönliches Opfer zu bringen.«

Es war leicht, bei diesem Satz Mr. Brindley tapfer anzuschauen und gleichzeitig das Kinn fest auf die Brust zu drücken. Wann immer von Opfern die Rede war, hatten sich die Kinder so zu verhalten, um patriotische Begeisterung zu zeigen. Trotzdem war Regina so verwirrt, als wäre sie ausgerechnet zum Anbruch der Nacht ohne Lampe in den Wald gelaufen. Erstens hatte sie Mr. Brindley noch nie so lange reden hören, und zweitens waren die Opfer, die der Krieg verlangte, meistens die Erklärung, weshalb es keine Hefte, Bleistifte, Marmelade zum Frühstück oder Pudding zum Abendessen gab, sobald die traurige Nachricht kam, daß ein englisches Schiff untergegangen war. Regina überlegte, weshalb ein Soldat aus Südafrika, der sie vier Tage vor Schulschluß schon für die Ferien abholen wollte, ein Opfer war, aber ihr fiel wieder nur ein, daß ihr Kinn auf die Brust gehörte.

»Ich werde«, beschloß Mr. Brindley, »einem unserer Soldaten den Wunsch nicht abschlagen dürfen, dich heute schon nach Ol' Joro Orok mitzunehmen.«

»Regina, willst du dich denn nicht bei deinem Direktor bedanken?«

Regina begriff sofort, wie vorsichtig sie sein mußte, und machte ihr Gesicht steif, obwohl sie fast sicher war, daß in ihrem Hals die Feder eines Flamingokükens steckte. Ihr gelang es nur im allerletzten Moment, das verräterische Kichern hinunterzuschlucken, das den Zauber zerstört hätte. Der Soldatenkönig aus Südafrika würgte an den englischen Lauten genauso schwer herum wie Oha und hatte in dem ganzen Satz nur ein einziges Wort richtig ausgesprochen, und das war ausgerechnet ihr eigener Name.

»Ich danke. Sir, ich danke sehr, Sir.«

»Geh und sage Miß Chart, sie soll dir beim Pakken helfen, Little Nell. Wir dürfen Sergeant Barret nicht zu lange warten lassen. Zeit ist kostbar im Krieg. Das wissen wir alle.«

Schon eine Stunde später ließ Regina die Luft aus ihren Lungen, holte sie zurück und befreite ihre Nase von dem verhaßten Geruch scharfer Seife, Lauch, Hammelfleisch und Schweiß, der für sie ebenso zu den Bedrohungen der Schule gehörte wie die Tränen, die ein Kind verschlucken mußte, ehe sie in den Augen zu harten Körnern von Salz wurden. Während sie den Knoten ihrer Schulkrawatte löste und den engen Rock der Uniform so hochzog, daß ihre Knie die Sonne fanden, fielen dem Wind immer neue Spiele mit ihrem Haar ein. Jedesmal, wenn sie durch das feine schwarze Netz blickte, wurde die weiße Schule auf dem Berg ein Stück dunkler. Als sich die vielen kleinen Gebäude endlich in ferne Schatten ohne Konturen auflösten, wurde der Körper so leicht wie der eines jungen Vogels, der zum erstenmal seine Flügel benutzt.

Noch wagte Regina nicht, ein Wort zu sagen, und aus Angst, der König aus Südafrika könne sich zurück in einen Wunsch verwandeln, mit dem sie nur Herz und Kopf betrogen hatte, zwang sie sich auch, Martin nicht anzusehen. Allein auf seine Hände, die das Lenkrad so fest umfaßten, daß die Knöchel zu weißen Edelsteinen wurden, durfte sie schauen.

»Warum nennt dich der alte Vogel Little Nell?«

fragte Martin, als er den Jeep aus Nakuru heraus und die staubige Straße hinauf nach Gilgil lenkte.

Regina lachte, als sie den König Deutsch und im gleichen Tonfall wie ihren Vater sprechen hörte. »Das ist«, sagte sie, »eine lange Geschichte. Verstehst du etwas von Feen?«

»Klar. Bei deiner Geburt stand eine an deiner Wiege.«

»Was ist eine Wiege?«

»Paß auf, du erzählst mir alles, was du von Feen weißt. Und ich erkläre dir, was eine Wiege ist.«

»Und sagst du mir auch, warum du gelogen hast, daß du ein Freund von Papa bist?«

»Ich hab' nicht geschwindelt. Dein Papa und ich sind ganz alte Freunde. Wir waren zusammen jung. Und deine Mutter war nicht viel älter als du, als ich sie zum erstenmal sah.«

»Ich hab' gedacht, du willst mich kidnappen.«

»Wohin?«

»Wo es keine Schule gibt und keine Chefs. Und keine reichen Leute, die arme Leute nicht mögen. Und keine Briefe aus Deutschland«, zählte Regina auf.

»Tut mir leid, wenn ich dich enttäuscht habe. Aber geschwindelt habe ich doch. Bei deinem Direktor. Ich komme nämlich von der Farm. Wir haben wunderschöne Tage verbracht, deine Eltern, ich, Kimani und Owuor. Und natürlich Rummler. Und da wollte ich nicht weg, ohne dich zu sehen.«

»Warum?«

»Ich muß wirklich in drei Tagen fort. In den

Krieg. Weißt du, ich habe dich gekannt, als du noch ganz klein warst.«

»Das war in meinem anderen Leben, und ich kann mich nicht daran erinnern.«

»In meinem auch. Leider kann ich mich erinnern.«

»Du redest wie Papa.«

Martin war erstaunt, wie leicht es war, sich mit Regina zu unterhalten. Er hatte sich die üblichen Fragen zurechtgelegt, die ein Erwachsener, der keine Erfahrung mit Kindern hat, an sie richtet. Sie erzählte aber von der Schule auf eine Art, die ihn faszinierte, weil er Walters Humor der Jugendzeit wiedererkannte und zugleich mit einem Sinn für Ironie konfrontiert wurde, der ihn bei einer Elfjährigen verblüffte. Bald fand er sich auch so gut zurecht in dem zunächst verwirrend schnellen Wechsel von Fantasie zur Wirklichkeit, daß er ihr mühelos von einer Welt in die andere folgen konnte. Zwischen jeder Geschichte machte Regina lange Pausen, und, als sie seine Irritation bemerkte, klärte sie Martin auf, als sei er ein Kind und sie die Lehrerin.

»Das hat mir Kimani beigebracht«, sagte sie, »es ist nicht gut für den Kopf, wenn der Mund zu lange offen ist.«

Zwischen Thomson's Falls und Ol' Joro Orok, als die Straße immer enger, steiler und steiniger wurde, bat Regina: »Warten wir doch hier, bis die Sonne rot wird. Das ist mein Baum. Wenn ich ihn sehe, weiß ich, daß ich bald zu Hause bin. Vielleicht kommen die Affen. Da dürfen wir uns was wünschen.«

»Ist ein Affe bei dir so etwas wie eine Fee?«

»Es gibt ja gar keine Feen. Ich tu nur so. Das hilft, obwohl Papa sagt, nur die Engländer dürfen träumen.«

»Also heute träumen wir beide. Dein Papa ist ein Narr.«

»Aber nein«, widersprach Regina und kreuzte ihre Finger, »er ist ein Refugee.« Ihre Stimme war leise geworden.

»Du liebst ihn sehr, nicht wahr?«

»Sehr«, nickte Regina. »Mama auch«, sagte sie schnell. Sie sah, daß Martin, der sich an den dicken Stamm ihres Baumes lehnte, die Augen schloß und machte auch ihre zu. Die Ohren fingen die ersten Schauris der Trommeln auf und die Haut den aufkommenden Wind, obgleich sich das Gras noch nicht regte. Das Glück der Heimkehr machte ihren Körper heiß. Sie öffnete die Bluse, um kleine Seufzer freizulassen und freute sich an den Tönen der Zufriedenheit, die sie so lange entbehrt hatte.

Die pfeifenden Töne weckten Martin. Er sah Regina zu lange an und merkte die Beunruhigung zu spät. Eine Weile machte er sich vor, die noch nie so stark erlebte Gewalt der Einsamkeit, die Geräusche, die er nicht deuten konnte, und der Wald mit den düsteren Riesen würden ihn verwirren, dann begriff er jedoch, daß es die längst vergessen geglaubten Erinnerungen waren, die ihn bedrängten.

Als die Ziffern seiner Uhr einen schwarzen Kreis formten, der seine Augen mit violetten Funken traktierte, gab er endlich der berauschenden Lust nach und schaute zurück. Erst löste sich sein neuer englischer Name in Silben auf, die er nicht zusammenfügen konnte, und sofort danach war er wieder in Breslau und sah Jettel zum erstenmal. Martin wunderte sich ein wenig, daß sie nackt war, aber er empfand es als wohltuend, daß ihre schwarzen Locken einen Reigen tanzten. Noch aber war seine Vernunft stärker als sein Gedächtnis. Ehe die Bilder ihm endgültig den großen Krieg erklärten, fielen ihm jene sonderbaren Geschichten ein, die sich Männer aus Europa von Afrika erzählten. Sie alle fürchteten den Moment, wenn sie die Vergangenheit lähmte und ihnen das Gefühl für Zeit raubte.

»Verdammte Tropen«, fluchte Martin. Er erschrak, als seine Stimme die Stille sprengte, doch als ihm nur ein Vogel Antwort gab, begriff er, daß er gar nicht laut gesprochen hatte; eine Zeitlang, die er nicht bemessen konnte, war es ihm genug, die sanfte Erleichterung als Rettung aus der Not zu genießen.

Regina sah ihrer Mutter nicht ähnlich und war längst nicht so schön wie Jettel als junges Mädchen, aber sie war kein Kind. Die Ahnung, daß einige Geschichten immer wieder von vorne anfingen, ließ Martin seinen Herzschlag spüren. Jettel hatte ihm einst bewußt gemacht, daß er ein Mann war. Regina erweckte ihn ihm den Wunsch nach Zukunft statt Vergangenheit.

»Komm«, sagte er, »wir fahren weiter. Du willst doch bald zu Hause sein.«

»Ich bin ja schon zu Hause.«

»Du liebst die Farm, nicht wahr?«

»Ja, aber das ist mein secret. Meine Eltern dürfen das nicht wissen. Die lieben Deutschland.«

»Versprichst du mir etwas? Wenn du mal fort von der Farm mußt, daß du nicht traurig bist.«

»Warum soll ich fort müssen?«

»Vielleicht wird dein Vater auch mal Soldat.«

»Das wird schön«, malte sich Regina aus, »wenn er auch so eine Uniform hat wie du. Und Mr. Brindley sagt: Soldaten darf man nicht warten lassen. Dann beneiden mich die anderen. So wie heute.«

»Du hast dein Versprechen vergessen«, lächelte Martin, »daß du nie traurig sein wirst.«

Wieder erkannte Regina, daß Martin mehr als nur ein Mensch war. Er wußte, wie gut es war, wichtige Worte mehr als einmal zu sagen. Sie ließ sich Zeit, ehe sie fragte: »Warum willst du denn, daß ich nicht traurig bin?«

»Weil ich nach dem Krieg zu dir zurückkomme. Dann bist du eine Frau. Aber vorher muß ich an die Front. Und da ist die Welt nicht so schön wie hier. Da möchte ich mir wenigstens vorstellen, daß du so glücklich bist wie jetzt. Wäre das sehr schwer?«

»Nein«, sagte Regina, »ich stelle mir dann einfach vor, daß du doch ein König bist. Meiner. Das macht dir doch nichts aus?«

»Überhaupt nicht«, lachte Martin, »an diesem gottverlassenen Flecken lernt man zu träumen.« Er beugte sich herunter, zog Regina an den Schultern hoch, und als er ihre Haut berührte, geriet ihm die Zeit wieder durcheinander. Er kam sich erst jung und unbekümmert vor, dann, als er hörte, wie schwer er atmete, alt und töricht. Er holte aus, um die Wehmut zu zertreten, doch Reginas Stimme kam seiner Beherrschung zuvor.

»Was machst du da?« kicherte sie. »Das kitzelt.«

12

Anfang Dezember 1943 erhielt Colonel Whidett einen Befehl, der ihm gründlich die Vorfreude auf seinen sorgsam geplanten Weihnachtsurlaub im exklusiven Haus des Mount Kenya Safari Club verdarb und der sich zudem als die bis dahin heikelste Herausforderung seiner gesamten militärischen Laufbahn erwies. Das Kriegsministerium in London übertrug ihm die Verantwortung für das Unternehmen ›J‹, das in seiner Folge die Umstrukturierung der in Kenia stationierten Streitkräfte bedeuten sollte.

Die Kolonie sollte, und dies umgehend, dem Beispiel des Mutterlands und der anderen Länder des Commonwealth folgen und auch solche Freiwillige in die Armee Seiner Majestät aufnehmen, die nicht im Besitz der britischen Staatsangehörigkeit waren, ›sofern sie der alliierten Sache freundlich gesonnen waren und keine Gefahr für die innere Sicherheit‹ darstellten. Die Formulierung ›bei dem Kreis der in Frage kommenden Refugees muß zuvor eine antideutsche Haltung einwandfrei attestiert werden‹ erhärtete bei Colonel Whidett die in zwei Weltkriegen gemachte Erfahrung, daß gesunder britischer Menschenverstand nicht Grundvoraussetzung für eine Anstellung im englischen Kriegsministerium war.

Zudem wurde in einem exorbitant weitschweifigen Nachsatz darauf hingewiesen, daß auch der Kreis der Emigranten aus Deutschland unbedingt berücksichtigt werden sollte. Der Colonel empfand gerade diesen Teil der Order als ebenso verwirrend und überflüssig wie schizophren. Zu genau waren ihm noch die bei Kriegsausbruch geltenden Richtlinien gegenwärtig. Nur die Flüchtlinge aus dem unfreiwillig von Deutschland annektierten Österreich, aus der brutal überfallenen Tschechoslowakei und aus dem bejammernswerten Polen hatten doch damals als friendly gegolten, die aus Deutschland unterschiedslos als Enemy Aliens. Seitdem war, zumindest nach übereinstimmender Meinung der leitenden Militärs in Kenia, absolut nichts geschehen, das ein Rütteln an bewährten Prinzipien gebot.

Colonel Whidett schickte zunächst seine Familie in die Ferien nach Malindi, sagte enttäuscht seinen eigenen Urlaub ab und machte sich mit einiger Verbitterung, aber doch mit jener Disziplin, die er trotz aller naheliegenden Versuchungen nie dem lässigen Kolonialstil geopfert hatte, zu dem offenbar von ihm geforderten Prozeß des Umdenkens bereit. Mit einer Klarsichtigkeit, die ihm sonst bei Dingen außerhalb seines Begriffsbereichs nicht gegeben war, erkannte er ebenso rasch wie schon zu Beginn des Krieges, daß der ihm nach wie vor suspekte Kreis der Refugees für Probleme sorgte, denen nicht mit gewohnter militärischer Routine beizukommen war.

Whidett empfand den Befehl aus London als eine

fast schon unzumutbare Veränderung einer bis dahin allgemein befriedigenden Situation. Ihr verdankte die Kolonie immerhin, daß die Leute vom Kontinent in ihrer Mehrzahl gut auf den Farmen des Hochlands aufgehoben waren. Dort stellten sie auf keinen Fall ein Sicherheitsrisiko dar und waren zudem auch eine wirkliche Hilfe für jene britischen Farmer, die bei der Armee dienten, ohne daß Offiziere wie Whidett sich zuvor mit ihren Anschauungen und ihrer Vergangenheit hatten beschäftigen müssen.

Den nun in Frage kommenden Personenkreis in einem so weitläufigen und verkehrsmäßig nicht für Kriegszeiten gut genug erschlossenen Land wie Kenia in den Dienst Seiner Majestät zu berufen, war gewiß für die Betroffenen weitaus umständlicher als vom grünen Tisch des Mutterlands gedacht. Im Offizierskasino von Nairobi, in dem Whidett, entgegen seiner sonstigen Gewohnheit, nicht über dienstliche Dinge zu diskutieren, von seinen Sorgen sprach, machte bald das Bonmot ›Germans to the Front‹ die Runde. Der Colonel empfand den ärgerlichen Geistesblitz nicht nur als Herausforderung an seinen urbritischen Sinn für Humor, sondern als eine Perfidie, die schamlos seine Ratlosigkeit bloßlegte. Er wußte nicht, wie er die ›fucking Jerries‹ erreichen konnte; er hatte nicht den Hauch einer Ahnung, wie er ihre Gesinnung erforschen sollte.

Sein in diesem Fall leider zu gut funktionierendes Gedächtnis machte ihm überdeutlich klar, daß es sich in den allermeisten Fällen um Leute mit reichlich verworrenen Lebensgeschichten handelte, die ihm ja auch schon den Kriegsausbruch vergällt hatten. Im intimsten Kreis gab er unumwunden zu, daß der Beginn des Kriegs, zumindest in dieser Beziehung, eine ›feine Fingerübung‹ im Vergleich zu dem Dilemma gewesen sei, das er auch im Februar 1944, also volle zwei Monate nach der Londoner Anweisung, noch nicht gelöst hatte.

»1939«, so befand Whidett mit seinem bewunderten Sinn für Sarkasmus, »wurden einem die Burschen noch auf Lastwagen angeliefert, und wir konnten sie ins Camp stecken. Jetzt erwartet Mr. Churchill offenbar, daß wir zu ihnen auf die Farmen fahren und persönlich nachsehen, ob sie noch Sauerkraut fressen und Heil Hitler sagen.«

Merkwürdigerweise waren es dann ausgerechnet die nostalgischen Erinnerungen an den Kriegsanfang, die den Colonel auf den rettenden Ausweg brachten. Im genau passenden Moment erinnerte er sich an die Familie Rubens und somit an die bemerkenswerten Leute, die sich 1939 so wortgewaltig für die Freilassung der internierten Refugees eingesetzt hatten. Durch akribisches Studium der Unterlagen stieß der Colonel auch auf die leider wieder benötigten Namen.

In einem Brief, den er nicht ohne Unbehagen schrieb, weil er zu befehlen und nicht zu bitten gewohnt war, nahm Whidett Kontakt mit dem Haus Rubens auf; bereits zwei Wochen später fand eine sehr entscheidende Unterredung in seinem Dienstzimmer statt. Verblüfft erfuhr der Colonel, daß vier der Söhne der in seinen Augen noch immer zu expressiven, aber nun wiederum recht nützlichen Familie Rubens beim Militär waren. Einer davon war in Burma, was ja wahrlich nicht als das Paradies der Drückeberger galt, und einer bei der Airforce in England. Archie und Benjamin waren vorerst in Nairobi stationiert. David lebte zu Hause beim Vater, was für Whidett zwei zusätzliche Berater bedeutete.

»Ich glaube«, sagte Whidett zu den vier Männern, von denen er fand, genau wie bei der ersten Begegnung, daß sie seinem Konferenzraum einen etwas zu fremdartigen Anstrich gaben, »daß man die Dinge in London nicht bis ins letzte durchdacht hat. Ich meine«, fing er noch einmal und nicht ohne Verlegenheit an, weil er nicht recht wußte, wie er seine Vorbehalte in die richtigen Worte bringen sollte, »weshalb soll hier einer freiwillig in die verdammte Army gehen, wenn er nicht muß? Der Krieg ist doch weit.«

»Nicht für die Menschen, die unter den Deutschen gelitten haben.«

»Haben sie das?« fragte Whidett interessiert. »Soweit ich mich zu erinnern glaube, waren die meisten doch schon hier, als der Krieg ausbrach.«

»In Deutschland brauchte man nicht erst den Krieg abzuwarten, um unter den Deutschen zu leiden«, sagte der alte Rubens.

»Gewiß nicht«, versicherte Whidett hastig, während er überlegte, ob der Satz wohl mehr Sinn haben könnte, als ihm aufgegangen war.

»Warum glauben Sie, Sir, sind meine Söhne beim Militär?«

»Ich zerbreche mir selten meinen alten Kopf, weshalb einer beim Militär ist. Auch ich frage mich nicht, warum ich diese lausige Uniform anhabe.«

»Sollten Sie aber, Colonel. Wir tun es. Für Juden ist der Kampf gegen Hitler kein gewöhnlicher Krieg. Die wenigsten von uns haben die Wahl gehabt, ob sie kämpfen wollen oder nicht. Die meisten werden hingeschlachtet, ohne daß sie sich wehren können.«

Colonel Whidett gestattete sich einen kleinen mißbilligenden Seufzer. Er erinnerte sich, obwohl er es sich nicht anmerken ließ, daß der bullige Mann, der vor seinem Schreibtisch saß, auch bei der ersten Begegnung zu unappetitlichen Ausdrücken geneigt hatte. Erfahrung und Logik sagten ihm aber dann doch, daß die Juden im allgemeinen wohl ihre Probleme besser selbst lösen konnten als die wohl doch nicht ganz unbefangenen Außenstehenden.

»Wie«, fragte er, »soll ich denn in diesem verfluchten Land Ihre Leute überhaupt erreichen und sie wissen lassen, daß die Army sich plötzlich für sie interessiert?«

»Lassen Sie das mal unsere Sorge sein«, sagten Archie und Benjamin. Sie lachten sehr laut, als sie merkten, daß sie gleichzeitig gesprochen hatten, und schlugen dann auch gemeinsam vor, als könnte einer von ihnen allein nicht sprechen: »Wenn es Ihnen recht ist, fahren wir zu den Farmen hin und informieren die Männer, die in Frage kommen.«

Colonel Whidett nickte mit einer Prise Wohlwollen. Er unternahm auch keine allzu große Anstrengung, seine Erleichterung zu verbergen. Zwar schätzte er unkonventionelle Lösungen nur in Maßen, aber er war nie ein Mann gewesen, der sich Spontaneität widersetzte, wenn sie ihm nützlich erschien. Binnen eines Monats erhielt er von London die offizielle Erlaubnis, Archie und Benjamin von ihren regulären Dienstverpflichtungen freizustellen und mit den nötigen Sonderaufträgen zu betrauen. Dem Vater schrieb er einen freundlichen Brief und bat um seine weitere Unterstützung. Der ersparte eine nochmalige Begegnung, die nach Whidetts Ansicht für beide Seiten doch zu persönlich gewesen wäre.

Der alte Rubens hielt am darauffolgenden Freitag abend nach dem Gottesdienst eine kleine Ansprache, in der er von der Pflicht der jungen jüdischen Männer sprach, ihren Dank an das Gastland abzustatten, und im übrigen sorgte er ohne Zeitverlust für die notwendige Organisation. David übernahm es, Kontakt mit den Refugees herzustellen, die zwischen Eldoret und Kisumu lebten, Benjamin sollte die Küste abfahren und Archie das Hochland bearbeiten.

»Ich fang bei dem Mann in Sabbatia an. Ohne Dolmetscher mache ich mich nicht auf die Reise«, entschied er.

»Willst du sagen, unsere Glaubensgenossen können immer noch kein Englisch?« fragte sein Bruder.

»Man erlebt da wirklich abenteuerliche Geschichten. Wir haben seit zwei Jahren so einen komischen Polen im Regiment, der kaum ein Wort herausbringt«, erzählte Archie.

»Meinen klugen Söhnen wäre so etwas natürlich nicht passiert, wenn sie in die Emigration gemußt hätten. Die hätten alle auf den Farmen von den Kikuyus bestes Oxfordenglisch gelernt«, sagte sein Vater.

Weil die kleine Regenzeit in Ol' Joro Orok noch nicht eingesetzt hatte, war die Gibson-Farm eine der ersten auf Archies Tour. So wurde Walter im März 1944, genau wie Colonel Whidett, an den Kriegsausbruch erinnert. Wieder war es Süßkind, der ihm die entscheidende Wende in seinem Leben verkündete.

Am späten Nachmittag traf er mit Archie – in der Uniform eines Sergeantmajors – auf der Farm ein, und rief, kaum daß er aus dem Jeep ausgestiegen war: »Es ist soweit. Wenn du willst, kannst du ab sofort deine Tage hier zählen. Die wollen uns endlich haben.« Dann rannte er Jettel entgegen, wirbelte sie herum und lachte: »Und du wirst die schönste Kriegsbraut von Nairobi. Da verwette ich meinen Kopf.«

»Was soll das nun wieder heißen?« fragte Jettel.

»Dreimal darfst du raten«, sagte Walter.

Die Farm war gerade dabei, sich vom Tag zu verabschieden. Kimani schlug wegen des kräftigen Windes lauter als sonst mit seiner Eisenstange gegen den Wassertank. Das Echo hatte einen tiefen Ton, als es vom Berg abprallte. Die Geier flogen kreischend aus den Bäumen und kehrten sofort zurück in die bebenden Äste.

Rummler kletterte schwerfällig schnaufend in Archies Jeep und machte sich hechelnd daran, sein feuchtes Fell an den Sitzen zu wärmen. Kamau, in einem Hemd, das wie ein Stück vom jungen Gras aussah, trug das Holz für den Ofen in die Küche. Deutlich erklang vom Wald das dumpfe Schlagen der Abendtrommeln. Die Luft war noch warm und weich von der eben untergegangenen Sonne, schon feucht von den ersten Perlen des Abendtaus. Vor den Hütten wurde Feuer angezündet, und laut bellend nahmen die Hunde der Schambaboys die Witterung der Hyänen auf, die zum Heulen ansetzten.

Walter merkte, daß seine Finger klamm und die Kehle trocken waren. Die Augen brannten. Ihm war es, als sehe er die Bilder das erstemal und als habe er die vertrauten Laute noch nie zuvor gehört. Das Rasen seines Herzens machte ihn unsicher. Obwohl er sich zu wehren versuchte, spürte er den verhaßten, schneidenden, nicht zu erklärenden Schmerz des Abschieds, der auf ihn zukommen könnte.

»Wie Faust«, sagte er zu laut und zu plötzlich, »zwei Seelen in der Brust.«

»Wie wer?« fragte Süßkind.

»Ach, nichts. Du kennst ihn nicht, der ist kein Refugee.«

»Willst du«, fragte Archie, »es ihnen nicht endlich erklären?« Seine Stimme hatte die Ungeduld der Menschen aus der Stadt. Er merkte es und lächelte dem Hund im Wagen zu, aber Rummler sprang heraus und trieb knurrende Abwehr durch seine Zähne.

»Nicht nötig«, beruhigte Süßkind, »sie wissen schon Bescheid. Wir hier draußen haben seit Monaten über nichts anderes nachgedacht.«

»Habt ihr es so eilig, von den Farmen wegzukommen? Oder habt ihr Angst, daß der Krieg zu Ende ist, ehe ihr den Helden spielen dürft?«

»Wir haben Familie in Deutschland.«

»Sorry«, stammelte Archie, als er Süßkind ins Haus folgte. Er hatte das gleiche unangenehme Gefühl in den Knien wie als Junge, wenn ihn sein Vater wegen einer frechen Bemerkung getadelt hatte, und er spürte das Bedürfnis, sich hinzusetzen. Noch ehe er jedoch einen der Stühle erreichte, hob er den Kopf und sah sich um. Er betrachtete, erst zufällig und dann mit einer Gründlichkeit, die ihn erheiterte, eine Zeichnung vom Breslauer Rathaus. Das gelbe Papier war schwarz gerahmt.

Archie war es nicht gewohnt, andere Bilder zu betrachten als das Porträt seines Großvaters im Eßzimmer und die Fotos seiner Kindertage und von den Jagdsafaris mit seinen Vettern aus London, doch der Bau mit den vielen Fenstern, dem imposanten Eingang, vor dem einige Männer in hohen Hüten standen, und dem Dach, das ihm sehr schön erschien, fesselte und irritierte ihn. Das Bild erschien ihm Teil einer Welt zu sein, von deren Existenz er nicht mehr wußte als die Hausboys seines Vaters von den jüdischen Feiertagen.

Er empfand den Vergleich grotesk. Während er

am Ärmel seiner Uniform mit der Krone über den drei Streifen aus weißem Stoff zupfte, überlegte er, ob die Airforce wohl schon Bomben auf die Stadt mit dem eindrucksvollen Haus abgeworfen hatte und ob sein Bruder Dan dabeigewesen war. Er wunderte sich ein wenig, daß der Gedanke ihm mißfiel; das Mißfallen ärgerte ihn. Es war schon zu spät, um noch zur nächsten Farm weiterzufahren.

Jettel sagte Owuor, er solle Kaffee kochen; Archie war erstaunt, ihr fließendes Suaheli zu hören. Er fragte sich, weshalb er das nicht erwartet hatte, und er kam sich töricht vor, weil er keine Antwort fand. Als er sie anlächelte, ging ihm auf, daß sie schön war und ganz anders als die Frauen, die er aus Nairobi kannte. Genau wie das Bild in dem schwarzen Rahmen schien sie aus einer fremden Welt zu stammen.

Dorothy, seine eigene Frau, hätte bestimmt kein Kleid auf einer Farm getragen, sondern Hosen und wahrscheinlich seine. Die roten Karos auf dem schwarzen Stoff von Jettels tief ausgeschnittenem Kleid begannen, sich vor Archies Augen aufzulösen, und, als er sich abwandte und wieder das Rathaus anschaute, war es ihm, als seien die vielen kleinen Fenster größer geworden. Er merkte, daß er im Begriff war, einen seiner Anfälle von Kopfschmerzen zu bekommen, und fragte, ob er einen Whisky haben könnte.

»Für so etwas gibt es hier kein Geld«, sagte Süßkind.

»Was hat er gesagt?« wollte Walter wissen.

»Ihm gefällt euer Bild«, erklärte Süßkind.

»Das Breslauer Rathaus«, sagte Jettel. Ihr fiel auf, daß Archie wieder ›sorry‹ sagte, und diesmal war sie es, die ihm zulächelte, doch die Lampen waren noch nicht angezündet, und sie konnte nicht sehen, ob er ihren Blick erwiderte. Ihr wurde bewußt, daß ein solcher Austausch von kleinen Harmlosigkeiten in ihrer Jugend vielleicht der Beginn eines Flirts gewesen wäre, aber sie merkte vor der Zeit der Belebung, daß sie verlernt hatte, kokett zu sein.

Zum Abendessen gab es Reis mit scharf gebratenen Zwiebeln und getrockneten Bananen. »Bitte erkläre doch unserem Gast«, entschuldigte sich Jettel, »daß wir nicht auf Besuch vorbereitet waren.«

»Außerdem leben wir immer fleischlos, seitdem Regina so rücksichtslos war, aus ihren Schuhen herauszuwachsen«, sagte Walter. Er versuchte, mit einem Lächeln seine Ironie heiter zu machen.

»Das ist ein altes deutsches Nationalgericht«, übersetzte Süßkind und nahm sich vor, bei nächster Gelegenheit das englische Wort für Schlesien im Lexikon nachzuschlagen.

Archie empfand es fast als körperliche Anstrengung, nicht in seinem Essen herumzustochern. Ihm fiel ein, daß er im dritten Jahr auf der Boarding School mal zu spät zum Essen gekommen war und wie er zur Strafe ein albernes Gedicht von einem dämlichen Mädchen, das keinen Reispudding mochte, hatte auswendig lernen müssen, aber er konnte sich nur an die erste Zeile erinnern. Die vergebliche Suche nach der zweiten beschäftigte ihn nicht lange genug.

Er nahm sich vor, den Reis und vor allem die salzigen Bananen unzerkaut hinunterzuschlucken, um weniger von ihnen schmecken zu müssen. Das wurde ihm leichter, als mit der Scham fertig zu werden, die sich ihm aufdrängte. Zunächst dachte er, nur sein Widerwillen gegen das ungewohnte Essen und die befremdende Atmosphäre hätten ihn empfindlich gemacht, aber unangenehm rasch wurde die Erkenntnis zur Last, daß seine Familie und die übrigen alteingesessenen Juden von Nairobi den Emigranten immer sehr bereitwillig mit Geld und guten Ratschlägen geholfen, sich jedoch nie Gedanken über deren Vergangenheit, Leben, Sorgen und Empfindungen gemacht hatten.

Hinzu kam, daß es Archie immer peinlicher wurde, jedes Wort an seine Gastgeber erst an Süßkind zur Übersetzung richten zu müssen. Er hatte ein geradezu unsinniges Verlangen nach Whisky und kam sich gleichzeitig vor, als habe er drei Doppelte in einen nüchternen Magen gekippt. Ihm war es, als sei er wieder Kind und beim Lauschen an der Tür ertappt worden. Es hatte lange gedauert, ehe man ihm das abgewöhnt hatte. Endlich gab er den Kampf um seine Selbstbeherrschung verloren und sagte, er sei müde. Erleichtert nahm er den Vorschlag an, sich in Reginas Zimmer zurückzuziehen.

Süßkind starrte ins Feuer, Jettel kratzte die letzte Spur vom Reis aus der Schüssel und schob Rummler einen Bissen in die Schnauze, Walter ließ ein Messer um die eigene Achse kreisen. Es war, als warteten alle drei nur auf ein Zeichen, um sich in die heitere Unbefangenheit von Süßkinds üblichen Besuchen zu stürzen, aber das Schweigen war zu groß; die Erlösung kam nicht. Sie spürten es alle, auch Süßkind, und er wunderte sich sehr, daß sie verlernt hatten, Veränderungen hinzunehmen. Schon die Möglichkeit, daß das Leben in neuen Bahnen verlaufen könnte, machte ihnen angst. Es war leichter geworden, Fesseln zu ertragen, als sie zu zerschneiden. Tränen, von denen sie noch nicht einmal wußte, daß sie schon in ihren Augen waren, brachen aus Jettel heraus.

»Wie kannst du uns das antun?« schrie sie. »Einfach im Krieg zu fallen, nach allem, was wir durchgemacht haben? Was soll aus mir und Regina werden?«

»Jettel, mach bloß keine deiner Szenen. Die Army hat mich noch nicht einmal genommen.«

»Aber sie wird. Warum soll ausgerechnet ich mal Glück haben?«

»Ich bin vierzig«, sagte Walter. »Warum soll ausgerechnet ich einmal Glück haben? Ich kann mir nicht vorstellen, daß die Engländer nur auf mich gewartet haben, um endlich den Krieg zu gewinnen.«

Er stand auf und wollte Jettel streicheln, doch er spürte keine Wärme in seinen Händen, ließ seine Arme fallen und ging zum Fenster. Der vertraute Geruch, der den feuchten Holzwänden entströmte, erschien ihm mit einem Mal sanft und süß. Sein Blick sah nur Dunkelheit, und dennoch ahnte er die Schönheit, die sonst nur Reginas Augen froh machte. Wie sollte er es ihr sagen? Zu spät merkte er, daß er laut gesprochen hatte.

»Um Regina brauchst du dir keine Sorgen zu machen«, weinte Jettel, »sie betet jeden Abend, daß du zur Armee kannst.«

»Seit wann?«

»Seitdem Martin hier war.«

»Das habe ich nicht gewußt.«

»Und daß sie in ihn verliebt ist, weißt du wohl auch nicht.«

»Quatsch.«

»Sie hat nichts vergessen, was Martin je zu ihr gesagt hat. Sie klammert sich an jedes Wort. Du mußt ihn gebeten haben, sie auf den Abschied von unserer Farm vorzubereiten. Ihr habt doch immer unter einer Decke gesteckt.«

»Soweit ich mich erinnere, warst du es, der mit Martin unter die Decke gekrochen ist. Sie war blau. Martin übrigens auch. Glaubst du wirklich, daß ich nicht mehr weiß, was damals in Breslau passiert ist?«

»Nichts ist damals passiert. Du warst nur wieder mal grundlos eifersüchtig. Wie immer.«

»Kinder, streitet euch nicht. Hier ist jedenfalls etwas Gutes geschehen«, sagte Süßkind, »Archie hat mir erzählt, wie die Dinge laufen werden. Du wirst vor eine Kommission gerufen und mußt sagen, warum du zur Army willst. Und sei bloß kein Narr. Daß ihr beide auf der Farm verreckt, wollen die Engländer bestimmt nicht hören.«

»Ich will ja gar nicht von der Farm weg«,

schluchzte Jettel, »die Farm ist mein Zuhause.« Sie war sehr zufrieden, daß sie ohne zu große Anstrengung Lüge, Kindlichkeit und Trotz in ihre Stimme und ihr Gesicht geholt hatte, doch dann wurde ihr klar, daß Walter das schöne alte Spiel durchschaut hatte.

»Jettel hat unsere ganze Emigration damit verbracht, nach den Fleischtöpfen Ägyptens zu jammern«, sagte Walter. Er sah nur Süßkind an. »Natürlich will ich von der Farm weg, aber das ist es nicht allein. Zum erstenmal seit Jahren habe ich das Gefühl, daß ich gefragt werde, ob ich etwas tun will oder nicht, und daß ich etwas für meine Überzeugung tun kann. Mein Vater hätte gewollt, daß ich zur Army gehe. Er hat ja auch seine Pflicht als Soldat getan.«

»Ich denke, du magst die Engländer nicht«, hielt ihm Jettel vor. »Warum willst du dann für sie fallen?«

»Herrgott, Jettel, ich bin noch nicht tot. Außerdem sind es die Engländer, die mich nicht mögen. Aber wenn sie mich haben wollen, will ich dabei sein. Vielleicht kann ich dann eines Tages wieder in den Spiegel sehen, ohne mir wie der letzte Nebbich vorzukommen. Wenn du es genau wissen willst, habe ich mir immer gewünscht, Soldat zu sein. Vom ersten Kriegstag an. Owuor, was machst du da, warum schmeißt du so ein großes Stück Holz ins Feuer? Wir gehen doch bald ins Bett.«

Owuor hatte seine Anwaltsrobe angezogen. Er legte leise pfeifend noch einige Äste in den Kamin, holte warme Luft aus seinen Lungen in den Mund und fütterte zärtlich die Flammen. Dann stand er so langsam auf, als müßte er jedes einzelne Glied erst zum Leben erwecken. Geduldig wartete er, bis auch für ihn die Zeit zum Reden gekommen war.

»Bwana«, sagte er und genoß schon im vorhinein das große Staunen, auf das er seit der Ankunft vom Bwana Askari gelauert hatte. »Bwana«, wiederholte er und lachte wie eine Hyäne, die Beute gefunden hat, »wenn du von der Farm gehst, komme ich mit. Ich will dich nicht wieder suchen wie an dem Tag, als du in Rongai auf Safari gegangen bist. Die Memsahib braucht ihren Koch, wenn du zu den Askaris gehst.«

»Was sagst du da? Woher weißt du?«

»Bwana, ich kann Worte riechen. Und die Tage, die noch nicht gekommen sind. Hast du das vergessen?«

13

Am Morgen des 6. Juni 1944 saß Walter zwei Stunden vor dem Weckruf in der leeren Mannschaftsmesse. Durch die schmalen, offenen Fenster kroch die belebende Kühle der mondgelben Nacht und verdampfte in den Holzwänden, die für kurze, unerwartet erfreuliche Augenblicke so frisch rochen wie die Zedern von Ol' Joro Orok. Für Walter war die Zeit zwischen Dunkelheit und Dämmerung ein willkommenes Geschenk seiner Schlaflosigkeit und ideal, um Gedanken und Bilder zu entwirren, Briefe zu schreiben und ungestört von den argwöhnischen Blicken jener Soldaten, die das Glück des richtigen Geburtslandes hatten und zu wenig Fantasie, um es auch zu schätzen, Nachrichten in deutscher Sprache zu suchen. Er stopfte das grobe Khakihemd, das weit besser für den Krieg im europäischen Winter als für die heißen Tage am Südrand des Sodasees von Nakuru geeignet war, in die Hose und genoß seine Zufriedenheit als das erregendste Erlebnis der neuen Sicherheit.

Nach seinen ersten vier Wochen beim Militär hatte er sich noch immer nicht genug an das fließende Wasser, das elektrische Licht und die Erfülltheit der Tage gewöhnt, um sie nicht bewußt als lang entbehrte Wohltaten zu genießen. Es war ihm eine kindische Freude, in seiner Freizeit zur Schreibstube zu gehen und dort den Telefonapparat anzuschauen. Manchmal nahm er sogar den Hörer in die Hand, um sich am Ton des Freizeichens zu freuen.

Er genoß es jeden Tag aufs neue, Radio zu hören und sich keine Gedanken um die Batterie machen zu müssen. Als der Zahnarzt der Kompanie ihm grob und ungeschickt die zwei Zähne zog, die ihn seit den ersten Tagen in Ol' Joro Orok geplagt hatten, empfand er selbst den Schmerz noch als Beweis, daß er es weit gebracht hatte – er brauchte sich nicht um die Rechnung zu sorgen. Wann immer seine körperliche Erschöpfung es zuließ und seit ein paar Tagen die heftigen Schweißausbrüche, gönnte er sich den Genuß, pedantisch die Bilanz seines abermals abrupt veränderten Lebens zu ziehen.

Walter hatte in einem Monat mehr gehört, geredet und selbst gelacht als in den fünf Jahren auf den Farmen in Rongai und Ol' Joro Orok. Er aß vier Mahlzeiten am Tag, zwei davon mit Fleisch, die ihn nichts kosteten, hatte Wäsche, Schuhe und mehr Hosen, als er brauchte, konnte seine Zigaretten zum Billigtarif für Soldaten kaufen und hatte Anspruch auf eine Wochenration Alkohol, die ihm ein Schotte mit Schnurrbart schon zweimal gegen drei freundliche Schläge auf den Rücken abgehandelt hatte. Von seinem Sold als Private der British Army konnte er Reginas Schule bezahlen und Jettel noch ein Pfund nach Nairobi schicken. Außerdem bekam sie einen monatlichen Zuschuß von der Army. Vor allem lebte Walter ohne Furcht, daß jeder Brief die Kündigung seiner ungeliebten Stellung bedeuten und ihn vernichten könnte.

In einem Spind lagen Papier und Briefumschläge; zwischen leeren Flaschen und vollen Aschenbechern stand ein Tintenfaß, daneben lag ein Federhalter. Bei dem Gedanken, daß er sich nur zu bedienen brauchte und die Army auch seine Post frankieren und befördern würde, fühlte er sich so satt wie der hungrige Bettler vor dem Berg aus süßem Brei im Schlaraffenland. An der Wand hing ein vergilbtes Foto von George VI. Walter lächelte dem ernst blickenden König zu. Ehe er die eingetrocknete Tinte mit Wasser anrührte, zählte er die Tropfen, die aus dem Hahn in das rostige Becken fielen, und pfiff die Melodie von ›God Save the King‹.

»Meine geliebte Jettel«, schrieb er und legte, ein wenig erschrocken, als hätte er das Schicksal provoziert und müßte sich nun dem Neid der Götter stellen, den Federhalter auf den Tisch. Ihm ging auf, daß er seit Jahren nichts Ähnliches zu seiner Frau gesagt und auch nicht so für sie empfunden hatte. Einen Moment überlegte er, ob die Zärtlichkeit, die ihm so selbstverständlich gekommen war, ihn freuen durfte oder beschämen mußte, doch er fand keine Antwort.

Trotzdem war er nicht unzufrieden mit sich selbst, als er weiterschrieb. »Du hast ganz recht«, kratzte er auf das gelbe Papier, »wir schreiben einander wieder Briefe wie damals, als Du in Breslau auf die Auswanderung gewartet hast. Nur daß wir jetzt alle drei in Sicherheit sind und in Ruhe abwarten können, was das Leben mit uns vorhat. Und ich finde, im Gegensatz zu Dir, wir müssen besonders dankbar sein und dürfen nicht klagen, nur weil wir uns umgewöhnen müssen. Da haben wir ja mittlerweile doch etwas Übung.

Nun zu mir. Ich bin den ganzen Tag auf Trab und kann mir gar nicht vorstellen, wie die Engländer es so weit ohne mich bringen konnten. Die bilden uns so gründlich aus, als hätten sie nur auf die bloody Refugees gewartet, um endlich losschlagen zu können. Aus mir wollen sie, glaube ich, eine Mischung von Nahkämpfer und Maulwurf machen. Abends komme ich mir vor, als hätte ich wieder Malaria, aber das wird hoffentlich bald besser werden. Jedenfalls robbe ich den ganzen Tag durch Matsch und Schlamm und weiß am Abend manchmal nicht, ob ich überhaupt noch am Leben bin. Aber mach dir keine Sorgen. Dein Alter hält gut durch, und gestern kam es mir vor, als habe mir der Sergeant sogar zugeblinzelt. Allerdings schielt er wie der alte Wanja in Sohrau. Vielleicht wollte er mir sogar einen Orden verleihen, weil ich das alles mit Blasen an den Füßen durchstehen muß. Aber natürlich kann er meinen Namen nicht aussprechen und hat sich also nicht weiter geäußert.

Falls Du Dich über die Blasen wunderst, sie haben mir viel zu enge Stiefel verpaßt, und ich kann nicht genug Englisch, um ihnen das zu sagen. Ich habe mir jedoch vorgenommen, keinen der anderen Refugees in meiner Unit (heißt Einheit) um Dolmetscherdienste zu bitten. Vielleicht lerne ich so doch noch Englisch. Außerdem mögen es die Ausbilder nicht, wenn man Deutsch spricht. Wenigstens haben sie von selbst gemerkt, daß die Mütze zu groß war und mir dauernd vom Kopf rutschte. Seit zwei Tagen kann ich also auch in Uniform wieder sehen. Du siehst, als Soldat hat man so seine Sorgen. Sie sind nur anders als bisher.

Dabei fällt mir ein, daß wir Regina unbedingt auf die wichtigste Veränderung in ihrem Leben aufmerksam machen müssen. Sie braucht jetzt nicht mehr jeden Abend zu beten, daß ich meine Stellung nicht verliere und kann sich ganz darauf konzentrieren, den lieben Gott um den Sieg der alliierten Sache zu bitten. Sie hat natürlich keine Ahnung, daß ich in Nakuru stationiert bin. Du wirst ja schon gemerkt haben, daß Militärpost ohne Absender verschickt wird. Ich würde sie aber auch nicht gern in die gleiche Lage bringen wie damals bei Deiner Schwangerschaft.

Jedenfalls bin ich sicher, daß wir richtig entschieden haben. Eines Tages wirst Du mir recht geben. So wie Du ja inzwischen eingesehen hast, wie gut es war, daß wir nach Kenia und nicht nach Holland emigriert sind. Übrigens habe ich hier einen recht netten Kerl kennengelernt, der in Görlitz ein Radiogeschäft hatte. Natürlich kann der so einen Radioapparat ganz anders handhaben als ich und ist sehr gut informiert. Er hat mir erzählt, daß auch für die holländischen Juden keine Hoffnung mehr besteht. Aber erwähne das nicht bei Deinen Gastgebern. Soweit ich mich erinnere, hatte Bruno Gordon einen Bruder, der 1933 nach Amsterdam gegangen ist.

Ich hoffe, daß Du bald eine Unterkunft in Nairobi findest und vielleicht sogar eine Arbeit, die Dir zusagt und uns allen helfen würde. Wer weiß, ob wir nicht eines Tages etwas Geld für die Zeit nach dem Krieg zurücklegen können. (Da wird man nämlich keine Soldaten mehr brauchen und wir dagegen wieder eine neue Zukunft.) Wenn Du erst nicht mehr bei Gordons wohnen mußt und wieder so leben kannst, wie Du willst, wirst Du Dich bestimmt mit Nairobi anfreunden. Du hast Dir doch immer so sehr gewünscht, wieder unter Menschen zu sein. Ich genieße gerade dies trotz aller Schinderei sehr.

Die Engländer in unserer Unit sind alle ganz junge Kerle und eigentlich ganz nett. Sie begreifen zwar nicht, weshalb ein Mann mit der gleichen Hautfarbe wie sie nicht auch ihre Sprache kann, aber einige klopfen mir freundlich auf den Rücken. Wahrscheinlich weil ich in ihren Augen steinalt bin. Für mich ist es jedenfalls das erstemal seit dem Abschied von Leobschütz, daß ich mir nicht vollkommen als Mensch zweiter Klasse vorkomme, obwohl ich den Sergeant im Verdacht habe, daß er nicht gerade ein Philosemit ist. Manchmal ist es eben auch ganz gut, wenn man die Landessprache nicht kann.

Kimani fehlt mir sehr. Ich weiß, es klingt albern, aber ich komme einfach nicht darüber hinweg, daß ich ihn bei unserem Abschied von der Farm nicht mehr gefunden habe und ihm nicht mehr sagen konnte, welch guter Freund er mir war. Sei froh, daß Du Owuor und Rummler bei Dir hast, auch wenn sich Owuor mit den Boys von Gordons zankt. In Ol' Joro Orok kam er ja auch mit niemandem aus außer mit uns. Für uns ist er ein Stück Heimat. Vor allen Dingen wird es Regina so sehen, wenn sie zum erstenmal ihre Ferien in Nairobi verlebt. Du siehst, ich werde auf meine alten Tage sentimental. Aber das englische Militär hat in letzter Zeit solche Erfolge gehabt, daß es sich auch einen sentimentalen Soldaten leisten kann. Der hat sogar schon einige englische Flüche gelernt und wartet übrigens sehnsüchtig auf Deine Post. Schreib bald an Deinen alten Walter.«

Nur wenn Walter an Regina dachte, bekam sein neues Selbstbewußtsein die alten Risse. Dann quälte ihn die Angst, versagt zu haben, so unbarmherzig wie in den Tagen der größten Hoffnungslosigkeit. Er konnte sich seine Tochter, für die Ol' Joro Orok Heimat war, nicht in Nairobi vorstellen. Unerträglich war ihm das Wissen, daß er ihr die Wurzeln entrissen hatte und von ihr ein Opfer verlangte, für das sie nicht die Einsicht hatte.

Die Ausweglosigkeit und Hoffnungslosigkeit hatten ihm nicht so verletzend den Stolz gebrochen wie der Umstand, daß seine Einberufung zum Militär ihn vor seiner Tochter zum Feigling degradiert hatte. Er mußte ihr den Abschied von der Farm schriftlich mitteilen. Es war der erste Schmerz, den er Regina bewußt zufügte. In dem Brief, den er ihr in die Schule schrieb, hatte er versucht, ihr das Leben in Nairobi als eine Kette von heiteren, sorglosen

Tagen voller Abwechslung und neuer Freunde auszumalen, doch er hatte dabei an nichts anderes denken können als an seinen Abschied aus Sohrau, Leobschütz und Breslau und nicht die richtigen Worte gefunden. Regina hatte sofort geantwortet, aber die Farm, die sie nie wieder sehen würde, überhaupt nicht erwähnt. »England«, schrieb sie in rot unterstrichenen Blockbuchstaben, »expects every man to do his duty. Admiral Nelson.«

Als Walter den Satz mit Hilfe des kleinen Lexikons, das seit dem ersten Tag bei der Army seine einzige Lektüre war, endlich übersetzt und festgestellt hatte, daß er ihm schon in der Unterprima begegnet war, konnte er sich nicht entscheiden, ob er vom Schicksal oder von seiner Tochter verspottet wurde. Beide Möglichkeiten mißfielen ihm.

Es quälte ihn, daß er nicht wußte, ob Regina tatsächlich so erwachsen, patriotisch und vor allem schon so englisch war, daß sie ihre Gefühle nicht zeigte, oder doch nur ein verwundetes Kind, das dem Vater zürnte. Bei solchen Grübeleien wurde ihm stets nur eines klar: Er wußte zu wenig von seiner Tochter, um ihre Reaktion zu deuten. Zweifelte er auch nicht an ihrer Liebe, so machte er sich doch keine Illusionen. Er und sein Kind hatten keine gemeinsame Muttersprache mehr.

Einen Augenblick lang, während er sich noch gegen die Geräusche des anbrechenden Tages taub machte, stellte sich Walter vor, er würde, wenn er erst Englisch gelernt hätte, nie mehr mit Regina Deutsch sprechen. Er hatte gehört, daß viele Emigranten es so hielten, um ihren Kindern die Sicherheit zu geben, daß sie in ihrem neuen Lebenskreis fest verwurzelt waren. Das Bild, wie er beschämt und verlegen Worte herausstotterte, die er nicht aussprechen konnte, und mit den Händen reden mußte, um sich verständlich zu machen, hatte in der beginnenden Morgendämmerung grotesk scharfe Umrisse.

Walter hörte Regina lachen, erst leise, dann herausfordernd laut. Ihr Gelächter klang wie das verhaßte Heulen der Hyänen. Der Gedanke, daß sie sich über ihn lustig machte und er sich nicht wehren konnte, versetzte ihn in Panik. Wie sollte er je in einer fremden Sprache seiner Tochter erklären, was geschehen war, um sie alle und für immer zu Außenseitern zu machen, wie in Englisch von einer Heimat reden, die sein Herz marterte?

Nur mit großer Anstrengung gelang es ihm, sich zu der Ruhe zu zwingen, die er für den Tag brauchen würde. Hungrig drehte er an den Knöpfen des Radios, um die von ihm selbst beschworenen Gespenster loszuwerden. Als er merkte, daß kalter Schweiß von seinem Nacken den Rücken heruntertropfte, begriff er schaudernd, daß die Vergangenheit ihn eingeholt hatte. Es war das erstemal, seitdem er bei der Army war, daß ihn die verdrängte Erkenntnis befiel. Er trug das Brandmal der Heimatlosigkeit auf der Stirn und würde zeit seines Lebens ein Fremder unter Fremden bleiben.

Wortfetzen erreichten Walters Ohr. Sie waren, obwohl das Radio nicht voll aufgedreht war, laut, aufgeregt und manchmal fast hysterisch, und doch beruhigten sie zunächst seine verwirrten Sinne. Bald merkte er, daß die Stimme des Nachrichtensprechers anders klang als sonst. Walter versuchte, die einzelnen Silben zu Worten zusammenzuziehen, aber das gelang ihm nicht. Er holte ein neues Blatt Papier aus dem Schrank und zwang sich, jeden aufgefangenen Laut in Buchstaben umzusetzen. Sie ergaben keinen Sinn, und doch begriff er, daß zwei Worte mehrmals in einem kurzen Zeitabstand wiederholt wurden und sehr wahrscheinlich ›Ajax‹ und ›Argonaut‹ hießen. Walter staunte, daß er die beiden vertrauten Namen trotz der nasalen englischen Aussprache erkannt hatte. Das Bild vom Lehrer Gladisch an der Fürstenschule zu Pless und wie er mit unbewegtem Gesicht die Hefte nach einer Griechischarbeit verteilte, schob sich vor Walters Augen, doch er hatte keine Zeit mehr, nach der Erinnerung zu greifen. Der weiche Holzboden stieß neue Töne in den Raum.

Sergeant Pierce war zeitgleich mit der aufgehenden Sonne erschienen. Seine Schritte hatten schon die Kraft, die ihn in Stolz hüllte, aber der Rest von seinem Körper kämpfte noch gegen die Nacht, die so gleichgültig mit seinem Talent umging, Untergebene in die überschaubare, gesicherte Welt seiner Flüche und Kompromißlosigkeiten zu zwingen. Der Sergeant fuhr sich ohne Energie und Konzentration durch sein dichtes Haar, gähnte ein paarmal wie ein Hund, der zu lange in der Sonne gelegen hat, machte sehr langsam seinen Gürtel zu und schaute sich suchend um. Es war, als warte er auf ein bestimmtes Zeichen, um den Tag zu beginnen.

Wie er Walter stumm und aus noch zu kleinen Augen anstarrte, sah er aus wie eine vom Lauf der Geschichte längst überholte Statue, doch dann fuhr das Leben mit unvermuteter Plötzlichkeit in seine Glieder. Er machte einige groteske Sprünge und rannte danach zum Radio, kaum daß seine schweren Stiefel den Boden berührten. Sein Atem rasselte in zu kurzen und sehr heftigen Stößen, während er den Apparat zur vollen Lautstärke trieb. Eine für seinen blassen Teint sehr ungewöhnliche Röte machte eine für ihn ebenso ungewöhnliche Verblüffung sichtbar. Sergeant Pierce richtete sich umständlich zu seiner vollen Größe auf, legte beide Hände an die Hosennaht, leerte seine Lungen und schrie gellend: »They've landed.«

Walter spürte sofort, daß Außergewöhnliches geschehen sein mußte und daß der Sergeant von ihm eine Reaktion erwartete, aber er traute sich noch nicht einmal, ihn anzusehen, sondern fixierte verlegen das Papier mit seiner Schrift.

»Ajax«, sagte er schließlich, obwohl ihm klar war, daß Pierce ihn für einen Trottel halten mußte.

»They've landed«, schrie der Sergeant noch einmal, »you bloody fool, they've landed.« Er versetzte Walter einen scharfen Hieb auf die Schultern, der bei aller Ungeduld nicht ohne Freundlichkeit war, zog ihn vom Stuhl hoch und stieß ihn vor die schlecht gedruckte Landkarte, die zwischen dem Bild des Königs und einer Aufforderung hing, nicht leichtfertig militärische Geheimnisse zu verraten. »Here«, brüllte er.

»Hier«, wiederholte Walter, froh, daß er wenigstens einmal die gleichen Laute erwischt hatte wie Pierce. Ratlos sah er den fleischigen Zeigefinger des Sergeants an, der über die Karte fuhr und schließlich in Norwegen haltmachte.

»Norway«, las Walter laut und beflissen vor und überlegte angestrengt, ob sich Norwegen in Englisch wirklich auf Ei reimte und was wohl ausgerechnet dort geschehen sein mochte.

»Normandy, you damn'd fool«, verbesserte Pierce gereizt. Er schob den Zeigefinger erst nach Osten bis Finnland und dann nach Süden auf Sizilien zu und trommelte, weil Walter stumm blieb, danach mit der ganzen tätowierten Hand auf der Karte von Europa herum. Schließlich kam er auf die für einen Mann mit seiner Stimmkraft sehr fern liegende Idee, den Federhalter zu holen. Mit ungelenken Bewegungen malte er das Wort ›Normandy‹. Er beobachtete Walter voller Anspannung und hielt ihm, wie ein ängstliches Kind, die Hand hin.

Walter ergriff sie schweigend und legte sanft den stark zitternden Zeigefinger von Sergeant Pierce auf die Küste der Normandie. Er selbst erfuhr jedoch erst beim Frühstück und durch den Radiohändler aus Görlitz, daß die Alliierten dort gelandet waren. Statt dem für die Rekruten anstehenden Geländemarsch in voller Ausrüstung befahl Sergeant Pierce Walter zum Tagesdienst in der Schreibstube, und, obgleich sein Gesicht nicht anders aussah als sonst auch, bildete sich Walter ein, er habe ihm damit etwas Gutes tun wollen.

Zum Abendessen wurden Hammelbraten mit Minzsoße, nicht gar gekochte grüne Bohnen und ein dem Mirakel im fernen Frankreich angemessener, also ein sehr fetter und fester Yorkshire Pudding serviert – ein Festmahl, das es seit der Landung der Alliierten in Sizilien nicht mehr gegeben hatte. In der mit kleinen Union Jacks üppig geschmückten Messe wurde vor dem Essen erst ›God Save the King‹ und ›Rule Britannia‹ gesungen, beim Obstsalat mit warmer Vanillesauce ›Keep the Homefires Burning‹. Mit ›It's a Long Way to Tipperary‹ erreichte die Begeisterung ihren ersten Höhepunkt.

Bereits in den ersten Brandy, der aus Wassergläsern getrunken wurde, flossen wehmütige Tränen. Sergeant Pierce war in Hochstimmung und genoß in den Gesangspausen die Bewunderung seiner fröhlichen Männer und das Lob, daß er als erster vom Kriegsglück erfahren hatte, doch sein anerkannter Sinn für Fair play funktionierte ebensogut wie sein Gedächtnis. Der Sergeant erstickte jede Vermutung im Keim, er könnte sich so weit vergessen, um sich mit fremden Federn zu schmücken.

Er bestand noch während des Essens und vor der aufs neue beglückenden Zusammenfassung der Tagesnachrichten auf einem kleinen Applaus für Walter, weil der sofort gewußt hatte, wo ›bloody Normandy‹ war. Pierce übernahm es persönlich, dafür zu sorgen, daß Walters Glas nicht leer wurde.

Immer wieder schenkte er ihm abwechselnd

Brandy und Whisky ein und wurde noch aufgekratzter, als er ohnehin schon war, als der seltsame, stumme Kerl aus Europa endlich gelernt hatte, ›Cheers‹ zu sagen und dazu noch in dem schönen Cockney-Akzent, der als eines der Markenzeichen des Sergeants galt.

Walter empfand den Brandy als Wohltat für seinen schon seit Tagen rebellierenden Magen und den Whisky als ideales Getränk, um das kalte, übel schmeckende Hammelfett gleichmäßig im Mund zu verteilen, wenn es ihm auch nach jedem Schluck schwerer wurde, sich auf die Unterhaltung zu konzentrieren, die er ohnehin nicht verstand. Er spürte zwar die Benommenheit im Kopf, aber auch ein angenehmes Rauschen in den Ohren, das ihn auf eine sehr beglückende Weise an seine Studentenzeit erinnerte und das er so lange als Zufriedenheit deutete, bis er merkte, daß er zu frieren begann. Zunächst war ihm das Gefühl nicht unangenehm, weil es seinen Kopf in dem dichten Dunst aus Alkohol, Tabak und Schweiß kühlte und die pochenden Schmerzen in den Schläfen erträglich machte.

Dann aber schwankten zuerst die Möbel vor seinen Augen und bald auch die Menschen. Sergeant Pierce wurde mit geradezu frappierender Schnelligkeit immer größer. Sein Gesicht sah aus wie einer jener unverschämt roten Luftballons, denen Walter das letztemal beim Bordfest auf der ›Ussukuma‹ begegnet war. Er fand es recht kindisch und vor allem enorm leichtsinnig, daß die Alliierten so billige Ballons bei der Landung in der Normandie eingesetzt hatten, um so mehr, weil die in zu kurzen Abständen platzten und sich in kleine Hakenkreuze auflösten, die dreist und laut ›Gaudeamus igitur‹ sangen.

Sobald der Gesang verstummte und der Ansturm der Bilder eine Weile nachließ, ging es Walter auf, daß er als einziger den Alkohol nicht vertrug. Das war ihm peinlich, und er versuchte, sich trotz seiner Schweißausbrüche so aufrecht wie möglich zu halten, indem er seinen Rücken gegen die Stuhllehne drückte und die Zähne aufeinanderbiß. Als er entdeckte, daß aus dem kalten Hammelfett heißes Blut in seinem Mund geworden war, wäre er gern aufgestanden, doch er sagte sich, gerade er als Refugee dürfe nicht unnötige Aufmerksamkeit auf sich lenken. So blieb er sitzen und grub seine Nägel in die Tischkante.

Noch quälender als zuvor bedrängten ihn die neuen Geräusche; sie waren von solcher Heftigkeit, daß sie ihn lähmten. Walter hörte Owuor lachen und kurz darauf seinen Vater rufen, aber er konnte ihre Stimmen nicht lange genug unterscheiden, ehe sie in angstvolles Wimmern übergingen. Trotzdem war Walter unendlich erleichtert, seinen Vater sicher in der Normandie zu wissen, nur ein wenig bekümmert, daß ihm der Name seiner Schwester nicht mehr einfiel. Er durfte sie auf keinen Fall kränken, wenn auch sie nach ihm rief, aber die Anstrengung, sich rechtzeitig zu erinnern und sich nach so langer Zeit vor dem Vater zu rechtfertigen, weil er ihn und seine Tochter allein in Sohrau zurückgelassen hatte, ließ seinen Körper in der Hitze schmelzen. Walter wußte, daß dies nun die allerletzte Gelegenheit war, dem alten Rubens zu danken, weil er für Regina und Jettel gebürgt und sie aus der Hölle geholt hatte. Es war gut, daß er keine Kälte mehr in sich spürte. Mit einem Mal wurde es ihm leicht, aufzustehen und seinem Retter entgegenzugehen.

Walter erwachte drei Tage später und dann nur für sehr kurze Zeit und nicht in der Militärbaracke, sondern im General Army Hospital in Nakuru. Als dies geschah, war Corporal Prudence Dickinson, von der Mehrzahl der Patienten wegen der beneidenswerten Beweglichkeit ihrer Hüften sehr bewundert und kurz Prue genannt, zufällig zur Stelle. Sie war indes nicht zu Gesprächen mit einem Mann aufgelegt, der in seinen störenden Anfällen des Fieberdeliriums ohne Zweifel Deutsch gesprochen und so ihr patriotisches Ohr mehr gekränkt hatte, als es der Feind selbst je hätte tun können.

Prue wischte dennoch dem Kranken den Schweiß von der Stirn, strich mit den gleichen abwesenden Bewegungen sein Kissen und das olivgrüne Hospitalhemd glatt, schob ihm das Thermometer zwischen die Zähne und sagte, ganz gegen ihre Gewohnheit bei Patienten, die ihr mißbehagten, einen vollständigen Satz. Mit jener Selbstironie, die zwar nicht ihrem Intellekt und Sinn für Humor entsprach, die sie aber als einzige Waffe empfand, den sie ekelnden Dienst in der lausigen Kolonie erträglich zu machen, sagte sich Prue, daß sie sich die Mühe hätte sparen können. Walter war schon wieder eingeschlafen und hatte fürs erste die einzige Gelegenheit verpaßt, um zu erfahren, daß weder Whisky, Brandy noch Hammelbraten für seinen Zustand verantwortlich waren. Er hatte Schwarzwasserfieber.

Sein Leben verdankte er der Reaktionsschnelligkeit von Sergeant Pierce, der als Soldat zu viel Erfahrung mit Alkohol und als ein Kind der Londoner Slums zu viele Menschen im Fieberwahn erlebt hatte, um bei der großen Siegesfeier Walters Zustand zu mißdeuten. Als Pierce in der Messe den komischen Vogel vom Kontinent zusammenbrechen sah, ließ er sich keinen Moment von den Vorschlägen seiner jubelnden Kameraden beirren, die Walter in einen Bottich mit kaltem Wasser tauchen wollten. Pierce sorgte für Walters umgehenden Abtransport ins Hospital. Seine Tat sprach sich bis nach Nairobi herum, zeugte sie doch für das außergewöhnliche Organisationstalent eines befähigten Soldaten, der an einem Tag wie dem der Landung in der Normandie einen nüchternen Fahrer aufgetrieben hatte.

Obwohl er ausreichenden Grund hatte, sich ausschließlich mit seiner eigenen Person zu beschäftigen, denn erste Gerüchte von seiner Beförderung zum Sergeantmajor waren zu ihm gedrungen, ließ er sich täglich über den Verlauf von Walters Krankheit unterrichten. Von diesem ihm absonderlich anmutenden Verhalten sprach er so wenig wie möglich; Pierce empfand sein Interesse an einem einzelnen seiner Leute als nicht ganz passend und vor allem als Bevorzugung, die seiner nicht würdig war. Sie beunruhigte ihn. Erklären konnte er sich diesen seltsamen Ausflug ins Private nur mit dem Umstand, daß es der funny Refugee gewesen war, mit dem er zusammen von dem ›Ding in der Normandie‹ erfahren hatte. Gelegentlich wurde er geneckt, weil er wiederholt ›funny‹ und nur noch ausnahmsweise ›bloody‹ sagte, aber Pierce neigte nicht dazu, sich mit der Untersuchung von sprachlichen Finessen aufzuhalten, und so sah er auch keinen Anlaß zur Korrektur.

Nach einer Woche besuchte er Walter im Hospital und erschrak, als er ihn apathisch mit blauen Lippen und gelber Hautfarbe im Bett liegen sah. Walters Freude, ihn zu sehen, und daß er tatsächlich ›Cheers‹ sagte und dazu noch mit dem schönen Cockney-Akzent, rührten Pierce. Die beiden Männer konnten sich nach dieser vielversprechenden Begrüßung indes nur noch schweigend ansehen, aber wenn die Pausen zu lang wurden, dann sagte der Sergeant ›Normandy‹, und Walter lachte, worauf Pierce fast immer in die Hände klatschte und sich dabei nie lächerlich vorkam. Bei seinem Besuch am Anfang der zweiten Woche brachte er Kurt Katschinsky mit, den Radiohändler aus Görlitz, und begriff, zum erstenmal in seinem Leben, wie wichtig es doch war, daß sich Menschen verständigen konnten.

Der gut genährte, wortkarge Abgesandte des Himmels in kniekurzen Khakihosen, der Katschinsky hieß und eigentlich dabei war, seine Muttersprache zu verlernen, erklärte Walter die Sache mit dem Schwarzwasserfieber und erlöste ihn endlich von den selbstquälerischen Vorwürfen, die ihn hatten glauben lassen, er hätte sich wie ein Trottel benommen und mit Alkohol vergiftet. Seinem Sergeant, der bei schweren Krankheiten verpflichtet war, für den Besuch der Ehefrau im Krankenhaus zu sorgen, von Jettel jedoch keine Anschrift hatte, erzählte Katschinsky, daß Walter eine zwölfjährige Tochter in der nur einige Meilen entfernten Schule habe. Bereits am nächsten Tag erschien Pierce mit Regina.

Als Walter seine Tochter auf Zehenspitzen in den Krankensaal hereinkommen sah, war er sicher, daß er einen Rückfall und wieder hohes Fieber hatte. Er schloß rasch die Augen, um das schöne Bild festzuhalten, ehe es sich als Trug dekuvrierte. In den ersten Tagen seiner Krankheit hatte er immer wieder erlebt, wie sein Vater und Liesel an seinem Bett saßen und zu körperlosen Wesen wurden, sobald er sie ansprach; auf keinen Fall durfte er den irreparablen Fehler bei Regina wiederholen.

Walter machte sich klar, daß seine Tochter noch zu jung war, um zu begreifen, was mit Refugees geschah, die nicht vergessen wollten. Es war für beide gnädiger, keinen Kontakt aufzunehmen und sich dann auch nicht wieder trennen zu müssen. Regina würde ihm eines Tages dankbar sein. Als ihm bewußt wurde, daß sie nicht aus seinen Erfahrungen lernen wollte, hielt er abwehrend die Hände vor sein Gesicht.

»Papa, Papa, erkennst du mich nicht?« hörte er sie sagen.

Ihre Stimme kam aus so großer Ferne, daß Walter sich nicht entscheiden konnte, ob seine Tochter ihn aus Leobschütz oder aus Sohrau gerufen hatte, aber er spürte, daß keine Zeit zu verlieren war, wenn er sie noch rechtzeitig in Sicherheit bringen wollte. Es war eine tödliche Gefahr, einfach in der Heimat herumzustehen, als sei sie ein Kind wie andere Kinder auch. Regina war zu alt für Träume, die sich vogelfreie Menschen nicht leisten durften. Ihre Unbelehrbarkeit machte Walter wütend, doch der Zorn gab ihm auch Kraft, und er erkannte, daß er sich zwingen mußte, ihr ins Gesicht zu schlagen, um sie zu retten. Es gelang ihm, sich im Bett aufzurichten und beide Arme nach hinten zu schieben. Dann schlug ihm die Wärme ihres Körpers entgegen, und Reginas Stimme war so dicht an seinem Ohr, daß er das Zittern der einzelnen Töne spürte.

»Endlich, Papa. Ich dachte, du wachst nicht mehr auf.«

Walter war so betäubt von der Wirklichkeit, die sich ihm nur sehr langsam enthüllte, daß er kein Wort zu sagen wagte. Er merkte auch nicht, daß Sergeant Pierce am Kopf des Bettes stand.

»Bist du gewundet worden?« fragte Regina.

»Mein Gott, ich hab' ja vergessen, daß du nicht mehr richtig Deutsch kannst.«

»Bist du?« bohrte Regina.

»Nein, dein Papa ist nur ein ganz blöder Soldat, der sich Schwarzwasserfieber geholt hat.«

»Aber er ist Soldat«, beharrte Regina stolz.

»Cheers«, sagte Pierce.

»Three cheers for my daddy«, rief Regina laut. Sie hielt ihre Arme über den Kopf, und dann erlebte sie, wie dieser ulkige Soldat, der ein so seltsames Englisch sprach, daß sie sich sehr viel Mühe geben mußte, nicht zu lachen, seinen rechten Arm hochhob und mit ihr im Chor wunderbar laut »Hipp, Hipp, Hooray« jubelte.

Sehr viel später schlug Walter seiner Tochter vor: »Sag ihm, er soll doch mal herauskriegen, weshalb der Drachen von Krankenschwester mich nicht riechen kann.«

Sergeant Pierce hörte aufmerksam zu, während Regina aufgeregt berichtete, was sie erfahren hatte, und ließ danach Corporal Prudence Dickinson kommen. Erst stellte er einige höfliche Fragen, aber sehr plötzlich stellte er sich hin, stemmte seine Arme in die Hüften und nannte zu Reginas Verblüffung Schwester Prue ›a nasty bitch‹, worauf sie wortlos, ohne Hüftschwung und röter im Gesicht als ein Buschfeuer, das keinen Regen zu fürchten hat, den Saal verließ.

»Sag deinem Vater, die Frau ist ein dummer Esel«, erklärte Pierce, »es hat sie geärgert, daß er im Fieber Deutsch gesprochen hat. Aber ich denke, das solltest du ihm erst erzählen, wenn er wieder gesund ist.«

»Er möchte noch etwas wissen«, sagte Regina leise.

»Frag nur.«

»Er will wissen, ob er jetzt nicht mehr Soldat sein darf.«

»Warum denn?«

»Weil er gleich so krank geworden ist.«

Pierce spürte eine Bewegung in Kehle und Mund und mußte sich räuspern. Er lächelte, obwohl er die Gelegenheit dazu nicht als ganz passend empfand. Irgendwie gefiel ihm die Kleine. Obwohl sie weder Zöpfe, rotes Haar noch Sommersprossen hatte, erinnerte sie ihn an eine seiner Schwestern, aber er wußte nicht mehr an welche. Wahrscheinlich an alle fünf. Irgendwann. Es war wohl zu lange her, seitdem er die Mädels gesehen hatte. Jedenfalls hatte das Kind mit dem verdammt hochmütigen Oxford-Akzent der reichen Leute Mut. Das spürte er, und das gefiel ihm.

»Erklär deinem Vater«, sagte Pierce, »daß die Army ihn noch braucht.«

»Du kannst deine Stellung behalten, hat er gesagt«, flüsterte Regina. Sie küßte ihrem Vater schnell beide Augen, damit der Sergeant nicht merkte, daß er weinte.

14

Das Hove Court Hotel mit verkrusteten Palmen zu beiden Seiten des sorgsam geschmiedeten Eingangstors aus schwarzem Eisen, Zitronenbäumen mit harten grünen und leuchtend gelben Früchten, wuchernden Maulbeersträuchern, Riesenkakteen, hoch wachsenden Rosen im großen Garten und den im tiefen Violett blühenden Bougainvilleen vor flachen, weißen Häuschen, die um einen kurzgeschorenen Rasen angelegt waren, hatte fast das gleiche Alter wie die Stadt Nairobi selbst. Als die weitläufige Anlage 1905 von einem zukunftsgläubigen Architekten aus Sussex gebaut wurde, diente sie neu eingewanderten Regierungsbeamten so lange als erstes Quartier, bis sie ihre Familien in die Kolonie nachkommen ließen und in eigene Häuser zogen.

Das großzügig vornehme Flair, das in der wilden Gründerzeit der jungen Stadt für eine sehr englische Enklave gesorgt hatte, gab es nicht mehr, seitdem Mr. Malan der Hotelbesitzer war. Er sorgte, als er neue Schilder bestellte und dabei scharf kalkulierend auf das Wort Hotel verzichtete, ebenso rasch wie gründlich dafür, daß das Hove Court nicht mehr die richtige Adresse für Leute war, die standesgemäß zu leben verstanden. Der erfahrene Kaufmann aus Bombay erkannte mit geübtem Blick die Erfordernisse einer neuen Zeit. Es waren nicht mehr

Regierungsbeamte mit nostalgischen Träumen von der alten Heimat und auch nicht Safarigäste mit einem ausgeprägten Bedürfnis nach Eleganz und Komfort vor dem Aufbruch ins große Abenteuer, die untergebracht werden wollten, sondern Flüchtlinge aus Europa. Mit denen, fand Malan, der sein Vermögen einem ausgeprägten Instinkt für die Tiefpunkte des Lebens verdankte, war gut umgehen. Sie mußten neue Existenzen gründen und waren in ihrem Fleiß und Eifer so sparsam und anspruchslos wie seine eigenen Landsleute, die in Kenia einen neuen Anfang wagten.

Flüchtlingen, die sich Wehmut nicht leisten konnten, war mit niedrigen Preisen weit mehr gedient als mit der Tradition alter englischer Landhäuser. Schon Mitte der dreißiger Jahre, als die ersten Einwanderer vom Kontinent ins Land gekommen waren, ließ Malan die großen Zimmer in kleine Flats verwandeln. Er baute die Gesellschaftsräume sowie die kleinen Küchen und Bäder zu Einzelzimmern mit Waschtischen hinter einem Vorhang um, installierte Gemeinschaftstoiletten und ließ in der freien Fläche hinter dem großen Garten nur die kleinen, schmuddeligen Hütten mit Wellblechdächern für das schwarze Personal im ursprünglichen Zustand. Diese einzige Rücksicht auf die Landessitten erwies sich bald als ein besonders kluger Schachzug.

Waren Malans Mieter auch von einer für Weiße unüblichen Armut und Bescheidenheit, und wohnten sie fast so primitiv und ebenso beengt wie seine

Verwandten in Bombay, so konnten sie sich dank seines psychologisch gut durchdachten Coups doch das für die weiße Oberschicht laut ungeschriebenem Gesetz vorgeschriebene Personal leisten und damit die Illusion, sie wären auf dem Weg zur Integration und hätten den gleichen Lebensstandard wie die reichen Engländer in den Häusern am Rande der Stadt. Wer nach einer Zeit bangen Wartens und oft auch nach Zuzahlung einer hohen Summe zur ersten fälligen Miete im Hove Court unterkam, richtete sich auf Dauer ein. Manche Familien wohnten schon jahrelang dort.

Mr. Malan hatte wenig Ahnung von der Geographie Europas und auch nicht die Vorurteile, die einem Mann mit seinem Vermögen zustanden; es war nur so, daß er bei der Wahl seiner Mieter die Refugees aus Deutschland bevorzugte. Sie waren viel kleinlauter als beispielsweise die selbstbewußten Österreicher, sauberer als die Polen, vor allem pünktliche Zahler, zogen kein gequältes Gesicht, wie die arroganten einheimischen Weißen, wenn sie seinen Akzent hörten; selbstverständlich neigten sie wegen ihrer Sprachschwierigkeiten nicht zu Widerworten, die Malan verabscheute.

Er war dahintergekommen, daß die Deutschen, gegen die er im übrigen auch nach Ausbruch des Kriegs schon deshalb nichts hatte, weil er ja selbst die Engländer haßte, Angst vor Veränderungen hatten und noch lieber als die meisten Menschen unter Ihresgleichen leben wollten. Das kam ihm entgegen. Ein schneller Wechsel im Hove Court und die dann nicht zu umgehenden Renovierungen hätten ihn nur finanziell strapaziert. So aber nahmen jedes Jahr sein Bankkonto und sein Ansehen zu – dies auch außerhalb der kleinen Gruppe indischer Geschäftsleute, und es beunruhigte ihn nicht im mindesten, daß sein prosperierender Besitz mit völlig anderen Maßstäben gemessen werden mußte als die feinen Hotels der Stadt.

Malan ließ sich dreimal in der Woche im Hove Court sehen – hauptsächlich, um Menschen mit Klagen klarzumachen, daß sie nun in einem freien Land lebten und das Recht hätten, jederzeit bei ihm aus- und woanders hinzuziehen. Um die Hierarchie im Hove Court kümmerte er sich nicht. Im schönsten Flat mit einem verästelten Eukalyptusbaum vor dem Fenster und einem winzigen Garten mit blutroten, vanillegelben und rosa Nelken wohnten die alte Mrs. Clavy und ihr betagter Hund Tiger, ein brauner Boxer mit einer Abneigung gegen zu harte deutsche Laute. Mrs. Clavy selbst, deren Bräutigam sechs Wochen nach seiner Ankunft in Nairobi und lange vor dem Ersten Weltkrieg an Malaria gestorben war, galt hingegen als freundlich. Sie maß Kinder nicht an ihrer Muttersprache und lächelte sie ohne irgendwelche Einschränkungen an.

Lydia Taylor, einst Kellnerin im Londoner Savoy, war die zweite Engländerin, die das Leben in der Gemeinschaft von fremdsprachigen Menschen mit einer Gelassenheit ertrug, die von den Refugees als keineswegs selbstverständlich empfunden wurde. Ihr dritter Mann war Captain und nicht gewillt, für sie und die drei Kinder, von denen nur eins das seine war, mehr als die monatliche Miete für zwei Zimmer im Hove Court aufzubringen.

Ihre kostbaren und tief ausgeschnittenen Seidenkleider aus der kurzen Zeit ihrer zweiten Ehe mit einem Textilkaufmann aus Manchester, ihre drei Hausboys und eine betagte Aja, die unmittelbar nach Sonnenaufgang den Kinderwagen laut singend durch den Garten schob, sorgten für Gesprächsstoff. Beneidet wurde Mrs. Taylor um ihre Terrasse. Dort stillte sie bei Tag ihr Baby und empfing nach Einbruch der Dunkelheit ihre vielen, stimmkräftigen jungen Freunde in Uniform. Die sicherten ihr gesellschaftliches Prestige, seitdem ihr Mann zu ihrer Erleichterung nach Burma versetzt worden war.

Ebenfalls nicht schlecht untergebracht, fast immer auf der begehrten Schattenseite des Gartens und oft mit winzigen Vorbauten vor den Fenstern, gerade groß genug für Blumentöpfe mit gut gedeihendem Schnittlauch, waren die Emigranten der ersten Stunde. Sie erregten im hohen Maß den Neid der nach ihnen eingetroffenen Flüchtlinge und behandelten sie ihrerseits mit jener gutmütigen Herablassung, die man in der alten Heimat als den rechten Umgangston für arme Verwandte empfunden hatte.

Zu der vom Schicksal begnadeten Einwandererelite gehörten die alten Schlachters aus Stuttgart, die nicht zu überreden waren, ihr Rezept für Maultaschen und Spätzle zu verraten und wovon sie lebten, der unfreundliche Schreiner Keller mit Frau und vorlautem, halbwüchsigen Sohn aus Erfurt, der es zum Manager einer Holzfabrik gebracht hatte, und Leo Slapak mit Frau, Schwiegermutter und drei Kindern aus Krakau. Slapak verdiente zwar gutes Geld mit seinem Secondhandshop, war aber nicht bereit, es ausgerechnet für besseres Wohnen auszugeben.

Als langjährige Bewohnerin im Hove Court galt, zwar nicht zu Recht, aber durch ihren souveränen Umgang mit Mr. Malan rasch zu Ansehen gekommen, Elsa Conrad. Obwohl sie erst nach Kriegsausbruch zugezogen war, hatte sie zwei große Räume und eine fast so geräumige Terrasse wie Mrs. Taylor. Der achtzig Jahre alte Professor Siegfried Gottschalk gehörte tatsächlich zu Mr. Malans frühen Mietern. Trotzdem fanden ihn auch die Glücklosen in den kleinen Wohnverschlägen sympathisch; er pochte als einziger nicht auf den Status des weitsichtigen Früheinwanderers, der rechtzeitig die Zeichen drohenden Unheils erkannt hatte.

Er hatte im Ersten Weltkrieg dem Kaiser die Beweglichkeit seines rechten Armes geopfert und danach, ebenso freudig, der Vaterstadt als Professor der Philosophie gedient. An einem Frühlingstag des Jahres 1933, der sich zuerst wegen seiner linden Lüfte und später durch den Sturm in seinem Herzen für immer in sein Gedächtnis grub, war er von johlenden Studenten der Frankfurter Universität auf die Straße getrieben worden. Sie hatten ihn bis zu seiner Schicksalsstunde als einen außergewöhnlichen

Mentor mit überdeutlich ausgedrückter Liebe auf dem weichen Kissen der Illusionen gebettet.

Im Gegensatz zum allgemeinen Brauch im Hove Court sprach Gottschalk selten vom Glanz seiner guten Tage. Jeden Morgen stand er um sieben Uhr auf und ging bis zum kleinen Hügel hinter den Hütten von den Hausboys, die er beharrlich Adlati nannte, trug zum Tropenhelm, den er sich zur Auswanderung gekauft hatte, den dunklen Anzug und die graue Krawatte, die ebenfalls noch aus seiner Heimatstadt stammten, und gestattete sich auch in der Mittagsglut keine leichte Kleidung und nicht die landesübliche Ruhezeit.

›Unser Professor‹, wie ihn auch diejenigen im Hove Court nannten, die zu Hause keine Gelegenheit zum Einblick ins akademische Leben gehabt hatten und ihn also nur für skurril und zerstreut hielten, war der Vater von Lilly Hahn. Ihr wiederholtes Flehen, zu ihr und Oha auf die Farm in Gilgil zu ziehen, lehnte er stets mit der Begründung ab: »Ich brauche Menschen um mich und nicht Rindviecher.«

Seit fast zehn Jahren fragte er sich und seine Bücher, weshalb ausgerechnet er Zeuge beim Wettlauf der Apokalyptischen Reiter sein und noch weiter leben mußte, doch er klagte nie. Dann kam ein Brief von seiner Tochter, der ihn, wenigstens einige Tage, zugleich belebte und aufregte. Lilly bat ihren Vater, Jettel bei der Familie Gordon aufzusuchen und ein gutes Wort bei Malan einzulegen, damit sie und ihre Tochter im Hove Court unterkamen.

Obwohl ihn die Aufgabe vor das diffizilste Problem seit seiner Ankunft im Hafen von Kilindini stellte, war der alte Mann glücklich über die Aussicht, einen Bruchteil seiner Zeit in der Gesellschaft von anderen Menschen als Seneca, Descartes, Kant und Leibniz zu verbringen. Am Sonntag um acht Uhr morgens trat er beschwingt und mit einer kleinen Flasche Trinkwasser in der Jackentasche durch das eiserne Tor des Hove Court. Er traute sich nicht, den Bus zu benutzen, weil er dem Fahrer sein Ziel weder auf Englisch noch Suaheli nennen konnte, und ging die drei Kilometer zu Gordons zu Fuß.

Zu seiner großen Freude stammte das gastfreundliche Ehepaar aus Königsberg, wo er als Junge oft die Ferien bei einem Onkel verbracht hatte. Von Jettels blassem Teint, dunklen Augen, dem kindlichen Ausdruck und ihren schwarzen Locken, die ihn an das liebenswürdige Bild erinnerten, das in seinem Arbeitszimmer gehangen hatte, war er gerührt und genierte sich um so mehr seines Unvermögens, ihr zu helfen.

»Ich kann«, sagte er nach der dritten Tasse Kaffee, »Ihnen nur mit Geleit, doch nicht mit Fürsprache dienen. Englisch habe ich nicht mehr erlernt.«

»Ach, Herr Gottschalk. Lilly hat mir so viel Gutes von Ihnen erzählt. Wenn Sie nur mitkommen zu Malan, ist mir schon wohler. Ich kenne ihn ja gar nicht.«

»Ich höre, er ist kein Philanthrop.«

»Sie werden mir Glück bringen«, sagte Jettel.

»Das hat eine Frau schon lange nicht mehr zu mir

gesagt«, lächelte Gottschalk, »und eine so schöne noch nie. Morgen zeige ich Ihnen erst einmal unser Hove Court, und vielleicht fällt uns dort ein, was wir tun können.«

»Das war«, schrieb er zwei Tage später an seine Tochter, »die beste Idee, die ich je in diesem verwunschenen Land hatte.« Allerdings brachten nicht er, sondern der Zufall und Elsa Conrad die Dinge in Bewegung. Gottschalk war gerade dabei, Jettel auf die zarten Hibiskusblüten aufmerksam zu machen, die, von gelben Schmetterlingen umschwirrt, an einer Mauer emporwuchsen, als Elsa Conrad den Rest vom Wasser in ihrer Gießkanne auf den Boxer von Mrs. Clavy schüttete und ihn einen ›Mistköter‹ schimpfte. Jettel erkannte die temperamentvolle Weggenossin aus den ersten Kriegstagen sofort an dem langen, geblümten Morgenrock und dem roten Turban um den Kopf.

»Mein Gott, die Elsa aus dem Norfolk«, rief sie aufgeregt, »erinnerst du dich noch? Wir waren 1939 zusammen dort interniert!«

»Glaubst du«, fragte Elsa entrüstet, »daß man sein Leben in einer Bar zubringen kann, ohne sich Gesichter zu merken? Los, komm rein. Sie auch, Herr Gottschalk. Ich kann mich noch genau erinnern. Dein Mann war Rechtsanwalt. Und du hast ein niedliches, verschüchtertes Kind. Ihr wart doch auf einer Farm. Was machst du in Nairobi? Bist du etwa deinem Mann weggelaufen?«

»Nein. Mein Mann ist bei der Army«, sagte Jettel stolz. »Und ich«, fuhr sie fort, »weiß gar nicht, was ich machen soll. Ich habe keine Unterkunft, und Regina hat bald Ferien.«

»Den hilflosen Ton kenne ich doch noch. Bist du immer noch die feine Anwaltsgattin? Erwachsener bist du jedenfalls nicht geworden. Macht nichts. Elsa hat immer geholfen, wenn sie konnte. Besonders Kriegshelden. Du brauchst jemanden, der mit dir zu Malan geht. Nichts für ungut, Professorchen. Sie sind da nicht der richtige Mann. Gleich morgen gehen wir hin. Und fang bloß nicht an zu heulen. Das indische Ekel läßt sich nicht durch Tränen beeindrucken.«

Malan unterdrückte Grimm und Seufzer, als Elsa Conrad sein Büro erstürmte und Jettel als tapfere Soldatenfrau vorstellte, die umgehend und natürlich zu einem Mietpreis, den ihm noch nicht einmal sein Lieblingsbruder zugemutet hätte, eine Unterkunft brauche. Er wußte aus zu vielen leidvollen Erfahrungen, daß es sinnlos war, sich ihr zu widersetzen. So begnügte er sich mit Blicken, die bei jedem anderen sofort regulierend gewirkt hätten, und der wenigstens für ihn wohltuenden Vorstellung, daß diese laute Person mit der Kraft eines wild gewordenen Stiers immer mehr den Schlachtschiffen ähnelte, die seit der Landung in der Normandie selbst in den unverdrossen antienglisch eingestellten indischen Zeitungen abgebildet wurden.

Mrs. Conrad ließ sich nicht durch seine üblichen Tricks zum Schweigen bringen. Ihre Stimme war sehr viel durchdringender als seine, und die Weibsperson selbst neigte zu Argumenten, auf die er schon deshalb keine Antwort fand, weil die Tiraden mit Heftigkeiten angeheizt waren, die in einer ihm unbekannten Sprache herausgeschleudert wurden. Hinzu kam, daß Malan bedauerlicherweise Rücksicht auf seine umfangreiche Familie nehmen mußte und es sich mit dem satanischen Vulkan nicht verderben durfte.

Dieser weibliche Riese mit dem aufreizenden Turban und der lächerlichen Nelke obendrauf, die pikanterweise aus seinem Garten stammte, wußte nicht nur, daß er im Hove Court die meiste Zeit ein Zimmer für besondere Fälle frei hielt. Die Frau war auch noch ausgerechnet Manageress im Horse Shoe. In der kleinen Bar, die wegen ihrer Intimität, dem Vanilleeis und den Currygerichten bei den Soldaten aus England beliebtester Treffpunkt Nairobis war, wurde ausschließlich indisches Personal in der Küche beschäftigt und fast immer solches aus Mr. Malans emsiger Verwandtschaft.

So war auch der Handel im Fall der Soldatenfrau, die Malan ungewohnt weich stimmte, weil ihre Augen ihn an die wunderschönen Kühe seiner Jugend erinnerten und die sich zu seiner Befriedigung wenigstens als eine Refugee aus Deutschland entpuppte, von gewohnter Kürze. Jettel bekam das freie Zimmer und die Erlaubnis, ihren Hund und Hausboy mitzubringen. Der jüngste Bruder seiner Frau, dem zwei Finger an der rechten Hand fehlten und der deshalb besonders schwierig unterzubringen war, durfte vorerst im Horse Shoe die Wartung der Herrentoilette übernehmen.

Im Hove Court wußten alle, auf die es ankam, daß die neue Mieterin unter dem Schutz von Elsa Conrad stand, und so blieben Jettel die vielen kleinen Schikanen erspart, mit denen sich Neulinge sonst widerspruchslos abfinden mußten, wollten sie nicht für alle Zeiten als Querulanten abgestempelt werden, um die anständige Leute einen großen Bogen machten. Jettels Klagen galten nur noch der ihr ungewohnten Schwüle in Nairobi, den beengten Verhältnissen nach einem ›Leben in herrlicher Freiheit auf unserer Farm‹ und daß Owuor das Essen auf einer winzigen elektrischen Kochplatte zubereiten mußte. Sie wurden indes immer rechtzeitig von Elsa Conrad mit der Bemerkung erstickt: »Jeder Dackel war vor der Emigration ein Bernhardiner. Such dir lieber eine Arbeit.«

Als Regina zu ihren ersten Ferien ins Hove Court kam, hatte sich Jettel immerhin so an das neue Leben und vor allem an die vielen Menschen gewöhnt, mit denen sie reden und jammern konnte, daß sie ihrer Tochter täglich versprach: »Hier wirst du die Farm schnell vergessen.«

»Ich will die Farm nicht vergessen«, erwiderte Regina.

»Auch nicht deinem geliebten Vater zuliebe?«

»Papa versteht mich. Er will ja sein Deutschland auch nicht vergessen.«

»Du wirst dich hier nie langweilen und kannst jeden Tag mit dem Bus in die Bibliothek fahren und dir so viele Bücher ausleihen, wie du nur willst. Für Army-Angehörige ist das umsonst. Frau Conrad freut sich schon, daß du ihr Bücher mitbringen kannst.«

»Wem soll ich erzählen, was ich gelesen habe, wenn Papa nicht da ist?«

»Hier gibt es doch so viele Kinder.«

»Soll ich Kindern von Büchern erzählen?«

»Dann deiner blöden Fee«, antwortete Jettel ungeduldig.

Regina kreuzte ihre Finger hinter dem Rücken, um die Ahnungslosigkeit ihrer Mutter nicht aus dem Schlaf zu reißen. Sie hatte schon am ersten Ferientag ihre Fee in einem Guavenbaum von betäubendem Duft und mit kräftigen Ästen einquartiert. Auch sie selbst konnte mühelos auf den Baum mit den grünen Früchten klettern. Das Blattwerk gab ihr Schutz und die Möglichkeit, den Tag wie zu Hause in Ol' Joro Orok wegzuträumen. Es wurde ihr nicht leicht, sich an die neue Umgebung zu gewöhnen. Vor allem die Frauen ängstigten sie, wenn sie am späten Nachmittag mit grellgeschminkten Lippen und in langen Gewändern, die sie Housecoats nannten, im Garten herumwandelten und Regina ansprachen, sobald sie ihren Baum verließ.

Gegenüber dem kleinen dunklen Zimmer, in dem zwei Betten, eine Waschschüssel, zwei Stühle und der Tisch mit der elektrischen Kochplatte standen und das sich Jettel, Regina und Rummler teilten, wohnte Mrs. Clavy. Sie gefiel Regina, weil sie ihr zulächelte, ohne ein Wort zu sagen, Rummler streichelte und ihn mit den Resten fütterte, die ihr Hund Tiger übrigließ. Aus der Regelmäßigkeit, mit der

Lächeln und fein gemahlenes weißes Fleisch ausgetauscht wurden, entwickelte sich sehr bald eine Gewohnheit, die Regina in ihren Träumen zum großen Abenteuer ihrer Ferien ausbaute.

An jenen Tagen, die kein Ende nehmen wollten, stellte sie sich vor, aus Rummler und Tiger wären Pferde geworden und sie wäre auf ihnen zurück nach Ol' Joro Orok geritten. Diana Wilkins aber, die in einem Flat, der aus zwei großen Zimmern bestand, neben Jettel wohnte, riß in einem einzigen Angriff die Mauern von Reginas einsamer Festung nieder.

Als Regina an einem Tag, der so heiß und trocken wie ein überfüttertes Buschfeuer war, nach dem Mittagessen zurück auf ihren Baum kam, hockte Diana auf einem Ast. Die grazile Frau mit den blauen Augen, langen blonden Haaren und einer Haut, die im dichten Blattwerk wie Mondlicht schimmerte, trug ein durchsichtiges weißes Spitzenkleid, das bis zu ihren nackten Füßen reichte. Ihre Lippen waren zart rosa geschminkt, und auf dem Kopf leuchtete eine goldene Krone mit kleinen bunten Steinen auf jeder Zacke.

Einen herzklopfenden Moment lang staunte Regina, daß es ihr gelungen war, eine Fee zum Leben zu erwecken, an die sie schon lange nicht mehr glaubte. Sie wagte keinen Atemzug, doch als Diana sagte: »Wenn du nicht zu mir kommst, komme ich zu dir«, schüttelte ein so gewaltiges Lachen ihren Körper, daß Scham ihre Haut verbrühte. Das Englisch, das die Refugees sprachen und das in Reginas

Ohren wie ein Wind tobte, der gegen einen Wald voll Riesen kämpft, war ein sanftes Säuseln im Vergleich zu Dianas harter Aussprache.

»Ich habe dich noch nie lachen gesehen«, stellte Diana zufrieden fest.

»Ich habe in Nairobi noch nicht gelacht.«

»Traurigkeit macht häßlich. Jetzt lachst du schon wieder.«

»Bist du eine Prinzessin?«

»Ja. Aber die Leute hier glauben das nicht.«

»Ich schon«, sagte Regina.

»Die Bolschewiks haben mir meine Heimat gestohlen.«

»Meinem Vater haben sie auch die Heimat gestohlen.«

»Aber nicht die Bolschewiks!«

»Nein, die Nazis.«

Diana Wilkins stammte aus Lettland, war als junges Mädchen über Deutschland, Griechenland und Marokko geflüchtet und Anfang der dreißiger Jahre nur deshalb in Kenia hängengeblieben, weil ihr jemand erzählt hatte, in Nairobi sollte ein Theater eröffnet werden. Sie war Tänzerin gewesen und überzeugt, daß ihre guten Tage noch kämen. Ihren englischen Nachnamen und eine Witwenpension, die ihr beide noch mehr von den Bewohnern des Hove Court geneidet wurden als ihre Schönheit, verdankte sie einer sehr kurzen Ehe mit einem jungen Offizier. Ein eifersüchtiger Rivale hatte ihn erschossen.

Als sie Regina das erstemal ihre Wohnung zeigte, wies sie stolz auf die eingetrockneten Blutstropfen an der Wand hin. Die stammten zwar von erschlagenen Moskitos, aber Diana durstete noch mehr nach Romantik als nach Whisky und fand die Vorstellung zu traurig, der verstorbene Lieutenant Wilkins hätte außer seinem Namen keine Spuren in ihrem Leben hinterlassen.

»Warst du denn dabei, als er erschossen wurde?« fragte Regina.

»Aber ja. Er hat noch zu mir gesagt ›deine Tränen sind wie Tau‹, ehe er starb.«

»So was Schönes habe ich noch nie gehört.«

»Wart nur ab. Eines Tages wirst du so etwas auch erleben. Hast du denn schon einen Freund?«

»Ja. Er heißt Martin und ist Soldat.«

»Hier in Nairobi?«

»Nein, in Südafrika.«

»Und es ist dein größter Wunsch, ihn zu heiraten?«

»Ich weiß nicht«, zweifelte Regina. »Das habe ich mir noch nicht überlegt. Noch mehr wünsche ich mir einen Bruder.«

Sie erschrak, als sie sich reden hörte. Seit dem Abschied von Martin auf der Farm hatte Regina seinen Namen nur in ihrem Tagebuch erwähnt. Daß sie nun auf einem Schlag nicht nur von ihm, sondern auch von dem toten Baby erzählte, verwirrte sie. Der wilde Tanz in ihrem Kopf erschien ihr wie ein besonderer Zauber, der Trauer verdursten ließ wie Flüsse in der Trockenzeit.

Seitdem Regina mit Diana ihre beiden Geheimnisse geteilt hatte, rasten die Tage so schnell über sie hinweg wie Ochsen, die sich im Fieberwahn im Kreise drehen. Ihre Ohren wurden taub gegen die weinerlichen Bitten der Mutter und erst recht gegen die Befehle von Elsa Conrad, sich nach einer gleichaltrigen Freundin umzusehen.

»Magst du Diana nicht?«

»Doch«, sagte Jettel zögernd, »aber du weißt, daß Papa komisch ist.«

»Warum?«

»Er ist ein Mann.«

»Alle Männer lieben Diana.«

»Das ist es ja. Er hat was gegen Frauen, die mit jedem Mann schlafen.«

»Diana«, erklärte Regina am Tag darauf, »hat gesagt, sie schläft nicht mit allen Männern. Sie geht nur mit ihnen aufs Sofa.«

»Mach das mal deinem Vater klar.«

Die einzigen männlichen Wesen, die Diana wirklich liebte, waren ihr winziger Hund Reppi, den sie bei ihren Spaziergängen im Garten auf dem Arm trug und der, wie nur Regina wußte, in Wirklichkeit ein verzauberter Fürst aus Riga war, und ihr Hausboy. Chepoi war ein großgewachsener, grauhaariger Nandi mit Pockennarben im Gesicht und zierlichen Händen, in denen sehr viel Kraft und noch mehr Sanftheit steckten. Er sorgte mit der Miene eines bekümmerten Vaters für Diana, die er als verpflichtendes Erbe seines toten Bwanas empfand, der ihn vor einem verrückt gewordenen Wasserbüffel gerettet hatte.

Nachts, wenn die Zeit für den letzten Freier abgelaufen war, kam Chepoi noch einmal zurück aus seiner winzigen Hütte hinter den Personalquartieren, schlich sich in Dianas rauchige, nach Alkohol stinkende Höhle, nahm seiner Memsahib die Flasche aus der Hand und brachte sie ins Bett. Im Hove Court erzählte man sich, daß er sie oft sogar ausziehen mußte und ihre gereizten Nerven mit Liedern beruhigte, aber Chepoi war kein Mann der Worte. Ihm reichte es, daß er seiner schönen Memsahib ein Beschützer war, und das konnte er nur sein, wenn er nicht mit Menschen redete, die ebenso böse Zungen wie Ohren hatten.

Regina wurde die Ausnahme. Trotz Jettels anfänglichen Bedenken und Owuors eifersüchtigem Gezeter nahm Chepoi sie sehr oft auf den Markt mit, auf dem er Fleisch kaufte und sich nach erregten Streitereien und erbittertem Handel für riesige Krautköpfe entschied, um das einzige Essen kochen zu können, das der Memsahib nach den Anstrengungen der Nacht neue Kraft gab.

Für Regina tat sich auf dem Markt im Zentrum von Nairobi eine neue Welt auf. Orange leuchtende Mangos neben grünen Papayas, die Bananenstauden in Rot, Gelb und Grün, pralle Ananasfrüchte mit Kronen aus glänzenden, tiefgrünen Stacheln und die aufgeschnittenen Passionsfrüchte mit Kernen wie grauschimmernde Glasperlen betäubten ihre Augen, der Duft von Blumen, scharf gebranntem Kaffee und frisch gemischten Gewürzen und der Gestank von faulendem Fisch und bluttropfendem Fleisch ihre Nase; die Fülle von Schönheit, Ursprünglichkeit und Ekel ließ endlich die qualvolle Sehnsucht nach den Tagen verlöschen, die nicht mehr waren.

Es gab hohe Türme von Körben aus geflochtenem Sisal, die Kikapus genannt wurden und mehr Farben als ein Regenbogen hatten, zierliche Schnitzereien aus Elfenbein und glatt polierte Krieger mit langen Speeren aus schwarzem Holz und mit bunten Perlen bestickte Gürtel und Stoffe, deren Muster Geschichten von verzauberten Menschen und jenen wilden Tieren erzählten, die nur Fantasie hatte zähmen können. Schuppige Schlangenhäute, Felle von Leoparden und Zebras, ausgestopfte Vögel mit gelbem Schnabel, Büffelhorn, Riesenmuscheln aus Mombasa, zierliche Armbänder aus Elefantenhaar und goldfarbige Ketten mit bunten Steinen wurden von Indern mit schwarzen Augen und schnell zupackenden Händen angeboten.

Die Luft war schwer und das Konzert der Stimmen so gewaltig wie die schreienden Wasserfälle von Thomson's Falls. Hühner gackerten und Hunde bellten. Zwischen den Ständen drängten sich ältere englische Frauen mit papierdünner, blasser Haut, vergilbten Strohhüten und weißen Handschuhen. Hinter ihnen liefen ihre Hausboys mit den schweren Kikapus wie gut abgerichtete Hunde. Aufgeregte Goanesen redeten so schnell wie schnatternde Affen, und die Inder in farbfrohen Turbans schritten langsam und sehr aufmerksam an den Waren vorbei.

Man sah viele Kikuyus in grauen Hosen und farbigen Hemden, die ihr großstädtisches Aussehen mit schweren Schuhen betonten, und schweigsame Somalis, von denen viele wirkten, als wollten sie in einen Krieg der alten Art ziehen. Kraftlose, nach Eiter stinkende Bettler mit erloschenen Augen, viele von ihnen von Lepra zerfressen, baten um Almosen, und mit unbewegtem Gesicht hockten Mütter auf dem Boden und stillten ihre Kinder.

Auf dem Markt verliebte sich Regina in Nairobi und in Chepoi. Zunächst wurde sie seine Geschäftspartnerin und später seine Vertraute. Weil sie Kikuyu sprach, konnte sie noch besser mit den Männern an den Marktständen handeln als er, der Nandi, der auf Suaheli angewiesen war. Von dem ersparten Geld kaufte ihr Chepoi oft eine Mango oder einen gerösteten Maiskolben, der wunderbar nach verbranntem Holz schmeckte, und am schönsten Tag ihrer Ferien, nach vorheriger Rücksprache mit seiner Memsahib, überreichte er ihr einen mit winzigen bunten Perlen bestickten Gürtel.

»In jedem kleinen Stein ist ein Zauber«, versprach er und machte seine Augen groß.

»Woher weißt du?«

»Ich weiß es. Das ist genug.«

»Ich wünsch mir einen Bruder«, sagte Regina.

»Hast du denn einen Vater?«

»Ja. Er ist Askari in Nakuru.«

»Dann wünsch dir zuerst, daß er mal nach Nairobi kommt«, empfahl Chepoi. Wenn er lachte, wurden seine gelben Zähne hell und die Heiserkeit in seiner Kehle warm.

»Ich riech dich gern«, stellte Regina fest und rieb sich die Nase.

»Wie rieche ich?«

»Gut. Du riechst wie ein kluger Mann.«

»Du bist auch nicht dumm«, sagte Chepoi, »du bist jung. Aber das bleibt nicht so.«

»Der erste Stein«, freute sich Regina, »hat schon geholfen. So etwas hast du mir noch nie gesagt.«

»Ich habe das schon oft gesagt. Nur du hast es nicht gehört. Ich rede nicht immer mit meinem Mund.«

»Ich weiß. Du redest mit den Augen.«

Als sie an den von feiner roter Erde bedeckten Riesenkakteen vorbei ins Hove Court zurückkamen, war die durstigste Stunde des Tages von sengender Kraft, aber sie hatte noch nicht, wie sonst, die Menschen in ihre schwarzen Löcher zurückgetrieben. Der alte Herr Schlachter schaute zum Fenster heraus und lutschte Eiswürfel. Er hatte ein schwaches Herz und durfte nicht viel trinken. Das wußten alle, und doch beneidete jeder die Schlachters um ihren Eisschrank.

Regina schaute eine Weile zu, wie der müde Mann mit den trüben Augen und dem runden Bauch einen Würfel nach dem anderen aus einem kleinen silberfarbigen Topf nahm und ihn langsam in den Mund steckte. Sie überlegte angestrengt, ob sie sich für eine kleine Perle wohl auch ein krankes Herz und viele Eiswürfel wünschen dürfte, doch die Art, wie der alte Schlachter sie ansah und sagte: »So möchte ich auch noch mal springen können«, verwirrte sie.

Das rosa Baby im hellblauen Strampelanzug saugte an Mrs. Taylors weißer Brust und jagte den Neid, der Ruhe schneller fressen konnte als große Safariameisen ein kleines Stück Holz, in Reginas Sinne. Um ihren zu voll gelaufenen Kopf leer zu bekommen, beobachtete sie, wie Frau Friedländer den schwarzlockigen Pelzmantel ausklopfte, den sie sich zur Auswanderung gekauft und nie getragen hatte.

Mrs. Clavy stand in ihrem Garten und erzählte ihren roten Nelken, daß sie ihnen erst nach Sonnenuntergang Wasser bringen dürfte. Regina leckte ihre Lippen, um ihr zulächeln zu können, doch ehe sie Feuchtigkeit in ihrem Mund geholt hatte, sah sie Owuor mit Rummler unter einem durstenden Zitronenbaum. Sie rief den Hund, der träge nur eins seiner Ohren bewegte, und erkannte mit Reue, daß sie sich den ganzen Tag nicht um ihn gekümmert hatte. Sie überlegte, wie sie Owuor den Gürtel zeigen konnte, ohne seine Eifersucht auf Chepoi zu entzünden. Da sah sie, daß sich seine Lippen bewegten und daß Feuer in seinen Augen war. Als sie auf Owuor zurannte, raste ihr seine Stimme entgegen.

»Ich hab' mein Herz in Heidelberg verloren«, sang er so laut, als hätte er vergessen, daß es in Nairobi kein Echo gab.

Regina fühlte den lange vergeblich ersehnten, den stechenden Schmerz der Erwartung.

»Owuor, Owuor, ist er gekommen?«

»Ja, der Bwana ist gekommen«, lachte Owuor.

»Der Bwana Askari ist gekommen«, berichtete er stolz. Er nahm Regina hoch wie am Tag, als der Zauber begonnen hatte, und preßte sie an sich. Eine kurze Seligkeit lang war sie seinem Gesicht so nah, daß sie das Salz sehen konnte, das an seinen Augenlidern klebte.

»Owuor, du bist so klug«, sagte sie leise, »weißt du noch, wie die Heuschrecken kamen?«

Satt von Freude und Erinnerung wartete sie ab, bis das Schnalzen seiner Zunge aus ihren Ohren wich; dann schleuderte sie ihre Schuhe von den Füßen, um schneller über den Rasen fliegen zu können, rannte ungeduldig zum Flat und riß die Tür mit einer Gewalt auf, als müßte sie ein Loch durch die Wand schlagen.

Ihre Eltern saßen dicht beieinander auf dem schmalen Bett und trennten sich mit einer so plötzlichen Bewegung, daß der kleine Tisch vor ihnen einen Moment schwankte. Ihre Gesichter hatten die Farbe von Mrs. Clavys gesündesten Nelken. Regina hörte, daß Jettel laut und schnell atmete, und sie sah auch, daß ihre Mutter weder Bluse noch Rock anhatte. Sie hatte also ihr Versprechen nicht vergessen, in guten Tagen noch ein Baby zu bekommen. Waren die guten Tage schon auf Safari gegangen?

Es machte Regina unsicher, daß ihre Eltern nichts sagten und so steif, stumm und ernst wie Holzfiguren auf dem Markt wirkten. Sie fühlte, daß auch ihre Haut rot wurde. Es war schwer, die Zähne auseinanderzubekommen.

»Papa«, sagte sie endlich, und dann stürzten die

Worte, die sie hatte einsperren wollen, doch wie schwere Steine aus ihrem Mund: »Haben sie dich rausgeschmissen?«

»Nein«, sagte Walter, zog Regina auf sein nacktes Knie und löschte das Feuer in seinen Augen mit einem Lächeln. »Nein«, wiederholte er, »King George ist sehr zufrieden mit mir. Er hat mich extra gebeten, dir das zu sagen.« Ganz leicht klopfte er auf den Ärmel seines steif gestärkten Khakihemdes. Dort leuchteten zwei Streifen aus weißem Leinen.

»Du bist Corporal geworden«, staunte Regina. Sie berührte einen der kleinen Steine ihres neuen Gürtels und leckte mit der frischen Kraft überwundener Angst das Gesicht ihres Vaters ab, wie Rummler es bei jedem Wiedersehen tat, wenn Freude seinen Körper schüttelte.

»Corporal is bloody good for a fucking refugee«, sagte Walter.

»You are speaking English, Daddy«, kicherte Regina.

Der Satz machte in ihrem Kopf eine Beute, die sie ekelte und mit Schuld bedrängte. Ob ihr Vater wohl ahnte, daß sie sich so lange einen Daddy gewünscht hatte, der wie andere Väter aussah, Englisch sprach und keine Heimat verloren hatte? Sie schämte sich sehr, daß sie Kind gewesen war.

»Du erinnerst dich noch an Sergeantmajor Pierce?«

»Sergeant«, verbesserte Regina und war froh, daß sie ihre Trauer hinuntergeschluckt hatte, ohne sich von ihr würgen zu lassen.

»Sergeantmajor. Auch Engländer werden befördert. Und rat mal, was ich ihm beigebracht habe! Er kann jetzt ›Lilli Marleen‹ auf Deutsch singen.«

»Das will ich auch können«, sagte Regina. Sie brauchte nur den Bruchteil einer Sekunde, um die Lüge in ihrem Mund in jene Süße zu verwandeln, von der Diana behauptete, nur sie sei der wahre Geschmack der großen Liebe.

15

Daß der Rundfunk am 8. Mai 1945 alle Nachrichtensendungen des Tages mit dem Satz ›Keine besonderen Vorkommnisse zu erwarten‹ begann, lag am Wetter, das von Mombasa bis zum Rudolfsee für die Jahreszeit ungewöhnlich stabil und trocken war. Aus Rücksicht auf die Farmer, denen man gerade in der ersten Erntezeit nach dem großen Regen nicht jede Stunde vorab das ferne Weltgeschehen und dann erst die Details von wesentlichem Interesse zumuten wollte, hatten beim Sender Nairobi seit jeher die meteorologischen Nachrichten Priorität gehabt.

Weder der Tod von George V., die Abdankung von Edward VIII., die Krönung von George VI. noch der Ausbruch des Zweiten Weltkriegs waren als ausreichender Grund gewertet worden, mit dieser Tradition zu brechen. So fand der zuständige Redakteur auch die bedingungslose Kapitulation der Deutschen keinen Fall für eine Ausnahme. Trotzdem verfiel die Kolonie in einen Siegestaumel, der in keiner Beziehung dem Jubel im notleidenden Mutterland nachstand.

In Nakuru befahl Mr. Brindley die Beflaggung der gesamten Schule, was das Improvisationstalent sowohl von Lehrern als auch von Schülern auf eine noch nie dagewesene Art herausforderte. In der

Schule gab es nur einen einzigen, recht verblichenen Union Jack, der ohnehin täglich vom Hauptgebäude flatterte. Man half sich durch eilig zusammengeklebte und schnell genähte Flaggen aus aussortierten Bettlaken und den Kostümen der roten Affen von der letzten Schüleraufführung.

Für das noch fehlende Blau der Fähnchen wurden Schuluniformen und Pfadfinderkleider zerschnitten, und zwar von jenen begüterten Kindern, die ausreichend Garderobe und danach sehr viel Mühe hatten, ihren Stolz ob der freudig gebrachten Opfer nicht allzu auffällig zur Schau zu stellen.

Es verdroß Regina nicht, daß sie nur einen einzigen Schulrock und ein zu verblichenes Pfadfinderkleid hatte und also bei dieser patriotischen Scherenschlacht lediglich stumm zuschauen konnte. Das Schicksal hatte Größeres mit ihr vor. Mr. Brindley befreite alle Kinder von Army-Angehörigen nicht nur von den Aufgaben für den nächsten Tag, sondern regte in ungewohnt freundlichem Befehlston an, sie sollten ihren Vätern in Uniform einen dem Ereignis würdigen Brief schreiben, um ihnen auf den fernen Kriegsschauplätzen in der mit einem Schlag so wundersam befriedeten Welt zum Sieg zu gratulieren.

Regina hatte zunächst gewisse Schwierigkeiten mit der Aufgabe. Sie grübelte, ob Ngong, das nur wenige Kilometer von Nairobi entfernt lag und wo ihr Vater seit drei Monaten stationiert war, in Mr. Brindleys Sinn als ferner Kriegsschauplatz gelten konnte. Hinzu kam, daß sie sich schämte, weil sie ihren Vater nicht für das British Empire hatte opfern wollen. Im Angesicht des Siegs erschien es ihr nicht mehr recht, daß sie so erleichtert gewesen war und sogar Gott gedankt hatte, als sein Gesuch zum Einsatz in Burma abgelehnt worden war.

Trotzdem begann sie ihren Brief mit den Worten »Mein Held, mein Vater« und schloß mit der Zeile »Theirs but to do and die« aus ihrem Lieblingsgedicht. Zwar vermutete sie, ihr Vater würde die sprachliche Schönheit nicht würdigen können und auch zu wenig von der schicksalhaften Schlacht von Balaclava und dem Krimkrieg wissen, aber sie brachte es in einem so entscheidenden Moment der Weltgeschichte nicht über sich, auf das Lob der englischen Tapferkeit zu verzichten.

Um ihrem Vater in Englands großer Stunde dennoch eine besondere Freude zu machen, beschenkte sie ihn mit seiner Sprache und fügte, sehr kleingeschrieben, hinzu: »Balt faren wir nach Leobschutz«, was Mr. Brindley trotz seines Mißtrauens gegen die Dinge, die er nicht verstand, großzügig übersah. Das berühmte Zitat indes las er mit Wohlwollen, nickte gleich zweimal hintereinander und bat Regina, den weniger ausdrucksstarken Mädchen mit deren Briefen zu helfen.

Leider beschämte er damit die schlechten Schülerinnen auf sehr unenglische Art, doch Regina kam sich trotzdem vor, als hätte man ihr einen alten Traum erfüllt und sie mit dem Victoria Cross ausgezeichnet. Als der Direktor anschließend die Kinder der Kriegsteilnehmer einlud, den Tee in seinem

Zimmer einzunehmen, ließ sie sich ihren Brief noch einmal zurückgeben, um von der Ehrung zu berichten, die ihr widerfahren war. Zum Glück fiel es Mr. Brindley nicht auf, daß nun ihr von ihm öffentlich gelobter und verlesener Heldendank mit der Bemerkung »Bloody good for a fucking refugee« schloß. Gerade Regina wußte genau, wie sehr er Vulgarität verabscheute.

Auch in Nairobi wurde das Ende des Kriegs in Europa mit einem Engagement gefeiert, als hätte ausschließlich die Kolonie zum Sieg beigetragen. Die Delamare Avenue verwandelte sich in ein Meer von Blumen und Fahnen, und selbst in billigen Läden mit winzigen Schaufenstern, in denen Weiße so gut wie nie kauften, wurden eilig beschaffte Fotos von Montgomery, Eisenhower und Churchill neben das Bild von King George VI. gestellt. Genau wie es die Kinobesucher in den Wochenschauen bei der Befreiung von Paris gesehen hatten, fielen sich fremde Menschen jubelnd in die Arme und küßten Männer in Uniform, wobei es in der Euphorie vereinzelt vorkam, daß sogar besonders hellhäutige Inder abgekost wurden.

Rasch gebildete Männerchöre stimmten ›Rule Britannia‹ und ›Hang out your Washing on the Siegfried Line‹ an; ältere Damen banden rot-weiß-blaue Bänder um ihre Hüte und Hündchen; kreischende Kikuyukinder stülpten sich Papiermützen über die Locken, die sie sich aus dem Extrablatt des ›East African Standard‹ gefaltet hatten. Die Rezeptionen im New Stanley Hotel, bei Thor's und im

Norfolk konnten schon mittags keine Buchungen mehr für ihre festlichen Siegesdinners annehmen. Für den Abend wurde ein großes Feuerwerk und für die nächsten Tage die Siegesparade geplant.

Im Hove Court ließ Mr. Malan in einem Aufwallen von Patriotismus, der ihn selbst noch mehr verwirrte als seine Mieter, die erdverkrusteten Kakteen am Tor abspritzen, die Wege um das Rosenrondell harken und den Union Jack an dem alten Fahnenmast hochziehen, der dazu eigens repariert werden mußte. Er war nicht mehr benutzt worden, seitdem Malan das Hotel übernommen hatte. Am Nachmittag ließ Mrs. Malan, in einem Festtags-Sari aus Rot und Gold, einen Mahagonitisch und seidenbespannte Stühle unter den Eukalyptusbaum mit schwer herunterhängenden Ästen stellen und trank ihren Tee mit vier halbwüchsigen Töchtern, die alle wie tropische Blumen aussahen und beim häufigen Kichern ihre Köpfe wie volltrunkene Rosen im Wind wiegten.

Diana ließ sich trotz Chepois wütendem Protest nicht davon abhalten, barfuß, im durchsichtigen Nachthemd und mit einer halbvollen Whiskyflasche durch den Garten zu hetzen, wobei sie abwechselnd »To Hell with Stalin« und »Dammed Bolschewiks« rief. Sie wurde in scharfem Ton von einem Major, der Gast bei Mrs. Taylor war, darauf hingewiesen, daß die Russen erheblich und unter bewundernswerten Opfern zum Sieg beigetragen hatten. Als Diana aufging, daß noch nicht einmal ihr Hund glauben mochte, sie sei die jüngste Zarentochter, obwohl sie es ihm bei seinem Leben schwor, überkam sie ein solches Elend, daß sie sich weinend unter einen Zitronenbaum warf. Chepoi stürmte herbei, um sie zu beruhigen, und konnte sie endlich zurück in ihr Flat bringen. Er trug sie in seinen Armen wie ein Kind und summte das traurige Lied vom Löwen, der seine Kraft verloren hat.

Professor Gottschalk war in den letzten Monaten schmal und sehr schweigsam geworden. Er lief, als würde ihn jeder Schritt schmerzen, scherzte nicht mehr mit den Babys im Kinderwagen, streichelte nur noch selten einen Hund, und es kam auch kaum noch vor, daß er jungen Frauen Komplimente machte. Eingeweihte wollten wissen, sein Verfall hätte ausgerechnet zu der Zeit begonnen, als die Alliierten täglich ihre Bomben auf deutsche Städte abwarfen, aber der beliebte Professor war zu keinem Gespräch über dieses Thema bereit gewesen. Nun saß er am Tag des glanzvollen Triumphs mit bleichem Gesicht auf einem alten Küchenstuhl vor seinem Flat und, statt wie gewohnt zu lesen, starrte er grübelnd in die Bäume und murmelte wiederholt »Mein schönes Frankfurt« vor sich hin.

So wie ihm wurde es vielen Refugees unerwartet schwer, ihre Erleichterung über das seit Tagen erwartete Kriegsende in passender Form zu zeigen. Es gab einige, die schon lange nicht mehr Deutsch sprechen mochten und die wirklich glaubten, sie hätten ihre Muttersprache vergessen. Ausgerechnet sie mußten in einem so glücklichen Moment feststellen, daß ihr Englisch keineswegs ausreichte, ihren befreiten Gefühlen Ausdruck zu geben. Mit einer Bitterkeit, die sie sich nicht erklären konnten, beneideten sie die Menschen, die ungeniert weinten. Solche Tränen der Erlösung ließen indes bei ihren britischen Nachbarn die Vermutung aufkommen, die Refugees hätten insgeheim doch zu Deutschland gehalten und betrauerten nun den verdienten englischen Sieg.

Jettel empfand nur flüchtiges Bedauern, daß sie, wie es sich für die Frau eines Kriegsteilnehmers gehörte, den außergewöhnlichen Abend nicht mit Walter verbringen konnte. Sie war jedoch zu sehr an den zweiwöchentlichen Rhythmus seiner Besuche gewöhnt und fand die Gemeinsamkeit so angenehm dosiert, daß sie selbst an einem Tag, der wahrlich vielversprechend war, keine Veränderung wünschte. Zudem war sie in zu guter Stimmung, um sich mehr als nötig mit ihrem Gewissen zu plagen. Auf den Tag genau waren es drei Monate, seitdem sie im Horse Shoe arbeitete und seitdem allabendlich die lang vermißte Bestätigung bekam, daß sie noch eine junge und begehrenswerte Frau war.

Der Horse Shoe mit seiner Theke in Hufeisenform war das einzige Lokal in Nairobi, in dem weiße Frauen hinter einem Tresen standen. Obwohl kein Alkohol serviert wurde, galt das freundliche Etablissement mit den roten Wänden und weißen Möbeln als Bar. Sie war bei den vorwiegend männlichen Gästen gerade deshalb so beliebt, weil Frauen und nicht einheimische Kellner bedienten. Die jungen Offiziere aus England, die regelmäßig im Horse Shoe verkehrten, hatten ständig Heimweh und einen unstillbaren Hunger nach Kontakt und Flirt. Sie störten sich weder am harten, mit Berliner Zunge zu laut gesprochenen Englisch von Elsa Conrad noch an Jettels kümmerlichem Wortschatz. Die Gäste empfanden gerade ihn als angenehm; sie konnten ihren Charme entfalten, ohne zu viele Worte zu bemühen. Es war ein gegenseitiges Beschenken. Jettel gab ihnen das Gefühl einer Wichtigkeit, die sie nicht hatten, und ihr kamen die Freundlichkeit und die frohe Stimmung, die sie entfachte, wie eine Medizin vor, die einem Menschen nach schwerster Krankheit die nicht mehr erwartete Genesung bringt.

Wenn sich Jettel am späten Nachmittag schminkte, neue Frisuren ausprobierte oder nur versuchte, sich an ein besonders aufregendes Kompliment der jungen Soldaten zu erinnern, die merkwürdigerweise alle John, Jim, Jack oder Peter hießen, verliebte sie sich immer wieder aufs neue in ihr Spiegelbild. An manchen Tagen neigte sie gar dazu, an Reginas Feen zu glauben. Ihre helle Haut, die auf der Farm immer gelb oder grau gewesen war, bildete nun den alten, schönen Kontrast zum dunklen Haar, die Augen glänzten wie bei einem mit Lob verwöhnten Kind, und die sich abzeichnende Molligkeit gab der scheinbaren Unbekümmertheit ihres Wesens anziehende Weiblichkeit.

Im Horse Shoe konnte Jettel für einige Stunden vergessen, daß sie und Walter noch immer Refugees mit knappem Einkommen und doch nur Ausgestoßene mit Angst vor der Zukunft waren, und sie verdrängte die Wirklichkeit mit beseligender Freude. Sie kam sich vor wie der umschwärmte Backfisch, der bei keinem der Breslauer Studentenbälle auch nur einen Tanz auslassen durfte. Selbst wenn es nur Owuor war, der mit der Zunge schnalzte und sie seine ›schöne Memsahib‹ nannte, war Jettel glücklich.

Wäre nicht Elsa Conrad gewesen, die jeden Abend sagte: »Wenn du nur einmal deinen Mann betrügst, breche ich dir alle Knochen im Leib«, hätte sich Jettel ihrer berauschenden Eitelkeit so ungehemmt hingegeben wie ihren gelegentlichen Zukunftsträumen, in denen Walter Captain wurde, ein Haus in der besten Gegend Nairobis baute und Jettel dort die Elite der Gesellschaft empfing, die natürlich bezaubert von ihrem ganz leichten Akzent war und sie für eine Schweizerin hielt.

Es war Jettel klar, daß der Sieg auch im Horse Shoe stimmungsvoll gefeiert werden würde und daß es absolut ihre patriotische Pflicht war, sich für die Kämpfer fern der Heimat zu rüsten. Als sich die erste Nachricht von der deutschen Kapitulation herumsprach, hatte sie sich sofort in die Badeliste eingetragen und nach einem sehr heftigen Streit mit Frau Keller, die ausgerechnet an einem für Jettel so wichtigen Tag ein Bad außerhalb der Reihe für ihren Mann durchsetzen wollte, sich schon mittags den Waschraum erkämpft. Nach langer Überlegung entschied sie sich, nicht ohne einen kleinen Dämpfer für ihre gute Laune, für das immer noch ungetragene lange Abendkleid, das seit ihrer Ankunft in Rongai für den anhaltenden Streit mit Walter sorgte, weil er nicht bereit war, seinen Eisschrank zu vergessen.

Sie brauchte mehr Zeit als erwartet, um das Kleid aus schwerem blauem Taft mit einem gelb-weiß gestreiften Oberteil, Puffärmeln und winzigen Knöpfen im Rücken über Brust und Hüften zu schieben. Noch länger dauerte es, ehe sie in dem kleinen Spiegel an der Wand die Frau fand, nach der sie suchte, aber sie lächelte sich so lange energisch Mut und Illusionen zu, daß sie schließlich doch zufrieden war.

»Ich habe immer gewußt, daß ich das Kleid brauche«, sagte sie und schob ihr Kinn zum Spiegel hin, aber der Trotz, den sie nur kurz als heiteres Spiel hatte genießen wollen wie das Vanilleeis, das die Spezialität im Horse Shoe war, verwandelte sich in ein Messer und zerstörte mit scharfem Schnitt das herrliche Porträt der schönen jungen Frau im Siegestaumel.

Mit einer Plötzlichkeit, die ihren Atem heftig machte, sah sie das Farmhaus in Rongai mit dem Dach, das weder vor Regen noch Hitze schützte, sah Walter enttäuscht über den Kisten aus Breslau stehen und hörte ihn schimpfen: »Das Ding da wirst du nie tragen. Du weißt gar nicht, was du uns angetan hast.« Sie versuchte sofort und kichernd, die beiden Sätze zu ersticken, aber ihr Gedächtnis versperrte ihr den Fluchtweg, und die Worte erschienen ihr symbolisch für die Jahre, die ihnen gefolgt waren.

Aus den breiten weißen und gelben Streifen, die um ihre Brust liefen, wurden schmale und zu feste Ringe aus Eisen. Als hätte jeder von ihnen eine Peitsche, trieben sie Jettel zu den mühsam verdrängten Erinnerungen hin. Mit ungewohnter, peinigender Genauigkeit durchlebte sie noch einmal den Tag, als Walters Brief in Breslau mit der Nachricht angekommen war, daß für sie und Regina Bürgschaften zur Auswanderung bereitlagen. Im Rausch der Erlösung hatte sie mit ihrer Mutter das Abendkleid gekauft. Wie hatten beide bei der Vorstellung an Walters verblüfftes Gesicht gelacht, wenn er das Kleid anstelle des Eisschranks sehen würde.

Der Gedanke, daß die Mutter mit niemanden so viel und so herzlich lachte wie mit ihr, erwärmte Jettel nur kurz. Gnadenlos drängte sich ihr das letzte Bild auf. Eben noch hatte die Mutter gesagt: »Sei gut zu Walter, er liebt dich so«, und schon stand sie weinend und winkend im Hamburger Hafen und wurde immer winziger. Jettel spürte, daß sie kaum noch Zeit hatte, in die Gegenwart zurückzukehren. Sie wußte, daß sie nicht an die Mutter, ihre Zärtlichkeit, Tapferkeit und Selbstlosigkeit und schon gar nicht an den furchtbaren letzten Brief denken durfte, wollte sie ihren Traum vom Glück retten. Es war zu spät.

Erst wurde ihre Kehle trocken, und dann riß ein Schmerz so gewaltig an ihrem Körper, daß sie nicht mehr dazu kam, das Kleid abzustreifen, ehe sie sich mit kleinen, schluchzenden Tönen auf ihr Bett warf. Sie versuchte, nach der Mutter zu rufen, dann nach Walter und schließlich in höchster Not nach Regina, aber sie bekam ihre Zähne nicht mehr auseinander. Als Owuor mit Rummler von dem Trubel auf der Delamare Avenue zurückkam, lag der Körper seiner Memsahib wie eine Haut, die in der Sonne trocknen soll, auf dem Bett.

»Nicht weinen«, sagte er leise und streichelte den Hund.

Owuor schluckte Zufriedenheit. Er hatte sich schon seit einiger Zeit eine Memsahib gewünscht, die wie ein Kind war, so wie er es bei Chepoi sah, wenn der Diana aus den Krallen der Angst holte und dann Stolz sein Gesicht glatt und groß machte. Für Owuor war es aufregend, in Nairobi zu leben, doch er hatte oft volle Augen, aber einen leeren Kopf. Zu selten kitzelten die Scherze vom Bwana seine Kehle, und in ihren Ferien redete und lachte die kleine Memsahib zu viel mit Chepoi. Owuor kam sich wie ein Krieger vor, den man in die Schlacht geschickt, ihm aber die Waffen gestohlen hat.

Wenn er sah, wie Chepoi seine Memsahib durch den Garten trug, verbrannte ihn gelbes Feuer mit grellzuckendem Blitz. Der Neid verwirrte ihn. Es war nicht so, daß er Jettel betrunken oder halb angezogen und mit Augen, die nichts mehr halten konnten, unter einem Baum liegen sehen wollte, und bestimmt hätte der Bwana das auch wie einen Schlag empfunden, der einen Baum fällt. Ein Mann wie

Owuor aber mußte seine Stärke immer wieder fühlen, wenn er nicht einer sein wollte wie andere auch.

Jettel lag auf dem Bett in dem Kleid, das die Farbe vom Himmel und der Sonne heruntergeholt hatte, und sie sah auch aus wie das Kind, das sich Owuor wünschte, und doch kratzte die Unruhe mit scharfen Krallen an seinem Kopf. Der rotgemalte Mund der Memsahib war wie der blutige Schaum vor dem Maul einer jungen Gazelle, die sich nach einem tödlichen Biß im Nacken noch einmal aufrichtet. Die Angst, die dem leblosen Körper auf dem Bett entströmte, roch wie die letzte Milch einer vergifteten Kuh. Als Owuor das Fenster öffnete, stöhnte Jettel.

»Owuor. Ich wollte nie mehr weinen.«

»Nur Tiere weinen nicht.«

»Warum bin ich kein Tier?«

»Mungo fragt uns nicht, was wir sein wollen, Memsahib.«

Owuors Stimme war ruhig und so voller Anteilnahme und Sicherheit, daß Jettel sich aufrichtete, und, ohne daß er etwas sagte, das Glas Wasser austrank, das er ihr hinhielt. Er schob ein Kissen hinter ihren Rücken und berührte dabei ihre Haut. In dem kurzen Augenblick der Gnade war es Jettel, als hätten seine kühlen Finger mit einem einzigen Griff in ihr alle Scham und Verzweiflung ausgelöscht, aber die Erlösung hielt nicht an. Die Bilder, die sie nicht sehen, die Worte, die sie nicht hören wollte, bedrängten sie eindringlicher als zuvor.

»Owuor«, stieß sie hervor, »es ist das Kleid. Der

Bwana hat recht gehabt. Es ist nicht gut. Weißt du, was er sagte, als er es zum erstenmal sah?«

»Er sah aus wie ein Löwe, der die Spur seiner Beute verloren hat«, lachte Owuor.

»Das weißt du noch?«

»Es war lange vor dem Tag, als die Heuschrecken nach Rongai kamen. Es waren«, erinnerte sich Owuor, »die Tage, als der Bwana noch nicht wußte, daß ich klug bin.«

»Du bist ein kluger Mann, Owuor.«

Owuor nahm sich nur die Zeit, die ein Mann brauchte, um die schönen Worte in seinem Kopf zu verschließen. Dann machte er das Fenster zu, zog den Vorhang davor, streichelte nochmals den schlafenden Hund und sagte: »Zieh das Kleid aus, Memsahib.«

»Warum?«

»Du hast es doch gesagt. Es ist kein gutes Kleid.«

Jettel ließ es zu, daß Owuor die vielen kleinen Knöpfe im Rücken aufmachte, und sie ließ es auch zu, daß sie wieder seine Berührung als angenehm und ihn selbst als die Kraft empfand, die ihr Rettung brachte. Sie spürte seinen Blick und wußte, daß die Intimität der noch nie dagewesenen Situation sie hätte unsicher machen müssen, aber sie fühlte nichts als die angenehme Wärme, die von ihren zur Ruhe gekommenen Nerven ausging. In Owuors Augen war die gleiche Sanftheit wie an dem Tag vor vielen Jahren, als er in Rongai Regina aus dem Auto geholt, sie an seinen Körper gedrückt und für immer verzaubert hatte.

»Hast du gehört, Owuor?« fragte Jettel und wunderte sich, daß sie flüsterte, »der Krieg ist aus.«

»In der Stadt sagen es alle. Aber es ist nicht unser Krieg, Memsahib.«

»Nein, Owuor, es war mein Krieg. Wo willst du hin?«

»Zur Memsahib monenu mingi«, kicherte Owuor, denn er wußte, daß Jettel immer lachte, wenn er Elsa Conrad so nannte, weil sie mehr redete, als das größte Ohr fassen konnte. »Ich gehe ihr sagen, du kommst heute nicht zur Arbeit.«

»Aber das geht nicht. Ich muß arbeiten.«

»Erst muß der Krieg in deinem Kopf zu Ende sein«, erkannte Owuor, »der Bwana sagt auch immer: Erst muß der Krieg zu Ende sein. Kommt er heute noch zu uns?«

»Nein. Erst nächste Woche.«

»War es nicht sein Krieg?« fragte Owuor und gab der Tür einen kleinen Tritt. Für ihn waren Tage ohne den Bwana wie Nächte ohne Frauen.

»Es war sein Krieg, Owuor. Komm schnell zurück. Ich will nicht allein sein.«

»Ich paß auf dich auf, Memsahib, bis er kommt.«

Walters Krieg im Kopf brach in der friedvollen Landschaft vom Ngong aus, als er am wenigsten mit einem Aufruhr rechnete. Um vier Uhr nachmittags stand er am Fenster seines Schlafraums und sah ohne Wehmut zu, wie der größte Teil der Tenth Unit des Royal East Africa Corps die Jeeps bestieg, um den Sieg im nahen Nairobi zu begießen. Er hatte sich freiwillig zum Nachtdienst gemeldet und war von den hochgestimmten Soldaten seiner Einheit und selbst von Lieutenant McCall, einem wortkargen Schotten, kurz und heftig als ›a jolly good chap‹ gefeiert worden.

Walter war nicht nach Feiern zumute. Die Nachricht von der Kapitulation hatte in ihm weder Jubel noch ein Gefühl der Befreiung erweckt. Ihn quälte die Widersprüchlichkeit seiner Gefühle, die er als besonders boshafte Ironie der Geschichte empfand, und er wurde im Laufe des Tages so niedergeschlagen, als sei sein Schicksal mit dem Kriegsende besiegelt. Er empfand es als typisch für seine Situation, daß der Verzicht auf eine Nacht außerhalb der Baracken für ihn kein Opfer war. Das Bedürfnis, an dem Tag allein zu sein, der anderen so viel bedeutete und ihm nicht genug, war zu groß, um es gegen die Unannehmlichkeiten eines unangemeldeten Besuchs bei Jettel einzutauschen.

Kurz nachdem er in den Ngong versetzt worden war und sie begonnen hatte, im Horse Shoe zu arbeiten, war Walter klargeworden, daß sich in seiner Ehe Veränderungen abzeichneten. Jettel, die ihm noch liebevolle und manchmal auch sehnsüchtige Briefe nach Nakuru geschrieben hatte, lag in Nairobi nichts mehr an seinem unerwarteten Erscheinen. Er verstand sie. Ein Ehemann mit Corporalsstreifen am Ärmel, der mißmutig und stumm an der Theke saß, während seine Frau arbeitete, paßte nicht in das Leben einer Frau mit einem Schwarm von gut aufgelegten Kavalieren in Offiziersuniform.

Paradoxerweise hatte ihn die Eifersucht zunächst

eher belebt als gequält. Auf eine sanfte, romantische Art hatte sie ihn an seine Studentenzeit erinnert. In der allzu kurzen Schonfrist war Jettel wieder die Fünfzehnjährige im lila-grün karierten Ballkleid, ein schöner Schmetterling auf der Suche nach Bewunderung; er war noch einmal neunzehn, im ersten Semester und optimistisch genug zu glauben, daß das Leben irgendwann auch die Geduldigen bedenken würde. In der Eintönigkeit militärischer Routine und erst recht durch die Erfahrungen in der Freizeit verwandelte sich indes die nostalgische Eifersucht mit den verklärten und gefälligen Bildern aus Breslau in die Dumpfheit Afrikas. Seine Überempfindlichkeit, von der er geglaubt hatte, die Jahre in der Emigration hätten sie ebenso zerfressen wie die Träume von besseren Tagen, regte sich wieder.

Wenn Walter im Horse Shoe warten mußte, bis Jettel mit der Arbeit fertig war, spürte er ihre Nervosität und witterte Ablehnung. Noch mehr verletzten ihn die hochmütigen und argwöhnischen Blicke von Mrs. Lyons, die private Besuche bei ihren Angestellten mißbilligte und mit zuckenden Augenbrauen jedes Eis mitzuzählen schien, das Jettel ihrem Mann hinstellte, um ihn bei Laune und still zu halten, bis sie beide nach Hause konnten.

Schon der Gedanke an Mrs. Lyons und ihren Horse Shoe und die Stimmung dort am Abend des Kriegsendes erweckten bei Walter jenes Bedürfnis nach Streit und Flucht, das seinem Stolz scharfe Hiebe versetzte. Wütend schlug er das kleine Fenster im Schlafraum zu. Eine Weile starrte er noch durch die Scheibe mit den toten Fliegen und überlegte angewidert, wie er gleichzeitig die Zeit, sein Mißtrauen und die ersten Anflüge von Pessimismus totschlagen könnte. Er war zufrieden, als ihm einfiel, daß er seit Tagen keine deutschsprachigen Nachrichten gehört hatte und daß die Gelegenheit günstig für einen neuen Versuch war. Die Mannschaftsmesse mit dem ausgezeichneten Radio würde leer sein. Es würde also keinen Sturm geben, wenn das Gerät feindliche Laute ausstieß und dazu noch am Abend des großen Siegs.

Es waren die wenigen Refugees in Walters Einheit, die bei deutschsprachigen Sendungen am lautesten protestierten, während die Engländer sich nur selten aus der Ruhe bringen ließen. Meistens erkannten sie ohnehin nicht, welche Sprache sie überhaupt hörten, wenn es nicht die eigene war. Walter hatte das immer wieder und in den meisten Fällen auch ohne Bewegung festgestellt, aber mit einem Mal erschien ihm die Sucht der Refugees, nicht aufzufallen, nicht mehr lächerlich, sondern ein beneidenswerter Beweis für ihr Talent, sich von der Vergangenheit zu lösen. Er aber war Außenseiter geblieben.

Auf dem Weg von seiner Baracke zur Messe im Haupthaus versuchte er noch, jener Melancholie zu entrinnen, die unweigerlich in einer Depression zu enden pflegte. Wie ein Kind, das seine Aufgaben auswendig lernt, ohne überhaupt nach dem Sinn zu suchen, sagte er sich immer wieder und zuweilen sogar laut, daß es ein glücklicher Tag für die

Menschheit war. Trotzdem spürte er nur Leere und Erschöpfung. Mit einer Wehmut, die er sich als besonders törichte Sentimentalität verübelte, dachte Walter an den Kriegsanfang und wie Süßkind ihm vom Lastwagen aus die Internierung und den Abschied von Rongai gemeldet hatte.

Die Erinnerung steigerte in einem für sein Selbstbewußtsein kränkenden Tempo den Wunsch, endlich mal wieder mit Süßkind zu reden. Er hatte den Beschützer seiner ersten afrikanischen Tage lange nicht mehr gesehen, aber der Kontakt war nie abgerissen. Anders als Walter, der von der Army als zu alt für einen Fronteinsatz abgelehnt wurde, war Süßkind in den Fernen Osten geschickt und dort leicht verwundet worden. Nun war er in Eldoret stationiert. Sein letzter Brief war noch keine fünf Tage alt.

»Wahrscheinlich werden wir jetzt bald die herrliche Stellung bei King George verlieren«, hatte Süßkind geschrieben, »aber vielleicht verschafft er uns aus Dankbarkeit eine Arbeit, bei der wir wieder Nachbarn sind. Das ist ein großer König alten Kämpfern schuldig.« Was Süßkind als Scherz gemeint und Walter zunächst auch so verstanden hatte, erschien ihm an diesem einsamen Nachmittag des 8. Mai der unbarmherzige und bedeutungsschwere Hinweis auf eine Zukunft, die er seit seinem ersten Tag in Uniform nicht mehr hatte wahrhaben wollen. Er straffte noch seine Schultern und schüttelte den Kopf, doch er merkte auch, daß seine Schritte schleppend wurden.

Es waren kaum zwei Stunden bis Sonnenuntergang. Walter spürte den Druck seiner Hilflosigkeit als körperlichen Schmerz. Er wußte, daß seine Grübeleien dabei waren, sich in jene Gespenster zu verwandeln, denen er nicht mehr entkommen konnte und deren Attacken ohne Gnade waren. Erschöpft setzte er sich auf einen großen Stein mit windpolierter Platte unter einer alten Dornakazie mit kräftiger Krone. Sein Herz raste. Er zuckte zusammen, als er sich laut ›Walther von der Vogelweide‹ sagen hörte. Verwirrt überlegte er, wer das wohl gewesen sein mochte, aber der Name blieb ihm fremd. Die Situation erschien Walter so grotesk, daß er laut lachte. Er wollte aufstehen, und doch blieb er sitzen. Noch wußte er nicht, daß es der Moment war, da sich seine Augen für die Idylle einer Landschaft öffneten, gegen die sie sich so lange trotzig gewehrt hatten.

Die blau leuchtenden, sanften Hügel vom Ngong erhoben sich aus dem dunklen Gras und streckten sich einem Band aus feinen Wolken entgegen, das im aufkommenden Wind zu fliegen begann. Kühe mit großen Köpfen und dem Buckel, der ihnen das Aussehen urzeitlicher Tiere gab, bahnten sich durch rote Staubwolken den Weg zum schmalen Fluß. Deutlich waren die schrillen Rufe der Hirten zu hören. In der Ferne gab ein Gitter aus schwarzweißem Licht den Blick auf eine große Zebraherde mit vielen Jungtieren frei.

In ihrer Nähe fraßen Giraffen, die kaum ihre langen Körper bewegten, die Bäume kahl. Walter erwischte sich bei dem Gedanken, daß er die Giraffen, die er vor seiner Zeit im Ngong nie gesehen hatte, beneidete, weil sie gar nicht anders existieren konnten als mit hocherhobenem Kopf. Es machte ihn unsicher, daß er mit einem Mal die Landschaft als Paradies sah, aus dem er vertrieben werden sollte. Die Erkenntnis, daß er so nicht mehr seit dem Abschied von Sohrau empfunden hatte, beutelte seine Sinne.

Scharf schlug die Kühle der Nacht gegen seine Arme und peitschte seine Nerven. Die Dunkelheit, die wie ein Stein vom eben noch hellen Himmel fiel, verwehrte ihm einen neuen Blick auf die Hügelkette und nahm ihm die Orientierung. Walter wollte sich abermals Sohrau vorstellen und diesmal genauer, aber er sah weder Marktplatz und Haus noch die Bäume davor, sondern nur seinen Vater und seine Schwester auf einer großen leeren Fläche. Walter war wieder sechzehn und Liesel vierzehn Jahre alt; der Vater sah aus wie ein mittelalterlicher Ritter. Er kam zurück aus dem Krieg, zeigte seine Orden und wollte wissen, weshalb sein Sohn die Heimat im Stich gelassen hatte.

»I am a jolly good chap«, sagte Walter; er genierte sich, als er merkte, daß er mit seinem Vater Englisch sprach.

Er kehrte nur langsam in die Gegenwart zurück und sah sich auf einer Farm die Stunden von Tagesanbruch bis Sonnenuntergang zählen. Zorn verbrannte seine Haut.

»Ich hab' nicht überlebt, um Flachs zu pflanzen

oder Kühen in den Arsch zu kriechen«, sagte er. Seine Stimme war ruhig und leise, doch der weiße Hund mit dem schwarzen Fleck über dem rechten Auge, der täglich zu den Baracken kam und dabei war, einen rostigen Eimer mit stinkendem Abfall zu durchwühlen, hörte ihn doch und schüttelte seine Ohren. Erst bellte er, um den unerwarteten Laut zu vertreiben, lauschte ihm einen Moment mit hocherhobener Schnauze nach, lief auf Walter zu und drückte sich gegen sein Knie.

»Du hast mich verstanden«, sagte Walter, »ich seh's dir an. Ein Hund vergißt ja auch nicht und findet immer nach Hause.«

Das Tier, überrascht von der ungewohnten Zärtlichkeit, leckte Walters Hand. Die dünnen Haare um die Schnauze wurden feucht, die Augen groß. Der Kopf machte eine kleine Bewegung nach oben und schob sich zwischen Walters Beine.

»Hast du was gemerkt? Mensch, ich hab' soeben Zuhause gesagt. Ich werd's dir erklären, mein Freund. Ganz genau. Heute ist nicht nur der Krieg zu Ende. Meine Heimat ist befreit worden. Ich kann wieder Heimat sagen. Brauchst nicht so dämlich zu gucken. Ich bin auch nicht gleich draufgekommen. Es ist aus mit den Mördern, aber Deutschland gibt es noch.«

Walters Stimme war nur noch Zittern, aber die Erkenntnis von kräftigender Belebung. Pedantisch versuchte er sich den Stimmungswandel zu erklären, aber er konnte seine Gedanken nicht ordnen. Zu groß war das Gefühl der Befreiung in ihm. Er spürte, daß es wichtig war, sich selbst noch einmal mit einer Wahrheit herauszufordern, die er so lange verdrängt hatte.

»Ich verrat's noch keinem außer dir«, sagte er dem schlafenden Hund, »aber ich gehe zurück. Ich kann nicht anders. Ich will nicht mehr ein Fremder unter Fremden sein. In meinem Alter muß ein Mann irgendwo hingehören. Und rat mal, wo ich hingehöre?«

Der Hund war aufgewacht und winselte wie ein junges Tier, das sich zum erstenmal ohne die Mutter in zu hohes Gras gewagt hat. Das helle Braun der Augen leuchtete in der Dämmerung.

»Komm mit, du son of a bitch. In der Küche kocht der Pole eine Krautsuppe. Weißt du, er hat auch Heimweh. Vielleicht hat er einen Knochen für dich. Du hast ihn verdient.«

In der Messe drehte Walter an allen Knöpfen des Radios, aber er fand nur Musik. Später trank er mit dem Polen, der noch schlechter Englisch konnte als er, eine halb gefüllte Whiskyflasche leer. Der Magen brannte wie der Kopf. Der Pole schöpfte die dampfende Krautsuppe in zwei Teller und brach in Tränen aus, als Walter ›Dziekuje‹ sagte. Walter beschloß, dem Hund, der seit dem frühen Abend nicht von seiner Seite gewichen war, Text und Melodie von »Ich weiß nicht, was soll es bedeuten« beizubringen.

Sie schliefen alle drei, der Pole und Walter auf einer Bank, der Hund darunter. Um zehn Uhr abends wachte Walter auf. Das Radio war noch an. Es war der deutschsprachige Sender der BBC. Auf die Zusammenfassung der Nachrichten von der bedingungslosen Kapitulation des Dritten Deutschen Reichs folgte ein Sonderbericht von der Befreiung des Konzentrationslagers Bergen-Belsen.

16

Regina bettete den Hut, der in den frühsten Tagen von Angst und Heimweh dunkelblau gewesen war, sorgsam auf die Kofferablage über den Sitzen aus hellbraunem Samt und strich mit lange eingeübter Bewegung den rauhen Filz glatt. Als sie sich in die Polster fallen ließ, mußte sie Mund und Nase fest gegen die kleine Fensterscheibe drücken, um nicht laut zu kichern. Die Gewohnheit, zunächst für ihren Hut zu sorgen und erst danach für sich selbst, erschien ihr komisch im Angesicht der Veränderungen, die auf sie lauerten. Am Ende der Reise würde der seit Jahren zu enge, von der Sonne und der salzigen Luft des Sodasees ausgebleichte Hut nur noch eine Kopfbedeckung wie jede andere sein.

Das schmale blau-weiß gestreifte Hutband mit dem Wappen ›Quisque pro omnibus‹ war fast neu. Die mit kräftigem Goldfaden gestickte Schrift leuchtete aufreizend in dem kleinen Sonnenfleck, der in das Zugabteil gedrungen war. Regina schien es, als würde sie das Wappen auslachen. Sie versuchte, sich an ihrer Vorfreude auf die Ferien zu wärmen, doch sie merkte schnell, daß die Gedanken ihr davonliefen, und wurde unsicher.

Jahrelang hatte sie sich vergeblich das Hutband der Nakuru School gewünscht, um endlich nicht mehr Außenseiterin in einer Gemeinschaft zu sein, die Menschen an Uniformen und Kinder am Einkommen ihrer Eltern maß, und dann hatte sie das Band zu ihrem dreizehnten Geburtstag und fast zu spät bekommen. Sobald die Lokomotive in Nairobi einlief, würde Regina weder Hut noch Band mehr brauchen. Die Nakuru School, die das Gehalt ihres Vaters verschlungen hatte wie die gefräßigen Ungeheuer der griechischen Sagen ihre wehrlosen Opfer, war nur noch für wenige Stunden ihre Schule.

Nach den Ferien mußte Regina in die Kenya Girls' High School in Nairobi, und sie wußte genau, daß sie die neue Schule ebenso hassen würde wie die alte. Die kleinen Quälereien, die sich am Abend jedes Tages zur großen Qual anhäuften, würden alle wieder von vorne anfangen – Lehrerinnen und Mitschülerinnen, die ihren Namen nicht aussprechen konnten und dabei das Gesicht verzogen, als bereite ihnen jede kleine Silbe größten Schmerz; die vergeblichen Mühen, gut Hockey zu spielen oder sich zumindest die Regeln zu merken und so zu tun, als sei es entscheidend für eine Versagerin im Sport, in welchem Tor der Ball landete; die Peinlichkeit, im Unterricht zu den Besten zu gehören oder, noch schlimmer, wieder Klassenerste zu sein; am bedrükkendsten aber Eltern zu haben und zu lieben mit einem Akzent, der einem Kind keine Chance gab, ein unauffälliger, anerkannter Teil der Schulgemeinschaft zu werden.

Es war gut, grübelte Regina, während sie das zerkratzte Leder ihres Koffers fixierte, daß auch Inge in die Schule nach Nairobi gehen würde, die einzige

Freundin, die sie in den fünf Jahren in Nakuru gefunden und gewollt hatte. Inge trug keine Dirndl mehr; sie behauptete, ohne rot zu werden, sie könnte nur eine Sprache und zwar Englisch sprechen, und es genierte sie sehr, daß sie einen deutschen Namen hatte. Den selbstgemachten Kochkäse aber, den die Mutter ihr für die Teestunde schickte, aß Inge noch immer lieber als die scharfen Ingwerkekse, für die die englischen Kinder schwärmten, und sie küßte immer noch ihre Eltern, wenn sie sie lange nicht gesehen hatte, statt mit einem leichten Winken anzudeuten, daß sie ihre Gefühle zu beherrschen gelernt hatte. Vor allem stellte Inge nie dumme Fragen, weshalb Regina außer Vater und Mutter keine Familie hatte und weshalb sie beim Abendgebet in der Aula die Augen nie zu und den Mund nicht aufmachte.

Beim Gedanken an Inge seufzte Regina befreit in den braunen Vorhang des Zugfensters. Erschrocken schaute sie sich um, ob es jemand bemerkt hatte. Die übrigen Mädchen, die mit ihr in die Ferien nach Nairobi fuhren, waren jedoch mit ihrer Zukunft beschäftigt, ihre dünnen Stimmen erregt und ihre Erzählungen getränkt von jenem Selbstbewußtsein, das sie Elternhaus und Muttersprache verdankten. Regina beneidete ihre Mitschülerinnen nicht mehr. Sie würde sie ohnehin nicht mehr wiedersehen. Pam und Jennifer waren auf einer Privatschule in Johannesburg angemeldet, Helen und Daphne sollten nach London, und auf Janet, die das Abschlußexamen der Nakuru School nicht bestanden hatte, wartete eine vermögende Tante mit einer Pferdezucht in Sussex. Regina gönnte sich, und diesmal mit Behagen, noch einen erleichterten Seufzer.

Erst durch die blendende Helligkeit im Abteil merkte sie, daß der Zug bereits den Schatten des flachen Stationsgebäudes verlassen hatte. Sie war froh, daß sie am Fenster saß und ungestört noch einmal ihre alte Schule sehen konnte. Zwar kam sie sich vor wie ein erschöpfter Ochse, dem zu spät das Joch abgenommen wird, aber sie hatte trotzdem das Bedürfnis, einen langen Abschied zu nehmen. Nicht so wie in Ol' Joro Orok, als sie nichtsahnend die Farm verlassen hatte und ihre Augen die Zeit für alle Tage, die danach kamen, nicht mehr hatten nutzen können.

Der Zug fuhr laut und langsam. Die einzelnen weißen Bauten der Schule, die Regina als Siebenjährige so geängstigt hatten, daß sie noch lange danach nur den einen Wunsch hatte, wie Alice im Wunderland in einem großen Loch zu versinken, wirkten in dem Dunst der beginnenden Tageshitze sehr hell auf dem rotsandigen Hügel. Die Häuschen mit den grauen Dächern aus Wellblech und selbst das Hauptgebäude mit seinen dicken Säulen erschienen Regina kleiner und in ihrer Vertrautheit bereits freundlicher als noch am Vortag.

Obwohl sie wußte, daß sie ihren Kopf nur mit Fantasie fütterte, stellte sich Regina vor, sie könnte das Fenster von Mr. Brindleys Zimmer und ihn selbst eine Fahne aus weißen Taschentüchern schwenken sehen. Sie hatte schon seit vielen beunruhigenden Monaten gewußt, daß sie ihn vermissen würde, aber sie hatte nicht geahnt, daß ihre Sehnsucht sich ebensowenig Zeit zum Wachsen nehmen würde wie der Flachs nach der ersten Nacht des großen Regens. Der Direktor hatte sie am letzten Tag vor den Ferien noch einmal holen lassen. Er hatte nicht viel gesagt und Regina angeschaut, als suche er nach einem bestimmten Wort, das ihm abhanden gekommen war. Es war ihr Mund gewesen, der nichts halten konnte. Regina wurde es wieder heiß, wenn sie nur daran dachte, wie sie die schöne Stille erschlagen und gestottert hatte: »Ich danke Ihnen, Sir, ich danke Ihnen für alles.«

»Vergiß nichts«, hatte Mr. Brindley gesagt und dabei ausgesehen, als müßte er und nicht sie auf die Safari ohne Wiederkehr gehen. Dann hatte er noch »Little Nell« gemurmelt. Und sie hatte schnell, weil ihr das Schlucken schon schwerfiel: »Ich werde nichts vergessen, Sir«, geantwortet. Ohne daß sie es eigentlich wollte, hatte sie »No, Mr. Dickens«, hinzugefügt. Sie hatten beide gelacht und sich auch zu gleicher Zeit räuspern müssen. Mr. Brindley, der immer noch keine weinenden Kinder mochte, hatte zum Glück nicht gemerkt, daß Regina Tränen in den Augen hatte.

Die Gewißheit, daß es fortan weder Mr. Brindley noch überhaupt einen Menschen geben würde, der Nicholas Nickleby, die kleine Dorrit oder Bob Cratchitt und ganz bestimmt nicht Little Nell kannte, kratzte in der Kehle wie ein versehentlich verschluckter Hühnerknochen. Es war das gleiche Gefühl, das im Kopf trommelte, wenn Regina an Martin dachte. Sein Name fiel ihr zu plötzlich ein. Er hatte kaum ihre Ohren erreicht, als der Nebel vor ihren Augen Löcher bekam, aus denen kleine, gut geschärfte Pfeile abgeschossen wurden.

Zu deutlich erinnerte sich Regina, wie Martin in Uniform sie von der Schule abgeholt hatte und wie sie beide im Jeep zur Farm gefahren waren und kurz vor dem Ziel unter dem Baum gelegen hatten. Hatte sie damals oder später beschlossen, den verzauberten blonden Prinzen zu heiraten? Ob Martin noch an sein Versprechen dachte, auf sie zu warten? Ihres hatte sie gehalten und weinte nie, wenn sie an Ol' Joro Orok dachte. Jedenfalls keine Tränen.

Die Erfahrung, daß eine große Trauer die Traurigkeit vor ihr fressen konnte, war Regina neu, aber nicht unangenehm. Der Zug schaukelte ihre Sinne in einen Zustand, in dem sie einzelne Worte zwar noch hörte, aber nicht mehr zu einem Satz zusammenfügte. Als sie gerade dabei war, Martin klarzumachen, daß sie nicht Regina hieß, sondern Little Nell, was Martin zu diesem wunderbaren Lachen brachte, das nach all der Zeit noch immer ihre Ohren wie Feuer brennen ließ, schnaufte der erste Waggon in Naivasha ein. Der Dampf von der Lokomotive hüllte das kleine hellgelbe Haus vom Stationmaster in einen feuchten, weißen Schleier. Selbst der Hibiskus an den Mauern verlor seine Farbe.

Alte, abgemagerte Kikuyufrauen mit geblähtem Bauch unter weißen Tüchern, glanzlosen Augen und schweren Bananenstauden auf dem gekrümmten Rücken klopften an die Fenster. Ihre Nägel droschen den gleichen Klang wie Hagelstücke auf einem leeren Wassertank. Wollten die Frauen Geschäfte machen, mußten sie ihre Bananen verkaufen, ehe der Zug weiterfuhr. Sie flüsterten so beschwörend, als müßten sie eine Schlange von ihrer Beute ablenken. Regina machte eine weit ausholende Bewegung mit der rechten Hand, um anzudeuten, daß sie kein Geld hatte, aber die Frauen verstanden sie nicht. Da zog sie das Fenster herunter und rief ihnen laut auf Kikuyu zu: »Ich bin so arm wie ein Affe.«

Die Frauen schlugen lachend die Arme vor die Brust und johlten wie die Männer, wenn sie nachts allein vor den Hütten saßen. Die Älteste, eine kleine, vom Klima und Leben gebeutelte Gestalt mit einem leuchtenden blauen Kopftuch und ohne einen einzigen Zahn, löste die Lederriemen an ihren Schultern, stellte die schwere Staude auf die Erde, riß eine große grüne Banane heraus und hielt sie Regina hin.

»Für den Affen«, sagte sie, und alle, die es hörten, lachten wie wiehernde Pferde. Die fünf Mädchen im Abteil sahen Regina neugierig an und lächelten einander zu, denn sie verstanden einander ohne Worte und fühlten sich zu erwachsen, um Mißbilligung anders als mit Blicken zu zeigen.

Als die Frau die Banane durch das Fenster schob, berührten ihre steifen Finger einen kurzen Moment Reginas Hand. Die Haut der Alten roch nach Sonne, Schweiß und Salz. Regina versuchte, den vertrauten, lange vermißten Geruch so lange wie möglich in ihrer Nase zu halten, doch als der Zug in Nyeri hielt, war von der satten Erinnerung an gute Tage nichts übriggeblieben als jenes Salz mit den scharfen Körnern, die im Auge drückten wie die winzigen blutsaugenden Dudus unter den Zehennägeln.

Auf der Station von Nyeri standen viele Menschen mit schweren Lasten, die in bunte Decken gehüllt waren, und mit breiten Sisalkörben, aus denen braune Papiertüten voll mit Maismehl, blutenden Fleischstücken und ungegerbten Tierhäuten quollen. Es war nur noch eine Stunde Fahrt bis Nairobi.

Die Stimmen hatten bereits nichts mehr von der melodischen Sanftheit des Hochlands. Sie waren laut und trotzdem schwer zu verstehen. Auch Männer, die, wie vor ihnen ihre Väter und Großväter, ein Huhn in der Hand hielten und ihre Lasten schleppenden Frauen noch wie die Kühe zu Hause vor sich hertrieben, hatten Schuhe an den Füßen und so bunte Hemden an, als hätten sie unmittelbar nach einem Gewitter den Regenbogen zerschnitten. Einige junge Männer hatten silberfarbene Uhren am Handgelenk, viele statt dem gewohnten Stock einen Regenschirm in der Hand. Ihre Augen glichen denen gehetzter Tiere, aber ihr Schritt war gleichmäßig und kräftig.

Inderinnen mit rotem Fleck auf der Stirn und Armreifen, die selbst noch im Schatten wie tanzende Sterne leuchteten, ließen sich ihr Gepäck von schweigsamen Schwarzen in den Wagen heben, obwohl sie nur in der zweiten Klasse reisen durften. Hellhäutigen Soldaten in Khaki, die trotz ihrer Jahre in Afrika noch immer an pünktliche Abfahrtszeiten glaubten, hetzten auf die Wagen der ersten Klasse zu. Beim Marschieren sangen sie den Nachkriegsschlager ›Don't fence me in‹. Der junge indische Schaffner hielt ihnen die Tür auf, ohne sie anzuschauen. Schrill pfiff die Lokomotive zur Abfahrt.

Die hohen Berge um Nyeri wirkten in der gelben Nachmittagssonne, die lange Schatten warf, wie Riesen auf der Rast. Gazellenherden sprangen zu den hellgrau schimmernden Wasserlöchern. Paviane kletterten um die erdbraunen Felsen herum. Rot leuchtete das Hinterteil der laut schreienden männlichen Anführer. Junge Affen klammerten sich an das Bauchfell der Mütter. Regina beobachtete sie mit Neid und wollte sich vorstellen, daß auch sie ein Affenkind mit großer Familie war, aber das schöne Spiel der Kindertage hatte seinen Zauber verloren.

Sie begann, wie immer beim Anblick der ersten Berge von Ngong, sich die üblichen Gedanken zu machen, ob ihre Mutter wohl Zeit haben würde, sie von der Station abzuholen, oder ob sie zur Arbeit in den Horse Shoe und Owuor schicken mußte. Es war ein besonderes Geschenk, wenn die Mutter Zeit hatte, aber Regina liebte es auch, nach der dreimonatigen Trennung mit Owuor jene Blicke, Scherze und Wortspiele auszutauschen, auf die nur er und sie sich verstanden. Trotzdem hatte sie sich am Beginn der letzten Ferien ein wenig geniert, als nur der Hausboy da war, um sie in Empfang zu nehmen. Sie schluckte einen Mundvoll Zufriedenheit, als ihr aufging, daß diesmal alles anders sein und sie nach der Ankunft des Zuges in Nairobi ihre bisherigen Mitschülerinnen nie mehr sehen mußte.

Regina wußte genau, daß ihre Mutter sie mit Königsberger Klopsen verwöhnen und dabei sagen würde: »In diesem Affenland gibt es keine Kapern.« Das Lieblingsessen kam nie ohne den klagenden Satz auf den Tisch, und Regina vergaß auch nie zu fragen: »Was sind Kapern?« Sie empfand solche Gewohnheiten als festen Bestandteil ihres Zuhauses, und bei jeder Heimkehr tranken ihre hungrigen Augen und Ohren den Beweis, daß sich in ihrem Leben nichts geändert hatte. Der Gedanke an ihre Eltern, die immer bemüht waren, die Heimkehr zu einem besonderen Tag zu machen, erregte sie noch mehr als sonst. Es war, als würde sie die Zärtlichkeit schon streicheln, die sie erwartete. Ihr fiel ein, daß die Mutter im letzten Brief vor den Ferien geschrieben hatte: »Du wirst staunen, wir haben eine große Überraschung für dich.«

Um die Vorfreude zu strecken, hatte sich Regina selbst verboten, an die Überraschung zu denken, ehe sie die erste Palme gesehen hatte, aber der Zug fuhr auf dem letzten Teil der Strecke schneller als in der ganzen Zeit zuvor und lief unerwartet plötzlich in Nairobi ein. Regina hatte keine Zeit mehr, sich, wie sonst, ans Fenster zu stellen. Sie kam als letzte an ihren Koffer und mußte warten, bis die Mädchen in ihrem Abteil ausgestiegen waren, ehe sie überhaupt Ausschau halten konnte, wer sie nun abholte. Einen kurzen Moment, der ihr unendlich erschien, stand sie unentschlossen vor dem Zug und sah nur eine Mauer aus weißer Haut. Sie hörte aufgeregte Rufe, aber nicht die Stimme, auf die ihre Ohren lauerten. Ohne die Frist zwischen Spannung und Angst einzuhalten, beutelte Regina die alte Unsicherheit, ihre Mutter könnte den Tag ihrer Ferien vergessen haben, oder Owuor wäre zu spät losgegangen, um rechtzeitig zur Station zu kommen.

In einer Panik, die sie beschämte, weil sie ihr übertrieben und unwürdig erschien, die aber ihr Herz aus dem Körper zu schleudern drohte, fiel Regina ein, daß sie kein Geld für den Bus zum Hove Court hatte. Sie setzte sich enttäuscht auf ihren Koffer und strich mit hastigen Bewegungen den Rock ihrer Schuluniform glatt. Ohne Hoffnung zwang sie ihre Augen noch einmal in die Ferne. Da entdeckte sie Owuor. Er stand ruhig am anderen Ende des Bahnsteigs und fast vor der Lokomotive – groß, vertraut, lachend und in der schwarzen Anwaltsrobe. Obwohl Regina wußte, daß Owuor ihr entgegenkommen würde, hetzte sie auf ihn zu.

Sie hatte ihn fast erreicht und auch schon den Scherz, auf den er wartete, zwischen Zunge und Zähne gelegt, als sie merkte, daß er nicht allein war. Walter und Jettel, die sich hinter einem Stapel Brettern versteckt hatten, richteten sich langsam auf und winkten mit immer hastiger werdenden Gesten. Regina stolperte und stürzte fast über den Koffer, stellte ihn hin, rannte weiter, breitete die Arme aus, überlegte beim Laufen, wen sie nun zuerst umarmen sollte, und beschloß, Jettel und Walter so heftig aneinanderzuschieben, bis sie alle drei eine Einheit bildeten. Nur wenige Yards trennten sie noch von diesem alten, schon vor langem verlorengegebenen Traum. Da merkte sie, daß aus ihren Füßen kräftige Wurzeln wuchsen. Staunend blieb sie stehen. Ihr Vater war Sergeant und die Mutter schwanger.

Die Größe des Glücks lähmte Reginas Beine nur kurz, doch ihre Sinne so sehr, daß jeder Atemzug seine eigene Melodie hatte. Ihr war es, als könne sie keinen Moment länger die Augen offenhalten, ohne das beseligende Bild zu zerstören. Es wurde dunkel, als sie auf Owuor zulief. Sie drückte ihren Kopf an den rauh gewordenen Stoff der zerschlissenen Robe, sah seine Haut durch die vielen winzigen Löcher und roch die Erinnerung, die sie wieder Kind machte, hörte sein Herz und brach in Tränen aus.

»Das werde ich dir nie vergessen«, sagte sie, als sich ihre Lippen wieder bewegen ließen.

»Ich hab's dir doch versprochen«, lachte Jettel. Sie trug dasselbe Kleid, in dem sie in Nakuru das Baby erwartet hatte, das nicht leben durfte. Das Kleid spannte, wie damals, über der Brust.

»Aber ich habe gedacht, du hast es vergessen«, gestand Regina und schüttelte den Kopf.

»Wie konnte ich? Du hast mich ja nicht gelassen.«

»Einen Teil habe ich auch beigetragen.«

»Das weiß ich, Sergeant Redlich«, kicherte Regina. Sie setzte umständlich den Hut auf, der am Boden lag, streckte drei Finger ihrer rechten Hand in die Luft und salutierte mit dem Pfadfindergruß.

»Wann war es?«

»Vor drei Wochen.«

»Du willst mich doch nur veräppeln. Mama ist doch schon dick.«

»Vor drei Wochen ist dein Vater Sergeant geworden. Deine Mutter ist im vierten Monat.«

»Und ihr habt mir nichts geschrieben! Ich hätte doch schon beten können.«

»Es sollte eine Überraschung sein«, sagte Jettel.

»Wir wollten erst sicher sein, und mit dem Beten haben wir schon angefangen«, fügte Walter hinzu.

Während Owuor in die Hände klatschte und seine Augen zum Bauch der Memsahib schickte, als hätte er die schöne Schauri soeben erst erfahren, sahen sich alle vier stumm an, und ein jeder wußte, woran die anderen dachten. Dann machten sechs Arme aus Walter, Jettel und Regina doch noch die Einheit von Dankbarkeit und Liebe. Es war also doch kein Kindertraum.

Die Palmen am eisernen Tor vom Hove Court waren noch gefüllt mit dem Saft vom letzten großen Regen. Owuor zog ein rotes Tuch aus der Hose und verband Regina die Augen. Sie mußte sich auf seinen Rücken setzen und ihre Arme um seinen Hals legen. Der war noch so kräftig wie in den so lange von der Zeit verschluckten Tagen von Rongai, obwohl das Haar viel weicher geworden war. Owuor schnalzte lockend mit der Zunge, sagte leise »Memsahib kidogo« und trug sie wie einen sehr schweren Sack durch den Garten und an dem Rosenbeet vorbei, das die Hitze des Tages an die erste Kühle des späten Nachmittags abgab.

Regina konnte hinter dem Tuch, das sie zugleich

mit Erwartung vollstopfte und blind machte, den Baum mit den duftenden Guaven riechen; sie hörte ihre Fee leise das Kinderlied von dem Stern spielen, der in der Nacht wie ein Diamant strahlte. Obwohl sie nichts sehen konnte außer den Funken am Himmel der Fantasie, wußte sie, daß die Fee ein Kleid aus roten Hibiskusblüten trug und eine silberne Flöte an die Lippen hielt. »Ich danke dir«, rief ihr Regina im Vorbeireiten zu, aber sie sprach Jaluo, und nur Owuor lachte.

Als er mit dem Stöhnen eines Esels, der seit Tagen kein Wasser mehr gefunden hat, Regina endlich von seinem Rücken schüttelte und ihr das Tuch von der Stirn riß, stand sie vor einem kleinen Ofen in einer fremden Küche, die nach frischer Farbe und feuchtem Holz roch. Regina erkannte nur den Topf aus blauem Email, in dem Königsberger Klopse, runder und größer als je zuvor, in einer dicken Soße schwammen, die so weiß war wie der süße Brei im deutschen Kindermärchen. Rummler kam jaulend aus einem Nebenraum und sprang hechelnd an ihr hoch.

»Das ist jetzt unser Flat. Zwei Zimmer mit Küche und eigenem Waschbecken«, sagten Walter und Jettel und machten aus ihren beiden Stimmen eine einzige.

Regina kreuzte ihre Finger, um dem Glück zu zeigen, daß sie wußte, was sich gehörte. »Wie ist das passiert?« fragte sie und machte einen zaghaften Schritt in die Richtung, aus der Rummler eben gekommen war.

»Frei werdende Flats müssen zuerst an Soldaten vergeben werden«, erklärte Walter. Er sprach den Satz, der in der Zeitung gestanden und den er auswendig gelernt hatte, in seinem harten Englisch so schnell, daß sich seine Zunge in den Zähnen verfing, aber Regina fiel rechtzeitig ein, daß sie nicht lachen durfte.

»Hurra«, rief sie, nachdem der Kloß in ihrer Kehle zurück in ihre Knie gerutscht war, »jetzt wir sind keine Refugees mehr.«

»Doch«, schränkte Walter ein, aber er lachte trotzdem, »Refugees bleiben wir. Aber nicht so bloody wie bisher.«

»Unser Baby wird doch kein Refugee sein, Papa.«

»Wir alle werden eines Tages keine Refugees mehr sein. Das verspreche ich dir.«

»Jetzt nicht«, sagte Jettel unwillig. »Heute wirklich nicht.« –

»Mußt du heute nicht in den Horse Shoe?«

»Ich arbeite nicht mehr. Der Arzt hat's verboten.«

Der Satz durchbohrte Reginas Kopf und rührte die Erinnerungen, die sie vergraben hatte, zum zähen Lehm aus Angst und Hilflosigkeit. Kleine Punkte tanzten vor ihren heiß gewordenen Augen, als sie fragte: »Ist es diesmal ein guter Doktor? Behandelt er auch Juden?«

»Aber ja«, beruhigte Jettel.

»Er ist jüdisch«, erklärte Walter und betonte jedes Wort.

»Und so ein schöner Mann«, schwärmte Diana.

Sie stand an der Tür in einem hellgelben Kleid, das ihre Haut so blaß machte, als wäre der Mond bereits am Himmel. Regina sah zunächst nur die Hibiskusblumen in ihrem blonden Haar leuchten und dachte einen berauschenden Wimpernschlag lang tatsächlich, ihre Fee wäre aus dem Baum gestiegen. Dann ging ihr auf, daß Dianas Kuß nach Whisky und nicht nach Guaven schmeckte.

»Ich bin jetzt immer so durcheinander«, kicherte Diana, als sie Reginas Haar streicheln wollte und dabei vergaß, ihren Hund vom Arm zu tun, »wir bekommen doch ein Baby. Hast du gehört? Wir bekommen ein Baby. Ich kann nachts nicht mehr schlafen.«

Owuor servierte das Abendessen im langen weißen Kanzu mit der roten Schärpe und der goldenen Stickerei. Er sagte kein Wort, wie er es bei seinem ersten Bwana in Kisumu gelernt hatte, doch seine Augen ließen sich nicht mehr auf die schwere Ruhe eines englischen Farmhauses zurückstellen. Die Pupillen waren so groß wie an dem Abend, als er die Heuschrecken vertrieben hatte.

»Es gibt keine Kapern in diesem Affenland«, klagte Jettel und durchbohrte den Klops mit der Gabel.

»Was sind Kapern?« kaute Regina zufrieden und genoß den guten Zauber gestillter Sehnsucht, doch zum erstenmal gönnte sie sich nicht genug Zeit, um die Antwort an ihr Herz weiterzuleiten.

»Wie wird unser Baby heißen?« fragte sie.

»Wir haben an das Rote Kreuz geschrieben.«

»Das verstehe ich nicht.«

»Wir versuchen«, erklärte Walter und steckte den Kopf unter den Tisch, obwohl Rummler hinter ihm stand und er auch nichts in der Hand hatte, ihm zu geben, »etwas von deinen Großeltern zu erfahren, Regina. Solange wir nicht wissen, was aus ihnen geworden ist, können wir das Baby nicht in Andenken an sie Max oder Ina nennen. Du weißt ja, daß bei uns die Kinder nicht den Namen von lebenden Verwandten bekommen.«

Nur kurz ließ Regina den Wunsch zu, daß sie die Worte mit den vergifteten Pfeilen ebensowenig verstanden hatte wie Diana, die ihrem Hund Zärtlichkeiten ins Ohr und kleine Reiskugeln ins Maul stopfte. Sie aber sah, wie der Ernst im Gesicht ihres Vaters zu einem Ausdruck dunkel brennender Qual wurde. Die Augen ihrer Mutter waren feucht. Angst und Zorn kämpften um den Sieg in Reginas Kopf, und sie beneidete Inge, die zu Hause ›Ich hasse die Deutschen‹ sagen durfte.

Mit der Langsamkeit eines alten Maultiers wuchs in ihr die Kraft, sich nur auf die Frage zu konzentrieren, weshalb die Königsberger Klopse sich in der Kehle zu einem kleinen Berg aus Salz und Schärfe verwandelten. Schließlich gelang es Regina doch noch, wenigstens ihren Vater so anzuschauen, als sei sie und nicht er das Kind, das Hilfe brauchte.

17

Nach dem Krieg galten auch in den konservativen Kreisen der Kolonie Toleranz und Weltoffenheit als wohl unvermeidlich gewordene Bekenntnisse zu der neuen Zeit, für die das Empire so viele Opfer hatte bringen müssen. Allerdings waren sich Menschen mit Traditionsbewußtsein absolut einig, daß da allein der gesunde britische Sinn für Proportionen vor voreiligen und dann leider auch recht geschmacklosen Übertreibungen schützte. So wies Janet Scott, die Direktorin der Kenya Girls' High School in Nairobi, in den Gesprächen mit besorgten Eltern nicht eigens auf die Tatsache hin, daß das Internat ihrer Schule, im Gegensatz zu dem ihm angeschlossenen Institut von weit geringerem gesellschaftlichem Prestige für die Tagesschüler, einen auffallend kleinen Anteil von Refugee-Kindern aufnehme. Der hohe und bedingungslos den alten Idealen verpflichtete Standard des Internats sprach sich gerade in Zeiten des sozialen Aufbruchs, die dazu neigten, eher auf Gefühl als auf Verstand zu setzen, schnell von selbst herum.

Nur im zuverlässigen Kreis der Gleichgesinnten ließ Mrs. Scott mit jener leichten Errötung, die bei ihr Stolz verriet, anklingen, daß sie das diffizile Problem auf sehr elegante Art gelöst hatte. Schülerinnen, die weniger als dreißig Meilen von der Schule entfernt wohnten, konnten nur auf Antrag und unter Berücksichtigung besonderer Umstände das renommierte Internat besuchen. Die übrigen Mädchen wurden nur als Day-Scholars aufgenommen und weder vom Lehrerkollegium noch den Mitschülerinnen wie die vollwertigen Mitglieder der Schulgemeinschaft behandelt.

Ausnahmen für die Aufnahme ins Internat außerhalb der Norm wurden nur gemacht, wenn die Mütter bereits dort Schülerinnen gewesen oder die Väter als großzügige Sponsoren in Erscheinung getreten waren. Das bot ausreichende Gewähr, um die Dinge in der von selbstbewußten Traditionalisten geschätzten Balance zu halten. Die Lösung, sich mit neuen Gegebenheiten zu arrangieren und dabei die Essenz des konservativen Elements nicht aus den Augen zu verlieren, galt bei Eingeweihten als ebenso diplomatisch wie praktisch.

»Merkwürdig«, pflegte Mrs. Scott in ob ihrer Furchtlosigkeit bewunderter Lautstärke zu grübeln, »daß ausgerechnet die Refugees den Hang haben, sich in der Stadt zu ballen und deshalb in ihrer Mehrzahl für das Internat dann auch nicht in Frage kommen. Wahrscheinlich werden sich die armen Teufel nun in ihrer großen Empfindlichkeit doch irgendwie diskriminiert vorkommen, aber wie soll man ihnen da helfen?« Nur wenn sich die Direktorin wirklich geborgen bei den Ihrigen fühlte und sicher war vor lästigen modischen Mißverständnissen, entzückte sie mit ihrer sachlich und wohltuend ohne billigen Sarkasmus vorgebrachten Meinung, daß manche Menschen zum Glück eben doch sehr viel geübter im Umgang mit sogenannten Diskriminierungen seien als andere.

Regina hatte in den zwei Monaten als Day-Scholar ohne jenes Sozialprestige, das im Schulleben der Kolonie noch schwerer wog als anderswo, Janet Scott nur einmal und da aus der Ferne gesehen. Das war bei der Feier in der Aula, als für die Kapitulation Japans gedankt wurde. Bei entsprechend unauffälliger Führung, die im besonderen Maße von Tagesschülern erwartet wurde, bestand auch kaum eine Notwendigkeit, die Direktorin näher kennenzulernen.

Die erzwungene Distanz minderte indes keineswegs Reginas Wertschätzung für Mrs. Scott. Im Gegenteil. Sie war der Schulleiterin, die nichts anderes von ihr forderte als das eingeschränkte Selbstbewußtsein, an das sie ohnehin gewöhnt war, unendlich dankbar für ein Reglement, das sie vor einer weiteren Verurteilung zum verhaßten Internatsleben bewahrte.

Auch Owuor verdankte der unbekannten Mrs. Scott eine permanente Hochstimmung. Er genoß es jeden Tag aufs neue, mit zwei Kikapus statt mit einer winzigen Tasche zum Markt zu ziehen und sich nicht mehr vor den Boys reicher Memsahibs schämen zu müssen, wieder in großen Töpfen zu kochen und vor allem seine Ohren wie in den besten Zeiten auf der Farm für die Erlebnisse von drei Menschen aufzuhalten. Abends, ehe er das Essen aus der winzigen Küche in den Raum mit dem runden Tisch und der Hängematte trug, in der die kleine Memsahib schlief, sagte er mit dem satten Behagen eines erfolgreichen Jägers: »Wir sind nicht mehr müde Menschen auf Safari.«

Sobald Regina den ersten Bissen Essen im Mund fühlte, machte sie Owuors Kopf und ihrem Herzen die immer wieder berauschende Freude, den schönen Satz in den genau richtigen Schwingungen einer zufriedenen Stimme zu wiederholen. Nachts in ihrer engen Bettschaukel baute sie an sechs Tagen in der Woche den Zauber zu einem wortreichen Dank an den großzügigen Gott Mungo aus, der nach all den Jahren von Sehnsucht und Verzweiflung endlich ihre Gebete erhört hatte. Die zweistündige Busfahrt vor und nach dem Unterricht erschien ihr ein federleichter Preis für die Gewißheit, daß sie sich nie mehr drei lange Monate von ihren Eltern trennen mußte.

Noch vor Sonnenaufgang und ehe die ersten Lampen in den flachen Häuschen des Personals angezündet wurden, stieg sie zusammen mit ihrem Vater in den überfüllten Bus zur Delamare Avenue und dort in den noch volleren, der aus der Stadt fuhr und nur von Eingeborenen benutzt wurde. Walter hatte nach vielen schriftlichen Eingaben an Captain McDowell, der in Brighton vier Kinder, sehr wehmütige Erinnerungen an ein Familienleben und in den Baracken im Ngong nie genug Platz für seine Leute hatte, im sechsten Monat von Jettels Schwangerschaft die Erlaubnis erhalten, zu Hause zu wohnen.

Er fuhr täglich zum Dienst in die Post- und Informationsabteilung seiner Unit und kam erst spät abends ins Hove Court zurück, nur freitags meistens rechtzeitig genug, um mit Regina in die Synagoge zu gehen. Als er die Tradition seiner Kindheit mit einer Selbstverständlichkeit wiederaufnahm, als hätte er ihr nie in der Verzweiflung der Emigration auf immer abgeschworen, dachte Regina zunächst, es wäre ihrem Vater nur wichtig, an der richtigen Stelle für das Wohlergehen des Babys zu beten.

»Es geht um dich«, hatte er ihr jedoch gesagt, »du sollst wissen, wohin du gehörst. Es ist höchste Zeit.« Sie hatte sich nicht getraut, um die Erklärung zu bitten, nach der ihr verlangte, aber auf alle Fälle freitags ihre nächtlichen Gespräche mit Mungo eingestellt.

An einem Freitag im Dezember hörte Regina ihren Vater schon aufgeregt reden, ehe sie noch die Zitronenbäume hinter den Palmen erreicht hatte. Sie kam noch nicht einmal dazu, die Hühnersuppe und den süßen Fisch in jenen Flats zu riechen, deren Bewohner noch nicht ausschließlich Englisch miteinander sprachen und dazu übergegangen waren, den Sabbat ihren anstrengenden Assimilationsmühen zu opfern. Eine so frühe Heimkehr ihres Vaters war zwar ungewöhnlich, widersprach aber nicht grundsätzlich allen früheren Erfahrungen. Sie hatte also zunächst keinen Grund, beunruhigt zu sein.

Trotzdem rannte sie viel schneller als sonst durch den Garten und entschied sich sehr plötzlich für die Abkürzung zwischen den Ameisenhaufen zum

Flat. Die Angst war schneller als ihre Beine. Sie fiel zu rasch vom Kopf in den Magen und ließ die Bilder, die sie nicht sehen wollte, in ihre Augen. Als Regina aus dem schmalen Loch in der wuchernden Dornenhecke kroch, war die Tür zur Küche offen. Sie traf ihre Eltern in einem Zustand an, den sie zwar nicht selbst erlebt hatte, aber von dem sie alles wußte. Obwohl der Nachmittag noch von der Hitze des Tagesbrandes kochte und ihrer Mutter in der feuchten Luft jede Bewegung noch schwerer fiel als sonst, kam es Regina vor, als hätten die Eltern gerade getanzt.

Einen Moment voller Verlangen glaubte Regina, das große Wunder von Ol' Joro Orok hätte sich wiederholt und Martin wäre so überraschend zu Besuch gekommen wie in den Tagen, als er noch ein Prinz war. Ihr Herz keuchte bereits im Körper, und ihre Fantasie galoppierte in eine Zukunft, die aus einer Decke von goldenen Sternen mit Spitzen aus rubinrot leuchtenden Steinen gewebt war. Da sah sie auf dem runden Tisch ein schmales, gelbes Kuvert mit vielen Stempeln liegen. Regina versuchte, die Schrift zwischen den Wellenlinien der Stempel zu lesen, aber obwohl jedes Wort in Englisch war, ergab keins davon einen Sinn. Gleichzeitig ging ihr auf, daß die Stimme ihres Vaters so hoch wie der Ruf eines Vogels war, der die ersten Regentropfen auf den Flügeln fühlt.

»Der erste Brief aus Deutschland ist da«, rief Walter. Sein Gesicht war rot, doch ohne Angst, die Augen klar und von winzigen Funken erhellt.

Der Brief war als Militärpost der Besatzungsbehörden der britischen Zone befördert worden, adressiert an ›Walter Redlich, Farmer in the Surrounding of Nairobi‹ und kam von Greschek. Owuor, der ihn aus dem Verwaltungsbüro vom Hove Court geholt und ahnungslos den Jubel ausgelöst hatte, der noch Stunden später wie ein Buschfeuer loderte, konnte den Namen bereits so gut aussprechen, daß seine Zunge kaum noch zwischen den Zähnen festklebte.

»Greschek«, lachte er, legte das Kuvert in die Hängematte und beobachtete aufmerksam, wie der dünne Umschlag schaukelte, als sei er eines jener kleinen Schiffe, die er mal als junger Mann in Kisumu gesehen hatte. »Greschek«, wiederholte er und ließ auch seine Stimme torkeln.

»Der Josef, er hat's geschafft«, jubelte Walter, und Regina merkte erst da, daß seine Tränen schon bis zum Kinn getropft waren, »er ist davongekommen. Er hat mich nicht vergessen. Weißt du überhaupt, wer Greschek ist?«

»Greschek gegen Krause«, freute sich Regina. Als Kind hatte sie den Satz für den größten Zauber der Welt gehalten. Sie hatte ihn nur sagen müssen, und schon lachte ihr Vater. Es war ein wunderbares Spiel gewesen, aber dann war ihr eines Tages doch klargeworden, daß ihr Vater beim Lachen wie ein getretener Hund ausgesehen hatte. Danach hatte sie die drei Worte, deren Sinn sie ohnehin nie begriffen hatte, in ihrem Kopf vergraben.

»Ich hab' vergessen«, fuhr sie verlegen fort, »was

das heißt. Aber das hast du immer in Rongai gesagt. Greschek gegen Krause.«

»Vielleicht sind deine Lehrer gar nicht so dumm. Du scheinst tatsächlich ein kluges Kind zu sein.«

Das Lob kitzelte Reginas Ohr sanft und beruhigend. Sie grübelte mit Behagen, wie sie den frisch gesäten Beifall zur großen Ernte treiben könnte, ohne eitel zu erscheinen. »Er ist«, fiel ihr schließlich ein, »mit dir bis Rom gefahren, als du aus der Heimat gemußt hast.«

»Bis Genua, Rom hat gar keinen Hafen. Lernt ihr denn gar nichts in der Schule?«

Walter hielt Regina den Brief hin. Sie sah, daß seine Hand zitterte, und sie begriff, daß er von ihr die gleiche Erregung erwartete, die seinen Körper verbrannte. Als sie aber die dünnen Buchstaben mit den Bögen und Spitzen sah, die ihr vorkamen wie die Schrift der Majas, die sie vor kurzem in einem Buch gesehen hatte, gelang es ihr nicht mehr, ihr Lachen rechtzeitig zu verschlucken.

»Hast du auch so geschrieben, als du Deutscher warst?« kicherte sie.

»Ich bin Deutscher.«

»Wie soll sie denn Sütterlin lesen?« schimpfte Jettel und streichelte Regina die Verlegenheit von der Stirn. Ihre Hand war heiß, das Gesicht glühte, und die Kugel im Bauch rutschte von einer Seite zur anderen.

»Auch das Baby ist ganz aufgeregt, Regina«, lachte sie, »es strampelt wie verrückt, seitdem der Brief gekommen ist. Mein Gott, wer hätte gedacht, daß mich mal ein Brief von Greschek so aufregen würde. Du kannst dir gar nicht vorstellen, was für ein komischer Kerl er war. Aber einer der ganz wenigen Anständigen in Leobschütz. Auf Greschek laß ich nichts kommen. Seine Grete hat er uns geschickt, um mir beim Packen zu helfen, als ich nicht mehr wußte, wo mir der Kopf stand. Das habe ich ihm nie vergessen.«

Eingetaucht in die Vergangenheit, die mit einem einzigen Brief wieder Gegenwart war, zogen sich Walter und Jettel in eine Welt zurück, in der nur Platz für sie beide war. Sie saßen eng beisammen auf dem Sofa und hielten sich an der Hand, während sie Namen nannten, seufzten und Wehmut tranken. Sie hatten zusammen auch dann nur acht Finger und zwei Daumen, als sie zu streiten anfingen, ob Greschek seinen Laden in der Jägerndorfer Straße gehabt und in der Tropauer Straße gewohnt hatte oder umgekehrt. Walter konnte Jettel nicht überzeugen und sie nicht ihn, doch ihre Stimmen blieben sanft und fröhlich.

Schließlich einigten sie sich, daß auf jeden Fall Doktor Müller seine Praxis in der Tropauer Straße gehabt hatte. Die freundlichen Flammen der guten Laune drohten einige gefährliche Sekunden lang gerade wegen Doktor Müller zum üblichen Feuer nicht vergessener Kränkungen zu werden. Jettel behauptete, er sei schuld an ihrer Brustentzündung nach Reginas Geburt gewesen, und Walter entgegnete aufgebracht: »Du hast ihm ja keine Chance gelassen und sofort den Arzt aus Ratibor kommen lassen. Mir ist das heute noch peinlich. Müller war schließlich ein Bundesbruder von mir.«

Regina wagte kaum zu atmen. Sie wußte, daß Doktor Müller bei ihren Eltern so schnell einen Krieg auslösen konnte wie eine gestohlene Kuh bei den Massai. Erleichtert merkte sie aber, daß diesmal der Kampf mit ungiftigen Pfeilen ausgetragen wurde. Sie fand ihn längst nicht so unangenehm wie erwartet, und er wurde sogar spannend, als Walter und Jettel diskutierten, ob der Tag gut genug war, um die letzte Flasche Wein aus Sohrau zu holen, für die immer noch eine besondere Gelegenheit gesucht wurde. Jettel war dafür und Walter dagegen, aber dann wechselte Jettel ihre Meinung und Walter auch. Ehe sie dazu kamen, Ärger ins Zimmer zu jagen, sagten beide gleichzeitig: »Warten wir lieber noch ein bißchen, vielleicht kommt doch noch ein besserer Tag.«

Owuor wurde in die Küche geschickt, um Kaffee zu kochen. Er brachte ihn in der schlanken weißen Kanne mit den rosa Rosen auf dem Deckel und kniff dabei das linke Auge zu, was bei ihm immer bedeutete, daß er auch über jene Dinge Bescheid wußte, von denen er nicht reden konnte. Schon als der Bwana und die Memsahib sich beim Anblick des Briefs wie Kinder gefreut hatten, hatte Owuor die Hefe für die kleinen Brötchen angesetzt, die nur seine Hände so rund wie die Söhne eines fetten Mondes zaubern konnten.

Die Memsahib vergaß nicht zu staunen, als er den Teller mit den heißen winzigen Broten hereintrug, und der Bwana statt ›sente sana‹ mit drei schnellen Schlägen seiner Augenwimpern sagte: »Komm Owuor, wir lesen jetzt der Memsahib kidogo den Brief vor.« Satt von der Ehre, die seinen Bauch erwärmte, ohne daß er zu essen brauchte, und noch mehr seinen Kopf setzte sich Owuor in die Hängematte. Er umarmte seine Knie, sagte singend »Greschek«, und im letzten Strahl der Sonne fütterte er seine Ohren mit dem Lachen vom Bwana, der ein Gesicht so weich wie das Fell einer jungen Gazelle hatte.

»Lieber Herr Doktor«, las Walter vor, »ich weiß gar nicht, ob Sie noch leben. In Leobschütz haben sie erzählt, daß ein Löwe Sie gefressen hat. Das habe ich nie richtig geglaubt. Gott rettet doch nicht einen Mann wie Sie, damit ein Löwe zu fressen hat. Ich habe den Krieg überlebt. Grete auch. Aber aus Leobschütz mußten wir fortmachen. Die Polen haben uns nur einen Tag Zeit gelassen. Sie waren noch schlimmer wie die Russen. Jetzt wohnen wir in Marke. Das ist ein häßliches Dorf im Harz. Noch kleiner als Hennerwitz. Sie nennen uns hier Polakken und Ostpack und denken, nur wir haben den Krieg verloren. Wir haben nicht satt zu essen, aber doch mehr als andere, weil wir auch mehr arbeiten. Wir haben doch alles verloren und wollen es wieder zu was bringen. Das ärgert die hier besonders. Sie kennen doch Ihren Greschek. Grete sammelt Schrott, und ich verkaufe ihn. Wissen Sie noch, wie Sie immer gesagt haben: Greschek, es ist nicht anständig, was Sie mit Grete machen. Da habe ich sie auf der Flucht geheiratet, und jetzt bin ich doch ganz froh darüber.

Bis zu dem verfluchten Krieg bin ich oft nach Sohrau rübergemacht und habe in der Nacht Ihrem Herrn Vater und dem Fräulein Schwester Lebensmittel gebracht. Es ging ihnen sehr schlecht. Grete hat jeden Sonntag in der Kirche für sie gebetet. Ich konnte nicht. Wenn Gott das alles gesehen hat und hat nichts getan, dann hat er ja auch keine Gebete mehr gehört. Den Herrn Bacharach hat die SA auf der Straße zusammengeschlagen und weggebracht. Kurz nachdem Sie aus Breslau fortgemacht sind. Wir haben dann nichts mehr von ihm gehört.

Hoffentlich kommt dieser Brief in Afrika an. Ich habe einem englischen Soldaten einen Stahlhelm verschafft. Die sind alle ganz wild auf die Dinger. Der Mann konnte ein bißchen Deutsch und hat mir versprochen, diesen Brief an Sie abzuschicken. Wer weiß, ob so einer Wort hält. Wir dürfen ja noch keine Post abschicken.

Kommen Sie jetzt nach Deutschland zurück? Damals in Genua haben Sie gesagt: Greschek, ich komme wieder, wenn die Schweine weg sind. Was sollen Sie jetzt noch bei den Negern? Wo Sie doch Rechtsanwalt sind. Leute, die keine Nazis waren, bekommen jetzt gute Stellungen und schneller Wohnungen als andere. Wenn Sie kommen, wird Grete der Frau Doktor wieder helfen beim Umzug. Die hier im Westen können gar nicht so gut arbeiten wie wir. Das sind alles faule Luder. Und dumm sind sie auch. Wenn Sie Zeit haben, schreiben Sie mir bitte. Und grüßen Sie die Frau Doktor und das Kind. Hat sie noch Angst vor Hunden? Hochachtungsvoll Ihr alter Freund Josef Greschek.«

Nachdem Walter den Brief fertig gelesen hatte, kratzten nur Rummlers gleichmäßige, schnarchende Laute an einer Stille, die dick wie Nebel in regenschweren Wäldern war. Owuor hielt immer noch den Briefumschlag in der Hand und wollte den Bwana gerade fragen, weshalb ein Mann Worte auf eine so große Safari schickte, statt dem Freund die Dinge zu sagen, auf die sein Ohr so lange gewartet hatte. Er sah aber, daß der Bwana nur noch mit seinem Körper und nicht mit dem Kopf im Raum war. Owuors Seufzer, als er langsam aufstand, um das Abendessen vorzubereiten, weckte den schlafenden Hund.

Viel später sagte Walter: »Jetzt ist der Bann gebrochen. Vielleicht hören wir bald mehr von zu Hause«, doch seine Stimme war müde, als er hinzufügte: »Unser Leobschütz werden wir nicht mehr wiedersehen.«

Sie gingen alle, als sei es jeden Freitag so Brauch und nicht umgekehrt, ins Bett, ehe die Stimmen der Frauen im Garten verstummten. Eine Zeitlang hörte Regina ihre Eltern auf der anderen Seite der Wand reden, aber sie verstand zu wenig, um ihnen in die Welt der fremden Namen und Straßen zu folgen. Das Bild von Greschecks seltsamer Schrift holte sie aus dem ersten Schlaf zurück, und danach erschien es ihr, als hätten die Wortfetzen aus dem Nebenraum auch Spitzen und Bögen, und die flogen immer schnell auf sie zu. Sie ärgerte sich, daß sie sich nicht wehren konnte, und redete, obwohl es Freitag war und ihr Gewissen dabei Steine schluckte, noch lange mit Mungo.

Schon am darauffolgenden Tag wurde die außergewöhnliche Schwüle von Nairobi in den Nachrichten an erster Stelle erwähnt. Die Hitze wütete wie ein verletzter Löwe. Sie versengte Gras, Blumen und auch die Kakteen, machte Bäume kraftlos, Vögel stumm, Hunde bissig und Menschen mutlos. Sie hielten es selbst in den geräumigen Flats mit teueren Vorhängen nicht aus, drängten sich zusammen in den kleinen Schatten unter den großen Bäumen und holten schamhaft, aber mit einer Wehmut, die sie sowohl ratlos als auch süchtig machte, vor langer Zeit vergrabene Bilder von deutschen Winterlandschaften aus ihren Fotoalben und Erinnerungen.

Der letzte Tag im Jahr 1945 war so heiß, daß viele Hotels zunächst auf die Anzahl der Ventilatoren im Speisesaal und erst danach auf die Gänge des Festmenüs hinwiesen. Im Ngong loderten die größten Buschfeuer seit Jahren, im Hove Court wurde das Wasser rationiert und die Blumen nicht mehr gegossen, und sogar Owuor, der Kind in der Hitze von Kisumu gewesen war, mußte sich beim Kochen oft den Schweiß von der Stirn wischen. Es gab keinen Zweifel mehr, daß die kleine Regenzeit ausgeblieben und vor Juli keine Linderung zu erwarten war.

Jettel war zu erschöpft, um zu klagen. Ab dem achten Monat ihrer Schwangerschaft verurteilte sie sich zum vollkommenen Rückzug aus dem Leben und wurde taub für jeden Trost und alle guten Ratschläge. Sie ließ sich nicht davon abbringen, daß die Luft im Freien erträglicher sei als in geschlossenen Räumen und flüchtete schon morgens um acht unter Reginas Guavenbaum. Obwohl Doktor Gregory ihr nach jeder Untersuchung sagte, sie hätte zu viel zugenommen und brauchte Bewegung, rührte sie sich stundenlang nicht von dem Stuhl, den Owuor ihr in den Garten trug und so sorgsam mit weißen Tüchern abdeckte, als wollte er einen Thron herrichten.

Die Frauen im Hove Court bewunderten Owuors Einfall so sehr, daß sie Jettel unter dem Baum mit einer Regelmäßigkeit aufsuchten, als wäre sie tatsächlich eine Königin, die ihrem Volk nur zu bestimmten Stunden Audienz gewährt. Die wenigsten hatten allerdings die Geduld, sich Schwärmereien vom gesunden Breslauer Winter anzuhören, dafür die für Jettel in ihrer Reizbarkeit unerträgliche Gewohnheit, möglichst schnell in die eigene Vergangenheit zu flüchten. Sie empfand den Ballast vom fremden Leben noch schwerer zu ertragen als die ständige Furcht, die Hitze könnte dem ungeborenen Kind schaden und es würde abermals tot zur Welt kommen.

»Ich kann mich nicht mehr konzentrieren, wenn mir jemand was erzählt«, beschwerte sie sich bei Elsa Conrad.

»Quatsch, du bist zu faul zum Zuhören. Wach endlich auf. Auch andere Leute bekommen Kinder.«

»Selbst streiten kann ich mich nicht mehr richtig«, beklagte sich Jettel am Abend.

»Mach dir keine Sorgen«, tröstete Walter, »das kommt wieder. Das hast du in keiner Lebenslage verlernt.«

Erst wenn Regina von der Schule kam und sich zu ihr unter den Baum setzte, tauchte Jettel aus dem Zustand zwischen halbwacher Verzweiflung und tiefem Schlaf auf. Nur Reginas Welt der Feen und der erfüllten Wünsche, von der sie nicht lassen wollte, obwohl ihr Vater sie sofort verspottete, sobald er nur ein Wort davon mitbekam, aber auch ihre Begeisterung, wenn sie das Leben mit dem neuen Baby ausmalte, erlöste Jettel vom Unbehagen an ihrem schwerfälligen Körper und sorgte erneut, wie bei der glücklosen Schwangerschaft in Nakuru, für eine starke Verbundenheit mit der Tochter.

Es war der letzte Sonntag im Februar, der Jettel mit einer Gewalt in die Wirklichkeit zurücktrieb, die sie ihr Leben lang nicht mehr vergessen sollte. Morgens unterschied sich der Tag in nichts von den vorhergehenden. Nach dem Frühstück ließ sich Jettel ächzend unter dem Baum nieder, und Walter blieb im Flat, um Radio zu hören. Mittags reagierte Owuor, der sich sonst nie weit von der Memsahib entfernte, auf keinen ihrer Rufe. Jettel schickte verärgert Regina in die Küche, damit sie ihr ein Glas Wasser holte, aber Regina kam nicht zurück. Der Durst ging sehr plötzlich in ein so heftiges Brennen über, daß Jettel schließlich doch aufstand. Sie merkte, wie Widerwillen ihre Glieder steif machte, aber sie kämpfte vergeblich gegen das Phlegma, obwohl es ihr ebenso unwürdig wie lächerlich erschien.

Nur sehr langsam setzte sie einen Fuß vor den anderen und hoffte bei jedem Schritt, Owuor oder Regina würden doch noch auftauchen, um ihr den Rest des Wegs zu ersparen. Sie sah aber keinen von beiden und vermutete, erschöpft von einem Zorn, der ihr noch mehr zusetzte als der kurze, schattenlose Weg entlang der verdorrten Dornenhecke, sie würde Owuor und Regina bei einem ihrer vielen Gespräche über die Farm ertappen, die ihr stets als Verrat an ihrem hilflosen Zustand vorkamen.

Als sie die Tür aufdrückte, sah sie Owuor. Er stand mit dem Kopf tief nach unten gebeugt in der Küche, schien Jettel überhaupt nicht zu bemerken und sagte nur einige Male so leise »Bwana«, als hätte er lange mit sich selbst geredet. Im Zimmer waren die Vorhänge zugezogen. In der schweren Luft und dem fahlen Licht wirkten die wenigen Möbel im Raum wie Baumstümpfe in einer öden Landschaft. Walter und Regina, beide auffallend blaß und mit roten Augen, saßen auf dem Sofa und hielten sich umschlungen wie zwei verwirrte Kinder.

Jettel war so erschrocken, daß sie keinen von beiden anzusprechen wagte. Ihr Blick wurde starr. Sie merkte, daß ihr kalt wurde, und zu gleicher Zeit wurde ihr bewußt, daß die Kälte, nach der sie sich so gesehnt hatte, wie Nadelstiche auf der Haut schmerzte.

»Papa hat's die ganze Zeit gewußt«, schluchzte

Regina, doch ihr lautes Weinen ging sofort in leises Klagen über.

»Halt den Mund. Du hast versprochen, nichts zu sagen. Wir dürfen Mama nicht aufregen. Das hat alles Zeit, bis das Baby da ist.«

»Was ist los?« fragte Jettel. Ihre Stimme war fest, und obwohl sie eine Scham überfiel, die sie sich nicht erklären konnte, fühlte sie sich kräftiger als seit Wochen. Sie beugte sich sogar zum Hund, ohne ihren Rücken zu spüren, und sie legte die Hand auf ihr Herz, fühlte es aber nicht schlagen. Sie wollte gerade die Frage wiederholen, als sie sah, daß Walter hastig und sehr ungeschickt einen Bogen Papier in seine Hosentasche zu stecken versuchte.

»Greschecks Brief?« fragte sie ohne Hoffnung.

»Ja«, log Walter.

»Nein«, schrie Regina, »nein.«

Es war Owuor, der seine Zunge zur Wahrheit zwang. Er lehnte an der Wand und sagte: »Der Vater vom Bwana ist tot. Seine Schwester auch.«

»Was ist los? Was soll das alles bedeuten?«

»Owuor hat schon alles gesagt. Ich hab's nur ihm erzählt.«

»Seit wann weißt du es?«

»Der Brief kam ein paar Tage nach dem von Greschek. Man hat ihn mir im Camp ausgehändigt. Ich war so froh, daß er durch die Militärzensur mußte, weil er aus Rußland kommt, und ich euch nichts davon zu erzählen brauchte. Ich habe nicht geweint. Bis heute nicht. Und ausgerechnet da muß mich Regina erwischen. Ich habe ihn ihr vorgelesen.

Ich wollte nicht, aber sie hat mir keine Ruhe gelassen. Mein Gott, ich schäme mich so vor dem Kind.«

»Gib her«, sagte Jettel leise, »ich muß es doch wissen.«

Sie ging zum Fenster, faltete das vergilbte Papier auseinander, sah die Blockbuchstaben und versuchte, zunächst nur den Namen und die Adresse des Schreibers zu lesen.

»Wo ist Tarnopol?« fragte sie, doch sie wartete die Antwort nicht ab. Ihr war es, als könne sie dem Entsetzlichen, das auf sie zukam, noch ausweichen, wenn sie sich nur nicht die Zeit zum Erfassen des Geschehens ließe.

Die Worte »Sehr geehrter Herr Doktor Redlich«, sagte Jettel noch laut, doch dann flüchtete ihre Stimme in die Verlassenheit des Schweigens, und sie begriff mit einer Ohnmacht, die sie schaudern machte, daß sie von ihren Augen keine Gnade mehr erwarten durfte.

»Ich war vor dem Krieg in Tarnopol Lehrer für die deutsche Sprache«, las Jettel, »und habe heute die traurige Pflicht, Sie vom Tod Ihres Vaters und Ihrer Schwester in Kenntnis zu setzen. Ich habe Herrn Max Redlich gut gekannt. Er hatte Vertrauen zu mir, weil er mit mir Deutsch sprechen konnte. Ich habe versucht, ihm zu helfen, soweit es in meiner Macht stand. Eine Woche vor seinem Tod gab er mir Ihre Adresse. Da wußte ich, daß er wollte, daß ich Ihnen schreibe, falls ihm etwas passieren sollte.

Ihr Vater und Ihre Schwester haben sich nach vielen Gefahren und furchtbaren Entbehrungen nach

Tarnopol durchgeschlagen. In der ersten Zeit der deutschen Besetzung gab es für ihn und Frau Liesel noch Hoffnung. Sie konnten sich hier in einem Kellerraum des Schulhauses versteckt halten und wollten bei der ersten Gelegenheit weiter in die Sowjetunion. Dann haben zwei SS-Leute am 17. November 1942 Ihren Vater auf der Straße erschlagen. Er war sofort tot und hat nicht mehr zu leiden brauchen.

Frau Liesel wurde einen Monat später aus dem Schulhaus verschleppt und nach Belsec gebracht. Wir konnten nichts mehr für sie tun und haben nichts mehr von ihr gehört. Es war der dritte Transport nach Belsec. Von dem ist keiner zurückgekommen. Ich weiß nicht, ob Sie wissen, daß Frau Liesel auf der Flucht einen Tschechen geheiratet hat. Herr Erwin Schweiger war Lastwagenfahrer und wurde von der russischen Armee zum Militär gezwungen. So mußte er Ihren Vater und Frau Liesel im Stich lassen.

Ihr Vater war sehr stolz auf Sie und hat viel von Ihnen gesprochen. Den letzten Brief, den Sie ihm geschrieben haben, hatte er immer in seiner Brusttasche. Wie oft haben wir ihn gelesen und uns vorgestellt, wie gut und sicher Sie und Ihre Familie es auf der Farm haben. Herr Redlich war ein tapferer Mann und hat bis zum Schluß Gott vertraut, daß er Sie wiedersehen wird. Gott sei seiner Seele gnädig. Ich schäme mich für alle Menschen, daß ich so einen Brief schreiben muß, aber ich weiß, daß in Ihrer Religion der Sohn für den Vater am Todestag ein Gebet spricht. Die meisten Ihrer Brüder werden das nicht können. Wenn ich nur wüßte, ob es ein Trost für Sie sein wird, daß Sie es können, wäre mir meine Pflicht leichter.

Ihr Vater sagte mir immer, Sie hätten ein gütiges Herz. Möge Gott es Ihnen erhalten. Schreiben Sie mir nicht zurück nach Tarnopol. Briefe aus dem Ausland führen hier zu Schwierigkeiten. Ich schließe Sie und Ihre Familie in meine Gebete ein.«

Während sie auf die Tränen wartete, die sie erlösen würden, faltete Jettel den Brief behutsam zusammen, aber ihre Augen blieben trocken. Es verwirrte sie, daß sie nicht schreien und noch nicht einmal sprechen konnte, und sie kam sich wie ein Tier vor, das nur körperlichen Schmerz fühlen kann. Verlegen setzte sie sich zwischen Walter und Regina und zog ihren verschwitzten Kittel glatt. Sie machte eine kleine Bewegung, als wollte sie beide streicheln, konnte ihre Hand jedoch nicht hoch genug heben und strich sich immer wieder über den Bauch.

Jettel fragte sich, ob es nicht Sünde wäre, einem Kind, das in ein paar Jahren nach seinen Großeltern fragen würde, Leben zu schenken. Als sie Walter ansah, wußte sie, daß er ihr Aufbegehren spürte, denn er schüttelte den Kopf. Sein hilfloser Trotz war ihr dennoch Trost, denn sie sagte, ohne daß ihre Stimme sich von der Verzweifelung schwach machen ließ: »Es muß ein Junge werden, jetzt haben wir doch einen Namen für ihn.«

18

In der langen Nacht zum 6. März 1946 fanden sehr viele erschöpfte Menschen im Hove Court nicht die Ruhe, die sie in der Zeit außergewöhnlicher Hitzeplagen mit noch größerer Leidenschaft verteidigten als ihre persönliche Habe. In der Mehrzahl der Zimmer und Flats brannten die Lampen dem Sonnenaufgang entgegen; Babys schrien noch vor Mitternacht nach ihren Ajas und Flaschen; Hausboys verloren ihren Sinn für Recht, Pflicht und Ordnung und setzten vor dem ersten Zwitschern der Vögel das Wasser für den Morgentee auf; Hunde bellten Mond, Schatten, verdorrte Bäume und erzürnte Menschen an. Sie gerieten im heiseren Groll in jene Fehden, die unweigerlich zu einem gnadenlosen Kampf ihrer Besitzer führten; Radios schmetterten ihre Schlager so laut wie zuletzt bei Kriegsende in Europa; selbst die fast taube Miss Jones erschien im Nachthemd vor dem geschlossenen Verwaltungsbüro, um das Vernehmen von ruhestörenden Geräuschen zu melden.

Owuor, der allein mit der Memsahib kidogo war, ging weder zum Essen noch zu der jungen Frau, die er vor einer Woche aus Kisumu hatte kommen lassen, in sein Quartier. In der dritten Stunde nach Sonnenuntergang klopfte er alle Decken und Matratzen aus, bürstete danach die Holzfußböden und den Hund ab und pflegte schließlich seine Fingernägel mit der Feile von der Memsahib, was diese ihm niemals erlaubt hätte, wäre sie zu Hause gewesen.

Mit schwerer Last in Brust und Bauch schaukelte er seine Erschöpfung in Reginas Hängematte zur Ruhe, ohne daß genug Schlaf zu ihm kam, um die Bilder in seinem Kopf auszubrennen. Von Zeit zu Zeit versuchte er, das wehmütige Lied von der Frau zu singen, die ihr Kind im Wald suchte und immer nur die eigene Stimme hörte, aber die Melodie blieb zu oft in seiner Kehle stecken, und er mußte schließlich doch seine Ungeduld heraushusten.

Regina lag in ihrer weißen Schulbluse und dem empfindlichen grauen Rock, der nach noch mehr Schonung verlangte als ein frisch geschlüpftes Küken, auf dem Bett ihrer Eltern. Sie hatte sich vorgenommen, ›David Copperfield‹ von der ersten bis zur letzten Seite zu lesen, ohne auch nur für ein einziges Glas Wasser aufzustehen, aber schon in den ersten beiden Absätzen des Buches verkeilten sich die Buchstaben ineinander und rasten als feuerrote Kreise an ihren Augen vorbei. Die Hände waren feucht von der Anstrengung, über die bunten Perlen des Zaubergürtels zu streichen; die Zunge scheute bereits die Mühe, den einzigen Wunsch, den Regina je wieder vom Schicksal erbitten wollte, genau richtig zu formulieren, um den schweigsamen Gott Mungo zu überzeugen, daß er diesmal auf ihrer Seite und nicht wie in den Tagen der verschluckten Tränen auf der des Todes zu stehen hatte.

Seitdem Walter und Jettel mitten im Abendessen mit einem kleinen Koffer und, den Geruch von Amok laufenden Hunden ausströmend, in Mr. Slapaks Auto weggefahren waren, kämpfte Regina gegen die Angst, die mehr böse Kraft hatte als eine ausgehungerte Schlange. Die Ungewißheit wütete in ihren Eingeweiden wie ein zorniger Wasserfall nach dem Sturm. Nur wenn der steinige Berg in ihrer Kehle zwischen ihre Zähne zu rutschen drohte, rannte sie zu Owuor, tastete mit den Spitzen ihrer Finger die vertrauten Rundungen seiner Schultern ab und fragte: »Glaubst du, dieser Tag wird gut?«

Dann riß Owuor sofort die Augen auf und sagte, als hätte er sein ganzes Leben nur den einen Satz sprechen gelernt: »Ich weiß, der Tag wird gut.« Sobald die Worte aus seinem Mund waren, schauten er und die Memsahib kidogo jedesmal zu Boden, hatten sie doch beide einen Kopf, der nicht vergessen konnte. Und beide wußten sie, daß ein gutes Gedächtnis an Tagen, auf die es ankam, schlimmer war als der rächende Knüppel eines Bestohlenen auf der nackten Haut eines ertappten Diebs.

Um drei Uhr morgens goß Elsa Conrad die Kamelien vor ihrem Fenster und schalt sich so laut eine vergreiste Närrin, daß Mrs. Taylor wütend auf ihren Balkon stürmte und um Ruhe schrie. Trotzdem kam es nicht zum Streit, denn genau in dem Moment, da Elsa endlich die passenden englischen Schimpfworte einfielen und sie sich auch über deren korrekte Aussprache im klaren wurde, sah sie Professor Gottschalk. Er spazierte im Hut und mit der winzigen Porzellanschüssel, aus der er morgens seinen Haferbrei aß, durch den dunklen Garten. Beide riefen sich zu: »Es ist soweit«, und klopften zu gleicher Zeit mit dem Zeigefinger an die Stirn, um einander anzudeuten, daß sie beide an ihrem Verstand zweifelten.

Sehr viel früher hatte Chepoi zwei enttäuschte Offiziere wegschicken müssen, ohne daß die ausgehungerten jungen Männer die Reize der berühmten Mrs. Wilkins mit auch nur einem Blick hatten beurteilen dürfen. Diana selbst stand noch im Morgengrauen am Fenster. Sie trug die goldfarbene Krone mit den bunten Steinen, die ihr bei ihrem einzigen Moskauer Auftritt die Verheißung einer Zukunft vorgegaukelt hatte, die nie Wirklichkeit geworden war. In den kurzen Pausen, die sie sich im Sessel gönnte, bespritzte sie ihren Hund so oft mit ihrem Lieblingsparfüm, daß er sie mit ungewohnter Beherztheit in den Finger biß, um seine Nase zu schützen.

Ihrerseits kränkte Diana das übermüdete Tier, indem sie es ›dreckiger Stalin‹ nannte. Heulend vor Schmerz und Wut und gepeinigt von einer vagen Abneigung gegen alles, was sie im nüchternen Zustand sehr klar mit ›Bolschewiks‹ hätte ausdrücken können, gab sie endlich den Bemühungen von Chepoi nach, sie zu beruhigen. Sie ließ sich nach einem ungewöhnlich kurzen Kampf die Whiskyflasche entwinden und mit seinem Versprechen ins Bett bringen, sie sofort bei eventuellen Neuigkeiten zu wecken.

Ohne aber daß im Hove Court auch nur ein kleines Zeichen auf die Bedeutsamkeit des Augenblicks hinwies, wurde eine Minute nach fünf Max Ronald Paul Redlich im fünf Meilen entfernten Eskotene Nursing Home geboren. Sein erster Schrei und ein plötzliches, dumpfes Grollen vom Himmel, das wie der Aufbruch einer Herde von bedrohten Gnus klang, setzten zu gleicher Zeit ein. Als Schwester Amy Patrick das Kind auf die Waage legte und dessen Gewicht von fünf Pfund und vier Unzen sowie den langen, schwer zu buchstabierenden Namen auf einem Zettel notierte, belebten sich ihre trüben Augen um eine sehr feine Schattierung ins Helle, und sie sprach von einem Wunder.

Sowohl das für den Anlaß übertriebene Lächeln der von ihrer dritten schlaflosen Nacht zermürbten Hebamme als auch die euphorische Beschwörung einer außerirdischen Macht galten nicht dem Kind und schon gar nicht der erleichterten Mutter, deren für empfindliche Ohren so quälender Akzent Schwester Amy bei der schwierigen Geburt als äußerst hinderlich empfunden hatte. Amy Patricks spontane Begeisterung war lediglich Ausdruck eines verständlichen Erstaunens, daß der kleine Regen doch noch und ohne entsprechende Hinweise in den Wetternachrichten vom Vortag Nairobi vom Trauma einer noch nie dagewesenen Hitze erlöst hatte. Die Hebamme fühlte sich derart befreit, daß sie trotz des bedauerlichen Umstands, daß es an kundigen Zuhörern fehlte, ihren britischen Humor laut werden ließ. Als sie dem Neugeborenen die

Nabelbinde umlegte, sagte sie mit einem Hauch von Zufriedenheit: »Meine Güte, der Kerl schreit ja wie ein kleiner Engländer.«

Der Himmelssegen war für eine verspätete Regenzeit ungewöhnlich dürftig. Er würde höchstens zum Gesprächsstoff für eine Woche taugen und allenfalls ausreichen, um das Gefieder der kleinsten Vögel, die Wellblechdächer und die oberen Äste der Dornakazien vom Staub zu befreien. Daß aber überhaupt Regen eingesetzt hatte, bestärkte alle wohlwollenden Menschen, die freiwillig ihre Nachtruhe geopfert hatten, in der Zuversicht, die Geburt von Max Redlich wäre ein außergewöhnliches Ereignis und das Kind könne gar ein Hoffnungsträger für die zweite Generation der Refugees sein.

Regina und Owuor merkten zunächst nichts von Walters Heimkehr. Sie hörten weder den kräftigen Stoß, den er der klemmenden Eingangstür versetzte, noch den Fluch, als er über den schnarchenden Hund stolperte. Sie schreckten erst, dann allerdings wie zwei Soldaten beim plötzlichen Einsatzbefehl, aus ihrem Dämmerzustand hoch, als dröhnende Würgelaute aus der Küche kamen. Owuor gab der offenen Tür einen Tritt, mit dem er selbst als junger Mann noch nicht einmal einen widerborstigen Esel zur Arbeit angetrieben hätte. Sein Bwana kniete stöhnend vor einem verrosteten Eimer, den er mit beiden Händen umklammerte.

Regina rannte auf ihren Vater zu und versuchte, ihn wenigstens von hinten zu umarmen, ehe Enttäuschung und Entsetzen sie lahmlegen würden.

Als Walter ihre Arme an seiner Brust spürte, richtete er sich wie ein Baum auf, der den Durst in seinen Wurzeln gefühlt hat und gerade noch rechtzeitig die rettenden Tropfen auf seinen Blättern spürt.

»Max ist da«, keuchte er. »Diesmal hat es der liebe Gott gut mit uns gemeint.«

Die Stille hielt an, bis Walters graue Haut sich zurück in jenes leichte Braun gefärbt hatte, das zu seiner Uniform paßte. Regina hatte die Worte ihres Vaters zu lange im Ohr gelassen, um mehr tun zu können, als ihren Kopf zu kleinen, gleichmäßigen Bewegungen zu zwingen. Es dauerte eine schwere halbe Minute, ehe sie den belebenden Strom ihrer Tränen spürte.

Als sie die Augen endlich öffnen konnte, sah sie, daß auch ihr Vater weinte; sie drückte lange ihr Gesicht an das seine, um den heißen salzigen Brei der Freude mit ihm zu teilen.

»Max«, sagte Owuor. Seine Zähne leuchteten wie neue Kerzen im dunklen Raum. »Jetzt«, lachte er, »jetzt haben wir einen Bwana kidogo.«

Wieder sagte niemand ein Wort. Doch dann wiederholte Owuor noch einmal den Namen, den er so deutlich aussprach, als hätte er ihn immer schon gekannt, und da schlug ihm der Bwana auf die Schulter. Er lachte dabei wie am Tag, als die Heuschrekken davongeflogen waren, und nannte ihn seinen Rafiki.

Das glatte, sanfte Wort für Freund, das Owuor nur dann mit Stolz genießen konnte, wenn es der Bwana leise und ein bißchen heiser sagte, flog wie ein Schmetterling am heißen Tag auf seine Ohren zu. Die Laute trieben Wärme in die Brust und löschten die mit einem zu scharfen Messer geschnitzte Angst der langen Nacht.

»Hast du das Kind schon gesehen?« fragte er. »Hat es zwei gesunde Augen und zehn Finger? Ein Kind muß aussehen wie ein kleiner Affe.«

»Mein Sohn ist schöner als ein Affe. Ich hab' ihn schon in meinen Händen gehalten. Heute nachmittag sieht ihn die Memsahib kidogo. Owuor, ich hab' gefragt, ob ich dich mitbringen kann, aber im Krankenhaus haben die Schwestern und der Arzt nein gesagt. Ich wollte, daß du dabei bist.«

»Ich kann warten, Bwana. Hast du das vergessen? Ich habe vier Regenzeiten gewartet.«

»Du weißt so genau, wann das andere Kind gestorben ist?«

»Du weißt es doch auch, Bwana.«

»Manchmal habe ich das Gefühl, daß Owuor mein einziger Freund in dieser verfluchten Stadt ist«, sagte Walter auf dem Weg zum Krankenhaus.

»Ein Freund reicht für ein ganzes Leben.«

»Wo hast du das schon wieder aufgeschnappt? Bei deiner dämlichen englischen Fee?«

»Bei meinem dämlichen englischen Dickens, aber ein bißchen Freund ist Mr. Slapak auch. Er hat dir doch sein Auto geborgt. Sonst müßten wir jetzt mit dem Bus fahren.«

Regina zupfte ein kleines Stück von der Füllung aus den zerschlissenen Autopolstern und kitzelte Walters Arm mit den harten Spitzen vom Pferdehaar. Ihr wurde bewußt, daß sie ihren Vater nie zuvor am Steuer eines Wagens gesehen und, daß sie überhaupt nicht gewußt hatte, daß er Auto fahren konnte. Sie wollte ihm das gerade sagen, doch sie ahnte, ohne daß sie sich den Grund schnell genug erklären konnte, daß ihn die Bemerkung kränken würde, und sagte statt dessen: »Du fährst gut.«

»Ich bin schon Auto gefahren, als noch niemand an dich gedacht hat.«

»In Sohrau?« fragte sie gehorsam.

»In Leobschütz. Den Adler vom Greschek. Mein Gott, wenn Greschek wüßte, was heute für ein Tag ist.«

Der klappernde Ford stöhnte die Hügel hinauf und ließ dichte Wolken von feinem rotem Sand hinter sich. Der Wagen hatte auf der linken Seite und vorne kein Glas und große Löcher im verrosteten Dach, durch die die Sonne brannte. Die Hitze mit den schnellen Flügeln und der schwüle Fahrtwind kratzten die Haut rot. Regina fühlte sich wie in dem Jeep, mit dem sie Martin für die Ferien abgeholt hatte. Sie sah die dunklen Wälder von Ol' Joro Orok mit lange nicht mehr erlebter Deutlichkeit und dann einen Kopf mit blondem Haar und hellen Augen, aus denen kleine Sterne ins Weite flogen.

Eine Zeitlang genoß sie die Vergangenheit mit gleicher Freude wie die Gegenwart, aber ein plötzliches Brennen im Nacken brachte jene schmerzende Sehnsucht zurück, von der sie glaubte, sie sei für immer von den Tagen des Wartens verschluckt worden. Sie kaute Luft, um ihre Augen von den Bildern zu befreien, die sie nicht mehr sehen durfte, und ihr Herz von einer Trauer, die nicht zu ihrem berauschenden Glück paßte.

»Ich liebe dich sehr«, flüsterte sie.

Das Eskotene Nursing Home, ein solide gebautes weißes Gebäude mit Fenstern aus hellblauem Glas und schlanken Portalsäulen, um die sich Rosen in der Farbe des Himmels bei Sonnenuntergang rankten, lag in einem Park mit einem Teich, in dem Goldfische unter Wasserlilien hervorschossen, und einem kurzgeschorenen Teppich aus dichtem grünem Gras. Die hohen Zedern, auf deren Äste Glanzstare ihr blauleuchtendes Gefieder zu kleinen Fächern formten, dampften noch nach dem Regen vom Morgen. Vor dem Tor am eisernen Zaun stand ein Askari mit breiten Schultern in marineblauer Uniform und einem dicken Holzknüppel, den er mit beiden Händen hielt. Ein kaffeefarbener irischer Wolfshund mit grauen Barthaaren schlief zu seinen Füßen.

Die teure Privatklinik verhalf nur widerwillig Babys von Refugees zum Start ins Leben, aber der sonst durchaus kompromißbereite Doktor Gregory hatte in dieser Beziehung nicht mit sich reden lassen. Er behandelte grundsätzlich keine Patientinnen im Government Hospital, in dem die Ärzte durch die Korridore mit den Krankenabteilungen für Schwarze mußten, ehe sie zu der Station für Europäer gelangten. Sein Honorar hatte bereits während der Schwangerschaft sämtliche Rücklagen aus Jettels Arbeit im Horse Shoe verschlungen, und die

Rechnung für die Geburt und den Aufenthalt im Eskotene würde bestimmt auch den zusätzlichen Sold aufbrauchen, der einem Sergeant bei der Geburt eines Kindes zustand.

Trotzdem war Doktor Gregory auch bei Patientinnen, die sich ihn nicht leisten konnten und die seinem hart erarbeiteten Niveau nicht entsprachen, ein Arzt voller Anteilnahme und Gewissenhaftigkeit. Er hatte, wie er im eigenen Kreis mit mildem Erstaunen über seine bis dahin unvermutete tolerante Art lächelnd berichtete, sich sogar an Jettels Aussprache gewöhnt. Jedesmal, wenn er sie untersucht hatte, erwischte er sich dabei, daß er noch einige Zeit danach das R auf eine geradezu absurde Art rollte.

Vor allem aber ließ er den doch sehr fremden Vogel in seiner distinguierten Praxis nicht fühlen, daß er für den gewaltigen Restteil des Geldes, das ihm zustand, sehr diskret und mit Hinweis auf Jettels Alter und die zu erwartenden Komplikationen während der Schwangerschaft und bei der Geburt die Jüdische Gemeinde Nairobi eingeschaltet hatte. Immerhin saß er seit Jahren zusammen mit dem alten Rubens im Vorstand und hatte nie gezögert, sich weiter öffentlich zum Judentum zu bekennen, auch nicht, als er seinen ursprünglich polnischen Namen gegen die angenehm aussprechbare englische Version eintauschte.

Doktor Gregory, der schon deshalb seine Patientinnen zweimal täglich besuchte, weil das Eskotene auf dem Weg zum Golfplatz lag und er von Jugend an ein besonderes Talent zur Kombination von Pflicht und Neigung hatte, war gerade bei Jettel, als Walter mit Regina erschien. Die beiden blieben unschlüssig an der Tür stehen, als sie ihn sahen. Ihre Unbeholfenheit, die Verlegenheit des Vaters, die sofort in eine bedrückte Servilität überging, und die Tochter mit dem Körper eines Kindes und einem Gesicht, das durch zu frühe Erfahrungen mit dem Leben geprägt schien, rührten den Arzt.

Er fragte sich ein wenig betroffen von einer Scham, die ihn mehr irritierte als ihm angenehm war, ob er sich nicht eingehender mit dem Schicksal der kleinen Familie hätte beschäftigen müssen, die ihn in ihrer spürbaren Verbundenheit, die ihm skurril altmodisch erschien, an die Erzählungen seines Großvaters erinnerte. Er hatte seit Jahren nicht mehr an den alten Mann gedacht, der in einer kleinen, feuchten Wohnung im Londoner East End auf lästige Weise gerade an jene Wurzeln zu appellieren pflegte, von denen sich der ehrgeizige Medizinstudent energisch zu befreien versucht hatte. Die Regung war indes zu flüchtig, um ihr nachzugeben.

»Come on«, rief er deshalb in einer etwas übertriebenen Lautstärke, die er sich eigens für die nach Herzlichkeit dürstenden Leute vom Kontinent angewöhnt hatte, und dann in einem Gefühl der Verbundenheit, das er sich nur mit Sentimentalität erklären konnte, fügte er, viel leiser und gar ein wenig scheu »Massel tow« hinzu. Er klopfte Walter auf den Rücken, streichelte etwas abwesend Reginas

Kopf, wobei seine Hand auf ihre Wange rutschte, und verließ eilig den Raum.

Erst als der Arzt die Tür hinter sich zuzog, sah Regina in Jettels Armbeuge den winzigen Kopf mit einer Krone aus schwarzem Flaum. Sie hörte, wie aus einem Nebel, der Laute schluckt, den Atem ihres Vaters und sofort danach ein leises Wimmern des Neugeborenen und wie Jettel mit lockenden Lauten das Kind beruhigte. Regina wollte laut lachen oder zumindestens so kreischend jubeln wie ihre Mitschülerinnen bei einem gewonnen Hockeyspiel, aber ihr gelang nur ein Gurgeln in der Kehle, das ihr sehr kümmerlich vorkam.

»Komm«, sagte Jettel, »wir beide haben schon auf dich gewartet.«

»Halt ihn fest, einen neuen können wir uns nicht mehr leisten«, mahnte Walter und legte Regina das Kind in die Arme. »Das ist dein Bruder Max«, sagte er mit fremder, feierlicher Stimme, »ich habe ihn schon heute früh schreien hören. Der weiß ganz genau, was er will. Wenn er groß ist, wird er gut für dich sorgen. Anders als ich für meine Schwester.«

Max hatte die Augen geöffnet. Sie leuchteten blau aus einem Gesicht, das die Farbe der jungen Maiskolben von Rongai hatte, und die Haut roch nach der Süße von frisch gekochtem Poscho. Regina berührte die Stirn ihres Bruders mit ihrer Nase, um den Duft in Besitz zu nehmen. Sie war ganz sicher, daß sie sich nie wieder im Leben so am Glück würde betäuben können. In diesem Augenblick sagte sie ihrer Fee, die sie nun nie mehr würde bemühen müssen, ein letztes Lebewohl. Es war ein kurzer Abschied ohne Schmerzen und Zaudern.

»Willst du ihm nichts sagen?«

»Ich weiß nicht, in welcher Sprache ich mit ihm reden soll.«

»Er ist noch kein richtiger Refugee und geniert sich nicht, wenn er seine Muttersprache hört.«

»Jambo«, flüsterte Regina, »jambo, bwana kidogo.« Sie erschrak, als sie merkte, daß das Glück ihre Wachsamkeit für Worte, die ihren Vater ängstigten, eingeschläfert hatte. Reue ließ ihr Herz zu schnell schlagen. »Gehört er«, fragte sie befangen, »wirklich mir?«

»Uns allen.«

»Und Owuor auch«, sagte Regina und dachte an die Gespräche der Nacht.

»Natürlich, solange Owuor bei uns bleiben kann.«

»Heute nicht«, sagte Jettel unwillig, »heute einmal nicht.«

Regina schluckte die Frage, die Neugierde ihr in den Mund zu schieben versuchte, entschlossen herunter. »Heute einmal nicht«, erklärte sie ihrem neuen Bruder, doch sie sprach die Zauberworte nur in Gedanken aus und machte aus dem Lachen, das ihr die Kehle aufrieb, nur einige hohe Töne der Freude, damit weder Vater noch Mutter erfuhren, daß ihr Sohn bereits dabei war, Owuors Sprache zu lernen.

Owuor saß bis nach Sonnenuntergang mit dem Kopf zwischen den Knien und Schlaf unter den Augenlidern vor der Küche, ehe er den Wagen kommen hörte, der mehr schrie als ein von Lehm und Steinen mißhandelter Traktor. Weil der Bwana erst dem Gauner Slapak das Auto zurückgeben mußte, würde es noch eine Zeit dauern, bis Owuors Warten ein Ende hatte, aber Owuor hatte nie die Stunden gezählt, nur die guten Tage. Er bewegte langsam einen Arm und dann ein wenig seinen Kopf in Richtung der Gestalt, die hinter ihm an der Wand lehnte, und döste befriedigt weiter.

Auch Slapak liebte den Geschmack von Freude. Gerade weil er nach dem vierten Kind, das gerade zu krabbeln begann, in seiner eigenen Familie selbst die Geburt eines Sohnes mit gleicher Nüchternheit betrachtete wie das Warenlager in seinem seit Kriegsende außergewöhnlich gut florierenden Secondhandshop, verlangte es ihn nach fremdem Glück. Er zog Walter und Regina in seine beengte, nach feuchten Windeln und Krautsuppe riechende Wohnstube, als die beiden ihm die Autoschlüssel zurückbrachten.

Sahen die meisten Menschen im Hove Court in Leon Slapak nur den gerissenen Geschäftsmann, der seine eigene Mutter zu Geld machen würde, wenn es für ihn nur von kleinstem Vorteil wäre, so war er doch im Herzen ein frommer Mann, dem die Gnade, die anderen widerfuhr, als Bestätigung galt, daß Gott es gut mit guten Menschen meinte. Und dieser Soldat in der fremden Uniform, dessen Augen zeigten, daß er sich seine Verwundungen nicht auf dem Schlachtfeld geholt hatte, sondern im Kampf mit dem Leben, hatte ihm in seiner Bescheidenheit und Freundlichkeit immer gefallen. Slapak grüßte Walter, wenn er ihn sah, und er freute sich stets an der Dankbarkeit, mit der sein Gruß erwidert wurde und die ihn an die Männer seiner Heimat erinnerte.

So schüttete der von seinen Nachbarn verachtete Slapak ein Glas, das er sorgsam mit seinem Taschentuch abrieb, voller Wodka, drückte es Walter in die Hand, nahm selbst einen Schluck aus der Flasche und sagte eine ganze Reihe von Worten, von denen Walter so gut wie kein einziges verstand. Es war die übliche Mischung der Refugees aus dem Osten; sie bestand aus polnischen, jiddischen und englischen Ausdrücken, die Walter, je mehr er von Slapak mit heißem Herzen und kühlem Alkohol bedacht wurde, schon deshalb an Sohrau erinnerten, weil Slapak bald die Mühe mit dem Englischen und danach auch das Jiddische aufgab und nur noch Polnisch sprach. Seinerseits freute sich Slapak an den wenigen Brocken Polnisch, die Walter aus seiner Kindheit kannte, als hätte er ein unerwartet gutes Geschäft gemacht.

Es wurde ein Abend des Einverständnisses zwischen zwei Männern, die Erinnerungen nachgingen, die aus zwei sehr verschiedenen Welten stammten und die doch die gemeinsame Wurzel des Schmerzes hatten. Zwei Väter dachten nicht an ihre Kinder, sondern an die Pflicht der Söhne, die sie nicht hatten erfüllen dürfen. Obwohl sein Gast im gleichen Alter war, verabschiedete ihn Slapak kurz vor Mitternacht mit dem alten Segen der Väter. Danach schenkte er Walter einen Kinderwagen, den er selbst frühestens in einem Jahr wieder brauchen würde, ein Paket zerfetzter Windeln und ein Kleid aus rotem Samt für Regina, für das ihr mindestens fünfzehn Pfund und ebenso viele Zentimeter fehlten.

»Ich habe die Geburt meines Sohnes mit einem Mann gefeiert, mit dem ich nicht reden kann«, seufzte Walter auf dem kurzen Weg zum Flat. Er gab dem Kinderwagen einen Stoß. Die Räder mit ihrem brüchig gewordenen Gummi knirschten auf den Steinen. »Vielleicht kann ich eines Tages darüber lachen.« Er hatte das Bedürfnis, Regina zu erklären, weshalb er trotz der wohltuenden Wärme den Besuch bei Slapak als Symbol für sein ausgegrenztes Leben empfand, doch er wußte nicht wie.

Auch Regina war dabei, ihrem Kopf zu befehlen, jene verwirrenden Gedanken zu halten, die nicht laut werden sollten, aber dann sagte sie doch: »Ich bin gar nicht traurig, wenn du jetzt Max lieber hast als mich. Ich bin ja kein Kind mehr.«

»Wie kommst du auf so einen Quatsch? Ohne dich hätte ich die ganzen Jahre nicht durchgehalten. Glaubst du, ich kann das vergessen? Schöner Vater bin ich. Mehr als Liebe konnte ich dir nie geben.«

»Es war enough.« Zu spät merkte Regina, daß sie das deutsche Wort nicht rechtzeitig gefunden hatte. Sie rannte dem Kinderwagen nach, als sei es wichtig, ihn einzufangen, ehe er an die Eukalyptusbäume kam, hielt ihn an, rannte zurück und umarmte ihren Vater. Der Geruch von Alkohol und Tabak, der aus seinem Körper kam, und das Gefühl der Geborgenheit, das in ihrem kochte, verbanden sich zu einem Taumel, der sie benommen machte.

»Ich liebe dich mehr als alle anderen Menschen auf der Welt«, sagte sie.

»Ich dich auch. Aber das erzählen wir keinem. Nie.«

»Nie«, versprach Regina.

Owuor stand so aufrecht vor der Tür wie der Askari mit dem Knüppel im Krankenhaus. »Bwana«, sagte er und tränkte seine Stimme mit Stolz, »ich habe schon eine Aja gefunden.«

»Eine Aja? Du bist ein Esel, Owuor. Was sollen wir mit einer Aja? In Nairobi ist das nicht wie in Rongai. In Rongai hat der Bwana Morrison die Aja bezahlt. Sie hat auf seiner Farm gewohnt. In Nairobi muß ich eine Aja bezahlen. Das kann ich nicht. Ich hab' nur genug Geld für dich. Ich bin kein reicher Mann. Das weißt du.«

»Unser Kind«, erwiderte Owuor zornig, »ist so gut wie andere Kinder. Kein Kind kann ohne Aja sein. Die Memsahib kann mit so einem alten Wagen nicht im Garten fahren. Und ich kann nicht bei einem Mann arbeiten, der keine Aja für sein Kind hat.«

»Du bist der große Owuor«, höhnte Walter.

»Das ist Chebeti, Bwana«, erklärte Owuor und fütterte jedes der vier Worte mit Geduld. »Du mußt ihr nicht viel Geld geben. Ich habe ihr alles gesagt.«

»Was hast du ihr gesagt?«

»Alles, Bwana.«

»Aber ich kenne sie doch nicht.«

»Ich kenne sie, Bwana. Das ist gut.«

Chebeti, die vor der Küchentür gesessen hatte, stand auf. Sie war groß und schlank, trug ein weites, blaues Kleid, das ihre nackten Füße bedeckte und als lose gebundener Umhang um ihre Schultern hing. Um den Kopf war ein weißes Tuch zum Turban geschlungen. Sie hatte die langsamen, graziösen Bewegungen der jungen Frauen aus dem Stamm der Jaluo und deren selbstsichere Haltung. Als sie Walter die Hand hinhielt, öffnete sie den Mund, doch sie sprach nicht.

Regina stand noch nicht einmal nahe genug, um in der Dunkelheit das Weiß in den fremden Augen zu sehen, aber sie merkte sofort, daß Chebetis Haut und die von Owuor den gleichen Geruch hatten. Wie Dik-Diks zur Mittagszeit im hohen Gras.

»Chebeti wird eine gute Aja, Papa«, sagte Regina, »Owuor schläft nur mit guten Frauen.«

19

Captain Bruce Carruthers stand energisch auf, trat einen Käfer auf dem Fußboden tot, zerquetschte danach an der Fensterscheibe eine Grasmücke, die er für einen Moskito hielt, und setzte sich lustlos wieder hin. Es steigerte seinen Verdruß, daß er vor dem Gespräch mit dem ihm trotz einiger, schwer erklärbarer Vorbehalte eigentlich nicht unsympathischen Sergeant, der stets salutierte, als würde er gerade vor dem König stehen, und der Englisch wie ein lausiger Inder sprach, einen bestimmten Brief aus dem Papierhaufen auf seinem Schreibtisch herauswühlen mußte. Carruthers hatte eine Abneigung gegen jede Form von Disziplinlosigkeit und schon krankhaften Ekel vor einer Unordnung, die er selbst verschuldet hatte. Er grübelte – zu ausgiebig, wie er mißgestimmt befand – über den Umstand nach, daß ausgerechnet ihm, der Diskussionen noch mehr verabscheute als den Irrwitz beim Militär, immer die Aufgabe zufiel, seinen Leuten Dinge zu sagen, die sie nicht hören wollten.

Nur ihm, der nichts anderes wollte, als endlich an einem nebligen Herbstmorgen die Princess Street entlangzuspazieren und die erste Verheißung des Winters auf der Haut zu spüren, hatte niemand mitgeteilt, daß sein Gesuch zur Entlassung aus der Army ›bis auf weiteres zurückgestellt‹ worden war.

Diese Enttäuschung hatte er sich zwei Tage zuvor selbst aus der Post herausfischen müssen. Seitdem war sich der Captain noch mehr im klaren als zuvor, daß Afrika nicht gut für einen Mann war, der vor fünf viel zu langen Jahren außer seinem Herzen eine sehr junge Frau in Edinburgh zurückgelassen hatte, die immer länger brauchte, um seine Briefe zu beantworten und schon lange nicht mehr befriedigend erklären konnte, weshalb das so war.

Captain Carruthers empfand es als doppelte Ironie des Schicksals, daß er nun diesem komischen Sergeant mit den Augen eines ergebenen Collie beibringen mußte, die Army Seiner Majestät habe kein Interesse an der Verlängerung seiner Dienstzeit.

»Weshalb in aller Welt will der Kerl überhaupt nach Deutschland«, brummte er.

»Ich bin dort zu Hause, Sir.«

Der Captain schaute Walter erstaunt an. Er hatte weder sein Klopfen an der Tür gehört noch gemerkt, daß er Selbstgespräche führte, was in letzter Zeit beklagenswert oft vorkam.

»Sie wollten zur britischen Besatzungsarmy?«

»Ja, Sir.«

»Gar keine schlechte Idee. Ich vermute, Sie können Deutsch sprechen. Irgendwie scheinen Sie ja von dort zu kommen.«

»Ja, Sir.«

»Da wären Sie doch genau der Mann, um bei den fucking Jerries aufzuräumen.«

»Ich denke ja, Sir.«

»Die in London denken anders«, sagte Carruthers. »Falls die überhaupt denken«, lachte er mit jenem Hauch von Hohn, dem er den Ruf verdankte, er sei ein Offizier, mit dem sich allzeit gut reden ließ. Als ihm aufging, daß er seinen Witz vergeudet hatte, hielt er Walter schweigend den Brief hin. Er beobachtete einige Zeit und mit einer Ungeduld, die in keinem Verhältnis zum Anlaß stand, wie Walter sich mit den umständlichen Formulierungen der arroganten Londoner Bürokraten abquälte.

»Die zu Hause wollen«, sagte er mit einer Schroffheit, die ihm, als er sie bemerkte, ein wenig leid tat, »keine Soldaten bei der Besatzungstruppe, die keinen englischen Paß haben. Was wollten Sie eigentlich in Deutschland?«

»Ich wollte in Deutschland bleiben, wenn ich aus der Army entlassen werde.«

»Warum?«

»Deutschland ist meine Heimat, Sir«, stotterte Walter, »sorry, Sir, daß ich das sage.«

»Macht nichts«, erwiderte der Captain zerstreut.

Ihm war klar, daß er sich auf kein weiteres Gespräch einzulassen brauchte. Er war nur verpflichtet, seine Leute von Vorgängen in Kenntnis zu setzen, die sie betrafen, und sich zu vergewissern, daß sie auch die Entscheidungen begriffen hatten: Das war ja mit den vielen Ausländern und den verdammten Farbigen beim Militär wahrhaftig nicht mehr so selbstverständlich wie in der guten alten Zeit. Der Captain schüttelte eine Fliege von der Stirn. Er erkannte, daß er sich nur unnötig in einen Fall involvieren würde, der ihn nichts anging, wenn er die Unterredung nicht umgehend beendete.

Ein Zwang, den er sich später nur mit der Duplizität des Schicksals und seiner Melancholie erklären konnte, ließ ihn jedoch zu lange das kurze Kopfnikken hinauszögern, um den Sergeant auf die übliche Art loszuwerden und sich selbst für die nächste Schlacht mit den idiotischen Moskitos freizumachen. Der Mann vor ihm hatte von Heimat gesprochen, und genau dieses törichte, mißbrauchte, sentimentale Wort durchbohrte seit Monaten die Ruhe von Bruce Carruthers.

»Meine Heimat ist Schottland«, sagte er, und einen Moment dachte er tatsächlich, er rede wieder mit sich selbst, »aber irgendein Narr in London hat sich in seinen Querschädel gesetzt, daß ich hier im dämlichen Ngong verrotten soll.«

»Ja, Sir.«

»Kennen Sie Schottland?«

»Nein, Sir.«

»Ein wunderschönes Land. Mit anständigem Wetter, anständigem Whisky und anständigen Menschen, auf die man sich noch verlassen kann. Die Engländer haben nicht die leiseste Ahnung von Schottland und was sie uns angetan haben, als sie sich unseren König geholt und unsere Selbständigkeit gestohlen haben«, sagte der Captain. Ihm wurde bewußt, daß es recht lächerlich war, mit einem Mann, der offenbar nicht viel mehr als ja und nein sagen konnte, über Schottland und das Jahr 1603 zu diskutieren.

»Was machen Sie im Zivilleben?« fragte er deshalb.

»In Deutschland war ich Rechtsanwalt, Sir.«

»Wirklich?«

»Ja, Sir.«

»Ich bin auch Anwalt«, sagte der Captain. Er erinnerte sich, daß er den Satz das letztemal bei seinem Eintritt in die verfluchte Army gesagt hatte. »Wie um Himmels willen«, fragte er trotz des Unbehagens an seiner unvermuteten Neugierde, »sind Sie bloß in dieses Affenland gelangt? Ein Anwalt braucht doch seine Muttersprache. Warum sind Sie nicht in Deutschland geblieben?«

»Hitler wollte mich nicht.«

»Warum denn nicht?«

»Ich bin Jude, Sir.«

»Stimmt. Steht ja hier. Und da wollen Sie nach Deutschland zurück? Haben Sie denn nicht diese scheußlichen Berichte über die Konzentrationslager gelesen? Hitler scheint verdammt schlecht mit Ihren Leuten umgegangen zu sein.«

»Hitlers kommen und gehen, aber das deutsche Volk bleibt bestehen.«

»Mann, Sie können ja plötzlich Englisch. Wie Sie das gesagt haben!«

»Das hat Stalin gesagt, Sir.«

Die Jahre beim Militär hatten Captain Carruthers gelehrt, nie mehr zu tun, als man von ihm verlangte, und sich vor allem nicht fremde Sorgen aufzuladen, doch die Situation, so grotesk sie auch war, faszinierte ihn. Er hatte soeben das erste vernünftige Gespräch seit Monaten geführt und das ausgerechnet mit einem Mann, mit dem er sich nicht besser verständigen konnte als mit dem indischen Mechaniker der Kompanie, der jedes Stück beschriebenes Papier als persönliche Kränkung empfand.

»Sie wollten bestimmt, daß die Army Ihre Überfahrt bezahlt. Freie Fahrt nach Hause. Das wollen wir alle.«

»Ja, Sir. Das ist meine einzige Chance.«

»Die Army ist verpflichtet, jeden Soldaten mit seiner Familie in sein Heimatland zu entlassen«, erklärte der Captain. »Das wissen Sie doch?«

»Pardon, Sir, ich habe Sie nicht verstanden.«

»Die Army muß Sie nach Deutschland bringen, wenn Sie dort zu Hause sind.«

»Wer sagt das?«

»Die Bestimmungen.«

Der Captain grub in den Papieren auf seinem Schreibtisch, fand aber nicht, was er suchte. Schließlich zog er ein vergilbtes, eng beschriebenes Blatt aus der Schublade. Er erwartete nicht, daß Walter den Text würde lesen können, hielt ihm jedoch trotzdem die Verordnung hin und merkte verblüfft und auch ein wenig gerührt, daß Walter offenbar den kompliziert dargestellten Sachverhalt wenigstens so weit auf Anhieb zu verstehen schien, wie er ihn selbst betraf. »Ein Mann des Wortes«, lachte Carruthers.

»Pardon, Sir, ich habe Sie schon wieder nicht verstanden.«

»Macht nichts. Morgen werden wir den Antrag

für Sie auf Entlassung nach Deutschland stellen. Haben Sie mich zufällig einmal verstanden?«

»O ja, Sir.«

»Haben Sie Familie?«

»Eine Frau und zwei Kinder. Meine Tochter wird vierzehn, und mein Sohn ist heute acht Wochen alt. Ich danke Ihnen so sehr, Sir. Sie wissen nicht, was Sie für mich tun.«

»Ich glaube doch«, sagte Carruthers nachdenklich. »Aber machen Sie sich keine allzu großen Hoffnungen«, fuhr er mit einer Ironie fort, die ihm nicht so leicht kam wie sonst, »in der Army geht alles sehr langsam. Wie sagen die verdammten Nigger hier?«

»Pole pole«, freute sich Walter und kam sich wie Owuor vor, als er die beiden Worte ganz langsam wiederholte. Als er sah, daß Carruthers nickte, beeilte er sich, den Raum zu verlassen.

Zunächst konnte er sich seine schwankenden Empfindungen nicht erklären. Was er zuvor als die Weitsichtigkeit eines Mannes gedeutet hatte, der Mut genug hatte, sich sein Scheitern einzugestehen, erschien ihm mit einem Mal als verantwortungsloser Leichtsinn. Und doch ahnte er, daß ein Funken Hoffnung gekeimt war, den weder Zweifel noch die Angst vor der Zukunft zum Erlöschen bringen konnten.

Als Walter ins Hove Court zurückkehrte, war er aber noch immer benommen von der beunruhigenden Mischung aus Euphorie und Unsicherheit. Er blieb am Tor stehen und stellte sich dort eine Zeitlang, die ihm Ewigkeit wurde, zwischen die Kakteen, zählte die Blüten und versuchte, erfolglos, für jede Zahl die Quersumme zu errechnen. Noch mehr Zeit brauchte er, um der Versuchung zu widerstehen, erst bei Diana vorbeizuschauen und sich an ihrer guten Laune und vor allem mit ihrem Whisky zu stärken. Seine Schritte waren langsam und zu leise, als er weiterging, doch dann sah er Chebeti mit dem Baby unter demselben Baum sitzen, der Jettel in der Schwangerschaft Trost, Schutz und Schatten gegeben hatte. Er gönnte seinen Nerven Befreiung.

Sein Sohn lag geborgen in dem Faltenberg von Chebetis hellblauem Kleid. Nur die winzige weiße Leinenmütze des Kindes war zu sehen. Sie berührte das Kinn der Frau und wirkte im sanften Wind wie ein Schiff auf ruhigem Ozean. Regina, einen Kranz aus Blättern vom Zitronenbaum im Haar, hockte auf dem Gras mit gekreuzten Beinen. Weil sie nicht singen konnte, las sie mit feierlich-dunkler Stimme der Aja und ihrem Bruder ein Kinderlied mit vielen, sich wiederholenden Lauten vor.

Eine Weile ärgerte sich Walter, daß es ihm noch nicht einmal gelang, einzelne Worte zu verstehen; dann begriff er, rasch versöhnt mit sich selbst und dem Schicksal, daß seine Tochter beim Rezitieren den englischen Text sofort in die Jaluo-Sprache übersetzte. Sobald Chebeti den ersten vertrauten Laut auffing, klatschte sie und feuchtete ihre Kehle mit einem leisen, sehr melodischen Gelächter an. Wenn das Temperament in ihr zu Feuer wurde, wachte Max durch die Bewegungen ihres Körpers auf, und es war, als versuchte er, die sanft lockenden Geräusche nachzuahmen, ehe er zurück in den Schlaf geschaukelt wurde.

Owuor saß aufrecht unter einer Zeder mit dunklen Blättern und beobachtete auch die kleinste Bewegung des Babys mit angespannter Aufmerksamkeit. Neben ihm lag der Stock mit einem geschnitzten Löwenkopf auf dem Knauf, den er sich an Chebetis erstem Arbeitstag zugelegt hatte. Er bearbeitete seine Zähne mit einem kleinen Stück jungen Zuckerrohrs, das er mit kräftigen Bissen annagte, und in regelmäßigen Abständen spuckte er die hohen Grashalme so lange an, bis sie in der späten Sonne in den gleichen bunten Farben schillerten wie der Tau am frühen Morgen. Mit seiner linken Hand kraulte er Rummler, der selbst beim Dösen laut genug atmete, um die Fliegen zu vertreiben, ehe sie ihm lästig werden konnten.

In ihrer Harmonie und Fülle erinnerte Walter die Szene an Bilder in den Büchern seiner Kindheit. Er lächelte ein wenig, als er sich klarmachte, daß die Menschen im europäischen Hochsommer nicht schwarz waren und nicht unter Zedern und Zitronenbäumen saßen. Weil das Gespräch mit dem Captain noch in ihm rumorte, wollte er seinen Augen verbieten, von der Idylle zu trinken, die zu ihm herüberwehte, doch seine Sinne ließen es nur kurz zu, daß er ihnen solche Gewalt antat.

Obwohl die Luft schwer von dampfender Feuchtigkeit war, genoß er jeden Atemzug. Er empfand dabei ein unbestimmtes Verlangen, das ihn in seiner

Unschuld fesselnde Bild festzuhalten, und war froh, als Regina ihn bemerkte und ihn von seinen Träumen erlöste. Sie winkte ihm zu, und er winkte zurück.

»Papa, der Max hat schon einen richtigen Namen. Owuor nennt ihn askari ja ossjeku.«

»Bißchen übertrieben für ein so kleines Kind.«.

»Du weißt doch, was askari ja ossjeku heißt? Nachtsoldat.«

»Du meinst Nachtwächter.«

»Aber ja«, sagte Regina ungeduldig, »weil er den ganzen Tag schläft und nachts immer wach ist.«

»Nicht nur er. Wo ist eigentlich deine Mutter?«

»Drin.«

»Was macht sie denn um diese Zeit im heißen Flat?«

»Sie regt sich auf«, kicherte Regina. Zu spät fiel ihr ein, daß ihr Vater weder Stimmen noch Augen deuten konnte, und daß sie dabei war, ihm seine Ruhe zu stehlen. »Max«, sagte sie schnell und voller Reue, »steht in der Zeitung. Ich hab's schon gelesen.«

»Warum hast du das nicht gleich gesagt?«

»Du hast mich doch gar nicht gefragt, wo Mama ist. Chebeti sagt, eine Frau muß den Mund zumachen, wenn ein Mann seine Augen auf Safari schickt.«

»Du bist schlimmer als alle Neger zusammen«, schimpfte Walter, doch es war eine belebende Ungeduld, die seine Stimme laut machte.

Er rannte so schnell zum Flat, daß Owuor beunruhigt aufstand. Eilig warf er Zuckerrohr und Stock auf die Erde und nahm sich kaum die nötige Zeit, um seine Glieder auszuschütteln. Auch Rummler wurde wach und lief, so schnell, wie es seine schwerfälligen Beine noch zuließen, mit heraushängender Zunge hinter Walter her.

»Zeig mal, Jettel«, rief Walter noch im Laufen. »Ich hab' nicht gedacht, daß das so schnell geht.«

»Hier. Warum hast du mir nichts davon gesagt?«

»Es sollte eine Überraschung sein. Als Regina geboren wurde, habe ich dir noch den Ring schenken können. Bei Max langt's nur zu einer Anzeige.«

»Aber was für eine. Ich hab' mich schrecklich gefreut, als der alte Gottschalk vorhin mit der Zeitung ankam. Er war ganz beeindruckt. Stell dir vor, wer das alles lesen wird.«

»Hoffentlich, das war ja der Sinn der Sache. Hast du schon einen Bekannten gefunden?«

»Noch nicht. Die Freude wollte ich dir lassen. Du bist doch immer zuerst dran gewesen.«

»Aber du hast immer die guten Nachrichten gefunden.«

Die Zeitung lag aufgeschlagen auf einem kleinen Hocker neben dem Fenster. Ihr dünnes Papier knisterte bei jedem Windstoß und ließ die vertraute und doch ewig neue Melodie von Hoffnung und Enttäuschung ahnen.

»Unsere Trommeln«, sagte Walter.

»Mir geht es wie Regina«, erkannte Jettel und neigte ihren Kopf mit einer Spur ihrer alten Koketterie zur Seite, »ich höre Geschichten, ehe sie erzählt werden.«

»Jettel, du wirst ja zum Dichter auf deine alten Tage.«

Sie standen am offenen Fenster und starrten beseligt auf die üppigen, violetten Bougainvilleen an der kalkweißen Mauer, ohne zu merken, wie nahe Körper und Kopf einander waren; es war einer der seltenen Augenblicke ihrer Ehe, da jeder die Gedanken des anderen billigte.

Der ›Aufbau‹ war keine Zeitung wie jede andere. Schon vor dem Krieg und erst recht danach war das deutschsprachige Blatt aus Amerika mehr als nur das Sprachrohr für Emigranten in aller Welt. Jede Ausgabe, ob die Betroffenen es wollten oder nicht, nährte die Wurzeln zur Vergangenheit und trieb das Karussell der Erinnerungen in den Sturm der Trauer.

Schon ein paar Zeilen vermochten, Schicksal zu werden. Nicht die Berichte und Leitartikel wurden zuerst gelesen. Es waren immer und bei allen die Such- und Familienanzeigen.

Durch sie fanden sich Menschen wieder, die seit der Auswanderung nichts mehr voneinander gehört hatten. Die Hinweise auf die alte Heimat konnten Totgesagte zum Leben erwecken und gaben, lange vor den offiziellen humanitären Organisationen Auskunft, wer der Hölle entkommen und wer in ihr umgekommen war. Noch elf Monate nach Kriegsende in Europa war der ›Aufbau‹ sehr oft die einzige Möglichkeit für die Überlebenden, die Wahrheit zu erfahren.

»Mensch, die Anzeige ist ja riesengroß«, staunte

Walter. »Die steht sogar ganz oben. Weißt du, was ich glaube? Mein Brief muß jemand in die Hände geraten sein, der uns von früher kennt und uns einen Gefallen tun wollte. Stell dir vor, da sitzt einer in New York, und auf einmal liest er unseren Namen und daß wir aus Leobschütz sind. Und kriegt mit, daß ich doch nicht von einem Löwen gefressen worden bin.«

Walter räusperte sich. Ihm fiel ein, daß er das immer vor einem Plädoyer getan hatte, aber er verdrängte den Gedanken mit einer Verlegenheit, die ihm wie das Eingeständnis einer Schuld vorkam. Obwohl ihm klar war, daß Jettel den Text bereits auswendig kannte, las er die wenigen Zeilen laut vor: »Dr. Walter Redlich und Frau Henriette geb. Perls (früher Leobschütz) zeigen die Geburt ihres Sohnes Max Ronald Paul an. P.O.B. 1312, Nairobi, Kenya Colony. 6. März 1946. Was sagst du dazu, Jettel? Dein Alter ist wieder der Herr Doktor. Das erstemal seit acht Jahren.«

Noch während er sprach, ging Walter auf, daß der Zufall ihm das Stichwort gegeben hatte, Jettel von dem Gespräch mit dem Captain und der großen Chance zu erzählen, auf Kosten der Army nach Deutschland zu gelangen. Er mußte nur nach den richtigen Worten suchen und vor allem den Mut finden, ihr so schonend wie möglich beizubringen, daß er sich endgültig für den Weg ohne Umkehr entschieden hatte. Einen Moment voller Verlangen und wider besseres Wissen gab er sich der Illusion hin, Jettel würde ihn verstehen und vielleicht sogar seine Weitsicht bewundern, aber seine Erfahrungen ließen es nur kurz zu, daß er sich betrog.

Walter wußte seit dem Tag, an dem er zum erstenmal die Rückkehr nach Deutschland erwähnt hatte, daß er nicht mit Jettels Verständnis rechnen durfte. Seitdem wurden immer häufiger aus belanglosen Diskussionen Kämpfe ohne Vernunft und Logik und voller Bitterkeit. Er empfand es als Hohn, daß er dabei seine Frau um ihre Kompromißlosigkeit beneidete. Wie oft hatte er selbst an seiner Kraft gezweifelt, das Leid zu überwinden, das für immer unvernarbte Wunden hinterlassen würde, aber bei jeder Prüfung seiner Beweggründe hatte er nie einen anderen Weg gefunden als den, zu dem ihn das Verlangen nach seiner Sprache, seinen Wurzeln und seinem Beruf verurteilten. Er brauchte sich nur das Leben auf einer Farm vorzustellen, und schon wußte er, daß er nach Deutschland zurückwollte und mußte, wie qualvoll auch der Weg sein mochte.

Jettel dachte anders. Sie war zufrieden unter Menschen, denen der Haß auf Deutschland reichte, um die Gegenwart als das einzige Glück zu empfinden, das den Davongekommenen zustand. Sie begehrte nichts mehr als die Gewißheit, daß andere so dachten wie sie; sie hatte sich immer gegen Veränderungen gesträubt. Wie hatte sie sich in einer Zeit, da ein jeder Tag des Zögerns tödliche Bedrohung war, gegen die Auswanderung nach Afrika gewehrt.

Die Erinnerung an die Zeit vor der Auswanderung in Breslau gab Walter letzte Gewißheit. Er hörte Jettel »Lieber tot als weg von meiner Mutter« schreien; er sah ihr kindlich-trotziges Gesicht hinter dem dichten Vorhang der Tränen so deutlich, als würde er immer noch auf dem Plüschsofa seiner Schwiegermutter sitzen. Ernüchtert und enttäuscht, begriff Walter, daß sich seitdem in seiner Ehe nichts geändert hatte.

Jettel war keine Frau, die sich ihrer Fehler schämte. Sie bestand in jeder Lebenslage darauf, sie zu wiederholen. Nur diesmal hatte Walter nicht mehr die Argumente eines Mannes, der seine Familie retten wollte, um seine Frau zu überzeugen. Er war noch immer ein Verlassener und Gejagter, und jeder konnte ihn als Mann ohne Gesinnung und Stolz brandmarken. Er wartete auf den Zorn, den er sich nicht anmerken lassen durfte, aber er spürte nur ein Mitleid mit sich selbst, das ihn müde machte.

Walters Herz raste, als er sich abermals räusperte, um seiner Stimme eine Festigkeit zu geben, die er nicht mehr in sich fühlte. Er merkte, wie seine Kraft nachließ. Zu machtlos war er gegen seine zaudernde Scheu, von Heimkehr und Heimat zu sprechen. Die Worte, die ihm in fremder Sprache und bei dem Captain so leicht gekommen waren, verhöhnten ihn, aber noch wollte er sich nicht geschlagen geben. Nur kam es ihm sinnvoller und auf alle Fälle diplomatisch vor, den englischen Begriff zu gebrauchen, den er selbst vor ein paar Stunden zum erstenmal gehört hatte.

»Repatriation«, sagte er.

»Was heißt das?« fragte Jettel widerstrebend. Sie

überlegte gleichzeitig, ob sie das Wort kennen müßte und ob sie die Aja mit dem Kind schon ins Haus holen oder lieber dafür sorgen sollte, daß Owuor erst das Wasser aufsetzte, um die Windeln auszukochen. Sie seufzte, weil Entscheidungen am späten Nachmittag sie mehr ermüdeten als in der Zeit vor der Geburt.

»Ach, nichts. Mir ging nur etwas durch den Kopf, was der Captain heute gesagt hat. Ich mußte ihm stundenlang eine Verordnung suchen, die der alte Esel die ganze Zeit auf seinem Schreibtisch liegen hatte.«

»Ach, du warst bei ihm? Hoffentlich hast du wenigstens die Gelegenheit genutzt, ihm klarzumachen, daß er dich mal befördern könnte. Elsa sagt auch, daß du in solchen Sachen nicht energisch genug bist.«

»Jettel, finde dich endlich damit ab, daß es Refugees bei der Army nicht weiter als bis zum Sergeant bringen. Glaub mir, ich bin ein Meister im Nutzen von Gelegenheiten.«

Die Chance, mit Jettel in Ruhe über Deutschland zu sprechen, kam nicht mehr wieder. Der ›Aufbau‹ ließ es nicht zu. Sechs Wochen nach dem Erscheinen der Anzeige traf der erste von vielen Briefen ein, die so viel Vergangenheit beschworen, daß Walter nicht den Mut fand, Jettel eine Zukunft auszumalen, die er sich, selbst in optimistischer Stimmung, nur sehr vage vorstellen konnte.

Der erste Brief kam von einer alten Frau aus Shanghai. »Mich hat es aus dem schönen Mainz hierher verschlagen«, schrieb sie, »und ich habe eine ganz kleine Hoffnung, daß es mir gelingen könnte, durch Sie, sehr geehrter Herr Doktor, etwas über das Schicksal meines einzigen Bruders zu erfahren. Ich habe das letztemal im Januar 1939 von ihm ein Lebenszeichen erhalten. Damals schrieb er mir aus Paris, daß er versuchen wollte, zu seinem Sohn nach Südafrika auszuwandern. Leider habe ich keine Adresse von meinem Neffen in Südafrika, und der weiß ja auch nicht, daß ich noch mit dem letzten Transport nach Shanghai gelangt bin. Nun sind Sie der einzige Mensch, den ich in Afrika kenne. Natürlich wäre es ein Zufall, wenn Sie meinem Bruder begegnet wären, aber wir, die wir leben, verdanken dies ja alle nur dem Zufall. Ich wünsche Ihnen alles Glück für Ihren Sohn. Möge er in einer besseren Welt aufwachsen, als sie uns vergönnt ist.«

Es folgten viele Briefe von unbekannten Absendern, die sich nur deshalb an den Funken Hoffnung klammerten, Nachricht von vermißten Familienangehörigen zu bekommen, weil die entweder aus Oberschlesien stammten oder zuletzt von dort geschrieben hatten. »Mein Schwager ist 1934 in Buchenwald ermordet worden«, schrieb ein Mann aus Australien, »und meine Schwester danach mit ihren zwei kleinen Kindern nach Ratibor gezogen, wo sie Arbeit in einer Weberei fand. Trotz aller Nachforschungen bei dem Roten Kreuz hat man ihren Namen und den der Kinder auf keiner Deportationsliste finden können. Ich schreibe an Sie, weil meine Schwester einmal Leobschütz erwähnt hat. Vielleicht sind Sie dem Namen mal begegnet oder stehen mit Juden aus Ratibor in Verbindung, die überlebt haben. Ich weiß, daß meine Bitte töricht ist, aber ich bin noch nicht weit genug, um Hoffnungen zu begraben.«

»Und ich habe immer gedacht, kein Mensch kennt Leobschütz«, wunderte sich Jettel, als schon am nächsten Tag ein ähnlicher Brief eintraf. »Wenn wir nur einmal eine gute Nachricht bekommen würden.«

»Und mir«, erwiderte Walter bedrückt, »geht jetzt erst auf, wie kurz der Weg von Oberschlesien nach Auschwitz war. Das macht mir zu schaffen.«

Die Fülle von fremdem Leid und sinnloser Hoffnung, die in Nairobi angeschwemmt wurde, ließ nicht nur die eigenen Wunden bluten; sie machte in ihrer Gewalt apathisch.

»Du hast was Schönes angerichtet«, sagte Walter zu seinem Sohn.

An einem Freitag im Mai nahm Regina die Post aus Owuors Korb. »Ein Brief aus Amerika«, meldete sie, »jemand, der Ilse heißt.«

Sie sprach den Namen englisch aus, und Jettel mußte lachen. »So heißt kein Mensch in Deutschland. Gib mal her.«

Regina konnte gerade noch sagen: »Mach bloß das Kuvert nicht kaputt, gerade die aus Amerika sind so schön«, und dann sah sie, wie ihre Mutter blaß wurde und daß ihre Hände zitterten.

»Ich weine ja gar nicht«, schluchzte Jettel, »ich freue mich doch so. Regina, der Brief ist von meiner

Jugendfreundin Ilse Schottländer. Mein Gott, daß die noch lebt.«

Sie setzten sich nebeneinander ans Fenster, und Jettel begann, den Brief sehr langsam vorzulesen. Es war, als wollte ihre Stimme jede Silbe festhalten, ehe sie die nächste aussprechen mußte. Regina verstand manche Worte nicht, und die fremden Namen wirbelten um ihre Ohren herum wie Heuschrecken auf einem Feld mit jungem Mais. Sie mußte sich viel Mühe geben, immer dann zu lachen und zu weinen, wenn es ihre Mutter auch tat, aber sie trieb ihre Sinne energisch an, in dem Sturm von Trauer und Freude mitzuhalten. Owuor kochte Tee, obwohl die Zeit dafür noch nicht gekommen war, holte die Taschentücher aus dem Schrank, die er für die Tage mit fremden Briefmarken bereithielt, und setzte sich in die Hängematte.

Als Jettel den Brief das viertemal vorgelesen hatte, waren sie und Regina so erschöpft, daß sie beide nichts mehr sagten. Erst nach dem Mittagessen, das zu Owuors Kummer so zurückging, wie er es hereingetragen hatte, waren sie imstande, wieder zu sprechen, ohne vorher den Atem aus der Brust zu holen.

Sie überlegten, wie sie Walter von dem Brief erzählen sollten, und beschlossen schließlich, ihn gar nicht zu erwähnen und ihn wie die gewöhnliche Post auf den runden Tisch zu legen. Am frühen Nachmittag aber trieben Erregung und Ungeduld Jettel aus dem Haus. Sie lief trotz der Hitze und des schattenlosen Weges mit Regina, Max im Kinderwagen, der Aja und dem Hund zur Bushaltestelle.

Der Bus rollte noch, als Walter vom Trittbrett sprang. »Ist was mit Owuor?« fragte er erschrocken.

»Der bäckt die kleinsten Brötchen seines Lebens«, flüsterte Jettel.

Walter begriff sofort. Er kam sich wie ein Kind vor, das die Vorfreude bis zur Neige genießen will und ein unerwartetes Geschenk gar nicht erst auf-packt. Erst küßte er Jettel und dann Regina, streichelte seinen Sohn und pfiff die Melodie von ›Don't fence me in‹, die Chebeti so liebte. Dann erst fragte er: »Wer hat geschrieben?«

»Das rätst du nie.«

»Jemand aus Leobschütz?«

»Nein.«

»Aus Sohrau?«

»Nein.«

»Mach schon, ich platze.«

»Ilse Schottländer. Aus New York. Ich meine aus Breslau.«

»Die reichen Schottländers? Die vom Tauentzienplatz?«

»Ja, Ilse war doch in meiner Klasse.«

»Mein Gott, an die habe ich seit Jahren nicht mehr gedacht.«

»Ich auch nicht«, sagte Jettel, »aber sie hat mich nicht vergessen.«

Sie bestand darauf, daß Walter den Brief noch an der Bushaltestelle las. Am Rande der Straße standen zwei kümmerliche Dornakazien. Chebeti zeigte auf sie, holte nach dem letzten Wort der Memsahib eine Decke aus dem Kinderwagen und breitete sie, immer noch die schöne Melodie vom Bwana summend, unter dem größeren der beiden Bäume aus. Lachend hob sie Max aus dem Wagen, ließ einen Moment den Schatten auf seinem Gesicht tanzen und legte ihn zwischen ihre Beine. In ihren dunklen Augen brannten grüne Funken.

»Ein Brief«, sagte sie, »ein Brief, der durch das große Wasser geschwommen ist. Owuor hat ihn gebracht.«

»Laut, Papa, lies laut«, sagte Regina mit der bettelnden Stimme eines kleinen Mädchens.

»Hat Mama dir denn den Brief nicht schon zigmal vorgelesen?«

»Ja, aber sie hat so viel dabei geweint, daß ich ihn immer noch nicht verstanden habe.«

»Meine liebe, liebe Jettel«, las Walter, »als Muttchen gestern mit dem ›Aufbau‹ nach Hause kam, bin ich fast verrückt geworden. Ich bin jetzt noch ganz aufgeregt und kann kaum glauben, daß ich an Dich schreibe. Ich gratuliere Euch beiden aus vollem Herzen zu Euerm Sohn. Möge er nie erleben, was wir erlebt haben. Ich weiß noch genau, wie Du uns in Breslau mit Deiner Tochter besuchst hast. Sie war damals drei und ein sehr scheues Kind. Wahrscheinlich ist sie jetzt eine junge Dame und spricht nicht mehr Deutsch. Die Refugeekinder hier schämen sich alle ihrer sogenannten Muttersprache. Mit Recht.

Ich wußte zwar, daß Ihr nach Afrika ausgewandert seid, aber von da ab verlor sich Eure Spur. So weiß ich auch gar nicht, wo ich anfangen soll. Unsere Geschichte jedenfalls ist schnell erzählt. Am 9. November 1938 haben die Bestien unsere Wohnung zertrümmert und meinen guten Vater, der mit einer Lungenentzündung im Bett lag, auf die Straße geschleift und fortgeschleppt. Es war das letztemal, daß wir ihn sahen. Er starb vier Wochen später im Gefängnis. Ich kann immer noch nicht an diese Zeit denken, ohne die Ohnmacht und Verzweiflung zu spüren, die mich nie mehr verlassen werden. Damals wollte ich nicht mehr weiterleben, aber Mutter hat es nicht zugelassen.

Diese kleine, zarte Frau, der Vater ein Leben lang jeden Wunsch von den Augen abgelesen hat und die nie auch die kleinste Entscheidung zu treffen brauchte, hat alles, was uns geblieben war, zu Geld gemacht. In Amerika hat sie einen entfernten Vetter aufgetan, der so anständig war, für Affidavits zu sorgen. Ich weiß bis heute nicht, wer in Breslau seine schützende Hand über uns hielt und wie wir an Schiffspassagen gekommen sind. Wir haben uns nicht getraut, mit irgend jemandem darüber zu sprechen. Vor allem wagten wir auch nicht, uns von irgendwem zu verabschieden (einmal sah ich Deine Schwester Käte vor Wertheim, aber es kam zu keiner persönlichen Begegnung), denn wenn bekannt wurde, daß einer auswandern wollte, wurden die Schwierigkeiten noch größer. Wir sind mit dem letzten Schiff in Amerika angekommen und hatten buchstäblich nichts außer ein paar wertlosen Erinnerungen. Die eine, das Kochbuch unserer alten Perle Anna, die sich auch nach der Kristallnacht nicht von ihren heimlichen Besuchen abhalten ließ, erwies sich als ungeahnter Schatz.

In einem Zimmer mit zwei Kochplatten begannen Mutter und ich, die wir unser ganzes Leben von Köchinnen und Dienstmädchen umsorgt worden waren, mit einem Mittagstisch für Refugees. Als wir anfingen, wußten wir nicht, wie lange ein weiches Ei im Wasser zu liegen hatte, und doch kochten wir irgendwie all die Gerichte nach, die in besseren Tagen bei den Schottländers auf den fein gedeckten Tisch gekommen waren. Welch ein Segen, daß Vater für Hausmannskost schwärmte. Doch es waren nicht unsere Kochkünste, die uns über Wasser hielten, sondern Muttchens unverwüstlicher Optimismus und ihre Fantasie.

Zum Nachtisch servierte sie immer den Klatsch aus der guten jüdischen Gesellschaft von Breslau. Du glaubst gar nicht, wie die Menschen, die alles verloren hatten, nach Geschichten verlangten, die so töricht und sinnlos waren in einer Zeit, in der jeder um seine Existenz kämpfen mußte wie zu Hause bei uns noch nicht einmal die Knechte und Dienstmädchen. Noch heute verkaufen wir selbstgemachte Marmeladen, Kuchen, Senfgurken und eingelegte Heringe, obwohl ich es inzwischen sehr weit gebracht habe. Ich bin Verkäuferin in einer Buchhandlung und kann zwar immer noch nicht besonders gut Englisch, so doch wenigstens lesen und schreiben, was hier sehr geschätzt wird. Daß ich einmal Schriftstellerin werden wollte und schon die ersten bescheidenen Erfolge hatte, habe ich längst vergessen. Mir fällt mein Jugendtraum nur heute ein, weil ich Dir schreibe und Dir immer mit Deinen Aufsätzen helfen mußte.

Zu einigen Breslauern haben wir Verbindung. Wir treffen uns regelmäßig mit beiden Brüdern Grünfeld. Die Familie hatte einen Textilgroßhandel am Bahnhof und belieferte das halbe Schlesien. Wilhelm und Siegfried kamen mit ihren Frauen schon 1936 nach New York. Die Eltern wollten nicht auswandern und wurden deportiert. Silbermanns (er war Hautarzt, hat aber hier nie das verlangte Sprachexamen nachmachen können und ist Portier in einem kleinen Hotel) und Olschewskis (er war Apotheker und hat außer einem Kind seiner Schwester nichts gerettet) wohnen in unserer Gegend, die hier allgemein das Vierte Reich heißt. Mutter braucht die Vergangenheit, ich nicht.

Jettel, ich kann mir Dich in Afrika gar nicht vorstellen. Du hattest doch immer so Angst vor allem. Sogar Spinnen und Bienen. Und wenn ich mich recht erinnere, war Dir jede Beschäftigung verhaßt, zu der man nicht die feinsten Kleider tragen konnte. An Deinen gutaussehenden Mann kann ich mich genau erinnern. Ich muß gestehen, ich habe Dich immer um ihn beneidet. Wie ich Dich auch immer um Deine Schönheit beneidet habe. Und Deinen Erfolg bei Männern. Ich bin, wie Du es mir in einem Streit schon als Zwölfjährige prophezeit hast, wirklich eine alte Jungfer geworden, und selbst wenn einer blind genug gewesen wäre, mir einen Heiratsantrag zu machen, hätte ich abgelehnt.

Nach allem, was Muttchen für mich getan hat, hätte ich sie niemals allein lassen können.

Etwas muß ich Dir doch noch erzählen. Erinnerst Du Dich an unseren alten Schulpedell Barnowksy? Er ging im Frühjahr gelegentlich unserem Gärtner und an den Waschtagen unserer Gretel zur Hand. Vater hat für seinen ältesten Sohn, der sehr begabt war, das Schulgeld bezahlt und gedacht, wir wüßten es nicht. Ich weiß nicht, wie der gute Barnowsky von unserer Auswanderung erfahren hat, aber am letzten Abend in unserer Wohnung stand er plötzlich vor der Tür und brachte uns Wellwürste als Reiseproviant. Er hatte Tränen in den Augen und hat immerzu den Kopf geschüttelt und für alle Zeiten dafür gesorgt, daß ich nun nicht mehr alle Deutschen hassen kann.

Jetzt muß ich aber wirklich Schluß machen. Ich weiß, daß Du nie gern geschrieben hast, und doch hoffe ich sehr, daß Du diesen Brief beantworten wirst. Es gibt so vieles, das ich wissen möchte. Und Mutter kann es gar nicht abwarten, zu erfahren, ob noch jemand aus Breslau in Kenya ist. Mich machen die alten Geschichten nur traurig. Als Vater starb, ist ein Teil von mir mitgestorben, aber klagen wäre ja Sünde. Keiner von uns, die wir überlebt haben, hat seine Seele retten können. Schreib bald an Deine alte Freundin Ilse.«

Die Schatten waren lang und schwarz, als Walter den Brief in seine Hemdtasche steckte. Er stand auf, zog Jettel hoch vom Boden, und einen Moment schien es, als wollten beide gleichzeitig etwas sagen, doch sie schüttelten nur gemeinsam ganz leicht den Kopf. Auf dem kurzen Weg zwischen der Bushaltestelle und dem Hove Court war nur Chebeti zu hören. Sie beruhigte mit den Fetzen einer sanften Melodie das Baby, das ansetzte, aus Hunger Verdruß zu machen, und lachte sehr fröhlich, als sie merkte, daß ihr Gesang auch gut genug war, um die Augen von der Memsahib und dem Bwana zu trocknen. »Morgen«, sagte sie zufrieden, »kommt wieder ein Brief. Morgen ist ein guter Tag.«

20

Als Max auf den Tag genau sechs Monate alt war, machte er mit einem unerwarteten Entschluß dem Gerücht ein Ende, Chebetis Sanftheit hätte ihn verweichlicht und auch so träge gemacht wie die Kinder ihres eigenen Stammes, die noch an der Brust der Mutter tranken, wenn sie bereits laufen konnten. Chebetis kleiner Askari setzte sich über den Pessimismus erfahrener deutscher Mütter hinweg und aus eigenen Kräften in seinem Kinderwagen auf. Es war Sonntagvormittag, als dies geschah. Da bot der Garten vom Hove Court dem schwergewichtigen Baby nicht den passenden Rahmen, um mit körperlichen Leistungen Aufmerksamkeit zu erregen.

Die meisten Frauen hielten, wenn auch verschämt, weil es seit dem immer populärer werdenden Wort Brunch den Landessitten nicht mehr entsprach, noch am europäischen Ritual eines üppigen Sonntagsessens fest. Sie waren damit beschäftigt, ihr Personal beim Kochen zu beaufsichtigen und über die Qualität des nicht abgehangenen Fleisches zu jammern. Die Männer quälten sich mit der ›Sunday Post‹, die mit ihren sprachlichen Finessen, den literarischen Ambitionen und den komplizierten Berichten vom Leben der guten Gesellschaft in London die meisten Refugees so überforderte, daß sie sich den Strapazen der Lektüre nur durch lange Pausen gewachsen fühlten und die am besten im Keim erstickte Erkenntnis, daß der Wille stärker war als das Können.

Hätte Owuor, wie sonst immer, in regelmäßigen Abständen zum Fenster herausgeschaut, hätte er seinen Stolz, den er trotz der ruhiger werdenden Nächte hartnäckig ›Askari‹ nannte, in seinem Kinderwagen aufrecht sitzen sehen. So aber tobte Owuor im entscheidenden Augenblick in der Küche wie ein junger Massai auf seiner ersten Jagd, hatten doch die Kartoffeln vor der Ernte zuviel Regen abbekommen und zerfielen im Wasser. Kartoffeln, die nach dem Kochen wie die Wolken über dem großen Berg zu Hause in Ol' Joro Orok aussahen, pflegten bei Owuor ein Gefühl des Versagens und auf dem Gesicht vom Bwana einen Graben von Zorn zwischen Nase und Mund zu verursachen.

Chebeti bügelte die Windeln, was Owuor als mißgünstige Attacke auf seine Männlichkeit empfand: nur das Waschen der Wäsche und nicht der Umgang mit dem schweren Holzkohleneisen, das nur ihm gehorchte, gehörte zu den Aufgaben einer Aja. Jettel und Walter hatten ihren Streit vom Abend zuvor mit jener Erschöpfung vertagt, die alle Gespräche seit jenem Tag vorzeitig beendete, als Jettel die konsequenzenreiche Bedeutung des Wortes Repatriation begriffen hatte.

Sie und Walter besuchten Professor Gottschalk. Er hatte sich den Fuß verstaucht und war seit drei Wochen darauf angewiesen, daß seine Freunde ihn mit Nahrung und den Neuigkeiten aus der Welt versorgten, zu der er weder durch Radio noch Zeitungen und nur im persönlichen Gespräch Kontakt halten konnte.

So war nur Regina zu Stelle, als ihr Bruder mit einem kräftigen Schwung und lautem Krähen, das indes nur Dianas Hund anlockte, sich eine neue Position im Leben verschaffte. In weniger Zeit, als ein Vogel brauchte, um bei Gefahr die Flügel auszubreiten, verwandelte sich Max von einem Baby, das immer nur den Himmel sah und das hochgehoben werden mußte, sollte es seinen Horizont erweitern, in ein neugieriges Wesen, das jederzeit in die Augen anderer Menschen blicken und nach eigenem Belieben das Leben aus höherer Warte betrachten konnte.

Der Kinderwagen stand im Schatten des Guavenbaums, in dem früher die englische Fee logiert hatte. Seitdem die klassenbewußte Dame nicht mehr für die Wünsche und den Kummer eines einsamen Refugeekindes zuständig war, suchte Regina nur dann noch die Schutzzone ihrer Fantasie auf, wenn die Sonne sie mit gnadenloser Kraft in den Schatten jagte und so in die Vergangenheit zurücktrieb.

Als Max mit einem Staunen, das seine Augen rund wie den Mond machte, der in den Nächten seines vollkommenen Glanzes für Tageshelle sorgt, die Geborgenheit seiner Kissen verließ, hatte seine Schwester gerade eine irritierende Entdeckung gemacht. Sie erlebte zum erstenmal in solcher Deutlichkeit, daß allein schon ein vertrauter Geruch jene gut begrabenen Erinnerungen wachzurütteln vermochte, die im Kopf verwirrende Pein entfachten. Der süße Duft von Tagen, die nun nicht mehr waren, kitzelte ihre Nase mit Wehmut. Vor allem konnte Regina nicht befriedigend klären, ob sie sich ihre Fee zurückwünschte oder nicht. Die Wahl der Möglichkeiten machte sie unsicher.

»Nein«, entschied sie schließlich, »ich brauche sie nicht mehr. Ich habe ja dich. Du lächelst wenigstens, wenn man dir was erzählt. Und mit dir kann ich ja genausogut Englisch sprechen wie früher mit der Fee. Wenigstens, wenn wir allein sind. Oder hörst du doch lieber Suaheli?«

Regina machte den Mund so weit auf wie ein Vogel beim Füttern der Brut, schob Kühle in ihre Kehle und lachte, ohne die Stille zu stören. Immer noch genoß sie mit der gleichen Freude wie am herrlichen Tag, als ihr erstmals das Wunder vergönnt worden war, daß sie mit ihrem Lächeln Freude auf das Gesicht ihres Bruders zaubern konnte. Max gurgelte zufrieden und reihte die Laute, die in ihm waren, zu einer Fontäne von Jubel zusammen, die Regina als ›Aja‹ deutete.

»Laß das bloß Papa nicht hören«, kicherte sie, »der wird verrückt, wenn das erste Wort von seinem Sohn in Suaheli ist. Der will mit dir in seiner Sprache und von seiner Heimat reden. Sag doch mal Leobschütz. Oder wenigstens Sohrau.«

Regina erkannte zu spät, daß sie sich so unerfahren verhalten hatte wie ein sehr junger Geier, der durch voreiliges Lautgeben seine Artgenossen anlockt und mit ihnen die Beute teilen muß. Sie hatte sich von ihrer Fantasie in die Schlucht treiben lassen, aus der sie nicht ohne Wunden herausklettern konnte. Aus dem schönen alten Spiel mit dem Zuhörer, der nie eine Antwort und also immer die gewünschte gab, war Gegenwart mit grinsender Fratze geworden, und die erinnerte sie an den Streit ihrer Eltern, der nun so regelmäßig wiederkehrte wie das Heulen der Hyänen in den Nächten von Ol' Joro Orok.

Schon damals hatte Regina gewußt, wie sehr das Wort Deutschland, sobald ihr Vater nur die erste der beiden Silben formte, für Kummer und Verdruß stand. Seit einiger Zeit aber war Deutschland für alle eine Bedrohung, die stärker war als die geballte Macht aller unverständlichen Worte, die Regina in ihrer Kindheit fürchten gelernt hatte. Wenn es ihren Ohren nicht gelang, sich rechtzeitig dem unbarmherzigen Krieg ihrer Eltern zu verschließen, dann hörten sie immer wieder von jenem Abschied, den Regina sich noch viel schmerzhafter vorstellte als die Trennung von der Farm, die sie trotz aller Bemühungen und dem Versprechen an Martin nicht vergessen konnte.

Es waren nicht nur die Bosheiten, mit denen ihre Eltern einander quälten, die Regina angst machten, sondern noch mehr das Gefühl, daß von ihr die furchtbare Entscheidung verlangt wurde, ob sie ihrem Kopf oder ihrem Herzen recht geben sollte. Ihr Kopf stand auf seiten ihrer Mutter, ihr Herz schlug für den Vater.

»Weißt du, Askari«, sagte Regina und sprach mit ihrem Bruder das schöne weiche Jaluo, so wie es Owuor und Chebeti taten, sobald sie mit dem Kind allein waren, »das wird dir genauso gehen. Wir sind nicht wie andere Kinder. Anderen Kindern erzählt man nichts, uns sagen sie alles. Wir beide haben Eltern bekommen, die ihren Mund nicht halten können.«

Sie stand auf, genoß eine Weile das Stechen der harten Grasbüschel unter den nackten Füßen wie ein belebendes Bad, lief dann schnell zu dem blühenden Hibiskus und pflückte eine lila Blume aus der wuchernden Pflanze. Behutsam trug sie die empfindliche Blüte zum Wagen und streichelte mit ihr so lange das Baby, bis es kreischend krähte und aus seiner Kehle wieder die einsilbigen Laute holte, die wie eine Mischung aus Jaluo und Suaheli klangen.

»Wenn du es keinem sagst«, flüsterte sie, setzte Max auf ihren Schoß und fuhr, etwas lauter, englisch fort, »erklär ich's dir. Gestern schrie Mama ›Ins Land der Mörder bringt mich keiner‹, und ich mußte einfach mit ihr weinen. Ich wußte, daß sie an ihre Mutter und an ihre Schwester dachte. Weißt du, das waren unsere Großmutter und unsere Tante. Aber dann hat Papa zurückgeschrien: ›Nicht jeder war ein Mörder‹, und er war so blaß und hat so gezittert, daß er mir schrecklich leid tat. Und dann habe ich für ihn geweint. So geht das immer. Ich weiß nicht, für wen ich bin. Verstehst du, daß ich am liebsten mit dir rede. Du weißt ja noch nicht einmal, daß es Deutschland gibt.«

»Na, Regina, stopfst du deinen Bruder voll mit deinen englischen Gedichten, oder kriegt er mal einen anderen Unsinn eingetrichtert?« rief Walter und kam hinter dem Maulbeergebüsch hervor.

Regina hob ihren Bruder hoch und verbarg ihr Gesicht hinter seinem Körper. Sie wartete, bis ihre Verlegenheit nicht mehr die Haut einfärbte, und kam sich wie ein Jäger vor, der in die eigene Falle gestolpert war. Dieses Mal hatte Owuor nicht recht gehabt. Er behauptete, sie hätte Augen wie ein Gepard, aber sie hatte ihren Vater nicht kommen sehen.

»Ich dachte, du bist beim alten Gottschalk«, stotterte sie.

»Da waren wir. Er läßt dich grüßen und sagt, du sollst dich mal wieder sehen lassen. Das mußt du tun, Regina. Der alte Mann wird immer einsamer. Da muß man das bißchen Hilfe, das man geben kann, auch freiwillig geben. Wir können ja nichts außer uns selbst verschenken. Mama ist schon vorgegangen zum Flat. Und ich habe gedacht, meine Kinder würden sich mit mir freuen. Doch meine Tochter sieht aus wie ein Eierdieb, der auf frischer Tat ertappt worden ist.«

Die Gewalt der Reue, als sie Walters Enttäuschung spürte, beutelte Regina. Schwerfällig wie eine alte Frau ohne Zähne und ohne Kraft in den Gliedern, stand sie auf, legte Max zurück in seine Kissen, ging langsam und sehr zögernd auf ihren Vater zu und umarmte ihn so heftig, als könnte sie allein mit ihren Armen die Gedanken zurücknehmen, von denen er nichts wissen durfte. Das Beben in seinem Körper verriet ihr noch mehr als sein Gesicht die Erregung der vergangenen Nacht. Regina drückte, obwohl sie sich wehrte, eine Trauer, die ihr Gewissen schwer machte; sie suchte nach Worten, um ihm ihr Mitleid zu verbergen, doch er kam ihr zuvor.

»Du warst nicht sehr vorsichtig in der Auswahl deiner Eltern«, sagte Walter und setzte sich unter den Baum. »Jetzt wollen sie schon das zweitemal mit dir in ein fremdes Land ziehen.«

»Du willst, Mama nicht.«

»Ja, Regina, ich will und muß. Und du mußt mir helfen.«

»Ich bin doch noch ein Kind.«

»Das bist du nicht, und du weißt es. Mach wenigstens du's mir leicht. Ich könnte mir nie verzeihen, wenn ich dich unglücklich mache.«

»Warum müssen wir nach Deutschland? Andere müssen doch auch nicht. Inge sagt, ihr Vater wird nächstes Jahr Engländer. Das kannst du doch auch werden. Du bist doch bei der Army und er nicht.«

»Hast du denn Inge erzählt, daß wir zurück nach Deutschland wollen?«

»Ja.«

»Und was sagt sie?«

»Das weiß ich nicht. Sie spricht nicht mehr mit mir.«

»Ich wußte nicht, daß Kinder schon so unbarmherzig sein können. Das wollte ich dir nicht antun«, murmelte Walter, »versuch doch, mich zu verstehen. Inges Vater bekommt vielleicht einen englischen Paß, aber Engländer wird er deshalb nicht. Sag mal selbst, kannst du dir vorstellen, daß er in englische Familien eingeladen wird? Sagen wir mal bei deiner werten Frau Direktorin?«

»Bei der nie!«

»Und auch sonst bei keinem. Siehst du. Ich will nicht ein Mann mit einem Namen sein, der nicht zu mir gehört, aber ich muß endlich wieder wissen, wohin ich gehöre. Ich kann nicht länger ein bloody Refugee sein, der von niemand für voll genommen und von den meisten verachtet wird. Hier werde ich immer nur geduldet werden und immer nur der Außenseiter sein. Kannst du dir überhaupt vorstellen, was das bedeutet?«

Regina biß sich auf die Unterlippe, aber sie antwortete trotzdem sofort. »Ja«, sagte sie, »das kann ich.« Sie fragte sich, ob ihr Vater ahnte, was sie in den Jahren auf der Schule erlebt und gelernt hatte, erst in Nakuru und nun auch in Nairobi. »Hier«, erklärte sie ihm, »ist es noch schlimmer. In Nakuru war ich nur deutsch und jüdisch, jetzt bin ich deutsch, jüdisch und ein bloody Day-Scholar. Das ist schlimmer als nur bloody Refugee. Glaub mir, Papa.«

»Du hast uns nie etwas davon gesagt.«

»Ich konnte nicht. Erst hatte ich nicht genug Worte im Kopf, und später wollte ich dich nicht traurig machen. Und außerdem«, fügte sie nach einer langen Pause hinzu, in der sie die Bilder der Einsamkeit bedrängten, »macht's mir nichts aus. Nicht mehr.«

»Max wird es genauso gehen, wenn er in die

Schule kommt. Hoffentlich hat er ein so großes Herz wie du und nimmt seinem Vater nicht übel, daß er ein Versager ist.«

Als aus der Liebe eines Kindes die Bewunderung der Frau wurde, schwieg Regina, doch sie wußte, daß ihre Augen sie verrieten. Ihr Vater war nicht dumm, verträumt und schwach, wie ihre Mutter dachte. Er war kein Feigling und rannte nicht vor Schwierigkeiten davon, wie sie in jedem Streit behauptete. Der Bwana war ein Kämpfer voller Kraft und so klug, wie nur ein Mann sein konnte, der seinen Mund nicht aufmachte, wenn die Zeit dafür noch nicht gekommen war. Nur ein Sieger wußte auch, wann er seinen besten Pfeil herausholen mußte, und er nahm sehr sorgsam Maß, um die empfindlichste Stelle der Menschen zu suchen, die er treffen wollte. Ihr hatte der furchtlose Bwana ins Herz geschossen, so tief wie Amor und so listig wie Odysseus. Regina fragte sich, ob sie lachen oder weinen sollte.

»Du kämpfst mit Worten«, erkannte sie.

»Das ist das einzige, was ich je gelernt habe. Das will ich wieder tun. Für euch alle. Du mußt mir helfen. Ich habe nur dich.«

Das Wissen um die Last, die ihr der Vater aufbürdete, wog schwer. Regina versuchte noch einmal, sich aufzulehnen, aber gleichzeitig kam sie sich vor, als hätte sie sich im Wald verirrt und soeben eine rettende Lichtung entdeckt. Das Tauziehen um ihr Herz war zu Ende. Ihr Vater hielt ein für allemal den längeren Teil des Seils in der Hand.

»Versprich mir«, sagte Walter, »daß du nicht traurig bist, wenn wir nach Hause fahren. Versprich mir, daß du mir vertrauen wirst.«

Noch während ihr Vater sprach, schlugen die Erinnerungen so scharf auf Regina ein wie die geschliffene Axt auf einen kranken Baum. Sie roch den Wald von Ol' Joro Orok, sah sich im Gras liegen, spürte das Feuer einer unerwarteten Berührung und danach sofort den stechenden Schmerz.

»Das hat Martin auch gesagt. Damals, als er noch ein Prinz war und mich von der Schule abholte. Du darfst nicht traurig sein, wenn du mal von der Farm wegmußt, hat er gesagt. Ich mußte es ihm versprechen. Wußtest du das?«

»Ja. Eines Tages wirst du die Farm vergessen. Das verspreche ich dir. Und noch etwas, Regina, vergiß Martin. Du bist zu jung für ihn und er nicht gut genug für dich. Martin hat immer nur sich selbst geliebt. Er hat schon deiner Mutter den Kopf verdreht. Da war sie kaum älter als du heute. Hat er dir je geschrieben?«

»Er wird«, sagte Regina eifrig.

»Du bist wie dein Vater. Ein dummes Luder, das alles glaubt. Wer weiß, ob wir je wieder was von Martin hören. Er wird in Südafrika bleiben. Du mußt ihn vergessen. Die erste Liebe wird nie was im Leben, und das ist gut so.«

»Mama war doch auch deine erste Liebe. Das hat sie mir selbst gesagt.«

»Und was ist draus geworden?«

»Max und ich«, erwiderte Regina. Sie sah ihren

Vater so lange an, bis es ihr schließlich doch gelang, ein Lächeln aus seinem Mund zu locken.

»Wenn wir nach Deutschland müssen«, fragte sie auf dem Weg zurück zum Flat, »was wird aus Owuor? Kann er wieder mit uns gehen?«

»Diesmal nicht. Es wird uns ein Stück aus dem Herz brechen, und die Wunde wird nie mehr heilen. Es tut mir leid, Regina, daß du kein Kind mehr bist. Kinder kann man belügen.«

Es war leicht, beim Mittagessen die Tränen als einen Schmerz des Körpers zu tarnen. Owuor hatte aus den zerfallenen Kartoffeln einen festen Brei mit viel Pfeffer und noch mehr Salz gemacht.

Am Donnerstag ging Regina mit Chepoi auf den Markt, um für Dianas Geburtstag einzukaufen. Sie mußte danach sehr lange und mit vielen Worten, die sie aus einem Gedicht von Shakespeare holte und sehr frei übersetzte, Owuors Eifersucht zum Erlöschen bringen und konnte dann endlich Professor Gottschalk besuchen. Er saß, zum erstenmal seit seinem Sturz, wieder in der dicken schwarzen Samtjacke auf dem wackeligen Klappstuhl vor seiner Tür. Auf der Decke über seinen Knien lag auch das vertraute Buch, doch der rote Ledereinband mit der goldenen Schrift, die Regina jedesmal so faszinierte, daß sie sich nicht auf die Buchstaben konzentrieren konnte, war verstaubt.

Sie erkannte mit einer Beklommenheit, die ihr den säuerlichen Geschmack von Angst zwischen die Zähne drückte und die sie erst am Tag darauf als Schmerz deuten lernte, daß der alte Mann gar nicht mehr lesen wollte. Er hatte seine Augen auf Safari in eine Welt geschickt, in der die Zitronenbäume, unter denen er in gesunden Tagen so oft spaziert war, keine Früchte mehr trugen. Seit ihrem letzten Besuch war der schwarze Hut größer und das Gesicht darunter kleiner geworden, doch die Stimme war kräftig, als der Professor sagte: »Es ist nett, daß du noch kommst, die Zeit wird knapp.«

»Aber nein«, widersprach Regina schnell und mit jener verbindlichen Höflichkeit, die sie oft als Tugend der Pfadfinder hatte einüben müssen, »ich hab' Ferien.«

»Die hatte ich früher auch.«

»Sie haben doch immer Ferien.«

»Nein, zu Hause hatte ich Ferien. Hier ist ein Tag wie der andere. Jahrein, jahraus. Entschuldige, Lilly, daß ich so undankbar bin und so dumm daherrede. Du kannst dir ja gar nicht vorstellen, was ich meine. Du bist noch jung genug zu trinken, was die Wimper hält.«

Als Regina klar wurde, daß der Professor sie mit seiner Tochter verwechselt hatte, wollte sie es ihm sofort sagen, denn es brachte nichts Gutes, wenn sich ein Mensch den Namen eines anderen borgte, doch wußte sie nicht, wie sie eine so komplizierte Geschichte erklären sollte, wenn nicht mit Owuors Worten und in seiner Sprache.

»Mein Vater sagt auch solche Sachen«, flüsterte sie.

»Bald nicht mehr, sein Herz ist bereit zum Abschied und zum Neubeginn«, sagte der Professor und blinzelte ein wenig, ohne daß seine Augen Freude fanden. Einen kurzen Augenblick wurde sein Gesicht wieder so groß wie sein Hut. »Dein Vater ist ein kluger Mann. Er hat wieder Hoffnung. Und was die innere Stimme spricht, das täuscht die hoffende Seele nicht.«

Regina grübelte irritiert, weshalb ihre Haut kalt geworden war, obwohl sie der Schatten von der Mauer nicht erreichen konnte. Dann wußte sie Bescheid. Das Heulen von Hyänen, die zu alt waren, Beute zu machen, klang in dunklen Nächten wie das Lachen vom Professor in der größten Helligkeit des Tages. Sie überlegte gleichzeitig, wie alt er sein mochte und weshalb alte Menschen so oft Dinge sagten, die noch schwieriger zu entschlüsseln waren als die geheimnisvollen Rätsel in antiken Sagen.

»Freust du dich auf Deutschland?« fragte der Professor.

»Ja«, sagte Regina und kreuzte rasch ihre Finger, wie sie es als Kind von Owuor gelernt hatte, um den Körper vor dem Gift einer Lüge zu schützen, die der Mund nicht mehr hatte halten können. Sie war nun ganz sicher, daß der Professor nicht mit ihr sprach, aber es verwirrte sie nicht. Hatte sie nicht bei ihrem Vater immer wieder erlebt, daß ein Mann jemanden brauchte, der ihm zuhörte, auch wenn dieser Freund die falschen Ohren hatte?

»Wie gern möchte ich mit dir tauschen. Stell dir vor, du bist daheim, gehst auf die Straße, und alle Menschen sprechen Deutsch. Selbst die Kinder. Du brauchst sie nur etwas zu fragen, und sie verstehen dich sofort und geben dir Antwort.«

Regina machte den Mund langsam auf und noch langsamer wieder zu. Sie brauchte Zeit, um herauszubekommen, ob der Professor überhaupt noch wußte, daß sie auf dem Boden neben seinem Stuhl saß. Er lächelte ein wenig, als hätte er sein Leben lang mit gähnenden Affen geredet, die nicht erst Laute herausbrüllen müssen, um auf sich aufmerksam zu machen.

»Frankfurt«, sagte er und kratzte mit sanfter Stimme an dem guten Schweigen, »war so schön. Erinnerst du dich? Wie kann nur ein Mensch net von Frankfurt sei! Das hast du schon als ganz kleines Mädchen aufsagen können. Sie haben alle gelacht. Mein Gott, was waren wir damals glücklich. Und töricht. Grüß die Heimat von mir, wenn du sie siehst. Sag ihr, ich konnte sie nicht vergessen. Ich hab's ja immer wieder versucht.«

»Das werde ich tun«, sagte Regina. Sie schluckte ihre Verwirrung zu hastig hinunter und begann zu husten.

»Und danke, daß du es noch rechtzeitig geschafft hast. Sag Mutter, sie soll nicht schimpfen, wenn du zu spät zum Gesangsunterricht kommst.«

Regina schloß die Augen, während sie darauf wartete, daß das Salz unter den Lidern zu kleinen trockenen Körnern wurde. Es dauerte länger, als sie dachte, bis sie wieder klar sehen konnte, und dann merkte sie, daß der Professor eingeschlafen war. Er atmete so laut, daß das leise Pfeifen des Windes verstummte; der Rand seines schwarzen Hutes berührte seine Nase.

Obwohl Regina ohne Schuhe lief und ihre Schritte auf der verkrusteten Erde kaum mehr Geräusch machten als ein Schmetterling, der auf einem verdurstenden Rosenblatt zur Ruhe kommt, achtete sie darauf, daß nur ihre Zehen den Boden berührten. Nach der Hälfte des Wegs drehte sie sich noch einmal um, denn es erschien ihr mit einem Mal richtig und wichtig, daß der Professor nicht aufwachte, ehe er wieder die Kraft fand, die Formen und Farben in seinem Kopf zu ordnen.

Es machte sie zufrieden und auch auf eine Art, die sie sich noch nicht erklären konnte, fröhlich, ihn ruhig schlafen zu sehen. Weil sie wußte, daß er sie nicht hören würde, gab sie dem plötzlichen, übermütigen Drängen nach, statt auf Wiedersehen »Kwaheri« zu rufen.

Es wurde Abend, ehe sich die Bewohner vom Hove Court zu wundern begannen, daß Professor Gottschalk, der eine Abneigung gegen die unvermittelt aufkommende Kühle der afrikanischen Nächte hatte, noch immer ruhig auf seinem Stuhl saß. Dann aber sprach es sich so schnell herum, als hätten es Trommeln aus den Wäldern mit verzauberten Echos gemeldet, daß er tot war.

Das Begräbnis fand bereits am nächsten Tag statt. Weil es ein Freitag war und der Tote vor Beginn des Sabbats beigesetzt werden mußte, weigerte sich der Rabbiner trotz aller Hinweise auf die außergewöhnliche Wut der Regenzeit in Gilgil, die Beerdigung länger als bis zum Mittag hinauszuzögern. Er bemühte sich, mit der Andeutung eines Lächelns und vielen versöhnlichen Gesten Verständnis für die Erregung zu zeigen, die seine Pflicht zur Gesetzestreue bei der Trauergemeinde auslöste, doch er verschloß sich jedem Einwand, selbst den in durchaus verständlichem Englisch vorgetragenen Argumenten, daß der Professor Anspruch hatte, auf seinem letzten Weg von Tochter und Schwiegersohn begleitet zu werden.

»Wenn der Radio hören statt beten würde, wüßte er, daß die Straße von Gilgil nach Nairobi nur noch Matsch ist«, sagte Elsa Conrad erbittert. »Einen Mann wie den Professor verscharrt man nicht ohne seine Angehörigen.«

»Ohne solche frommen Männer wie den Rabbiner hier, gäbe es überhaupt keine Juden mehr«, versuchte Walter zu vermitteln, »der Professor hätte das verstanden.«

»Verdammt noch mal, mußt du denn immer Verständnis für andere Leute haben?«

»Das Kreuz trage ich schon mein ganzes Leben.«

Lilly und Oscar Hahn erreichten den Friedhof, als die Sonne kaum noch einen Schatten warf und der kleine Kreis der Ratlosen bekümmert am Grab stand. Nach den Gebeten hatte der Rabbiner eine kurze englische Ansprache voll Wissen und Weisheit gehalten, doch die Empörung und vor allem die mangelnden Sprachkenntnisse der meisten Anwesenden hatten die Unruhe nur noch gesteigert.

Oscar, in einer Khakihose und einer zu engen,

dunklen Jacke, war ohne Krawatte, hatte Spuren von eingetrocknetem Lehm auf Hose und Stirn und atmete schwer. Er brachte kein Wort heraus und lächelte befangen, als er ans Grab trat. Lilly hatte die Hose an, in der sie abends die Hühner fütterte, und einen roten Turban um den Kopf. Sie war so nervös, daß sie vergaß, am Friedhofstor die Wagentür zuzuschlagen. Ihr Pudel, der genau wie Oscar in den letzten beiden Jahren sehr viel älter, grauer und dikker geworden war, hetzte hechelnd hinter ihr her. Jenseits der hohen Bäume rief Manjala, den Regina sofort an seiner heiseren Stimme erkannte, nach dem Hund. Er beschimpfte ihn als Sohn der gefräßigen Schlange von Rumuruti und drohte ihm abwechselnd mit ihrer Wut und der Rache des nie verzeihenden Gottes Mungo.

Regina mußte das Lachen, das mit der Wucht eines wütenden Wasserfalls in ihre Kehle drängte, wie zu reife und gedankenlos zerkaute Pfefferbeeren hinunterwürgen; in Gedanken an den Professor gab sie sich auch Mühe, ihr Gesicht beim Anblick von Lilly und Oha von Freude freizuhalten. Sie stand zwischen Walter und Jettel unter einer Zeder, auf der ein balzender Glanzstar trotz der Mittagshitze in hellen, hohen Tönen um Aufmerksamkeit buhlte. Als Regina sah, wie Lilly rannte und daß die Anstrengung Falten in ihr Gesicht bohrte, fiel ihr ein, daß sich der Professor gesorgt hatte, seine Tochter könnte zu spät zum Gesangsunterricht kommen. Zuerst dachte Regina, sie müßte doch noch lachen, und sie biß sich erschrocken auf die Lippen, dann spürte sie Tränen, obwohl ihre Augen noch trocken waren.

In dem Moment, als Lilly das Grab erreichte und erleichtert aufseufzte, nahm der Pudel die Witterung von Reginas Haut auf und sprang mit schrillem Freudengeheul an ihr hoch, ehe er sich zwischen ihre Beine verkroch. Sie streichelte ihn, um sich und ihn zu beruhigen, und erregte so die Aufmerksamkeit des Rabbiners, der sie und den winselnden Hund anstarrte und dabei die Lippen zusammenkniff.

Oha sagte sehr leise, und immer noch nicht bei Atem, Kaddisch für den Toten, doch seine Eltern waren vor so langer Zeit gestorben, daß er sich nicht schnell genug an den Text des Gebets erinnern konnte und für jedes Wort eine Vergangenheit beschwören mußte, die ihm im Moment seiner erschöpfenden Erregung mit falschen Lauten abspeiste. Alle merkten, wie peinlich es ihm war, daß er die Hilfe eines eifrigen, kleinwüchsigen Mannes annehmen mußte, den niemand kannte und der genau im richtigen Augenblick hinter einem Grabstein aufgetaucht war.

Der Fremde mit Bart und hohem schwarzem Hut erschien schon deshalb zu jeder Beerdigung in Kreisen der Refugees, weil er stets auf die Erfahrung bauen konnte, daß die wenigsten von ihnen orthodox genug waren, um das Totengebet fließend zu sprechen, und daß sie sich fast immer mit der Großzügigkeit von Menschen, die sich das Geben nicht leisten konnten, erkenntlich für seine Hilfe zeigten.

Nachdem Oha endlich das letzte Wort vom Totengebet gestottert hatte, wurde das Grab rasch zugeschaufelt. Auch der Rabbiner schien in Eile. Er hatte sich schon einige Schritte entfernt, als Lilly sich aus den Armen der Tröstenden löste und mit einer kindlichen Schüchternheit, die sie zu einer Fremden machte, leise sagte: »Ich weiß, das Lied paßt nicht zu einer Beerdigung, aber mein Vater hat es geliebt. Ich möchte es hier ein letztesmal für ihn singen.«

Lillys Gesicht war bleich, ihre Stimme aber klar und kräftig genug für mehrere Echos von den blau leuchtenden Ngong-Bergen, als sie ›Ich weiß nicht, was soll es bedeuten‹ sang. Manche summten die Melodie mit, und die Stille nach dem letzten Ton war von einer Feierlichkeit, die selbst den Pudel zu ergreifen schien, denn er brach – zum erstenmal seit Jahren – mit der Gewohnheit, Lillys Gesang jaulend zu begleiten. Regina versuchte, erst mit den Erwachsenen zu summen und dann mit ihnen zu weinen, aber ihr gelang weder das eine noch das andere. Es bekümmerte sie, daß sie vergessen hatte, was sie Lilly und Oha sagen sollte, obwohl ihr Vater die drei deutschen Worte, die sie als sehr schön und passend empfunden hatte, erst am Morgen mit ihr geübt hatte.

Jettel lud Lilly und Oha zum Abendessen ein. Owuor zeigte ihnen voller Stolz den kleinen Max und erklärte ihnen ausführlich, weshalb er ihn Askari nannte. Er war noch stolzer auf den Umstand, daß er sich erinnerte, wie die schöne Memsahib aus

Gilgil ihre Spiegeleier haben wollte. Hart mit brauner Kruste, nicht weich mit einer Haut aus Glas wie der Bwana. Owuor war es auch, der Lilly erzählte, daß ihr Vater kurz vor seinem Tod mit Regina gesprochen hatte.

»Sie ging«, sagte er, »mit ihm auf die große Safari.«

Regina erschrak, weil sie gedacht hatte, ihre letzte Begegnung mit dem Professor müßte geheim bleiben, aber dann erkannte sie wieder einmal, wie klug Owuor war, denn Lilly sagte erst: »Ich freue mich, daß du bei ihm warst«, und später schlug sie vor: »Vielleicht möchtest du mir erzählen, was ihr gesprochen habt.«

Als Jettel Max zu Bett brachte und die beiden Männer einen Spaziergang durch den Garten machten, holte Regina die Worte zurück, die sie seit dem Tod des Professors in ihrem Kopf verschlossen hatte. Sogar den Satz ›Wie kann nur ein Mensch nicht aus Frankfurt sein‹.

Zuerst hatte Regina Hemmungen, von der Verwechslung zu berichten, doch gerade die drängte sich mit einer Gewalt in ihren Mund, als hätte sie nur darauf gewartet, aus der Gefangenschaft freizukommen. Lilly schien die Geschichte zu trösten; sie lachte zum erstenmal, seitdem sie auf dem Friedhof aus dem Auto gestürzt war, und dann noch mal und viel lauter, als sie von der Gesangsstunde erfuhr.

»Typisch«, erinnerte sie sich, »mein Vater hatte immer Angst, daß ich zu spät komme.«

»Du bist jetzt so etwas wie die kleine Schwester, die ich nicht hatte«, sagte sie, als sie sich mit Oha verabschiedete, um die Nacht im Zimmer des Professors zu verbringen.

Am nächsten Morgen, beim Frühstück, fragte sie und machte Regina noch sprachloser als am Abend zuvor: »Wie wär's, wenn du mit uns nach Arkadia fährst? Ich habe deine Eltern schon gefragt. Sie sind einverstanden.«

»Das geht nicht«, wehrte Regina ab. Sie spürte schon beim Sprechen am Brennen ihrer Haut, daß sie nur ihren Mund, aber nicht ihren Körper beherrscht hatte, und sie schämte sich, weil sie wußte, wieviel Verlangen ihr Blick hielt.

»Warum nicht? Du hast doch Ferien.«

»Ich möchte so furchtbar gern noch einmal auf eine Farm, aber ich will auch bei Max bleiben. Ich habe ihn ja eben erst bekommen.«

»Max hat schon gestern abend ganz deutlich gesagt, daß er Gilgil kennenlernen möchte«, lächelte Oha.

21

In Gilgil konnten die Tage noch schneller fliegen als die wilden Enten auf ihrer langen Safari zum Naivasha-See. Nur in den ersten Tagen wehrte sich Regina gegen den Flug der Zeit. Als sie erkannte, wie unruhig sie der Versuch machte, das Glück festzuhalten, begann sie, die Reisenden mit den grün und blau leuchtenden Federn genau zu beobachten. Für sie wurden die unter den wirbelnden Wolken gleitenden Vögel Teil jenes einmaligen Zaubers von ›Arkadia‹, der Farm mit den drei Rätseln, von denen kein einziges zu lösen war.

Zwischen den Bergen mit ihren von Sturm und Hitze zerfressenen Kuppeln und den riesigen Schambas mit Mais, Pyrethrum und Flachs stießen die Augen niemals an Zaun oder Graben. In dieser endlosen Ebene regierte Gott Mungo über die Menschen von Gilgil mit noch festerem Griff als in Ol' Joro Orok. Ihnen reichte es, wenn sie und ihr Vieh genug zu essen hatten. Sie hatten sich weder durch die Befehle noch vom Geld der Weißen zähmen lassen; sie wußten alles vom Leben auf der Farm, doch die Farm wußte von ihnen nur, daß es sie gab. Allein Mungo durfte über Tod und Leben der Stolzen bestimmen, die für sich selbst sorgen und nur den Geruch des Vertrauten in die Nase lassen wollten.

Ab den ersten Herden grasender Schafe, den geschickt zwischen kleinen, bewachsenen Felsen springenden Ziegen, den liegenden Kühen, die in ihrer zufriedenen Sattheit selten auch nur den Kopf bewegten, und den dicht nebeneinander gebauten Hütten mit winzigen weißen Steinen in ihren Lehmwänden ließ Mungo seine Stimme nur im Donner des Regens am frühen Morgen laut werden, doch auch da war seine Macht noch überall spürbar. In diesem Reich der vertrauten Bilder und Töne lagen kleine Schambas, die den Boys von den Hütten gehörten.

Auf ihnen wuchsen hohe Tabakpflanzen, süß duftende Büsche von heilenden Kräutern, deren Wirkung nur die weisen Alten kannten, und niedrige Maispflanzen mit kräftigen Blättern, die leise in jedem Windhauch redeten. Morgens und in den Nachmittagsstunden arbeiteten dort junge Frauen mit kahlen Köpfen, nackten Brüsten und Säuglingen in bunten Tüchern auf dem Rücken. Legten sie ihre Hacken ins Gras und ihre Kinder an die Brust, pickten die Hühner aus ihren erdverkrusteten Füßen kleine glänzende Käfer heraus. Bei der Arbeit sangen die Frauen nur selten wie die Männer; wenn sie Löcher in langes Schweigen bohrten und dabei das Lachen von Kindern hatten, redeten sie oft kichernd von der Memsahib und ihrem Bwana, die beide so sehr Worte liebten, die im Hals und auf der Zunge kratzten.

Lilly mit der Stimme, die über Bäume flog und mühelos die Berge erreichte, wurde für Regina die schöne Herrin eines weißen Schlosses und empfing

Botschaften aus fremden Welten. Dieses Schloß hatte große Fenster, die die Glut des Tages bis in die Nacht hinein speicherten und aus kleinsten Regentropfen große Kugeln machten. In dem Glas, das unter Manjalas Aufsicht täglich von zwei Kikuyujungen so lange blank gerieben wurde, bis sie in ihr eigenes Gesicht hineinspucken konnten, malte die Sonne mit mehr Farben als irgendwo anders in afrikanischen Paradiesen.

In dem Wohnraum mit dem breiten Kamin aus einem Stein, der sich blaßrosa einfärbte, sobald das brennende Holz zu knistern begann, entstieg aus Ohas Pfeife ein sanfter König. Er hatte einen runden Bauch und Knochen, die schon schwer waren von einer Last, die Regina nicht deuten konnte, aber er kletterte leicht und listig auf winzigen grauen Tabakshügeln in die Höhe und segnete von dort lächelnd das Haus mit dem lautem Gelächter, der leisen Musik und der Freundlichkeit schöner, fremder, seltsamer Laute.

Es gab Abende, in denen nur die hohen Flammen das Zimmer erhellten und es in glutroten Dunst tauchten. Da zögerte der Duft, eine fein abgestimmte Mischung von Zedern, in denen noch der Wald wohnte, und dem frisch gebrannten Tembo aus Zuckerrohr, das Oha nach dem Essen in kleinen Kelchen aus farbigem Glas trank, seinen Abschied immer wieder hinaus. In solchen Nächten waren auch die schweigsamen Zaubergeister unterwegs. Sie waren taub für die Stimme von Menschen, doch es war ihnen lustvolles Bedürfnis, deren Augen auf eine Safari zu schicken, die weder Anfang noch Ende hatte.

Dann schlüpften gut genährte Männer mit breiten orangefarbigen Schärpen, hohen schwarzen Hüten und weißen Kragen, die aus kleinen, steifen Falten zusammengesetzt waren, aus den dunklen Holzrahmen der Bilder. Ihnen folgten sehr ernst aussehende Frauen mit Häubchen aus weißer Spitze, Perlen um den Hals, die so weiß wie das junge Mondlicht waren, und Kleider aus schwerem, blauem Samt. Die Kinder trugen helle Seide, die den Körper wie die eigene Haut umschloß, und enganliegende Mützen mit winzigen Perlen an den Nähten. Sie lachten mit dem Mund, doch nie mit den Augen.

Diese Menschen aus den Stätten der geheimnisvollen Farben ließen sich für einen kurzen Moment in der Tiefe der weichen, dunkelgrünen Sessel nieder. Ehe sie mit einem Lachen, das nicht lauter war als das erste Krähen eines Kindes, wieder zurück auf ihren Platz an den steinernen Wänden fanden, flüsterten sie heiser in einer Sprache, die die gleichen kehligen Laute hatte wie die der Buren.

Wenn Regina abends die feine Gesellschaft bei ihrer Flucht aus den engen Bilderrahmen beobachtete, kam sie sich wie das Meermädchen im Märchen vor, das im Sturm an Land gespült wurde und nicht mehr laufen konnte, aber nicht umzukehren wagte. Saß sie aber bei Tag in dem großen Stuhl mit den geschnitzten Löwenköpfen auf den Armlehnen im Schatten der von rosa und weißen Wicken bewachsenen Hauswand und beobachtete unmittelbar nach dem Nachlassen des Regens den schäumenden Tanz der Wolken, fühlte sie sich stark wie Atlas mit der schweren Weltkugel auf dem Rücken.

Die Vorstellung erregte sie, sich genau am Schnittpunkt von drei Welten zu befinden. Die hätten nicht verschiedener voneinander sein können, hätte sich Mungo selbst bemüht, jeder eine unverwechselbare Gestalt zu geben. Die drei Welten vertrugen sich alle so gut miteinander wie Menschen, die nicht dieselbe Sprache sprechen und sich also auch nicht auf das Wort Streit einigen können.

Das Gras, das von den rötlich schimmernden Bergen in das Tal hineinwuchs, hatte zu viel Sonne gespeichert, um in der Regenzeit so grün zu werden wie im übrigen Hochland. Die großen gelben Büsche färbten das Licht ein, als müßten sich die verdorrten Pflanzen vor Blicken schützen. Das gab der Landschaft eine Sanftheit, die sie nicht hatte, und machte sie überschaubar. Die breiten Streifen der Zebras leuchteten auf ihren prallen Körpern, bis die Sonne vom Himmel stürzte, und das Fell der Paviane wirkte wie dichte Decken, die aus brauner Erde gewebt waren.

Es gab sehr helle Tage, die aus den Affen unbewegliche Kugeln machten, und im weißen Licht, das kaum einen Schatten duldete, konnte sie das Auge nur nach vielen mühsamen Versuchen von den Buckeln der Kühe unterscheiden, die in ihrer Nähe kauten. Es gab aber auch die kurzen Stunden, die weder zum Tag noch zur Nacht gehörten. Da kamen die halberwachsenen Paviane, denen Erfahrung und Vorsicht noch nicht die Neugierde aus dem Gesicht gekratzt hatten, so nahe ans Haus, daß jeder ihrer Laute einen eigenen Klang bekam.

Der Wald mit den Zedern, deren Kronen die Wurzeln nicht mehr sehen konnten, und den niedrigen Dornakazien mit dürren Ästen lag hinter dem letzten Maisfeld. Wurden die Trommeln geschlagen, hatten sie ein Echo, das auch einem wütenden Wind ein kurzes, gespanntes Schweigen befahl. Es waren diese in Nairobi so lange vermißten Geräusche, die Reginas Ohren am meisten streichelten. Sie ließen die Erinnerungen, die sie nie verschlucken gelernt hatte, zu einer Gegenwart werden, die sie betäubte wie an fröhlichen Tagen das Tembo die Männer von den Hütten. Jede einzelne Trommel nahm ihr die Furcht, daß sie nur eine Reisende ohne Ziel sein könnte, die sich kurz vom geborgten Glück nähren durfte, und bestätigte ihr, daß sie in Wirklichkeit der für immer heimgekehrte Odysseus war.

Wenn ihre Haut Wind, Sonne und Regen spüren durfte und ihre Augen den Horizont festhielten wie ein Schakal die erste Beute der Nacht, war Regina betäubt von dem noch nie erlebten Rausch des großen Vergessens. Er vereinte Vertrautes und Unbekanntes, Fantasie und Wirklichkeit und nahm ihr die Kraft, an die Zukunft zu denken, die ihr Vater schon eingefangen hatte. In ihrem Kopf entstand ein dichtes Netz von verwirrenden Geschichten aus einem fernen Ort, in dem Lilly sich in Scheherazade verwandelte.

Jedesmal, wenn Chebeti die gewärmte Milchflasche auf einem kleinen silbernen Tablett hereintrug und Regina sie ihrem Bruder in den Mund steckte, wurde ein Tor zu einem Paradies aufgestoßen, für das allein die Schloßherrin den Schlüssel besaß. Chebeti setzte sich auf den Boden und bettete ihre schlanken Hände in die großen gelben Stoffblumen ihres Kleides. Regina wartete die ersten schmatzenden Laute des saugenden Kindes ab, und dann erzählte sie Max und Chebeti mit der gleichen feierlichen Stimme, mit der sie in der Schule Kiplings vaterlandstreue Gedichte aufsagte, von den Dingen, mit denen Lilly ihre Ohren getränkt hatte.

In Gilgil war selbst die Milch verzaubert. Morgens war die braune Antonia, die nicht singen durfte und die sich von einer Geige in den Tod locken ließ, die Spenderin. Das Mittagsmahl für den kleinen Askari kam von der weißen Cho-Cho-San, die sich mit dem Dolch des Vaters in der Hand und dem Lied ›Ehrenvoll sterbe‹ auf den Lippen aus dem Leben sang; abends schlief Max mit der Geschichte von Konstanze ein, während Lilly ›Traurigkeit ward mir zum Lose‹ sang, der Pudel aufheulte und Oha sich mit dem rauhen Stoff seiner Jacke Tränen aus den Augen wischte.

Schon nach den ersten paar Tagen in Gilgil hatte Regina begriffen, daß Lillys Lieblinge sich nur als gewöhnliches Milchvieh tarnten. Nichts an ihnen war wie bei anderen Kühen. Jede Silbe ihrer Namen, die außer Lilly und Oha niemand aussprechen konnte, hatte Bedeutung. Diese wohlklingenden

Namen, die auch dann Gesang in Lillys Kehle zauberten, wenn sie nur sprach, waren allen anderen Menschen auf der Farm Last für Kopf und Zunge. Nicht eine Kuh verstand Suaheli, Kikuyu oder Jaluo. Oft versuchte Regina, wenn nur Chebeti mit Max im Wagen sie begleitete, mit Ariadne, Aida, Donna Anna, Gilda und Melisande über das Rätsel ihrer Herkunft zu reden. Die verhexten Kühe aber ließen sich die Sonne auf den Hinterkopf brennen, als hätten sie keine Ohren. Nur durch Lillys Mund konnten sie ihre Geheimnisse preisgeben. Arabella war die letzte. Sie war aber auch die erste, die Regina wittern ließ, daß in Lillys Paradies das Glück so empfindlich war wie die Blüten des zarten Hibiskus.

»Warum«, fragte Regina, »sprichst du zu Arabella wie zu einem Baby?«

»Ach, Kind, wie soll ich dir das erklären? Arabella war die letzte Oper, die ich sehen durfte. Oha und ich sind damals extra nach Dresden gefahren. Das kommt in diesem Leben nicht wieder. Dresdens Oper ist so kaputt wie meine Träume.«

Schon weil Lilly erst beim Frühstück vor einer Stunde gesagt hatte ›Ich träume nie‹, fiel es Regina schwer, hinter den Sinn ihrer Klage zu kommen, doch seit dem Tag von Arabellas Geschichte wußte sie, daß nicht nur Lillys Kühe ihre Geheimnisse hatten. Die Schloßherrin mit der Zauberstimme konnte zwar mit dem Mund so laut lachen, daß ihr Gelächter selbst in der kleinen Speisekammer ein Echo hatte, aber ihre Augen hatten oft Mühe, die Tränen zu halten. Dann zogen sich kleine Falten durch Lillys Gesicht. Sie sahen aus wie Wasserrinnen in ausgetrockneter Erde und ließen den Mund zu rot und die Haut dünn wie ein auf Steinen gespanntes Fell erscheinen.

Oha schien von einem ähnlichen Leiden geplagt. Zwar lachte er aus dem Hals, und seine Brust bebte, wenn er nach seinen Tieren rief, aber, nachdem erst Arabella Lilly verraten hatte, stellte Regina schnell fest, daß auch Oha nicht immer der freundliche, sanfte, von ihr seit ihren Kindertagen geliebte Riese war. In Wirklichkeit war er der wiedergeborene Archimedes, der seine Kreise nicht gestört sehen wollte.

Er hatte den Hühnern und Ochsen ihre Namen gegeben. Es gab die Hähne Cicero, Catalina und Caesar; auch Hennen waren bei Oha männlich und stammten aus Rom. Die schönsten hießen Antonius, Brutus und Pompejus. Wenn Lilly die Hühner zum Futter rief, setzte sich Oha oft in seinen Sessel, holte immer dasselbe Buch vom Kaminsims, und las, ohne ein Geräusch beim Umblättern der Seiten zu machen. Eine Weile lachte er stets so laut in seine Brust zurück, als hätte er sich an seiner Heiterkeit verschluckt. Beobachtete ihn Regina jedoch genau, dachte sie immer öfter an Owuor, der ihr als erster verraten hatte, daß Schlaf mit offenen Augen den Kopf krank machte.

Die Ochsen waren nach Komponisten benannt. Chopin und Bach waren die besten Zugtiere; der Bulle hieß Beethoven, sein jüngster Sohn seit vier

Stunden Mozart. Am glückhaften Ende der langen Nacht, als er geboren wurde und Manjala wegen Desdemonas zu schwachen Wehen und ihrer plötzlich einsetzenden Atemnot seinen Bruder zu Hilfe holen mußte, schlug Lilly mit feierlicher Stimme vor, Regina sollte dem aus der Not geretteten Kalb seinen Namen geben.

»Warum Regina«, widersprach Oha, »sie kennt sich doch bei uns nicht aus. So ein Name ist doch eine Bindung für das ganze Leben.«

»Sei nicht albern«, sagte Lilly, »laß doch dem Kind die Freude.«

Regina war zu erfüllt von Desdemonas Glück, um zu merken, daß Lilly ihr soeben einen Teil von Ohas Beute zugeworfen hatte. Sie legte ihre Hand auf den Kopf der Kuh, ließ den Geruch von Zufriedenheit in ihre Nase und Erinnerungen in ihren Kopf, die sich zu schnell zum Kampf bereitmachten. Weil sie gleichzeitig an das tote Baby ihrer Mutter und an die Geburt ihres Bruders denken mußte, vergaß sie im Moment der verantwortungsvollen Entscheidung, daß das Vieh von Gilgil mit Musik verzaubert werden mußte. Die fast zu spät gelungene Rettung des kräftigen Kalbes kam ihr in den Sinn. »David Copperfield«, freute sie sich.

Oha schüttelte den Kopf, stieß mit einer für ihn ungewohnt heftigen Bewegung die Paraffinlampe in Manjalas Hand um und sagte, ein wenig böse: »Quatsch.« Das flackernde Licht machte seine Augen klein; die Lippen wirkten wie zwei weiße Riegel vor den Zähnen, und zum erstenmal erlebte Regina, daß auch Oha und Lilly sich stritten – wenn auch sehr viel leiser und nicht so lange wie ihre Eltern.

»Wir nennen den Kleinen Jago«, schlug Lilly vor.

»Seit wann«, fragte Oha und zerschnitt seine eigene Stimme mit einem Messer, »gibst du den Bullen ihre Namen? Ich habe mich schon so auf Mozart gefreut. Und das laß ich mir von dir nicht nehmen.«

Am nächsten Morgen war Oha wieder der dickbäuchige Riese, der weder nach Erregung noch nach der Unruhe plötzlichen Unmuts roch, sondern nur nach süßem Tabak und dem milden Duft von verständnisvoller Gelassenheit. Er strengte sich an, seine Augen an Lilly vorbei zu schicken, sah Regina an und sagte: »Ich habe das gestern nicht böse gemeint.« Sorgsam zählte er die schwarzen Körnchen seiner Papaya und fuhr dann fort, als habe er nicht eine sehr lange Zeit gebraucht, um Atem zu holen, »aber weißt du, es wäre komisch, wenn wir hier einen englischen Namen geben würden. Weißt du«, lächelte er, »den kennen wir nicht so genau.«

»Das macht doch nichts«, lächelte Regina zurück. Ihre rasche Höflichkeit verwirrte sie, und sie glaubte, sie hätte aus Gewohnheit, bei einer Entschuldigung ohne Reue, Englisch gesprochen. »David Copperfield«, erklärte sie befangen und merkte zu spät, daß sie gar nicht den Mund hatte aufmachen wollen, »ist ein alter Freund von mir. Little Nell auch«, fügte sie hinzu.

Sie überlegte erschrocken, ob sie nun weiterreden und Oha die Geschichte von Little Nell würde erklären müssen, doch sie merkte, daß er mit seinen

Gedanken weit weg war. Als er nicht antwortete, verschluckte Regina ihre Erleichterung, ohne seine Aufmerksamkeit zu erregen. Es war nicht gut, von Dingen zu sprechen, die das Herz zum Rasen brachten, wenn ihm kein fremder Mund helfen konnte.

Manjala, der die ganze Zeit neben der Vitrine mit den funkelnden Gläsern, goldumrandeten weißen Schalen und den zierlichen Tänzerinnen aus weißem Porzellan gestanden hatte, brachte Bewegung in seinen Körper und holte seine Hände aus den langen Ärmeln seines weißen Kanzus heraus. Er sammelte erst langsam und dann immer schneller die Teller ein und ließ das Besteck tanzen. Max setzte sich in seinem Wagen auf und begleitete jeden Ton mit einem Klatschen, das Reginas Ohren warm machte.

Chebeti schob den Pudel von ihren nackten Füßen, stand auf, schaute Manjala aus nur halb geschlossenen Augen an, denn er hatte ihre Ruhe gestohlen, sagte: »Der kleine Askari will trinken«, und ging die Flasche holen. Ihre Schritte ließen den Holzfußboden so leicht beben wie ein plötzlich gefangener Wind zwischen Bäumen.

Lilly holte den mit winzigen Steinen besetzten goldenen Spiegel aus ihrer Hosentasche, malte die Konturen ihrer Lippen so lange nach, bis sie aussahen, als wären sie aus ihrer roten Bluse herausgeschnitten worden, und hauchte einen Kuß in die Luft. »Ich muß zu Desdemona«, sagte sie.

»Und zu Mozart«, lachte Regina. Sie lachte noch einmal, als ihr aufging, daß es ihr endlich gelungen war, den Namen ohne englischen Akzent auszusprechen. Sie hauchte, wie sie es Lilly soeben abgeschaut hatte, einen Kuß auf den Kopf ihres Bruders und merkte, wie die Schwere aus ihren Gliedern und die jagenden Gedanken der Nacht aus ihrem Kopf flüchteten.

Es war ein gutes Gefühl, das satt machte wie abends das Poscho in den Hütten. Im Wald hörte sie die ersten Trommeln des Tages. Hinter den großen Fenstern färbte die Sonne den Staub bunt. Regina zog ihre Augen so eng zusammen, bis sie Schlitze waren, die Bilder verwandeln konnten. Die Umrisse der Zebras bestanden nur noch aus Streifen. Das Blau des Himmels war ein kleiner Fleck von Farbe, die Dornakazien verloren ihr Grün, und die Zedern wurden schwarz.

Regina nahm Max aus seinem Wagen, legte seinen Kopf auf ihre Schulter und fütterte seine Ohren. Gespannt wartete sie auf die hellen Töne, die ihr anzeigten, daß ihr Bruder schon klug genug war, Vertrautheit zu genießen. Als Chebeti mit der Flasche hereinkam und dem Kind den Schnuller in den Mund schob, machte Stille den großen Raum klein.

Die Flasche war fast leer, als Oha mit seinem Kopf Kreise machte und sagte: »Ich beneide dich sehr um deinen David Copperfield.«

Er hatte bei den beiden letzten Worten zuviel Luft geschluckt, und Regina würgte zu lange an ihrem Kichern, um es rechtzeitig in den Husten zu verwandeln, der sich gehörte. »I'm sorry«, sagte sie. Diesmal wußte sie sofort, daß sie Englisch gesprochen hatte.

»Laß nur«, beruhigte sie Oha, »ich würde auch lachen, wenn ich du wäre und mich Englisch radebrechen hörte. Deshalb hätte ich ja gern David Copperfield zum Freund.«

»Warum?«

»Um mich hier ein kleines Stück zu Hause zu fühlen.«

Regina teilte erst die einzelnen Worte in Silben auf und fügte sie dann wieder zusammen. Sie übersetzte sie sogar in ihre Sprache, aber es gelang ihr nicht, dahinterzukommen, weshalb Oha sie aus seiner Kehle gelassen hatte.

»Du bist doch hier zu Hause«, sagte sie.

»So kann man es nennen.«

»Es ist doch deine Farm«, bohrte Regina. Sie spürte, daß Oha ihr etwas sagen wollte, doch er steckte nur seine Zunge zwischen die Lippen, ohne daß ihm ein Ton gelang, und so wiederholte sie: »Du bist hier zu Hause. Es ist deine Farm. Alles hier ist so schön.«

»Pro transeuntibus, Regina. Verstehst du das?«

»Nein, Papa sagt, das Latein, das ich in der Schule lerne, ist für den Hund.«

»Für die Katz. Frag deinen Vater, was ›pro transeuntibus‹ heißt, wenn du wieder in Nairobi bist. Der kann dir's genau erklären. Er ist ein kluger Mann. Der Klügste von uns allen, aber keiner traut sich, das zuzugeben.«

Es waren Ohas Stimme und auch seine Augen, die Regina die Gewißheit gaben, daß Oha, genau wie ihr Vater, von Wurzeln, Deutschland und Heimat reden wollte. Sie machte ihre Ohren bereit für die vertrauten, ungeliebten Töne.

Da kam Lilly herein. »Das Kalb«, lachte sie und preßte ihren Mund zu einer kleinen, roten Kugel, »hat seinem Namen schon alle Ehre gemacht.«

Oha lachte zurück, als er fragte: »Kann es schon die Kleine Nachtmusik muhen?«

Lilly kicherte mit Musik und machte ihre Augen groß, doch sie merkte trotzdem nicht, daß bei ihrem Mann die Fröhlichkeit nur aus dem Mund gekommen war. Sie rieb ihre Hände aneinander, als wollte sie klatschen, und sagte: »Ich muß mich zur Feier des Tages fein machen.«

»Unbedingt«, stimmte Oha zu.

Ohne daß sie es wollte, schaute Regina ihn an und wußte, daß er von der Safari, von der Lilly nichts ahnte, noch nicht zurückgekommen war. Ihre Haut wurde zu kalt, und sie kam sich vor, als hätte sie ihr Ohr an das Loch einer fremden Wand gedrückt und dabei Dinge erfahren, die sie nicht wissen durfte. Regina brauchte Kraft, um sich gegen das Bedürfnis zu wehren, aufzustehen und Oha zu trösten, wie sie es bei ihrem Vater tat, wenn ihn Wunden aus seinem früheren Leben quälten. Eine Zeitlang gelang es ihr gut, jede Bewegung in ihrem Körper zu unterdrücken, aber ihre Beine gaben keine Ruhe und besiegten schließlich doch noch ihren Willen.

»Ich gehe mit Max raus«, sagte sie. Obwohl sie sonst immer beide Hände brauchte, um ihren Bruder zu halten, machte sich die eine frei und glitt über Ohas Kopf.

Die geschnitzten Löwen auf dem Stuhl wurden von der Sonne gewärmt, die nur noch einen kurzen Schatten hatte. Die Zedern hatten den Regen der Nacht in Stamm und Wurzel geholt. Wann immer sich ein Ast bewegte, hielt Regina Ausschau nach den Affen, aber sie hörte nur die Geräusche, die ihr anzeigten, daß die Affenmütter nach ihren Jungen riefen.

Eine Zeitlang dachte sie an Owuor und den schönen Streit ihrer Kindertage, ob Affen klüger seien als Zebras oder nicht, doch als ihr Herz zu rasen anfing, merkte sie, daß ihr Vater dabei war, Owuor zu verdrängen. Zum erstenmal seit ihrer Ankunft in Gilgil bedrängte sie Sehnsucht nach zu Hause. Sie sagte das Wort ein paarmal vor sich hin, erst noch fröhlich in Englisch, dann widerstrebend in Deutsch. In beiden Sprachen brummten die Silben wie eine mit Ärger getränkte Biene.

Mozart wurde von den beiden Hirtenjungen, die nur die Sprache der Kühe, nicht jedoch die der Menschen hörten, auf das Gras gelockt. Desdemona schob ihren Sohn sanft mit ihrem großen Kopf vor sich hin, blieb in einem Fleck von Sonne stehen und leckte sein weiches Fell zu kleinen, hellbraunen Lokken. Ein Glanzstar ließ sich auf Desdemonas Rükken nieder. Das strahlende Blau seiner Federn machte die Augen blind für jede andere Farbe.

In einem langen weißen Kleid, das den Hals mit einem Berg von Rüschen umschloß, trat Lilly hinter einem Busch von gelben Rosen hervor. Sie sah aus, als hätte sie bereits Mungos Befehl empfangen, zum

Himmel zu fliegen, doch sie rührte sich nicht, bis das Kalb zu saugen anfing. Dann ließ sie die Luft aus ihrer Kehle, hob ihren Kopf, faltete ihre Hände und sang ›Dies Bildnis ist bezaubernd schön‹.

Die Vögel wurden stumm, und auch der Wind konnte Lillys Gesang nicht widerstehen und reiste mit einzelnen, hohen Tönen mit. Sie flogen schneller als sonst zu den Bergen hin. Ehe das letzte Echo bei Regina ankam, erkannte sie, daß sie sich geirrt hatte. Sie war nicht der glücklich heimgekehrte Odysseus. Sie hatte in Gilgil nur die Sirenen gehört.

22

Hessisches Staatsministerium
Der Minister der Justiz
Wiesbaden
Bahnhofstr. 18

Herrn
Dr. Walter Redlich
Hove Court
POB 1312
Nairobi
Kenia

Wiesbaden, den 23. Oktober 1946

Betr. Ihr Gesuch auf Verwendung im Justizdienst des Landes Hessen vom 9. Mai 1946

Sehr geehrter Herr Dr. Redlich!
Es ist uns eine große Freude, Ihnen mitzuteilen, daß Ihr Gesuch vom 9. 5. d. J. auf Verwendung im hessischen Justizdienst mit Beschluß vom 14. d. M. zustimmend beantwortet worden ist. Sie werden zunächst als Richter am Amtsgericht der Stadt Frankfurt Verwendung finden und wollen sich bitte dort nach Ihrer Rückkehr sobald als möglich bei Herrn Amtsgerichtspräsident Dr. Karl Maaß melden, der bereits von uns diesbezüglich unterrichtet worden ist. Bitte setzen Sie ihn in Kenntnis, wann ein Ter-

min für Ihre Übersiedlung nach Frankfurt feststeht. Bei der Bemessung Ihrer Bezüge haben die Jahre ab Ihrer 1937 erfolgten Löschung als Rechtsanwalt in Leobschütz (Oberschlesien) als Dienstjahre Berücksichtigung gefunden.

Der Unterzeichnete ist beauftragt worden, Ihnen mitzuteilen, daß Sie im Hessischen Justizministerium persönlich bekannt sind. Ihr Wunsch, am Wiederaufbau einer freien Justiz mitzuwirken, wurde hier als ein besonderes Hoffnungszeichen für die junge Demokratie in unserem Land empfunden.

Indem wir Ihnen und Ihrer Familie schon heute unsere besten Wünsche für die Zukunft aussprechen, verbleiben wir

mit dem Ausdruck vorzüglicher Hochachtung!
gez. Dr. Erwin Pollitzer
im Auftrag des Ministers der Justiz im Hessischen Staatsministerium

Owuor hatte die Bedeutung der Stunde mit Augen, Nase, Ohr und dem Kopf eines Mannes eingefangen, den Erfahrung klug gemacht und Instinkt geschmeidig wie einen jungen Krieger gehalten haben. Er war der Jäger, der die ganze Nacht wacht und nur durch die ständige Schärfung seiner Sinne die lang erwartete Beute macht. An diesem Tag, der begonnen hatte wie alle anderen Tage auch, hatte er den Brief überbracht, der wichtiger war als jeder Brief zuvor.

Schon die zitternden Hände vom Bwana und die Plötzlichkeit, mit der seine Haut die Farbe wechselte, als er das dicke, gelbe Kuvert aufriß, hätten Owuor gereicht. Noch verräterischer waren der saure Geruch von Furcht, der zwei Körpern entströmte, und die Ungeduld, die vier Augen wie ein zu rasch entflammtes Feuer flackern ließ. In demselben Raum, in dem Owuor noch ohne Erregung und Hast die Blasen im heißen Kaffee gezählt hatte, ehe er ins Büro vom Hove Court gegangen war, um die Post abzuholen, ließ nun die Stille jeden Atemzug so laut werden, als hätten der Bwana und die Memsahib sich Trommeln in die Brust einnähen lassen.

Während er das Klopfen in seinem eigenen Körper beruhigte, indem er immer wieder Gegenstände berührte, die er auch mit geschlossenen Augen erkannt hätte, beobachtete Owuor den Bwana und die Memsahib beim Lesen. Wenn er nur die Augen aufmachte und nicht auch die übervolle Kiste mit den Erfahrungen aus Tagen, die schon lange nicht mehr waren, sahen die Menschen mit der blassen Haut der großen Angst nicht anders aus als in den anderen Stunden, da die weitgereisten Briefe so scharf gebrannt hatten wie zuviel Fett in einem zu kleinen Topf. Und doch waren für Owuor sein Bwana und die Memsahib fremd geworden.

Zunächst saßen die beiden nur auf dem Sofa und rissen wie verdurstende Kranke immer wieder die Lippen auseinander, ohne daß sich ihre Zähne zeigten. Dann wurde aus zwei Köpfen ein einziger und schließlich aus den beiden Körpern ein erstarrter

Berg, der alles Leben schluckte. Es war wie bei den Dik-Diks, die in der Glut der hochstehenden Sonne Schutz aneinander suchen, aber auch dann nicht voneinander lassen wollen, wenn der Schatten zu klein für beide ist. Das Bild von den nicht trennbaren Dik-Diks machte Owuor unruhig. Es verbrannte die Augen und ließ auch den Mund verdorren.

Ihm fiel die kluge Geschichte ein, die Regina vor vielen Regenzeiten in Rongai erzählt hatte. Es war lange vor dem schönen Tag mit den Heuschrecken gewesen. Ein Junge war in ein Reh verwandelt worden, und seine Schwester war machtlos gegen den Zauber. Sie konnte mit dem Bruder nicht mehr in der Sprache der Menschen reden und fürchtete um seinetwillen die Jäger, aber das Reh roch nichts von ihrer Angst und sprang aus dem Schutz des hohen Grases heraus.

Seitdem wußte Owuor, daß ein zu langes Schweigen für Menschen noch viel bedrohlicher sein konnte als der große Lärm, der Ohren dick wie zu fest gestopfte Säcke machte. Owuor hustete seine Kehle frei, obwohl das Innere seines Halses so glatt war wie der frisch eingeölte Körper eines Diebs.

In diesem Augenblick merkte er, daß der Bwana seine Stimme doch nicht für alle Zeiten verloren hatte. Es war nur so, daß sich jeder einzelne Laut mühsam den Weg zwischen Zunge und Zähnen suchen mußte.

»Mein Gott, Jettel, daß ich das noch erlebe. Das kann doch nicht wahr sein. Ich weiß gar nicht, was ich sagen soll. Sag mir, daß ich nicht träume und gleich wieder aufwachen muß. Egal, was du sagst, mach wenigstens den Mund auf.«

»Meine Eltern haben ihre Hochzeitsreise nach Wiesbaden gemacht«, flüsterte Jettel zurück. »Mutter hat oft vom Schwarzen Bock erzählt, und daß mein Vater so schrecklich besoffen war. Er hat den Wein nicht vertragen, und sie hat sich furchtbar geärgert.«

»Jettel, reiß dich zusammen. Hast du überhaupt kapiert, was passiert ist? Weißt du, was dieser Brief für uns alle bedeutet?«

»Nicht so ganz. Wir kennen doch keinen in Wiesbaden.«

»Begreif doch endlich! Sie wollen uns haben. Wir können zurück. Wir können zurück ohne Sorgen. Es ist aus mit dem Mr. Nebbich.«

»Walter, ich hab' Angst, so schreckliche Angst.«

»Aber lies doch, Frau Doktor. Sie haben mich zum Richter gemacht. Mich, den gelöschten Rechtsanwalt und Notar aus Leobschütz. Ich sitze hier und bin das letzte Arschloch von Kenia, und zu Hause machen sie mich zum Richter.«

»Arschloch«, lachte Owuor, »ich habe das Wort nicht vergessen, Bwana. Du hast es schon in Rongai gesagt.«

Als der Bwana zu brüllen anfing, ohne daß Zorn in seiner Stimme war, und dabei auch noch stampfte wie ein Tänzer, der vor den anderen seinen Bauch mit Tembo gefüllt hat, lachte Owuor wieder; seine Kehle hatte mehr Stacheln als die Zunge einer wild gewordenen Katze. Aus dem Bwana mit den Augen ohne Spiegel und den zu kleinen Schultern, die sich vor jeder Last duckten, war ein Stier geworden, der zum erstenmal in seinem Leben die Kraft seiner Lenden spürt.

»Jettel, erinnere dich doch. Ein Beamter in Deutschland hat ausgesorgt. Und ein Richter erst recht. Der trägt seinen Kopf hoch. Dem kündigt keiner. Und wenn er krank ist, bleibt er im Bett und bekommt weiter sein Gehalt. Einen Richter grüßt man auf der Straße. Auch wenn man ihn nicht persönlich kennt. Guten Tag, Herr Rat. Auf Wiedersehen, Herr Rat, eine Empfehlung an die Frau Gattin. Das kannst du doch nicht alles vergessen haben. Herr Gott, sag doch was!«

»Du hast doch nie etwas von einem Richter gesagt. Ich habe immer gedacht, du willst wieder Anwalt werden.«

»Das kann ich später doch immer noch. Wenn ich erst Richter bin, haben wir einen ganz anderen Start. Deutschland hat immer für seine Beamten gesorgt. Die bekommen vom Staat auch Wohnungen. Das wird uns vieles erleichtern.«

»Ich dachte, die deutschen Städte sind alle kaputt gebombt. Wo nehmen die dann die Wohnungen für ihre Richter her?«

Der Satz gefiel Jettel so gut, daß sie ansetzte, ihn zu wiederholen, doch als ihr aufging, daß sie ihren Triumph zu lange herausgezögert hatte, zupfte sie verlegen an einer Haarsträhne. Trotzdem ließ ihre Erregung einen Moment nach, und das belebende Selbstbewußtsein ihrer Jugend erwärmte angenehm ihre Stirn. Wie recht doch ihre Mutter mit den Worten gehabt hatte: ›Meine Jettel hat nicht die besten Zeugnisse, aber im praktischen Leben macht ihr keiner was vor.‹

Bei dem Gedanken, daß sie selbst den Tonfall ihrer Mutter noch im Ohr hatte, lächelte Jettel ein wenig. Sie gönnte sich erst die sanfte Wehmut der Erinnerung und dann die Gewißheit, daß sie mit einem einzigen Satz ihrem Mann klargemacht hatte, daß er ein Träumer war, der keinen Blick für die Dinge hatte, die im Leben zählten. Als Jettel Walter jedoch anschaute, sah sie auf seinem Gesicht nichts als eine Entschlossenheit, die sie erst unsicher und dann wütend machte.

»Wenn wir schon zurück müssen«, hielt sie ihm vor und betonte jedes Wort, »warum denn jetzt?«

»Weil ich nur was werden kann, wenn ich von Anfang an dabei bin. Chancen hat man nur, wenn ein Land untergeht, oder wenn es aus dem Untergang aufersteht.«

»Wer sagt das? Du redest wie ein Buch.«

»Das habe ich in ›Vom Winde verweht‹ gelesen. Erinnerst du dich nicht an die Stelle? Wir haben damals darüber gesprochen. Sie hat großen Eindruck auf mich gemacht.«

»Ach, Walter. Du mit deinen Träumen von zu Hause. Wir waren doch so glücklich hier. Wir haben doch alles, was wir brauchen.«

»Nur, wenn wir mehr brauchen als das nackte Leben, sind wir auf die Gnade fremder Menschen angewiesen. Ohne die Jüdische Gemeinde hätten wir weder den Arzt noch das Krankenhaus bezahlen können, als Max geboren wurde. Hoffentlich ist Mr. Rubens genauso spendabel, wenn einer von uns mal krank wird.«

»Hier haben wir wenigstens Leute, die uns helfen. In Frankfurt kennen wir keinen Menschen.«

»Wen hast du denn gekannt, als wir nach Afrika mußten? Und wann waren wir hier glücklich? Genau zweimal. Mit meinem ersten Geld von der Army. Und als Max geboren wurde. Du wirst dich nie ändern. Meine Jettel hat immer nur nach den Fleischtöpfen Ägyptens verlangt. Aber zum Schluß habe ich immer recht behalten.«

»Ich kann nicht weg von hier. Ich bin nicht mehr jung genug, neu anzufangen.«

»Genau das hast du gesagt, als wir auswandern mußten. Da warst du dreißig, und wenn ich damals auf dich gehört hätte, wären wir heute alle tot. Wenn ich dir jetzt nachgebe, bleiben wir immer ungeliebte Habenichtse im fremden Land. Und ewig behält mich King George nicht als Trottel der Kompanie.«

»Du sagst das alles nur, weil du zurück in dein verfluchtes Deutschland willst. Hast du vergessen, was mit deinem Vater passiert ist? Ich nicht. Ich bin es meiner Mutter schuldig, daß ich den Boden nicht betrete, der mit ihrem Blut getränkt ist.«

»Laß das, Jettel. Das ist Sünde. Der liebe Gott verzeiht es nicht, wenn wir die Toten mißbrauchen. Du mußt mir vertrauen. Wir werden es schon schaffen. Das versprech ich dir. Hör auf zu weinen. Eines Tages gibst du mir recht, und es wird längst nicht so lange dauern, wie du jetzt denkst.«

»Wie können wir unter Mördern leben?« schluchzte Jettel. »Alle hier sagen, daß du ein Narr bist und daß man nicht vergessen darf. Glaubst du, eine Frau hört gern, daß ihr Mann ein Verräter ist? Du kannst doch hier eine Stellung finden wie alle anderen auch. Sie helfen den Leuten von der Army. Das sagen alle.«

»Mir hat man Arbeit angeboten. Auf einer Farm in Dschibuti. Möchtest du dorthin?«

»Ich weiß doch gar nicht, wo Dschibuti ist.«

»Siehst du. Ich auch nicht. Jedenfalls nicht in Kenia und auf alle Fälle in Afrika.«

Das lange nicht mehr empfundene Bedürfnis, seine Frau in die Arme zu nehmen und ihr die Angst zu nehmen wie einem Kind, verwirrte Walter. Noch mehr quälte ihn das Wissen, daß Jettel und ihn die gleichen Wunden schmerzten. Auch er war wehrlos gegen die Vergangenheit. Sie würde allzeit stärker als die Hoffnung auf eine Zukunft sein.

»Vergessen werden wir nie«, sagte er und blickte zu Boden. »Wenn du es genau wissen willst, Jettel, es ist unser Schicksal geworden, überall ein bißchen unglücklich zu sein. Hitler hat für alle Zeiten dafür gesorgt. Wir, die wir überlebt haben, werden nie mehr normal leben können. Aber ich bin lieber unglücklich, wo man mich achtet. Deutschland war nicht Hitler. Auch du wirst das eines Tages begreifen. Die Anständigen werden wieder das Sagen haben.«

Obwohl sie sich sträubte, ließ sich Jettel von Walters leiser Stimme und seiner Hilflosigkeit rühren. Sie sah, wie er seine Hände in den Hosentaschen vergrub, und sie suchte nach Worten, aber sie konnte sich nicht entscheiden, ob sie ihn wieder treffen oder dieses eine Mal trösten wollte, und schwieg.

Eine Zeitlang beobachtete sie Owuor beim Bügeln. Er spuckte aus geblähten Backen auf die Wäsche und ließ mit weit ausholenden Bewegungen das schwere Eisen aus großer Höhe auf zwei ausgebreitete Windeln herunterstürzen.

»Ich habe so lange hier gelebt«, seufzte Jettel und starrte in die kleinen Wolken vom aufsteigenden Dampf, und sie erschienen ihr Symbol aller Zufriedenheit, die sie je wieder begehren würde. »Wie soll ich mit einem kleinen Kind ohne Personal auskommen? Regina hat in ihrem ganzen Leben keinen Besen in der Hand gehabt.«

»Gott sei Dank, du bist wieder in Form. Das ist meine Jettel, wie sie leibt und lebt. Wann immer wir uns in unserem Leben entscheiden mußten, hast du Angst gehabt, daß du kein Dienstmädchen findest. Diesmal brauchst du dir keine Sorgen zu machen, Frau Doktor. Ganz Deutschland ist voll von Leuten, die froh sind, wenn sie Arbeit finden. Ich kann dir heute nicht sagen, wie unser Leben wird, aber bei allem, was mir heilig ist, ein Dienstmädchen verspreche ich dir.«

»Bwana«, fragte Owuor und häufte die gebügelte Wäsche zu dem schön riechenden Berg, den nur er so hoch und glatt zu bauen verstand, »soll ich die Koffer mit heißem Wasser auswaschen?«

»Warum fragst du?«

»Du brauchst deine Koffer für die Safari. Die Memsahib auch.«

»Was weißt du, Owuor?«

»Alles, Bwana.«

»Seit wann?«

»Schon lange.«

»Aber du verstehst uns doch gar nicht, wenn wir reden.«

»Als du nach Rongai gekommen bist, Bwana, habe ich nur mit den Ohren gehört. Die Tage sind nicht mehr.«

»Danke, mein Freund.«

»Bwana, ich habe dir nichts gegeben, und du sagst danke.«

»Doch, Owuor, nur du hast mir gegeben«, sagte Walter.

Er erlitt den Schmerz, der ihn beschämte, nur kurz und doch lange genug, um zu begreifen, daß zu den alten Wunden soeben eine neue hinzugekommen war. Sein Deutschland war nicht mehr. Er würde die wiedergefundene Heimat nicht als berauschter Heimkehrer betreten, sondern mit Wehmut und Trauer.

Die Trennung von Owuor würde nicht weniger qualvoll sein, als die Abschiede, die hinter ihm lagen. Der Drang, auf Owuor zuzugehen und ihn zu umarmen, war groß, doch als er sagte: »Es wird schon alles gut werden«, war es Jettel, die er streichelte.

»Ach, Walter, wer sagt es Regina, daß es jetzt ernst wird? Sie ist doch noch ein Kind und hängt so an allem hier.«

»Ich weiß es schon lange«, sagte Regina.

»Wo kommst du denn her? Wie lange stehst du schon da?«

»Ich war die ganze Zeit mit Max im Garten, aber ich höre mit den Augen«, erklärte Regina. Ihr ging auf, daß ihr Vater nie wissen würde, was es bedeutete, wenn ein Mensch die Stimme eines anderen nachahmte.

»Und deine Eltern«, erwiderte Walter, »können noch nicht einmal ihren Augen trauen. Oder kannst du dir vorstellen, Jettel, wer im Hessischen Justizministerium deinen alten Trottel persönlich kennen soll? Das geht mir nicht aus dem Kopf.«

Er grübelte besessen über den unbegreiflichen Zufall nach, der dabei war, seinem Leben die Wende zu geben, aber so sehr er auch Vergangenheit durchforschte und die unbekannte Zukunft auf eine Möglichkeit durchleuchtete, die ihm entgangen sein konnte, der entscheidende Punkt ließ sich nicht erhellen.

Acht Tage später sprach Walter bei Captain Carruthers vor. Den Brief vom Hessischen Justizministerium hatte er mühsam und mit Reginas Hilfe übersetzt. So kam er sich wenigstens wie ein gut präparierter Student beim ersten Staatsexamen vor; der Vergleich, der ihm vor zwei Wochen nie in den Sinn gekommen wäre, erheiterte ihn.

Ehe der Captain mit dem lustlosen Durchblättern

der Post, dem sorgsamen Stopfen seiner Pfeife und den vielen verärgerten Bewegungen beim Kampf mit dem klemmenden Fenster fertig war, ertappte sich Walter sogar bei der zufriedenen Feststellung, daß es ihm selbst besser zu gehen schien als dem Captain.

Captain Bruce Carruthers hatte ähnliche Gedanken. Er sagte mit einer Spur von Irritation, die bei ihm einst eher das gelungene Vorspiel zu einer wohl bedachten ironischen Bemerkung als Ausdruck einer plötzlichen Laune gewesen war: »Sie sehen irgendwie anders aus als beim letztenmal. Sind Sie überhaupt der richtige Mann? Der, der nichts kapiert?«

Obwohl Walter ihn verstanden hatte, wurde er unsicher.

»Sergeant Redlich, Sir«, bestätigte er verkrampft.

»Warum habt Ihr Burschen vom Kontinent alle keinen Sinn für Humor? Kein Wunder, daß Hitler den Krieg verloren hat.«

»Sorry, Sir.«

»Das hatten wir schon mal. Ich kann mich noch genau erinnern. Sie sagen sorry, und ich fange mit dem ganzen Blödsinn von vorn an«, monierte der Captain und schloß einen Moment die Augen. »Wann habe ich Sie überhaupt das letztemal gesehen?«

»Vor fast sechs Monaten, Sir.«

Der Captain sah älter und noch vergrämter aus als bei der ersten Unterredung; er wußte es. Es waren nicht nur die Magenschmerzen beim Aufwachen und der Verdruß nach dem letzten Whisky am Abend. Er spürte vor allem mit einer Melancholie, die ihm unangenehm erschien, daß er nicht mehr jenen gesunden Sinn für Proportionen hatte, den ein Mann seines Alters brauchte, um das empfindliche Gleichgewicht des Lebens zu sichern. Selbst unbedeutende Kleinigkeiten störten Bruce Carruthers über Gebühr. Beispielsweise, daß er sich nur mit geradezu entwürdigender Anstrengung den Namen des Sergeant merken konnte, der vor ihm stand. Dabei hatte er doch wahrlich oft genug diese Karikatur eines Namens von einem idiotischen Formular ins nächste übertragen müssen. Die überflüssigen Probleme mit seinem Gedächtnis kratzten mehr, als für einen Mann seines Formats ziemlich war, an der Kraft.

Hinzu kam, daß Carruthers sich von Tag zu Tag aufs neue der Erkenntnis stellen mußte, daß das Schicksal ihm nicht mehr gnädig war. Bei der Jagd konnte er sich nur schwer konzentrieren und dachte zu viel an Schottland, und Golf erschien ihm nun zu häufig als ein geradezu absurder Zeitvertreib für einen Mann, der in seiner Jugend von einer Laufbahn als Wissenschaftler geträumt hatte. Von seiner Frau war der lang erwartete Brief eingetroffen, daß sie die Trennung nicht mehr ertragen konnte und sich scheiden lassen wollte; unmittelbar darauf war von der verdammten Army der Befehl gekommen, der ihn weiter im Ngong festhielt.

Der Captain zuckte zusammen, als er merkte, daß er sich im Labyrinth seiner Auflehnung verirrt hatte. Auch das widerfuhr ihm öfter als in guten Tagen. »Ich nehme an«, sagte er entmutigt, »Sie wollen immer noch nach Deutschland entlassen werden?«

»O ja, Sir«, erwiderte Walter rasch und schob die Spitzen seiner Stiefel zusammen, »deshalb bin ich hier.«

Carruthers spürte eine Neugierde, die seinem Naturell zuwider war; er fand sie unpassend, aber doch merkwürdig faszinierend. Dann wußte er Bescheid. Die Art, wie der skurrile Kerl vor ihm Fragen beantwortete, war anders als beim erstenmal. Vor allem sein Akzent hatte sich verändert. Der war zwar immer noch quälend für ein empfindsames Ohr, aber irgendwie sprach der Mann doch besser Englisch. Zumindest war er zu verstehen. Auf diese ehrgeizigen Burschen vom Kontinent war wirklich kein Verlaß. Vergruben sich noch in einem Alter, in dem andere nur noch ans Privatleben dachten, hinter Büchern und lernten eine fremde Sprache.

»Wissen Sie überhaupt schon, was Sie in Deutschland machen wollen?«

»Ich werde Richter, Sir«, sagte Walter und hielt ihm die Übersetzung des Briefs entgegen.

Der Captain war verblüfft. Er hatte die Abneigung seiner Landsleute gegen Eitelkeit und Stolz, und doch war seine Stimme ruhig und freundlich, nachdem er den Brief gelesen hatte. »Nicht so schlecht«, sagte er.

»Ja, Sir.«

»Und jetzt erwarten Sie, daß sich die British Army mit dem Problem beschäftigt und dafür sorgt, daß die fucking Jerrys billig zu einem Richter kommen.«

»Pardon, Sir, ich habe Sie nicht verstanden.«

»Die Army soll doch Ihre Überfahrt bezahlen, oder nicht? So haben Sie es sich doch gedacht.«

»Sie haben das so gesagt, Sir.«

»Habe ich? Interessant. Nun schauen Sie nicht gleich so ängstlich. Haben Sie in Seiner Majestät Army denn nicht gelernt, daß ein Captain immer weiß, was er gesagt hat. Auch dann, wenn er in diesem gottverlassenen Land festsitzt und sich nichts mehr merken kann. Können Sie sich überhaupt vorstellen, wie man hier verblödet?«

»O ja, Sir, das weiß ich sehr gut.«

»Mögen Sie die Engländer?«

»Ja, Sir. Sie haben mir das Leben gerettet. Ich werde ihnen das nie vergessen.«

»Warum wollen Sie dann weg?«

»Die Engländer mögen mich nicht.«

»Mich auch nicht. Ich bin Schotte.«

Sie schwiegen beide. Bruce Carruthers grübelte, weshalb es einem verdammten, nichtbritischen Sergeant gelingen sollte, wieder in seinem alten Beruf zu arbeiten, und einem Captain aus Edinburgh mit einer Großmutter aus Glasgow nicht.

Walter fürchtete bereits, der Captain würde das Gespräch beenden, ohne überhaupt das Wort Repatriation zu erwähnen. Beängstigend ausführlich stellte er sich Jettel vor, wenn sie erfuhr, daß er nichts erreicht hatte. Der Captain blätterte mit der rechten Hand in einem Stapel Papier und schlug mit der linken nach einer Fliege, doch dann stand er auf, als hätte er nichts anderes im Sinn gehabt, kratzte penibel die tote Fliege von der Wand, nahm zum erstenmal die Pfeife aus dem Mund und sagte: »Was halten Sie von der ›Almanzora‹?«

»Sir, ich verstehe nicht.«

»Mann Gottes, die ›Almanzora‹ ist ein Schiff. Fährt dauernd zwischen Mombasa und Southampton hin und her und holt die Truppen heim. Ihr Burschen interessiert euch wohl nur für Saufen und Weiber?«

»Nein, Sir.«

»Vor dem 9. März nächsten Jahres bekomme ich kein Kontingent auf der alten Dame. Aber wenn Sie wollen, versuche ich's für den März. Wie war das noch? Wie viele Frauen und Kinder haben Sie?«

»Eine Frau und zwei Kinder, Sir. Ich danke Ihnen so sehr, Sir. Sie wissen nicht, was Sie für mich tun.«

»Ich glaube, das habe ich schon mal gehört«, lächelte Carruthers. »Da ist noch was, was ich wissen muß. Weshalb können Sie auf einmal Englisch?«

»Ich weiß nicht. Sorry, Sir. Das habe ich auch gar nicht bemerkt.«

23

Im Bewußtsein, daß der Zeitpunkt für einen kulturellen Neubeginn geboten war, entschlossen sich die Refugees im Hove Court zwei Tage vor Silvester in noch nie erlebter Einigkeit, das Jahr 1947 gemeinsam zu empfangen. Viele Emigranten hofften, sehr bald britische Staatsbürger zu werden; sie übten unverdrossen, wenn auch beklagenswert häufig ohne befriedigendes Ergebnis, die für sie schicksalsschweren Worte United Kingdom, Empire und Commonwealth wenigstens annähernd richtig auszusprechen. In den vergangenen beiden Monaten hatten es vier Ehepaare und zwei unverheiratete Männer geschafft, dank der Naturalisation zumindest offiziell den Status der bloody Refugees ab- und sich Namen mit englischem Klang zuzulegen, die so sehr viel wichtiger für das Selbstbewußtsein waren als materielle Güter.

Wohlgemuths nannten sich jetzt Welles, und aus Leubuschers waren Laughtons geworden. Siegfried und Henny Schlachter hatten die Gelegenheit ergriffen, sich radikal von ihren Namenswurzeln zu trennen. Ironische Vorschläge ihrer Nachbarn, sich Butcher zu nennen, lehnten sie resolut ab und wählten den Namen Baker. Es überraschte sehr, daß ausgerechnet Schlachters unter den ersten der neuen British Subjects waren. Sie hatten besondere Mühe mit ihrer neuen Muttersprache und gewiß auch nicht mehr für das adoptierte Vaterland getan als die vielen anderen, deren Gesuch von den Behörden ohne Begründung abschlägig beschieden worden war. Neider trösteten sich mit der Behauptung, Schlachters hätten nur deshalb den britischen Paß bekommen, weil ein aus Irland stammender Beamter bei der vorgeschriebenen kleinen Sprachprüfung den schwäbischen Zungenschlag des betagten Ehepaars mit einem selten noch gehörten keltischen Akzent verwechselt hätte.

Zur New Year's Party wurden selbstverständlich Mrs. Taylor und Miss Jones eingeladen, ebenso ein frisch aus der Army entlassener und sehr schweigsamer Major aus Rhodesien, der sich bei der Wahl seines Ruhesitzes durch den englischen Namen der Wohnanlage hatte täuschen lassen, doch alle drei erkrankten genau am selben Tag und am gleichen Leiden. Das Festkomitee bemühte sich um Haltung, aber die Enttäuschung, daß ausgerechnet die erste Party dieser Art von unvermittelt aufkommenden Unpäßlichkeiten überschattet wurde, ließ sich in einem so kurzen Zeitraum und ohne jahrhundertelange Übung nicht auf die bewunderte, kühle britische Art unterdrücken.

Im Festkomitee hatten die ›jungen Engländer‹, wie sie spöttisch genannt wurden, das Sagen. Besonders sie empfanden es nicht als ausreichende Genugtuung für die dreifache Absage, daß Diana Wilkins gesund geblieben war. Zwar war unstreitig, daß Diana durch ihre Heirat mit dem armen, erschossenen Mr. Wilkins schon seit Jahren die britische Staatsbürgerschaft hatte, aber sie wußte die Ehre absolut nicht zu schätzen. Schon nach einer Viertel Flasche Whisky verwechselte sie die Engländer mit den ihr immer noch hartnäckig verhaßten Russen.

Noch indignierter wurde vermerkt, daß ausgerechnet Walter, der durch seine geplante Umsiedlung nach Deutschland ohnehin täglich für Injurien und Zündstoff sorgte, die Schamlosigkeit hatte, von der ›englischen Krankheit‹ zu sprechen. Nur der Umstand, daß er noch den Rock des verehrten englischen Königs trug, und dazu das Mitleid mit seiner bedauernswerten Frau, deren Einstellung zu Deutschland allgemein bekannt war, schützten Walter vor offenen Feindseligkeiten.

Auch wenn die Feier nun ohne jene Gäste stattfinden mußte, die durch ihre bloße Anwesenheit für das gebührende gesellschaftliche Prestige gesorgt hätten, fühlten sich die Verantwortlichen englischer Tradition verpflichtet. Gerade weil die Refugees nicht recht wußten, wie sie diese Ambition mit ihren fehlenden Vorstellungen vom Leben in guten britischen Kreisen auf einen glaubhaften Nenner bringen konnten, achteten sie penibel auf jene Details, die sie sich durch regelmäßige Kinobesuche erarbeitet hatten. Die Berichte von den Feiern im englischen Königshaus, gerade um diese Jahreszeit ausführlich in den Wochenschauen zu sehen, waren eine immense Stütze.

Die Damen erschienen bei Sonnenuntergang in

bodenlangen, tief ausgeschnittenen und auffallend altmodischen Abendkleidern; die meisten waren während der Emigration noch nicht getragen worden. Zu ihrem Bedauern mußten die Herren durch ihren mangelnden Weitblick bei der Auswanderung auf den Smoking verzichten, der bei den alteingesessenen Farmern im Hochland auch ohne bestimmten Anlaß als passender ›Dinner Dress‹ galt. Die deutschen Gentlemen glichen den Mangel durch würdige Haltung in zu engen dunklen Anzügen aus. Ein böses Wort von Elsa Conrad machte allzu schnell die Runde.

»Daß Sie es wagen, nach deutschen Mottenkugeln zu riechen«, sagte sie, dreist schnüffelnd, ausgerechnet zu Hermann Friedländer, der von sich behauptete, er würde schon englisch träumen, »will mir nicht in den Kopf.«

Knallbonbons, die in der alten Heimat allenfalls Requisit für Kindergeburtstage gewesen waren und denen trotz aller Mühe der geistigen Neuorientierung noch immer das Odium der Lächerlichkeit anhaftete, wurden mit geradezu preußischer Akkuratesse zwischen die widerspenstigen Stacheln der ausgetrockneten Kakteen gehängt. Mit Eifer, aber auch mit der Ratlosigkeit von Menschen, die noch kein rechtes Verhältnis zum Objekt ihrer neuen Schwärmereien entwickelt hatten, wurden Schallplatten mit den gerade gängigen Schlagern besorgt; auf keiner Neujahrsfeier in der ganzen Kolonie dürfte so oft ›Don't fence me in‹ gespielt worden sein wie zwischen Sonnenuntergang und Mitternacht auf der gelblichen Rasenfläche des Hove Court. Mit dem echten schottischen Whisky, den der Festausschuß trotz des exorbitanten Preises kompromißlos als einziges passendes Getränk bestimmt hatte, gab es eine kleine Panne.

Er wurde kaum getrunken und rief ungeachtet der euphorischen Stimmung und der lähmenden Hitze auf später nicht mehr rekonstruierbare und doch sehr peinliche Art wehmütige Erinnerungen an Punsch und Berliner Pfannkuchen hervor. Es kam zu einer geradezu abstrusen Diskussion, ob das Silvestergebäck in den Zeiten, die man ja nun wahrlich vergessen wollte, mit Pflaumenmus oder mit Johannisbeergelee gefüllt gewesen war.

Das kleine Feuerwerk indes galt als Erfolg und noch mehr der Einfall, ›Auld Lang Syne‹ unter dem Jacarandabaum zu singen. Das Lied, das eigens im Hinblick auf die nun leider erkrankten englischen Nachbarn einstudiert worden war, klang seltsam hart aus deutschen Kehlen. Obwohl man genau den vorgeschriebenen Kreis bildete und sich mit dem entrückten Blick viktorianischer Ladies die Hände reichte, kam nur wenig von der geschmeidigen schottischen Melancholie auf die afrikanische Nacht nieder.

Walter war der alten Weise oft in der Messe seiner Kompanie begegnet; er bemerkte den Graben zwischen Wollen und Können mit erheiterter Schadenfreude, aber er hielt sich um Jettels willen mit Spott zurück. Sein Lächeln wurde indes so mißbilligend registriert, als hätte er seine Kritik herausgeschrien. Noch unangenehmer fiel auf, daß er nach dem letzten Ton seiner Frau schamlos laut: »Nächstes Jahr in Frankfurt«, zuraunte. Jettel verstand die Anspielung auf das alte, sehnsüchtige Pessach-Gebet nicht und entgegnete aufgebracht »Heute nicht.« Die Blamage, daß sie so offensichtlich keine Ahnung von religiösem Brauch und jüdischer Tradition hatte, wurde als gerechte Strafe für Gotteslästerung empfunden und vor allem als verdient passender Dämpfer für Walters provokative Taktlosigkeit.

Durch den Lärm vom Feuerwerk und auf dem Höhepunkt eines von der Mehrheit als unglaublich unwürdig geschmähten Streits, der wegen des genauen Textes zu ›Kein schöner Land in dieser Zeit‹ ausgebrochen war, wachte Max auf. Er hieß das neue Jahr auf die traditionelle Art der in der Kolonie geborenen Babys willkommen. Obwohl noch keine zehn Monate alt, sprach er sein erstes verständliches Wort. Allerdings sagte er weder Mama noch Papa, sondern ›Aja‹. Chebeti, die in der Küche gesessen hatte und beim ersten Wimmern an sein Bett gestürzt war, sprach ihm das Wort, das ihre Haut angenehmer wärmte als eine Wolldecke in den kalten Stürmen ihrer Bergheimat, immer wieder vor. Vollkommen wach geworden von ihrem kehligen Lachen und fasziniert von den kurzen melodischen Lauten, die seine Ohren kitzelten, sagte Max tatsächlich zum zweitenmal »Aja« und dann immer wieder.

In der Hoffnung, das Wunder würde sich genau

an der richtigen Stelle wiederholen, trug Chebeti ihre gurgelnde Trophäe zu den Feiernden unter dem Baum. Sie wurde überreich belohnt. Die Memsahib und der Bwana staunten mit offenem Mund und Feuer in den Augen, nahmen Chebeti das strampelnde Toto aus den Armen und sprachen ihm abwechselnd ›Mama‹ und ›Papa‹ vor, erst leise und lachend, aber bald laut und mit einer Entschlossenheit, die sie wie Krieger vor dem entscheidenden Kampf wirken ließ. Die meisten Männer ergriffen mit lautem ›Papa‹-Gebrüll Partei; wem rechtzeitig sein neuer britischer Paß einfiel, versuchte es mit ›Daddy‹. Die Frauen unterstützten Jettel mit lockenden ›Mama‹-Rufen und sahen dabei wie die Puppen ihrer Kindheit aus, die durch Druck auf den Bauch zum Sprechen gebracht wurden. Max ließ sich jedoch, bis er in einen erschöpften Schlaf fiel, keinen anderen Laut als ›Aja‹ entlokken.

Von dem Tag an war die sprachliche Entwicklung des jungen Max Redlich nicht mehr aufzuhalten. Er sagte ›kula‹, wenn er essen wollte, ›lala‹, wenn er ins Bett gelegt wurde, ganz korrekt ›Chai‹ zur Teekanne, ›Menu‹ zu seinem ersten Zahn, ›Toto‹ zu seinem Spiegelbild und ›Bua‹ bei Regen. Sogar ›Kessu‹, das Wort für Morgen, Zukunft und für jene unbestimmbare Zeiteinheit, die nur für Owuor ein überblickbarer und rationaler Begriff war, schnappte er auf.

Walter lachte, wenn er seinen Sohn reden hörte, und doch verdarb ihm eine Empfindlichkeit, die er vor sich selbst mit seinen überreizten Nerven zu entschuldigen versuchte, die Freude an dem kindlichen Geplapper. Obwohl es ihm kindisch und gar krankhaft erschien, den Dingen ein solches Gewicht zu geben, bedrängte ihn die Vorstellung, Afrika hätte ihm bereits seinen Sohn entfremdet. Noch mehr quälte ihn der Verdacht, daß Regina ihrem Bruder die Wörter eigens beibrachte und daß sie die Aufregung genoß, für die jedes neue Wort sorgte. Er grübelte vergrämt und noch mehr verletzt, ob seine Tochter ihm auf diese Weise ihre Liebe zu Afrika und die Mißbilligung seines Entschlusses zur Heimkehr zu verstehen geben wollte.

Regina stritt indes mit einer Empörung, die sonst nur Owuor im genau richtigen Moment seinem Gesicht befehlen konnte, ihre Beteiligung an einer Entwicklung ab, die Walter in seinen depressivsten Stimmungen, ohne je das Wort laut zu sagen, als Kulturkampf zu bezeichnen pflegte. Hinzu kam, daß im Hove Court ständig über den Suaheli-Sprachschatz des kleinen Max gespottet wurde. Er galt, selbst bei den wenigen verständnisvollen und toleranten Nachbarn, doch als recht deutlicher Beweis, daß das Kind klüger als sein verantwortungsloser Vater sei und daß es in seiner Unschuld zu erkennen gebe, daß es nicht nach Deutschland verschleppt werden dürfe.

Als Max schließlich einen dreisilbigen Laut formte, der mit viel Fantasie als Owuors Name gedeutet werden konnte, versagten Walters Nerven. Er schrie, mit scharlachrotem Gesicht und geballten

Fäusten, seine Tochter an: »Warum willst du mir weh tun? Merkst du nicht, wie alle hier über mich lachen, weil sich mein Sohn weigert, meine Sprache zu sprechen. Und dann wundert sich deine Mutter noch, daß ich von hier fort will. Ich habe immer gedacht, wenigstens du hältst zu mir.«

Regina begriff schaudernd, wie tückisch sie ihre Fantasie verführt und zum Verrat an ihrer Loyalität und Liebe hingerissen hatte. Reue und Scham verbrühten ihre Haut und stießen Messer in ihr Herz. Sie war so in ihrer Rolle als Fee aufgegangen, die den Zauber der Sprache beherrschte, daß sie weder Augen noch Ohren für ihren Vater gehabt hatte. Erschrocken suchte sie nach einer Entschuldigung, aber wie immer, wenn sie erregt war, ließ schon der Gedanke an die Sprache ihres Vaters die Zunge erlahmen.

Als sie merkte, daß ihre Lippen ansetzten, das Wort ›Missuri‹ zu formen, was sowohl gut bedeutete als auch ein Zeichen war, daß einer endlich verstanden hatte, schüttelte sie den Kopf. Langsam, aber sehr entschlossen ging sie auf ihren Vater zu und schluckte ihre Trauer herunter. Dann leckte sie ihm das Salz aus den Augen. Am nächsten Tag sagte Max ›Papa‹.

Als er am Ende der Woche ›Mama‹ sagte, waren indes die Ohren seiner Mutter nicht empfänglich für das ersehnte Glück, obwohl ihre Tränen gerade in diesem Moment bis zum Kinn tropften. Max krähte bereits zum zweitenmal ›Mama‹, und Chebeti klatschte in die Hände, als Walter in die Küche stürzte. »Wir haben«, rief er und warf seine Mütze übermütig auf das Sofa, »Plätze auf der ›Almanzora‹ bekommen. Am 9. März fährt das Schiff von Mombasa ab.«

»Puttfarken ist durchgekommen«, weinte Jettel.

»Wie in drei Teufels Namen kommst du auf Puttfarken? Wer soll das sein?«

»Puttfarken, Schützenstraße«, sagte Jettel. Sie stand auf, trocknete ihre Augen mit einer hastigen Bewegung ihres Kopfes am Ärmel ihrer Bluse und ging zum Fenster, als hätte sie lange auf den Augenblick gewartet. Dann legte sie ihre Finger auf die Lippen und zog, obwohl es erst fünf Uhr nachmittags war, die Vorhänge zu.

Walter begriff sofort. Trotzdem fragte er ungläubig: »Du meinst doch nicht unseren Puttfarken aus Leobschütz?«

»Wen denn sonst, wenn ich mitten am Tag die Vorhänge zuziehe? Anna«, ahmte Jettel die so lange vergessene, mit einem Mal wiedergefundene Stimme nach, »machen Sie erst den Vorhang zu. Es ist besser, wenn mich hier keiner sieht. Ich bin doch Beamter und muß vorsichtig sein. Mensch, Walter, weißt du noch, wie sich unsere Anna immer geärgert hat? Sie hat ihn immer nur Feigling genannt.«

»Er war keiner. Aber wie kommst du auf ihn?«

»Bwana, der Brief«, sagte Owuor und deutete auf den Tisch.

»Aus Wiesbaden«, sagte Jettel. »Er ist ein ganzes hohes Tier geworden. Ministerialrat«, las sie vor und verschluckte sich kichernd an jeder einzelnen

Silbe. »Laß mich vorlesen. Ich habe mich den ganzen Tag schon drauf gefreut.«

»Lieber Freund Redlich«, las Jettel, »durch eine schwere Grippe (falls Sie in Ihrem Sonnenparadies noch wissen, was das ist) komme ich erst heute dazu, Ihnen zu schreiben. Der Brief vom Ministerium wird Sie also schon erreicht haben. Es hätte andersherum sein sollen. Ich kann mir vorstellen, wie Sie ins Grübeln gekommen sind über den Zufall, daß Sie einer hier in Wiesbaden kennt. Wir hier wissen ja längst, daß der Zufall die einzige feste Größe ist, mit der man noch rechnen kann, aber ich hoffe doch sehr, daß Ihre Erlebnisse in dieser Hinsicht ein bißchen besser waren.

Wie soll ich Ihnen meine Fassungslosigkeit schildern, als das Gesuch von Herrn Dr. Walter Redlich zur Übernahme im Dienst des Hessischen Justizministeriums ausgerechnet auf meinem Schreibtisch landete. Wahrscheinlich bin ich seit Bismarcks Rücktritt der erste deutsche Beamte, der je im Dienst geweint hat. Ich las Ihr Gesuch immer und immer wieder und konnte doch nicht glauben, daß Sie noch am Leben sind. In Leobschütz hat man sich kurz nach Ihrer Auswanderung erzählt, daß Sie von einem Löwen angefallen worden seien und dabei den Tod gefunden hätten. Erst der Hinweis auf Ihre Studienzeit in Breslau und Ihre Anwaltstätigkeit in Leobschütz hat mir die Gewißheit gegeben, daß Sie tatsächlich der Freund guter, auf immer dahingegangener Tage sind.

Und dann konnte ich mir ja auch nicht vorstellen,

daß irgendein Mensch, dem es gelungen ist, diesem Deutschland zu entrinnen, wieder zurückkommen will in diese Ruinen und zu den Menschen, die ihm das angetan haben, was Ihnen und Ihrem Volk zugefügt worden ist. Was müssen Sie erlebt haben, wie schlimm mag Ihr Leben sein, wenn Sie den Mut zu einem so schicksalhaften Entschluß fanden! Natürlich begrüße ich ihn sehr. Wir haben hier in Deutschland die politisch belasteten Richter entlassen, und es sind viel zuwenig unbelastete übriggeblieben, um die Justiz wieder aufzubauen. Machen Sie sich also darauf gefaßt, daß Sie nicht lange Amtsgerichtsrat sein werden, ehe man Sie befördert. Amtsgerichtspräsident Maaß wird Ihnen gefallen. Er ist ein hochanständiger Mann, der von den Nazis aus dem Justizdienst gejagt wurde und seine Familie in all den Jahren kümmerlich über Wasser halten mußte.

Da wären wir auch bei meinem Schicksal. Es hat mir nichts genützt, daß Ihre Anna (ob sie mir inzwischen verziehen hat, die treue Seele?) immer die Vorhänge zuziehen mußte, wenn ich Sie im Asternweg besuchte, damit niemand mitbekam, daß ich noch bei Juden verkehrte. Kurz nachdem Sie Leobschütz verlassen hatten, wurde ich meiner jüdischen Frau wegen als Richter vom Dienst suspendiert, bekam dann aber durch die Fürsprache vom guten alten Tenscher wenigstens noch als Angestellter eine Art von Tätigkeit auf dem Grundbuchamt zugewiesen.

Nach ein paar Monaten dort wurde ich auf Betreiben von Kreisleiter Rummler, an den Sie sich hoffentlich nicht so gut erinnern werden wie ich, auch von dort entfernt. Vorher hat man mich dreimal nach Breslau einbestellt und mir die sofortige Wiederverwendung im Staatsdienst für den Fall in Aussicht gestellt, daß ich mich von meiner jüdischen Frau scheiden ließe. Bis Kriegsausbruch habe ich dann meine Familie mehr schlecht als recht durch Gelegenheitsarbeiten bei Rechtsanwalt Pawlik ernähren können, von denen natürlich niemand etwas wissen durfte. Meine Dankesschuld an Pawlik habe ich nicht mehr abtragen können.

Er fiel im ersten Kriegsmonat in Polen. Ich selbst galt ja als ›wehrunwürdig‹ und wurde 1939 zur Zwangsarbeit verpflichtet. Über diese Zeit werde ich Ihnen erzählen, wenn wir uns wiedersehen. Die Feder sträubt sich, das Erlebte niederzuschreiben, obwohl ich mir sehr bewußt bin, daß es noch schlimmer hätte kommen können.

Mit dem ersten Treck nach Kriegsende sind Käthe, mein Sohn Klaus, der ja im selben Jahr geboren wurde wie Ihre Tochter, und ich noch aus Oberschlesien herausgekommen. Käthe war es durch die ständige Angst, sie würde deportiert werden, die ganzen Jahre nicht gutgegangen, und auf der Flucht kam noch eine Wunde am Bein hinzu, die uns das Schlimmste befürchten ließ. Obwohl ich verlernt habe, an Gott zu glauben, müssen wir ihm doch dankbar sein, daß wir alle drei schließlich hier in Wiesbaden gelandet sind, wo uns ein entfernter Verwandter aufnahm. Nun verdanke ich ausgerechnet Hitler eine Karriere, von der ich in unserem Leobschütz nie zu träumen gewagt hätte.

Käthe war in größter Aufregung, als ich ihr von Ihrem Gesuch erzählte. Mein Sohn kann es gar nicht abwarten, einen Mann kennenzulernen, der bis nach Afrika gekommen ist. Er ist ein verschlossener Junge, den die Erlebnisse der bösen Jahre geprägt haben und der die Angst seiner Eltern und die Zurücksetzungen und Quälereien, die er von Freunden und vor allem von seinen Lehrern erfuhr, nicht vergessen kann. Er durfte nicht aufs Gymnasium und tut sich heute schwer mit der Schule. Er träumt auf eine besessene, unkindliche Art von Auswanderung, und ich glaube, wir werden ihn früh verlieren.

Ich fürchte, ich bin zu ausführlich geworden, aber Ihnen zu schreiben, hat mir gutgetan. Allein das Bewußtsein, daß dieser Brief nach Nairobi geht, in eine freie Welt ohne Trümmer, überwältigt mich. Und dabei habe ich die ganze Zeit das Gefühl, als würde ich in Ihrem Wohnzimmer in Leobschütz sitzen. Bei offenen Vorhängen! Nach dem Schicksal Ihres Vaters und Ihrer Schwester, die ich einmal bei Ihnen kennenlernte, wage ich nicht zu fragen. Ebensowenig wage ich es, Ihnen Mut für Ihren Neuanfang zu machen. Die Deutschen haben nicht nur einen großen Teil ihres Landes und ihre Städte eingebüßt. Sie haben auch ihre Seele und ihr Gewissen verloren. Das Land ist voll von Leuten, die nichts gesehen und nichts gewußt haben oder ›immer dagegen‹ waren. Und schon werden die paar Juden, die es noch gibt und die der Hölle entronnen sind, wieder diffamiert. Sie bekommen zur kargen Lebensmittelration des Normalverbrauchers die Schwerarbeiterzulage. Das reicht den Tätern, um die Opfer aufs neue auszugrenzen.

Lassen Sie mich so früh wie möglich wissen, wann das Datum Ihrer Rückkunft feststeht. Mein Pessimismus und meine Erfahrungen verbieten mir, von Heimkehr zu sprechen. Was in meiner Macht steht, um Ihnen zu helfen, werde ich tun, doch versprechen Sie sich nicht zu viel von einem Ministerialrat, der den Makel hat, aus Leobschütz zu stammen. Wir gelten hier im Westen als ›Ostpack‹, und keiner glaubt den Leuten, was sie zusammen mit der Heimat an materiellen und ideellen Werten verloren haben. Ich kann Sie eher zum Landgerichtspräsidenten befördern lassen als Ihnen eine Wohnung oder ein Pfund Butter verschaffen.

Lassen Sie sich von meinen Klagen, die ich an dieser Stelle als ganz unpassend empfinde, trotzdem nicht Ihren bewundernswerten Optimismus nehmen und auch nicht Ihren Humor, an den ich mich so gut und gern erinnere. Wenn es Ihnen möglich ist, bringen Sie Kaffee mit. Kaffee ist die neue deutsche Währung. Mit Kaffee kann man sich alles kaufen. Sogar eine weiße Weste. Man nennt sie inzwischen Persilschein.

Meine Frau und ich erwarten Sie und Ihre Familie mit Ungeduld und offenem Herzen. Bis dahin grüßt Sie in alter Verbundenheit

Ihr
Hans Puttfarken

PS. Fast hätte ich vergessen: Ihr alter Freund Greschek ist in einem Dorf im Harz gelandet. Ich bekam durch Zufall seine Adresse und habe ihm von Ihrer geplanten Rückkehr geschrieben.«

Während Jettel den Brief zurück in das Kuvert legte, versuchte sie, sich Puttfarkens Gesicht vorzustellen, aber ihr fiel nur ein, daß er groß und blond gewesen war und sehr blaue Augen gehabt hatte. Wenigstens das wollte sie Walter sagen, aber die Stille hatte bereits zu lange angehalten, um noch Worte zur Erlösung aus dem Aufruhr zu finden. Mit zaghaften Gesten fächelte sich Jettel mit dem Umschlag Kühlung zu. Owuor nahm ihr den Brief aus der Hand und legte ihn auf einen Glasteller.

Er ahmte die kleinen zischenden Laute nach, die er als Junge den Vögeln abgelauscht hatte, lächelte in Erinnerung an das eine Wort, das die Memsahib aus dem Papier geholt hatte, und zog pfeifend den Vorhang wieder auf. Ein Strahl der tiefliegenden Nachmittagssonne spiegelte sich im Glas und warf einen Schleier von dünnem blauem Nebel auf das graue Papier. Der Hund wurde wach, hob träge den Kopf und stieß beim Gähnen die Zähne so laut aufeinander wie in den Tagen seiner Jugend, als er im Gras noch die Hasen riechen konnte.

»Rummler«, lachte Owuor, »in dem Brief wurde Rummler gerufen. Ich habe Rummlers Namen gehört.«

»Nebbich«, sagte Walter, »wenn der Puttfarken wüßte, was aus meinem Humor geworden ist. Ach

Jettel, tut es dir nicht wenigstens ein bißchen gut, so einen Brief zu bekommen? Nach all den Jahren, in denen wir der letzte Dreck waren.«

»Ich weiß nicht. Ich weiß nicht, was ich sagen soll. Ich habe nicht alles verstanden.«

»Glaubst du, ich? Ich weiß nur, daß da ein Mensch ist, der sich an mich erinnert, wie ich einmal war. Und der will uns helfen. Laß uns Zeit, Frau Doktor, uns daran zu gewöhnen, daß sich die Dinge geändert haben. Hör nicht auf das, was die Leute hier sagen. Wir sind tiefer gefallen als sie, aber wir haben auch mehr Übung als andere, im Leben neu anzufangen. Wir werden es schaffen. Unser Sohn wird nicht mehr wissen, was es heißt, ein Ausgestoßener zu sein.«

Einen Moment war es Jettel, als hätten ihr die Sanftheit und das Verlangen in Walters Stimme die Träume, Hoffnungen und Sicherheit, die Liebe und die Lebenslust ihrer Jugend wiedergegeben, doch das Einverständnis mit ihrem Mann war ihr zu fremd, um von Dauer zu sein.

»Was hast du eigentlich gesagt, als du nach Hause gekommen bist? Ich weiß es schon nicht mehr.«

»Doch, Jettel, du weißt es genau. Ich habe gesagt, daß wir am 9. März auf der ›Almanzora‹ abfahren. Und diesmal fährt nicht jeder für sich. Wir sind zusammen. Ich bin froh, daß die Ungewißheit ein Ende hat. Ich glaube, ich hätte die Warterei nicht mehr lange ertragen können.«

24

Morgens um vier wurde Walter durch ein Geräusch wach, das er nicht deuten konnte. Er bemühte sich immer wieder, die leisen Schwingungen einzufangen, die ihm aus der Nähe zu kommen schienen und die ihm willkommener waren als die Angst vor Schlaflosigkeit, aber nur die Lautlosigkeit der quälenden Stunde vor Sonnenaufgang erreichte seine Ohren und machte sofort Jagd auf seine Ruhe. Er lauerte gierig auf das Zwitschern der Vögel in den Eukalyptusbäumen vor dem Fenster, die ihm sonst das Signal zum Aufstehen gaben; die Spannung schärfte seine Sinne vor der Zeit. Obwohl der Tag noch nicht den Hauch vom ersten grauen Licht eingefangen hatte, glaubte Walter bereits, die Umrisse der vier großen, hellen Überseekisten zu erkennen.

Sie waren seit der Ankunft in Afrika als Schränke verwandt worden und standen nun, bemalt mit Jettels steiler, kindlicher Handschrift, an je einer Wand des Schlafraums. Owuor hatte sie am Abend zuvor fertig gepackt und mit so heftigen Schlägen zugenagelt, daß Kellers aus der Nachbarwohnung wütend zurückgeklopft hatten. Walter fühlte sich befreit bei dem Gedanken, daß endlich der größte Teil vom Leben der letzten neun Jahre verstaut war. Die zwei Wochen, die bis zur Abfahrt der ›Almanzora‹ blieben, würden nun ohne die erschöpfenden Streitereien vergehen, die jede neue Entscheidung über Mitnehmenkönnen oder Zurücklassenmüssen auslöste.

Walter war es, als würde ihm das Schicksal ein letztes Stück Normalität gönnen. Die Gnadenfrist erschien ihm zu kurz. Er lauschte so konzentriert auf das Knirschen seiner Zähne, als wäre das unangenehme Geräusch von besonderer Bedeutung. Nach einer Zeit fühlte er sich zu seiner Verwunderung tatsächlich befreit von der Last, die ihn bei Tag unablässig quälte. Er hatte, wehrlos gemacht von einem Schuldgefühl, über das er nicht sprechen konnte, wollte er seine Kraft nicht einbüßen, entweder Jettel oder Regina für jede Äußerung, für seine Seufzer, für jede Verärgerung und Unsicherheit Rechenschaft geben müssen.

Nur in den Nächten durfte er sich eingestehen, daß Enttäuschung ihn peinigte, ehe die Saat der Hoffnung zum Keimen gebracht werden konnte. Seit den Tagen, da mit dem Packen begonnen worden war, hatte sich Walter gegrämt, daß ihn die Kisten so heftig und ausschließlich an den Aufbruch in die Emigration erinnerten. Sie symbolisierten nicht, wie er sich monatelang mit sättigender Euphorie ausgemalt hatte, den so lange herbeigesehnten Aufbruch in das wiedergefundene Glück.

Um sich zur Ruhe zu zwingen, preßte Walter die Lippen so heftig aufeinander, bis der körperliche Schmerz groß genug war, den Kampf gegen die bösartigen Gespenster aufzunehmen, die der Vergangenheit entstiegen und die Zukunft bedrohten.

Da hörte er den Laut, der ihn aus dem Schlaf geholt hatte, zum zweitenmal. Aus der Küche kam das leise Geräusch, das die langsamen Bewegungen nackter Füße auf dem rauhen Holzboden anzeigte, und von Zeit zu Zeit war es, als würde Rummler seinen Schwanz an der verschlossenen Tür reiben.

Bei der Vorstellung, der Hund würde auch nur ein Auge aufmachen, ehe Wasser in den Teekessel lief, lächelte Walter, aber die Neugierde drängte ihn doch nachzusehen. Er stand leise auf, um Jettel nicht zu wecken, und schlich auf Zehenspitzen in die Küche. Der Rest einer kleinen Kerze klebte auf einem Blechdeckel und tauchte mit einer langen Flamme den Raum in fahles, gelbes Licht. In der Ecke, zwischen einigen Töpfen und der verrosteten Bratpfanne aus Leobschütz, saß Owuor mit geschlossenen Augen auf dem Boden und rieb seine Füße warm. Neben ihm lag Rummler. Der Hund war tatsächlich wach und hatte einen dicken Strick um den Hals.

Unter dem Küchentisch lag ein prall gefülltes, blauweiß kariertes Handtuch, das um einen dicken Holzstab zu einem kleinen Bündel geknotet war. Aus einem der vielen Löcher baumelte ein Ärmel von dem weißem Kanzu, in dem Owuor seit den Tagen von Rongai das Essen aufgetragen hatte. Auf dem Fensterbrett lag, frisch gebügelt und sorgfältig zu einem schwarzen Rechteck gefaltet, Walters Anwaltsrobe. Er erkannte sie nur an der brüchigen Seide um Kragen und Revers. »Owuor, was machst du hier?«

»Ich sitze und warte, Bwana.«

»Warum?«

»Ich warte auf die Sonne«, erklärte Owuor. Er nahm sich nur die Zeit, die er brauchte, um das gleiche Staunen in seine Augen zu zaubern, das der Bwana in seinen hatte.

»Und warum hat Rummler den Strick um den Hals? Willst du ihn auf dem Markt verkaufen?«

»Bwana, wer kauft einen alten Hund?«

»Ich wollte dich lachen sehen. Jetzt sag endlich, warum bist du hier?«

»Das weißt du.«

»Nein.«

»Du hast immer nur mit dem Mund gelogen, Bwana. Ich und Rummler gehen auf eine lange Safari. Wer zuerst auf Safari geht, hat trockene Augen.«

Walter wiederholte, ohne daß er den Mund aufmachen konnte, jedes einzelne Wort. Als er merkte, daß seine Kehle schmerzte, setzte er sich auf den Boden und strich Rummler über das kurze, harte Nakkenfell. Der warme Körper des Hundes erinnerte ihn an die vergraben gewähnten Nächte vor dem Kamin in Ol' Joro Orok und machte ihn schläfrig. Er widersetzte sich der Beruhigung, die ihn zu lähmen begann, indem er seinen Kopf gegen die Knie preßte. Zunächst empfand er den Druck auf seine Augenhöhlen als angenehm, doch dann störten ihn die Farben, die im Licht ebenso zerfielen wie seine Gedanken.

Ihm war es, als hätte er die Szene, die ihm nun so unwirklich vorkam, schon einmal erlebt, wußte jedoch zunächst nicht, wann. Sein Gedächtnis ließ sich rasch und zu bereitwillig auf die wirren Bilder ein. Er sah seinen Vater vor dem Hotel in Sohrau stehen, aber als die Kerze ihren letzten Kampf um Leben begann, wandte sich der Vater vom Sohn ab und verwandelte sich in Greschek, der in Genua an der Reling von der ›Ussukuma‹ stand.

Die Hakenkreuzfahne wehte im Sturm. Erschöpft wartete Walter auf den Klang von Gretscheks Stimme, die harte Aussprache und die hartnäckige Wut in den Silben, die den Abschied noch schwerer machen würde, als er ohnehin war. Doch Greschek sagte nichts und schüttelte nur so heftig den Kopf, daß die Fahne sich löste und auf Walter zustürzte. Er spürte nichts mehr als die eigene Ohnmacht und die Bedrückung des Schweigens.

»Kimani«, sagte Owuor, »kennt dein Kopf noch Kimani?«

»Ja«, erwiderte Walter rasch. Er war froh, daß er wieder hören und denken konnte. »Kimani war ein Freund wie du, Owuor. Ich habe oft an ihn gedacht. Er ist von der Farm gelaufen, ehe ich aus Ol' Joro Orok fort war. Ich habe ihm nicht Kwaheri gesagt.«

»Er hat dich wegfahren sehen, Bwana. Er blieb zu lange vor dem Haus stehen. Das Auto wurde immer kleiner. Am nächsten Morgen war Kimani tot. Im Wald war nur noch ein Stück von Kimanis Hemd.«

»Das hast du mir nie gesagt, Owuor. Warum? Was ist mit Kimani passiert?«

»Kimani wollte sterben.«

»Aber warum? Er war nicht krank. Er war nicht alt.«

»Kimani hat immer nur mit dir geredet, Bwana. Weißt du noch? Der Bwana und Kimani waren immer unter dem Baum. Es war das schönste Schamba mit dem höchsten Flachs. Du hast seinen Kopf voll mit den Bildern aus deinem Kopf gemacht. Kimani hat die Bilder mehr geliebt als seine Söhne und die Sonne. Er war klug, aber er war nicht klug genug. Kimani hat das Salz in seinen Körper hereingelassen und ist trocken geworden wie ein Baum ohne Wurzeln. Ein Mann muß auf Safari gehen, wenn seine Zeit da ist.«

»Owuor, ich verstehe dich nicht.«

»Owuor, ich verstehe dich nicht. Das hast du immer gesagt, wenn deine Ohren nicht hören wollten. Auch am Tag, als die Heuschrecken gekommen sind. Ich habe gesagt: die Heuschrecken sind da, Bwana, aber der Bwana hat gesagt: Owuor, ich verstehe dich nicht.«

»Hör auf, meine Stimme zu stehlen«, sagte Walter. Er merkte, wie seine Hand von Rummlers Fell zu Owuors Knie drängte; er wollte sie zurückziehen, aber sie reagierte nicht mehr auf seinen Willen. Eine Zeitlang, die ihm sehr lange vorkam und in der er immer stärker die Wärme und Glätte von Owuors Haut fühlte, wehrte er sich gegen das Begreifen. Dann kam die Pein und mit ihr die Gewißheit, daß dieser Abschied schonungsloser war als alle, die ihm vorangegangen waren.

»Owuor«, sagte er und trieb Beherrschung in seine frische Wunde, »was soll ich der Memsahib sagen, wenn du heute nicht zur Arbeit kommst? Soll ich sagen: Owuor will dir nicht mehr helfen? Soll ich sagen: Owuor will uns vergessen?«

»Chebeti wird meine Arbeit machen, Bwana.«

»Chebeti ist nur eine Aja. Sie arbeitet nicht im Haus. Das weißt du doch.«

»Chebeti ist deine Aja, aber sie ist meine Frau. Sie macht, was ich sage. Sie wird mit dir und der Memsahib bis Mombasa fahren und den kleinen Askari halten.«

»Du hast nie gesagt, daß Chebeti deine Frau ist«, sagte Walter. Seine vorwurfsvolle Stimme erschien ihm kindisch, und er wischte sich verlegen den Schweiß von der Stirn. »Warum«, fragte er leise, »habe ich das nicht gewußt?«

»Die Memsahib kidogo hat gewußt. Sie weiß immer alles. Sie hat Augen wie wir. Du hast immer auf deinen Augen geschlafen, Bwana«, lachte Owuor. »Der Hund«, fuhr er fort und sprach so schnell, als hätte er schon lange jedes Wort im Mund gehabt, »kann nicht auf ein Schiff. Er ist zu alt für ein neues Leben. Ich werde mit Rummler gehen. So wie ich aus Rongai fortgegangen bin und dann aus Ol' Joro Orok nach Nairobi.«

»Owuor«, bat Walter müde, »du mußt der Memsahib kidogo Kwaheri sagen. Soll ich meiner Tochter sagen: Owuor ist fort und will dich nicht mehr sehen? Soll ich ihr sagen: Rummler ist fort für immer. Der Hund ist ein Teil von meinem Kind. Das weißt du doch. Du warst doch da, als sie und Rummler Freunde wurden.«

Der Seufzer war wie das erste Pfeifen des Windes

nach dem Regen. Der Hund bewegte ein Ohr. Sein Jaulen war noch in seiner Schnauze, als die Tür aufging.

»Owuor muß fort, Papa. Oder willst du, daß sein Herz eintrocknet?«

»Regina, seit wann schläfst du nicht mehr? Du hast gelauscht. Hast du gewußt, daß Owuor von uns fortgeht? Wie ein Dieb in der Nacht.«

»Ja«, sagte Regina. Als sie das Wort wiederholte, schüttelte sie den Kopf mit der gleichen leichten Bewegung, mit der sie ihren Bruder davon abhielt, im Hundenapf zu wühlen. »Aber nicht«, erklärte sie, während Trauer ihre Stimme schwer machte, »wie ein Dieb. Owuor muß fort. Er will nicht sterben.«

»Herr Gott, Regina, hör auf mit dem Quatsch! An einem Abschied stirbt man nicht. Sonst wäre ich schon längst tot.«

»Manche Leute sind tot und atmen weiter.«

Erschrocken klemmte Regina ihre Unterlippe zwischen die Zähne, aber es war zu spät. Sie schluckte bereits Salz, und ihre Zunge hatte nicht mehr die Kraft, den Satz zurückzunehmen. Sie war so verwirrt, daß sie sogar glaubte, ihren Vater lachen zu hören, und traute sich nicht, ihn anzuschauen.

»Wer hat dir so was gesagt, Regina?«

»Owuor. Vor langer Zeit. Ich weiß nicht mehr, wann«, log sie.

»Owuor, du bist klug.«

Owuor mußte seine Ohren so anstrengen wie ein Hund, der nach tiefem Schlaf den ersten Laut hört, denn der Bwana hatte wie ein alter Mann gesprochen, der zuviel Luft in der Brust hat. Trotzdem gelang es ihm, das Lob wie in den guten Tagen der frischen Freude zu genießen. Er versuchte, nach der gestorbenen Zeit zu greifen, aber sie rieselte ihm wie zu fein gemahlener Mais durch die Hände. So schob er seinen Körper schwerfällig zur Seite, und Regina setzte sich zwischen ihn und ihren Vater.

Die Stille war gut und machte den Schmerz, der nicht aus dem Körper kam, leicht wie die Feder eines Huhns, ehe es zum erstenmal ein Ei legt. Sie schwiegen alle drei, bis das Tageslicht weiß und klar wurde und die Sonne die Blätter in das dunkle Grün einfärbte, das einen Tag mit Feuer in der Luft ankündigte.

»Owuor«, sagte Walter, als er das Fenster aufmachte, »hier liegt mein alter, schwarzer Mantel. Du hast ihn vergessen.«

»Ich habe nichts vergessen, Bwana. Der Mantel gehört nicht mehr mir.«

»Ich habe ihn dir geschenkt. Weiß das der kluge Owuor nicht mehr? Ich habe ihn dir in Rongai geschenkt.«

»Du ziehst den Mantel wieder an.«

»Woher weißt du?«

»In Rongai hast du gesagt: Ich brauche den Mantel nicht mehr. Der ist aus einem Leben, das ich verloren habe. Jetzt«, sagte Owuor und zeigte beim Lachen seine Zähne wie in den Tagen, die nur noch Maismehl waren, »hast du dein Leben wiedergefunden. Das Leben mit dem Mantel.«

»Du mußt ihn mitnehmen, Owuor. Ohne Mantel wirst du mich vergessen.«

»Bwana, mein Kopf kann dich nicht vergessen. Ich habe so viele Worte von dir gelernt.«

»Sag sie, sag sie noch einmal, mein Freund.«

»Ich hab' mein Herz in Heidelberg verloren«, summte Owuor. Er merkte, daß seine Stimme mit jedem Ton kräftiger wurde und daß die Musik in seiner Kehle immer noch so süß schmeckte wie beim erstenmal. »Siehst du«, sagte er triumphierend, »auch meine Zunge kann dich nicht vergessen.«

Entschlossen und doch mit zitternden Händen griff Walter nach der Anwaltsrobe, schüttelte sie aus und legte sie um Owuors Schultern, als wäre er ein Kind, das der Vater vor Kälte schützen muß. »Geh jetzt, mein Freund«, sagte er, »auch ich will kein Salz in den Augen.«

»Es ist gut, Bwana.«

»Nein«, schrie Regina, und sie wehrte sich nicht länger gegen den Druck der verschluckten Tränen. »Nein, Owuor, du mußt mich noch einmal hochheben. Ich darf das nicht sagen, aber ich sag's doch.«

Als Owuor sie in seine Arme nahm, hielt Regina die Luft an, bis der Schmerz ihre Brust in zwei Teile spaltete. Sie rieb ihre Stirn an den Muskeln von Owuors Nacken und ließ die Nase den Duft seiner Haut einfangen. Da merkte sie, daß sie wieder zu atmen begonnen hatte. Ihre Lippen wurden feucht. Die Hände griffen nach dem Haar, in das nun jeden Tag ein neuer kleiner Strahl vom grauen Blitz fuhr, aber Owuor hatte sich verwandelt.

Er war nicht mehr alt und voller Trauer. Sein Rükken war wieder gerade wie der Pfeil vom gespannten Bogen der Massai. Oder war es Amors Pfeil, der durch die Bilder sauste?

Einen Moment fürchtete Regina, sie hätte Amors Gesicht erblickt und ihn für immer in das Land getrieben, in das sie ihm nicht folgen konnte, doch, als sie ihre Augenlider endlich heben konnte, sah sie Owuors Nase und das Leuchten seiner großen Zähne. Noch einmal war er der Riese, der sie in Rongai aus dem Auto gehoben und in die Luft geworfen und so unendlich sanft auf die rote Erde der Farm gesetzt hatte.

»Owuor, du kannst nicht weg«, flüsterte sie, »der Zauber ist noch da. Du kannst den Zauber nicht zerschneiden. Du willst nicht auf Safari. Nur deine Füße wollen fort.«

Der Riese mit den starken Armen gab ihrem Ohr zu trinken. Es waren wunderbar leise Laute, die fliegen konnten, sich aber nicht fangen ließen, und doch machten sie auch schwache Menschen mit Tränen stark. Regina hatte die Augen wieder in die Dunkelheit zurückgestoßen, als Owuor sie auf den Boden stellte. Sie hatte seine Lippen auf ihrer Haut gespürt, aber sie wußte, daß sie Owuor nicht ansehen durfte.

Wie die Bettler auf dem Markt ließ sie ihren Körper auf den Boden gleiten, als wäre er zu kraftlos, um sich gegen die Lähmung zu wehren. Aufmerksam lauschte sie der Melodie des Abschieds; sie hörte Rummler schnaufen, Owuors Schritte, die das

Holz zum Tanzen brachten, dann das Quietschen der Tür, als sie energisch aufgestoßen wurde, und in der Ferne einen Vogel, der anzeigte, daß es noch eine andere Welt als die mit den frischen Wunden gab. Eine kurze Zeit roch die Küche noch nach Rummlers feuchtem Fell, später nur nach dem kalten Wachs der abgebrannten Kerze.

»Owuor bleibt bei uns. Wir haben ihn nicht gehen sehen«, sagte Regina. Erst merkte sie, daß sie laut gesprochen hatte, und dann, daß sie weinte.

»Verzeih mir, Regina. Das wollte ich nicht. Du bist zu jung. In deinem Alter wußte ich nur, was Schmerz war, wenn ich vom Pferd fiel.«

»Wir haben ja kein Pferd.«

Walter sah seine Tochter erstaunt an. Hatte er ihr so viel Kindheit geraubt, daß sie sich mit einem Scherz trösten mußte, während ihr die Tränen, wie einem Kind, das nichts begreift außer seinem Trotz, über das Gesicht liefen? Oder genoß sie nur die Sprache Afrikas und heilte ihre Seele mit einem Balsam, den er nie ausprobiert hatte? Er wollte Regina an sich ziehen, aber er ließ seine Arme sinken, kaum, daß er sie erhoben hatte.

»Du wirst nicht mehr vergessen können, Regina.«

»Ich will nicht vergessen.«

»Das habe ich auch gesagt. Und was hat es mir gebracht? Ich tu dem Menschen weh, der mir am meisten auf der Welt bedeutet.«

»Nein«, wehrte Regina ab, »du kannst nicht anders, du mußt auf Safari.«

»Wer hat das gesagt?«

»Owuor. Er hat noch was gesagt.«

»Was denn?«

»Soll ich dir's wirklich sagen? Du wirst beleidigt sein.«

»Nein, ich versprech dir, daß ich's nicht bin.«

»Owuor«, erinnerte sich Regina und schaute zum Fenster hinaus, um nicht das Gesicht ihres Vaters sehen zu müssen, »hat gesagt, ich muß dich beschützen. Du bist ein Kind. Das hat Owuor gesagt, Papa, nicht ich.«

»Er hat recht, aber sag es keinem, Memsahib kidogo.«

»Hapana, Bwana.«

Sie hielten sich aneinander fest und glaubten, sie hätten denselben Weg vor sich. Walter hatte zum erstenmal das Land betreten, das ihm zu spät ein Stück Heimat geworden war. Regina aber genoß die Kostbarkeit des Augenblicks. Endlich hatte ihr Vater begriffen, daß nur der schwarze Gott Mungo die Menschen glücklich machte.